WENN DER TOD DREIMAL KLOPFT

DIE EASTWIND-HEXEN
BUCH III

NOVA NELSON

ISBN:

Cover Design © FFS Media LLC

Coverdesign von Molly Burton für cozycoverdesigns.com

Übersetzung: Anna Drago

Lektorat (Deutsch): Katrin Dolle

Wenn der Tod dreimal klopft, Eastwind Hexen #3 / Nova Nelson – Erstausgabe

www.novanelson.com

Kapitel Eins

„Das wäre vor einem Jahr noch illegal gewesen", sagte Tanner Culpepper, als unsere kleine Gruppe Ezra's Magical Outfitters betrat.

„Warum?", fragte ich und ging an Tanner vorbei, der die Tür aufhielt. Ruby True, die einzige andere Hexe des Fünften Windes in Eastwind außer mir, war mitgekommen, um mich zu beraten, und ließ sich Zeit, hinter mir hereinzukommen. Unsere Vertrauten bildeten die Nachhut – Clifford, Grim und, auf Grims Rücken reitend, Tanners Vertraute Monster. Als dackelbeinige Munchkin-Katze verbrachte sie ihre Tage in Eastwind in einem dauernervösen Zustand, da es so viele Werwölfe und Wandler gab. Wir konnten sie nur dazu bringen, irgendwo außerhalb des Hauses hinzugehen, wenn sie auf Grim ritt.

„Der Rat hatte lange strenge Gesetze", erklärte Tanner, der endlich die Tür loslassen konnte, nachdem unsere Entourage eingetreten war. „Hexen durften erst Zauberstäbe bekommen, nachdem wir die Mancer Academy abgeschlossen und dem Zirkel beigetreten waren. Der Rat war wohl nicht sonderlich erpicht darauf, dass ein Haufen ungeschulter Hexen mit Zauberstäben durch die Gegend rannte, also haben sie es verboten."

Ruby beugte sich zu mir, als wir am Eingang des hell erleuchteten Ladens stehenblieben. „Hat mich nicht davon abgehalten, mir einen zu besorgen", kicherte sie.

„Du hast nie die förmliche Ausbildung bekommen?", fragte ich.

„Was können diese Narren einer Hexe des Fünften Windes schon beibringen? Als ich in die Stadt gekommen bin, gab es keine andere wie mich. Ich kann gut genug Bücher lesen, um mir die grundlegenden Zauber selbst beizubringen. Für den Rest musste ich nur noch auf meine Einsicht hören."

Ich beschloss, nicht darauf hinzuweisen, dass Ruby, als ich vorgeschlagen hatte, es mir selbst beizubringen, diese Idee sofort abgewürgt hatte. Tu, was ich dir sage, nicht, was ich selbst tue, war Rubys Standard. Sie bestand darauf, dass sie eine gute Lehrerin für mich wäre und der Zirkel mir nichts sonderlich Nützliches beibringen könnte. Also hatte ich mir nicht die Mühe gemacht, mich für die Mancer Academy zu bewerben.

Ezra Ares, der junge und freundliche Besitzer von Ezra's Magical Outfitters, der immer ein Funkeln in den Augen und ein verstohlenes Grinsen auf den Lippen hatte, winkte uns zu, als wir eintraten. Als Ruby zu ihm hinüber schlurfte, um mit ihm zu sprechen, während er hinter einer hufeisenförmigen Vitrine stand, nahm Tanner meine Hand und führte mich weiter in den Laden, um das Sortiment zu durchstöbern.

Instinktiv sah ich mich um, um mich zu versichern, dass niemand, den wir kannten, in der Nähe war und uns so zusammen sah. Dass Tanner meine Hand ergriff, war harmlos genug – er konnte nur meine Aufmerksamkeit auf sich ziehen wollen –, aber ich wusste, dass dem nicht so war.

Denn Tanner und ich waren jetzt seit zwei Wochen heimlich zusammen.

Nun, es fühlte sich an wie Daten. Wir hatten dem Ganzen keinen Stempel aufgedrückt. Aber nach dem Kuss im Büro des Medium Rare, kurz nachdem wir es offiziell gemacht hatten, dass wir das Diner jetzt gemeinsam besaßen, gab es kaum noch Grauzonen in Bezug auf das, was zwischen uns vor sich ging.

Es fühlte sich an wie ein Happy End. Aber keine Sorge, ich hasse mich selbst gerade genug für diesen Kitsch.

Wir hatten noch niemandem von unserer aufkeimenden Liebesbeziehung erzählt. Grim wusste Bescheid, da er und ich telepathisch kommunizieren konnten und ich nicht immer die Beste darin war, zu verhindern, dass meine privaten Gedanken in meine Kommunikation mit ihm einflossen. Und weil Grim Bescheid wusste, wusste es auch Ruby. Die beiden konnten zwar nicht direkt miteinander kommunizieren, aber Grim und Rubys Vertrauter Clifford konnten es, und die beiden griesgrämigen Hunde verbrachten die meiste Zeit ihrer wachen Stunden – von denen es zugegebenermaßen wenige gab – damit, wie Teenager zu tratschen. Es hatte nicht lange gedauert, bis Clifford die Informationen an Ruby weitergegeben hatte, die später behauptet hatte, sie hätte es schon gewusst.

Sie hatte schließlich die Gabe der Einsicht, wie alle Hexen des Fünften Windes. Allerdings brauchte man keine magischen Fähigkeiten, um zu erraten, was los war, wenn Tanner mich durch diese wunderschönen haselnussbraunen Augen ansah. Offensichtlich hatte ihm nie jemand gesagt, dass man schwer zu haben spielen und sich nicht in die Karten schauen lassen sollte.

Und das war eines der vielen Dinge, die ich an ihm mochte.

„Fang am besten mit den Kristallen an", sagte er und führte mich an einer Vitrine nach der anderen vorbei in den hinteren

Teil des Ladens. Der Laden sah eher wie ein Juweliergeschäft aus als wie ich mir einen Zauberstabladen vorgestellt hatte. Er war sauber, hell, und jedes Modell stand auf einem filigranen Ständer hinter dickem (und wie ich annahm, verzaubertem) Glas.

Besen schwebten am Rande des Ausstellungsraums in der Luft und schaukelten sanft wie Bojen; jeder unterschied sich leicht in Farbe, Form und Borsten vom Nächsten. Konnte ich auf einem Besen reiten? Ich war mir immer noch so unsicher, was zu meinen Hexenfähigkeiten gehörte und was nicht. Aber noch wichtiger: Wollte ich auf einem Besen reiten?

Ich tendierte zu Nein. Ich hatte Hexen auf solchen Besen durch die Stadt fliegen sehen, und es sah so unbequem aus. Einige saßen im Damensitz, was albern und altmodisch aussah, während andere rittlings auf dem Besen saßen, was, ähm ... autsch! Das schien eine schnelle Methode zu sein sich einen Wolf zu reiten.

„Wie entscheide ich, welchen Kristall ich in meinen Zauberstab will?", fragte ich.

„Du kannst einen ziemlich guten ersten Eindruck dafür bekommen, abhängig davon welche Art von Hexe du bist. Dann geht es hauptsächlich darum, es auszuprobieren. Manchmal muss man ein paar ausprobieren. Ezra kann dir helfen. Er macht das schon seit Jahren."

Ich blickte zurück zur Theke, wo er stand und mit Ruby plauderte. „Kann nicht so lange sein. Er sieht keinen Tag älter aus als ich."

„Äh, ich glaube, er ist um die siebzig. Könnte aber auch älter sein."

„Wie bitte?", sagte ich. „Ich dachte, er wäre eine Hexe. Altern Hexen nicht?" Wenn ich mir Ruby ansah, musste ich davon ausgehen, dass sie es taten.

Als ich Tanner ansah, überkam mich eine kurze Panik. Er

war eine Hexe und sah aus, als wäre er Ende zwanzig, ein paar Jahre jünger als ich, aber was, wenn er dreihundert war? Was, wenn ich alterte und er nicht?

Er tat mir jedoch den Gefallen, diese Angst zu zerstreuen. „Die meisten altern. Ich bin mir nicht ganz sicher, warum Ezra es nicht tut." Tanner beugte sich zu mir, und ein verschwörerisches schiefes Grinsen lenkte meine Aufmerksamkeit auf seine weichen Lippen, die von dunkelblonden Bartstoppeln gerahmt wurden. „Ich vermute, dass er entweder einen dunklen Zauberspruch gesprochen hat, um jung zu bleiben, oder dass die Tatsache, dass er die ganze Zeit von so vielen mächtigen Objekten umgeben ist, den Alterungsprozess verlangsamt."

„Ich hoffe, es ist das Erstere", sagte ich. „Das ist eine viel interessantere Geschichte."

Etwas flammte in Tanners Augen auf, und ich wusste, was passieren würde. Aber nicht hier, wo uns jeder sehen konnte, oder?

Er hatte jedoch schon eine Lösung und zog mich hinter sich her, hinter eine Wand, die nach hinten führte und die Sicht von der Theke und der Eingangstür versperrte. Dann zog er mich an sich, drückte meinen Körper gegen seinen, meine Hände auf seiner warmen, harten Brust, und er küsste mich.

„Oh Fänge und Klauen!"

Mein Körper spannte sich an, und ich öffnete meine Augen einen Spalt, schon sicher, dass mich ein Urteil in Form eines riesigen schwarzen Hundes mit einer Munchkin-Katze auf dem Rücken erwartete.

„Grim", sagte ich, ohne mir die Mühe zu machen, Telepathie einzusetzen. „Hör auf, zu spannen. Wenn es dir nicht gefällt, könnt du und Monster euch woanders vergnügen."

„Monster!", sagte Tanner scharf. Seine Vertraute musste eine ähnliche Bemerkung wie Grim gemacht haben, die ich nicht hören konnte. „Benimm dich."

Wir verscheuchten unsere Vertrauten, aber der Moment war verpufft. „Ich denke, wir sollten wieder einkaufen gehen", sagte er.

„Dafür sind wir hier." Ich seufzte und nahm meine Hände von seinem Körper. „Ich hasse Einkaufen." Und ich hasste es noch mehr, wenn es die wenigen Stunden außerhalb der Arbeit einschränkte, die ich mit dieser schönen Westwindhexe haben konnte.

Wir näherten uns Ruby und Ezra, die, wenn ich es nicht besser wüsste, miteinander flirteten.

Ruby kicherte, ihr Gesicht war gerötet, während ihre Fingerspitzen über ihr Schlüsselbein glitten, das im Ausschnitt ihrer dunklen, weiten Robe sichtbar war. Ezra zwinkerte ihr zu, bevor er sich zu Tanner und mir umdrehte, immer noch mit einem ansteckend albernen Grinsen im Gesicht. „Ruby hat mir erzählt, dass du nach einem Zauberstab für Totenbeschwörer suchst."

Ich nickte. „Aber du musst mich Schritt für Schritt führen, denn ich weiß nicht einmal, wo ich anfangen soll."

„Das mache ich gern", sagte er, „besonders für eine vielversprechende und schöne junge Hexe wie dich."

Tanners Wut neben mir war groß, aber unnötig. Ezra war attraktiv, mit kakaobrauner Haut und dem Grinsen eines Unruhestifters, aber ich war eine Ein-Mann-Frau.

Klar, ich habe früher ziellos rumgedatet, aber das lag daran, dass das Kaliber der Männer, mit denen ich es zu tun hatte, so viel geringer war als das von Tanner. Nein, Tanner war einzigartig. Er hatte die Belastbarkeit und Stärke eines Mannes und die sanfte Unschuld eines Jungen. Das Leben hatte Tanner ungefähr so viel Unglück beschert wie mir, aber er hatte es geschafft, ihm gegenüber aufgeschlossen zu bleiben, anstatt verbittert und verschlossen zu werden wie, ähm, manche Leute.

Aber ich besserte mich, und mit Tanner zusammen zu sein, war ein Schritt in die richtige Richtung. Ich würde ihn nicht einfach für den nächsten gutaussehenden Mann sitzenlassen, der mich schön nannte.

„Dann folge mir", sagte Ezra und kam um die Theke herum. „Du solltest mit den Kristallen anfangen."

„Das habe ich ihr schon gesagt", sagte Tanner bestimmt.

Ezra blieb stehen, drehte sich zu uns um, und seine Augen huschten zwischen Tanner und mir hin und her, dann biss er sich auf die Lippen und sagte: „Ah. Guter Gedanke, Tanner."

Wir folgten ihm zu einem Glasschrank an der Wand, in dem Kristalle aller Formen, Trübung und Farben schimmerten. „Du wirst einen Schutzkristall wollen", sagte er, „vorausgesetzt, dein Alltag ist auch nur annähernd so wie der von Miss True." Er grinste Ruby schelmisch zu, die wieder kicherte.

Moment. Hatten Ezra und Ruby eine gemeinsame Vergangenheit? Da steckte definitiv mehr hinter der Geschichte, obwohl ich ziemlich sicher war, dass ich es nicht hören wollte.

Er holte ein samtbezogenes Tablett mit einer Auswahl von Kristallen hervor, an dessen Rändern Kräuterzweige lagen. „Es gibt verschiedene Kristallfamilien, die verschiedene Grundfunktionen haben. Welche Art von Elementarhexe du bist, bestimmt, mit welcher Familie wir anfangen. Nach allem, was ich selbst gesehen und ausführlich gelesen habe, sind Hexen des Fünften Windes am besten mit Schutzkristallen bedient. Hier." Er hielt einen schwarzen, gezackten Stein hoch. „Halte den in der Hand. Das ist schwarzer Turmalin. Standard zum Schutz vor schädlichen Energien."

Er war kühl in meiner Hand und schwerer, als er aussah. Ich rollte ihn ein bisschen herum, unsicher, was ich erwartete. „Nett", sagte ich, um höflich zu sein.

Ezra nahm ihn mir wieder ab. „Ja, nicht ganz das Maß an Begeisterung, das wir wollen."

„Welches Maß wollen wir?", fragte ich. „Ich stehe nicht sonderlich Steine, also weiß ich nicht, ob ..."

„Du wirst es wissen", sagte er nur. „Hier, versuch diesen hier. Jet. Er ist nützlich, um Energie zu reinigen, besonders wenn du ein Empath bist."

Ich hatte das Gewicht kaum in meiner Hand gespürt, als Ruby sagte: „Ich glaube nicht, dass das ein Problem für sie ist. Gefühle sind nicht wirklich ihre Stärke."

Ich warf ihr einen finsteren Blick zu.

Aber sie hatte auch recht, denn der Jet kam mir nicht wie etwas Besonderes vor.

Wir gingen noch ein paar andere Kristalle durch, deren Namen ich mir nicht merken konnte, und keiner davon war für mich etwas anderes als ein Stein. Zugegeben, einige waren hübsch. Besonders der Fluorit und der blaue Kyanith.

Es dauerte jedoch nicht lange, bis ich jeden der Kristalle auf dem Samttablett in der Hand gehalten hatte und keiner richtig war. Ezra wirkte verwirrt und tippte mit dem Zeigefinger auf seine Lippen, während er den Laden mit den Augen absuchte. „Hm. Lass uns das versuchen", sagte er und führte uns auf die andere Seite des Ladens. „Ich habe das noch nie als Zauberstab verwendet, aber ich bin immer für eine Herausforderung zu haben." Er öffnete eine Vitrine mit schweren Amuletten und nahm eines an einer Kette heraus. „Versuch das."

Als der raue Stein meine Handfläche berührte – vielleicht sogar schon vorher – spürte ich es. Es war, als hätte ich seit meiner Ankunft in Eastwind vor viereinhalb Monaten Schwindelgefühle gehabt, mich aber an das Gefühl gewöhnt, und jetzt hörte die Welt endlich auf, sich zu drehen. Meine Füße waren stabil unter mir. Ich fühlte mich präsent. Ich stand auf festem Boden.

„Ja", sagte er und grinste schamlos. „Ich hatte so ein

Gefühl." Er drohte mir mit dem Finger. „Ich dachte, ich hätte gespürt, dass bei dir eine Tür offen steht."

„Wovon redet er?", fragte mich Tanner.

„Keine Ahnung."

Er wandte sich Ezra zu. „Wovon redest du?"

Ezras Antwort war weder an mich noch an Tanner gerichtet. Stattdessen blickte er an uns vorbei zu Ruby. „Weiß sie Bescheid?"

„Oh ja", sagte Ruby und hielt einen rosa Kristall ins Licht, um ihn zu untersuchen. „Ich habe sie schon deswegen ausgeschimpft. Keine Sorge."

„Das ist Staurolith", erklärte Ezra. „Ich wage mal eine wilde Vermutung und behaupte, du hast schon einen Geist gechannelt."

Oops.

Ich sah Tanner an, der diese Kleinigkeit über mich noch nicht erfahren hatte. Ehrlich gesagt hatte ich es nicht für relevant gehalten. Ich hatte es nur einmal getan, damit ein Geist ihrem Mann Lebewohl sagen konnte, ohne dass ich die schmutzigen ehelichen Gespräche zwischen ihnen mithören musste. Ich hatte dem Geist von Heather Lovelace erlaubt, durch mich hindurch zu handeln und meine Hand zu benutzen, um ihre nicht jugendfreien Ehefrauengedanken an ihren Mann aufzuschreiben.

Also wirklich, damals war es mir richtig vorgekommen.

Erst später war mir klar geworden, was ich tatsächlich getan hatte, und Ruby war so freundlich gewesen, mir seitdem dauernd Vorträge über die Gefahren des Channelns zu halten, bevor ich entsprechend ausgebildet war. Hätte ich die Risiken gekannt, besonders, dass Heather von meinem Körper hätte Besitz ergreifen und mich dazu benutzen können, all ihre seltsamen Werwolffantasien mit ihrem Mann auszuleben, dann hätte ich es natürlich nicht getan. Wir alle machen Fehler, oder?

Tanners offener Mund verriet Ehrfurcht, Angst, Sorge … und vielleicht Verlangen. Letzteres könnte auch eine Projektion meinerseits gewesen sein. Woher sollte ich das wissen?

„Ja. Ich habe gechannelt. Aber nur einmal. Und ich wusste nicht wirklich, was ich tat." Das war dumm. Ich sollte mich vor Ezra und Tanner nicht rechtfertigen müssen. Sie waren nicht mit mir im Haus der Lovelaces gewesen, als ich dem Ehemann sagen musste, dass seine Frau keinen Frieden gefunden hatte, die Frau, von der alle ihm eingeredet hatten, sie habe Selbstmord begangen, anstatt die Wahrheit zu sagen: dass sie von ihrer Psycho-Schwägerin wegen ihres Erbes ermordet worden war.

„Staurolith ist ein erdender Kristall", erklärte Ezra. „Er hilft dir, in Raum und Zeit verankert zu bleiben. Manchmal haben diejenigen, die in die Geisterwelt aufsteigen können, Schwierigkeiten, mit beiden Beinen unter den Lebenden zu bleiben. Ich kann nicht zulassen, dass du dein Leben mit einem Fuß im Grab verbringst." Er zwinkerte erneut, und dieses Mal fand ich es viel weniger charmant.

Ich starrte auf den Stein in meiner Hand. Er sah eher aus wie ein X aus zwei rostigen Nägeln, die in einem Klumpen Zement steckten. Dieser Laden war vollgestopft mit wunderschönen Steinen, aber dieser war derjenige, der mich so ansprach oder was auch immer? Es hätte genauso gut ein Splitter von einem alten Grabstein sein können.

In gewisser Weise ergab das also wohl einen Sinn. Aber ich fand es trotzdem Mist, dass ich keinen der hübschen Steine bekommen hatte.

„Wie gesagt, ich habe noch nie einen in einem Zauberstab gefasst – die typische Kreuzform macht es schwierig, ihn einzusetzen, ohne die strukturelle Integrität zu beeinträchtigen. Aber ich probiere immer gern neue Dinge aus."

Ruby drängte sich zwischen Tanner und mich, um sich den Stein genauer anzusehen. „Während du dich auch gern an den Reiz der älteren Dinge erinnerst", fügte sie beiläufig hinzu.

Ezra lachte. „Das weißt du, Ruby."

„*Frage*", sagte Grim und trottete mit Monster, die zwischen seinen Schulterblättern schlief, herüber. „*Warum riecht es hier so überwältigend nach Pheromonen?*"

„*Das war nicht ich*", sagte ich und blickte von Ezra zu Ruby, während ich versuchte, den seltsamen Blick zwischen den beiden zu deuten.

„Leider", sagte Ezra, „bin ich ein bisschen hintendran, also musst du mit einer Wartezeit von drei Wochen für einen maßgefertigten Zauberstab rechnen."

„Schade." Ich wollte ihm das Staurolith-Amulett zurückgeben, doch er schob meine Hand sanft weg. „Ich schlage vor, du behältst das in der Zwischenzeit, trägst es und schaust, wie es sich anfühlt. Es ist nicht furchtbar teuer, und wenn du entscheidest, dass du es nicht behalten willst, wenn dein Zauberstab fertig ist, gebe ich dir einfach eine Gutschrift für den Kauf."

„Abgemacht."

„Dann folge mir, und wir können als Nächstes das Holz für deinen Zauberstab aussuchen."

Tanner ergriff sanft meinen Arm und erregte meine Aufmerksamkeit, während wir Ezra folgten. „Du hast mir nicht erzählt, dass du jemanden gechannelt hast."

„Habe ich vergessen, tut mir leid."

Er schüttelte den Kopf, offensichtlich glaubte er mir nicht, aber er stritt sich auch nicht mit mir. „Wer war es?"

„Heather", sagte ich.

„Heather Lovelace?" Seine Augen weiteten sich, und seine

Stimme wurde lauter, sodass Ruby sich mit hochgezogener Augenbraue zu uns umdrehte.

„Ja."

„Bist du okay?"

Ich blieb stehen, drehte mich zu ihm um und starrte ihm in die Augen. Ich wollte ihn küssen – das war normalerweise mein Impuls, wenn ich auch nur einen flüchtigen Blick auf sein wunderschönes Kinn, seine wie aus Stein gemeißelte griechische Nase und seinen Amorbogen erhaschen konnte –, entschied mich aber stattdessen, eine Hand an seine Wange zu legen und einfach daran zu denken, ihn zu küssen.

Es war weit weniger befriedigend.

„Mir geht's gut, Tanner. Wirklich."

„Aber du neigst dazu, dich in Dinge zu stürzen, bevor du irgendwas darüber weißt", sagte er. „Versteh mich nicht falsch, deine Furchtlosigkeit ist" – er beugte sich vor – „wahnsinnig sexy. Aber es ist keine kluge Art, hier zu leben."

„Ich verstehe. Und ich arbeite mit Ruby an der Sache mit dem Channeling. Keine Sorge."

Tanner hatte mehr als einmal klargemacht, dass er sich für mein Überleben verantwortlich fühlte, nicht nur, weil wir zusammen waren oder was auch immer das zwischen uns war, sondern weil er, und das war eines der bezauberndsten Dinge der Welt, mein erster Ansprechpartner gewesen war, nachdem ich in Texas meinen Wagen zu Schrott gefahren hatte, gestorben war und mitten in den Deadwoods in Eastwind aufgewacht war. Er nahm diese Verantwortung ernst, und jedes Mal, wenn ich etwas Gefährliches tat, hatte er das Gefühl, in seiner Rolle versagt zu haben.

Natürlich sagte er all diese Dinge nie, aber Männer sind nicht so schwer zu durchschauen, vor allem, wenn sie nicht absichtlich Jahrzehnte damit verbracht haben, die Kunst des

Unterdrückens ihrer Emotionen zu üben. Tanner neigte dazu, alles rauszulassen.

Oder vielleicht *war* ich empathisch veranlagt.

Nein. Ich hatte Intuition oder Einsicht, wie es genannt wurde, aber Ruby hatte recht. Emotionen waren nicht wirklich mein Ding. Deshalb fühlte es sich so seltsam an, als ich, nachdem ich Heather gechannelt hatte, einige ihrer Restgefühle in mir spüren konnte, selbst nachdem sie dieses Reich verlassen hatte und für immer hinter den Schleier gereist war. Es war wie ein Kater gewesen, den ich erst nach einer ganzen Woche losgeworden war.

Ich gebe zu, dass es nicht ideal ist, wenn sich Emotionen wie ein Kater anfühlen. Aber wir haben alle unsere Schwächen.

Als ich mich für Efeuholz für meinen Zauberstab entschieden hatte, notierte Ezra die Details in ein Buch, und ich bezahlte das Amulett. Es war nicht billig, aber es war tatsächlich eine Erleichterung, einen Teil des Lohns auszugeben, von dem ich nicht wusste, wie ich ihn ausgeben sollte. In Eastwind waren die notwendigen Dinge billig, und da ich keine Zeit zum Trinken hatte, keine Lust auf einen Einkaufsbummel und während meiner Schichten im Medium Rare meistens umsonst aß, wusste ich nicht, was ich mit den Münzen anfangen sollte, die sich in dem Zimmer stapelten, das ich von Ruby gemietet hatte. Ich hatte noch nicht den Mut aufgebracht, zur Bank zu gehen und ein Konto zu eröffnen, nicht, seit ich gehört hatte, dass sie von Drachenwandlern geführt wurde. Während ich mich daran gewöhnte, täglich gefährlichen Bestien gegenüberzustehen, waren Drachenwandler für mich Experten-Level. Ich war noch nicht bereit dafür. Vielleicht wäre ich es, wenn ich meinen Zauberstab zur Hand hätte und mich mit dem einen oder anderen Verteidigungszauber etwas sicherer fühlte, aber vorher nicht.

Als wir bei Ezra's Magical Outfitters fertig waren, war Grim schon unruhig. *„Mein Magen verdaut sich selbst. Ich glaube nicht, dass ich es bis nach Hause schaffe. Lass mich einfach hier sterben. Oder bring mir ein paar von Francos Fleischbällchen. So oder so. Deine Entscheidung. Kein Druck."*

Ich wollte Grim sagen, er solle sich zusammenreißen, aber dann knurrte mein Magen, und ich sah, wie er angesichts dessen die Ohren spitzte, also musste ich einlenken.

„Abendessen?", sagte ich, als unsere Gruppe in der Juni-Abenddämmerung auf den Kopfsteinpflasterstraßen stand.

„Sheehan's Pub ist nicht weit weg", sagte Tanner. „Ich wollte ihn dir schon immer zeigen."

Mein Herz sackte in meinen leeren Magen. Sheehan's Pub.

Ich hatte den Laden in den letzten Monaten fetischisiert. Ich war daran vorbeigegangen, aber nie reingegangen, und meine beste Vermutung war, dass es nur ein heruntergekommener, dunkler Pub mit fettigem, frittiertem Essen ohne richtige Würze und all den Berufssäufern war, die es in Eastwind gab.

Aber in meinen Gedanken war es eine Art Ziellinie für Tanner und mich. Und eine Startlinie.

„Ja, lass uns das machen", sagte ich, als wäre alles vollkommen normal und mein Blutzuckerspiegel nicht durch Hunger und Adrenalin im Keller.

„Viel Spaß, ihr zwei", sagte Ruby. „Nicht wirklich mein Stil. Ich glaube, ich gehe auf dem Rückweg einfach beim Metzger vorbei und bleibe heute Abend bei Rindergulasch. Aber ihr zwei Turteltauben habt Spaß."

„Turteltauben?", sagte ich. „Wir sind keine —"

„Schließ die Tür ab, wenn du zurückkommst", unterbrach sie mich, bevor sie in die entgegengesetzte Richtung von Sheehan's nach Hause ging. Clifford trottete hinter ihr her.

„Das ist eine schwierige Entscheidung", sagte Grim. „Einerseits könnte ich mitkommen und zusehen, wie ihr euch gegenseitig die

Hände streichelt, was wahrscheinlich dazu führen würde, dass ich reine Magensäure erbrechen müsste, oder ich könnte mit Ruby gehen, am Feuer sitzen und Rindergulasch essen, ohne dass eure Pheromone in meinen Nebenhöhlen brennen. Hm. Wie soll ich mich entscheiden?"

„Ich dachte, du wärst zu ausgehungert, um nach Hause zu gehen", antwortete ich.

„Helena, die Mächtige, dachte, sie wäre zu verletzt, um dem Ansturm der Hexen in der Schlacht am Obsidian Summit weiter standzuhalten, aber sie hat es geschafft, als sie den richtigen Anreiz bekam."

„War dieser Anreiz Rindergulasch?"

„Nein. Es war der Kopf von Miss Mary auf einem Spieß."

„Und hat sie ihn bekommen?"

„Äh, nein. Helena wurde fast sofort niedergemäht. Sie und der Rest der Werwölfe wurden in dieser Schlacht in Scharen abge-schlachtet."

„Ähm."

„Okay, das war also nicht das beste Beispiel. Schieb's auf meine Erschöpfung."

„Monster sagt, sie will nicht mitkommen", sagte Tanner und unterbrach mein nicht gerade erhellendes Gespräch.

„Ja, Grim sagt dasselbe ... mit ein paar mehr Worten."

Tanner sah verwirrt aus. „Er hat Angst, von einem Werbären gefressen zu werden?"

„Oh. Nein. Er glaubt, er wird verhungern."

„Es gibt Essen da."

„Ich weiß." Ich drehte mich zu Grim um. „Ja, geh nur. Meinetwegen kannst du Ruby anbetteln."

Als Monster auf Grim in den Sonnenuntergang ritt, machten Tanner und ich uns auf den Weg zu Sheehan's Pub.

Endlich war es soweit.

Obwohl ich nicht sicher war, was „es" war.

Kapitel Zwei

„Unmöglich!", kam ein Schrei aus dem Sheehan's, als sich meine Augen langsam an das schwache Licht gewöhnten.

Dann sah ich Jane auf uns zukommen.

„Ich kann es nicht fassen", sagte sie und schob Tanner aus dem Weg, um mich umarmen zu können. „Du machst tatsächlich was anderes als Arbeiten." Dann fügte sie hinzu: „Oh, hi, Tanner."

„Er ist derjenige, der mich hergebracht hat", sagte ich und versuchte, ihm etwas Anerkennung zu zollen.

Jane lehnte sich ein wenig zurück und riss die Augen auf. „Ah-ha. Ihr zwei seid also zusammen gekommen?"

Tanner nickte, aber ich fügte hinzu: „Ich meine, wir sind zur selben Zeit hier. Also, ja, das könnte man wohl so sagen."

Sie presste die Lippen aufeinander und blinzelte mich an. Ihre Stimme klang angespannt, als sie sagte: „Na dann." Dann warf sie mir einen Blick zu, der sagte, wir würden später darüber reden, und ging zu einer großen Ecknische, wo Ansel, Donovan und ein jüngerer blonder Mann, den ich noch nie zuvor gesehen hatte, saßen und jeder aus einem großen Krug trank.

Ansel war der herzlichste zu mir, als wir näher kamen, was nicht viel heißen wollte. Ich hatte nicht den Verdacht, dass Janes Verlobter mich nicht mochte, aber es schien, als ob es jedes Mal, wenn ich mit ihm sprach, um die Aufklärung eines Mordes ging, und obwohl er nicht immer ein Verdächtiger war, waren die Interaktionen nicht sehr persönlich. Oder vielleicht waren die Interaktionen zu persönlich.

Der junge blonde Mann starrte mich mit großen Augen an, als wäre ich eine Bedrohung, während Donovan ...

Nun, Donovan warf mir mit seinen durchdringenden blauen Augen denselben verächtlichen Blick zu wie immer. Es klingt vielleicht oberflächlich, wenn ich das zugebe, aber ich fühlte mich nicht gerade spektakulär, wenn sich jemand so unglaublich Heißes wie Donovan mit seinen dunklen Haaren, hohen Wangenknochen und rosa Schmollmund jedes Mal so benahm, als würde er einen stacheligen Nierenstein ausscheiden, wenn er mich ansah.

Doch dann fiel sein Blick auf Tanner, seinen besten Freund, und sein Gesichtsausdruck änderte sich abrupt. Seine Augen wurden weicher, und die wohlgeformten Lippen öffneten sich und entblößten perlweiße Zähne, während er lächelte. „Tanner! Ich kann mich nicht erinnern, wann ich dich das letzte Mal hier gesehen habe."

Ich beschloss, ein Experiment zu wagen. Ich blieb stehen und ließ Tanner vorgehen. Meine Hypothese erwies sich als richtig. Sobald ich vor den Blicken der Männer in der Sitznische verborgen war und sie nur Tanner sahen, änderte sich die Stimmung dramatisch, und alle lächelten und scherzten, schalten Tanner wegen seiner langen Arbeitstage und waren gleichzeitig sichtlich froh, ihn wiederzuhaben.

Hm.

Das war etwas, worüber ich nachdenken musste. Die Tatsache, dass Tanner mit Abstand die beliebteste Hexe der Stadt war, während ich es geschafft hatte, dass mich in nur wenigen Monaten jeder in der Stadt mit Tod, Mord und Misstrauen in Verbindung brachte. Und dennoch war *ich* diejenige, die nicht bereit war, offen zuzugeben, dass Tanner und ich zusammen waren.

Auf den ersten Blick ergab das nicht viel Sinn, und ich beschloss, später darüber nachzudenken.

Denn im Moment war ich in einem Pub, ich war am Verhungern und wollte das kühle Getränk, das Schwitzwasser an den Seiten des Metallkrugs hinunterlaufen ließ, den Donovan in seiner Hand hielt.

Ich sah zu, wie er die Augen schloss, den Kopf zurücklehnte und sein Adamsapfel auf und ab hüpfte, während das kalte Getränk seine Kehle hinunterfloss.

Warum konnte dieser Arsch mich nicht einfach mögen?

Ich drehte mich um, bevor ich überhaupt die Sitznische erreicht hatte, und ging direkt zur Bar.

Ein Zwerg mit rotbraunem Haar nickte kurz zur Begrüßung, als ich mich neben seinen Barhocker schob.

„Hi", sagte ich.

„Hallo."

„Ich bin Nora."

Er nickte, und sein Blick wanderte schnell an meiner oberen Hälfte auf und ab. „Gut zu wissen." Er richtete seine Aufmerksamkeit auf etwas hinter der Bar, während ich ihn anstarrte und nicht wusste, was ich darauf sagen sollte.

„Nora!", sagte eine süße, singende Stimme.

Ich folgte dem Blick des Zwergs und musste mich auf die Zehenspitzen stellen, bevor ich auf der anderen Seite der Bar einen Kopf mit orangerotem Haar entdeckte. „Oh! Hey, Fiona!"

Fiona Sheehan, ein Kobold, mit dem ich nur einmal gesprochen hatte (und nicht unter den besten Umständen, wenn man bedachte, dass ihr Freund Bruce Saxon gerade von seiner anderen Freundin ermordet worden war, von der Fiona nicht gewusst hatte, dass sie noch in seinem Leben gewesen war), strahlte mich an. Ich zerbrach mir den Kopf darüber, was genau ich in unserem einzigen Gespräch gesagt hatte, das sie dazu bringen würde, mich zu mögen, anstatt mich mit Tod, Trauer und so weiter in Verbindung zu bringen.

Oh, richtig. Ich hatte sie angelogen.

Ich hatte ihr erzählt, dass Bruce in seiner kurzen Existenz zwischen den Ebenen so gut wie nur über sie geredet hatte. Die Wahrheit war jedoch, dass er sie nur aus Versehen erwähnt hatte. Sie war seine heimliche Freundin, und wenn er nicht den Ausrutscher begangen und seine Mörderin versehentlich als Fiona bezeichnet hätte, hätte ich nie von ihr erfahren.

Ich hatte nicht gewusst, dass sie in Sheehan's Irish Pub arbeitete, aber, ähm, natürlich. Er musste ihrer Familie gehören. Wahrscheinlich war er über Generationen von Sheehans weitergegeben worden.

Fiona stand auf der anderen Seite der Bar und strahlte mich mit ihren großen, runden, kindlichen Augen an. Es war nicht schwer zu verstehen, warum Bruce Saxon ein bisschen leichtsinnig geworden sein könnte, als er mit ihr ausgegangen war. Sie war wunderschön und hatte eine Süße an sich, die ehrlich gesagt in einem Etablissement wie diesem deplatziert schien.

„Ich habe dich hier noch nie gesehen. Bist du zum ersten Mal hier?"

„Ja", sagte ich, „und es ist mir ein wenig peinlich, das zuzugeben."

Ihr Kichern erinnerte mich an eine Piccoloflöte. „In der Stadt heißt es, du bist eine vielbeschäftigte Frau. Überstunden im Medium Rare und die Aufklärung von Morden, die Deputy

Manchester nicht bewältigen kann." Ihr Lächeln verblasste ein wenig angesichts der Erwähnung von Morden. „Was kann ich dir bringen? Getränke und Essen gehen heute Abend auf mich."

„Warum?" Ich hatte es nicht aussprechen wollen, aber können Sie es mir verdenken, dass ich nach dem alles andere als herzlichen Empfang durch Donovan, Ansel und wer auch immer dieser blonde Junge war, überrascht war?

„Nora!", sagte sie, selbst überrascht. „Weil du Bruce' Mörder hinter Gitter gebracht hast!" Sie beugte sich vor, also tat ich es auch. „Du weißt ja, was er mir bedeutet hat."

„Richtig." Ich sah mich um, neugierig, wer wohl mithören könnte. Obwohl uns niemand Aufmerksamkeit zu schenken schien, erkannte ich im vollen Haus ein paar andere bekannte Gesichter. An einem Stehtisch in der Ecke unterhielt Lucent Lovelace einen rothaarigen Kobold mit irgendeiner Geschichte, in der Lucent wiederholt mit der Faust auf den Tisch schlug, während sein Gegenüber vor Lachen brüllte. Dort, wo die Bar einen 90-Grad-Winkel machte, saß eine ganz in Schwarz gekleidete Gestalt, seine Sichel lehnte an der Bar. Und auf dem Hocker neben Ted, Eastwinds Sensenmann, saß ein attraktiver, gut gekleideter Mann, vielleicht Ende dreißig, der anmutig Rotwein trank.

Zwischen dem Sensenmann und dem Fremden stand eine junge, hübsche Frau, von der man, wenn man Ted nicht persönlich kannte, hätte annehmen können, dass sie in Lebensgefahr schwebte.

Zoe Clementine entdeckte mich und winkte mich zu sich, und eine Sekunde später blickten Ted und der Fremde in meine Richtung.

Ich wandte meine Aufmerksamkeit kurz wieder Fiona zu. „Ich könnte was Frittiertes und stark Gewürztes gebrauchen und was auch immer du dazu zu trinken empfiehlst, bitte. Ich gehe besser und sage Hallo." Ich nickte den dreien zu, und Fiona nickte munter.

„Nora!", sagte Ted, sobald ich näher kam. Er war viel freundlicher, als man es von einem Sensenmann erwarten würde, aber seine Stimme – ein tiefes Todesröcheln wie trockene Knochen, die über eine Tafel rasselten – passte perfekt zu seinem morbiden Aussehen. „Ich hätte nie gedacht, dass ich dich in deiner Freizeit in Eastwind unterwegs sehen würde." Er lachte, und es jagte mir einen Schauer über den Rücken und bis in meine Fingerspitzen. „Ich dachte, ich müsste immer ins Medium Rare gehen, nur um meine Sehnsucht nach dir zu stillen."

Yikes! Ein bisschen Flirten in einem Pub war zu erwarten, aber Teds Aufmerksamkeit beschränkte sich nicht auf den Pub. Sie folgte mir den ganzen Weg zu meiner Arbeit, genauso wie das überwältigende Gefühl meiner eigenen Sterblichkeit mich verfolgte, wann immer Ted in der Nähe war.

„Tanner hat mich überzeugt, mitzukommen", sagte ich.

„Ah." Er ließ seinen verhüllten Kopf hängen. „Verstehe."

„Bist du mit Tanner Culpepper zusammen?", fragte der gut gekleidete Mann, den ich nicht kannte.

Ich blinzelte ein paarmal angesichts seiner Direktheit, und er warf mir ein freches Grinsen zu, bevor er mir die Hand reichte. „Wir kennen uns noch nicht. Sebastian Malavic." Eastwind hatte viele seltsame Akzente, aber Sebastians war unverwechselbar, mit osteuropäischen Schnörkeln in seinen Vokalen.

Ich hatte den Namen schonmal gehört. Jeder in Eastwind hatte ihn schonmal gehört. Er war nicht nur Sebastian Malavic, er war *Graf* Sebastian Malavic. Er hatte einen Sitz im Hohen Rat als Schatzmeister von Eastwind, und die Theorie dahinter war, dass jemand, der so reich war wie er, kein Interesse daran haben würde, die mickrige Kasse von Eastwind zu stehlen. Ich dachte, dass das eine dumme Theorie war, die auf der schwachen Annahme basierte, dass er seinen Reichtum nicht über einen langen Zeitraum hinweg durch genau das angehäuft hatte.

Und als ich ihm die Hand schüttelte und die Kälte seiner Haut auf meiner spürte, erinnerte ich mich an ein weiteres Detail über Sebastian: Er war ein Vampir. Einer der ältesten, wenn der Klatsch stimmte. „Nora Ashcroft", sagte ich und sah ihm in die Augen.

Ich legte Wert darauf, Männern wie ihm in die Augen zu sehen. Sie wissen schon, denen, die schon so lange Macht haben, dass sie es vergessen. Und doch sind sie die Ersten, die diese Macht auf dreiste Weise nutzen, und die Ersten, die das Opfer spielen, wenn ein Quäntchen davon an die weniger Glücklichen verteilt werden sollte. Wenn man Macht oder Fähigkeiten besaß, die Männer wie er nicht hatten, und eine Spur von Schwäche zeigte, würden sie einen mit Vergnügen vernichten.

Ja, das alles habe ich aus unserer kurzen Interaktion gelernt. Ich besitze schließlich Einsicht. Aber selbst wenn dem nicht so wäre, hatte ich schon viele Männer wie Sebastian getroffen.

Ich sah ihm in die Augen und ging mit dem Händedruck zum Angriff über. Ich drückte so fest zu, wie ich konnte, ohne angespannt zu wirken. Und dann sah ich es. Es war fast nicht wahrnehmbar. Es war ein kleines Flackern um seine Augen — ich hatte ihn überrascht. Und es gefiel ihm. Männer wie er mochten Überraschungen; so viel Macht zu besitzen, konnte langweilig sein. Ich war jedoch nicht hier, um seine Herausforderung zu sein, seine Beute, die es zu überwältigen galt.

„Ist sie nicht einfach großartig?", sagte Zoe, und ihre Schultern hüpften wie Bojen in unruhigem Gewässer. „Hast du je jemanden wie sie getroffen?"

„Nein", sagte Sebastian einfach und starrte mich direkt an. Als er seinen Blick auf Zoe richtete und ein Anflug von Lächeln über sein Gesicht huschte, während seine Augen an ihrem Körper auf und ab wanderten, verspürte ich sofort den Wunsch, sie von dem Vampir wegzuzerren und ihr unmissverständlich mitzuteilen, was los war. Er hatte ein Auge auf sie geworfen. Er hatte sie als Ziel ausgewählt, obwohl ich nicht sicher war, wofür und warum.

„Es ist so ein verrückter Zufall, dass nur wenige Wochen, nachdem Ruby True in den Ruhestand geht, ein brandneuer Fünfter Wind nach Eastwind gekommen ist, nicht wahr?", bemerkte Zoe atemlos.

„Ich glaube nicht an Zufälle", sagte Sebastian.

Pff. Natürlich tat er das nicht. Er glaubte wahrscheinlich, dass alles, was in Eastwind passierte, ein Nachbeben von irgendetwas war, das er getan hatte. Die unglückliche Besenkollision in der Luft, über die neulich in der *Eastwind Watch* berichtet wurde? Wahrscheinlich das Ergebnis einiger zusätzlicher Liegestütze in seiner strikten Morgenroutine.

„Ich freue mich so, dass du hier bist, Nora!", sagte Zoe auf ihre übliche sprudelnde Art. Sie freute sich immer, wenn irgendwo Leute waren. Ich könnte sie treffen, während wir vor einem Werwolfrudel in den Deadwoods fliehen, und sie würde immer noch sagen, dass sie sich freute, dass ich da war. Aber gleichzeitig hatte ich eine Schwäche für ihre Naivität. Ich verstand sie nicht, aber ich bewunderte sie. Ein weiteres Beispiel dafür: Tanner.

„Du arbeitest immer", fuhr Zoe fort, „also dachte ich, du willst nicht ausgehen. Sonst hätte ich dich definitiv eingeladen, abzuhängen –"

„Du hast meine Frage nicht beantwortet", unterbrach Sebastian sie.

Ich drehte mich zu ihm um, um ihn wütend anzustarren,

schaffte es aber in letzter Sekunde, meine Hand an meiner Seite zu behalten, anstatt ihn für seine Unhöflichkeit zu schlagen.

„Und was war die nochmal?", fragte ich mit betont lässiger Stimme.

„Bist du und der Culpepper-Junge zusammen?"

Ich zwang mich zu einem süßen Lächeln. „Also, erstens ist er kein Junge, und um deine Frage zu beantworten, Tanner und ich führen das Medium Rare zusammen, also was denkst du? Wäre es eine gute Idee, mit seinem Geschäftspartner auszugehen?"

Er grinste. „Nein, aber es könnte ausgesprochen aufregend sein. Denk an all die möglichen Komplikationen. Ihr müsstet es natürlich vor anderen verheimlichen, um professionell zu wirken und zu vermeiden, dass andere Angestellte behaupten, du würdest bevorzugt behandelt. Klingt ziemlich erregend, wenn du mich fragst."

Ja, ich war nicht sehr begeistert von Sebastian. Das war eine einfache Schlussfolgerung. Er tat so, als kannte er mich. Und das Schlimmste daran? Irgendwie tat er es. Während ich ihn bis ins kleinste Detail musterte, tat er dasselbe mit mir.

Nicht cool.

Ich grinste. „Wie du meinst, Stefan." Ich ließ ihn eine Weile am falschen Namen nuckeln. Gott weiß, es machte mich wahnsinnig, wenn die Leute meinen Namen nicht richtig hinbekamen. Dann entschuldigte ich mich, wobei ich mir besonders Mühe gab, Zoe und Ted herzlich zu verabschieden (meine Zurechtweisung schien Sebastian bessere Laune zu bescheren als die Erwähnung von Tanner) und ging zurück zu der Sitznische, wo mein Boss, Geschäftspartner und vielleicht bald Freund bei seinen Freunden saß.

Jane hatte sich neben Ansel gequetscht, und als ich näher kam, sprang Tanner auf und ließ mich auf die Bank rutschen.

Direkt neben Donovan.

Ugh. Ich wollte nicht die Füllung eines Tanner- und Donovan-Sandwichs sein.

Oder vielleicht ...

Ich warf einen Blick in Donovans Richtung, der mich absichtlich ignorierte.

Okay, nein. Unpraktische Fantasie abgewendet.

„Nora, das ist Landon Hawker", sagte Tanner, und als ich dem Blonden die Hand schüttelte, erklärte Tanner: „Er arbeitet unten in den Pergament-Katakomben."

„Freut mich, dich kennenzulernen", sagte ich.

Er starrte mich durch seine dickrandige Brille an, und ich war mir nicht sicher, ob seine Wangen immer so gerötet waren oder ob das, was er trank, für die Farbe verantwortlich war. „Nora Ashcroft? Wirklich?", sagte er.

„Ja. Das letzte Mal, als ich nachgesehen habe, auf jeden Fall."

„Hm."

„Was?"

„Nichts, nichts."

Ich beugte mich vor Donovan und ignorierte seine Verzweiflung, um Landon besser hören zu können. „Nein, was ist los? Komm schon." Ich berührte sanft seinen Arm. „Ist es, dass ich eine Hexe des Fünften Windes bin? Macht es dir Angst?"

Er riss die Augen auf. „Was? Nein! Überhaupt nicht! Ich finde es ziemlich cool."

„Na ja, dann findet das wenigstens einer von uns." Ich lehnte mich zurück, als Fiona mir einen Teller mit dampfendem frittierten Hühnchen mit Dip und einen Metallkrug brachte und beides vor mich stellte.

„Was hast du bestellt?", fragte Tanner aufgeregt und rieb sich die Hände.

„Bin mir nicht ganz sicher. Aber ich freue mich darauf, es herauszufinden."

Fiona zwinkerte. „Sag mir Bescheid, wenn du die nächste Runde willst, Nora."

Als sie wegging, griff Tanner nach meinem Teller, und ich schlug seine Hand weg. „Oh nein. Das ist keine verdammte Kommune. Bestell dir deinen eigenen Teller." Er lachte, stand auf und rannte Fiona hinterher, sodass ich Donovan unnötig nahe war. Ich rutschte zur Seite.

Ich biss in ein Stück Hühnerbrust und sagte: „Also, du bist eine … Hexe? Ist das unhöflich zu fragen?"

„Nein, nicht unhöflich", sagte er und rückte seine Brille zurecht. „Und ja. Eine Nordwindhexe."

Langsam, aber sicher wurde ich besser in diesem bizarren Ratespiel. „Ooh, ein Aeromant."

Er zuckte zusammen. „Wir verwenden dieses Wort nicht mehr."

„Hm? Warum nicht?"

„Es ist ein bisschen veraltet."

„Heißt das, ich sollte mich nicht als Nekromantin bezeichnen?"

Er schluckte schwer, aber bevor er antworten konnte, warf Donovan ein: „Wenn du willst, dass dich alle meiden, solltest du diesen Begriff auf jeden Fall weiter verwenden."

Ich spielte geschockt. „Moment, du meinst, ich könnte dich dazu bringen, mich noch mehr zu meiden, indem ich mich als Nekromantin bezeichne?"

„Das nicht", sagte Landon, „aber Nekromantie macht den Leuten immer noch Angst. Sie verstehen es nicht, denke ich. Sie haben nicht genug damit zu tun gehabt."

„Und du schon?", fragte Donovan.

Landon zuckte die Achseln. „Ich habe alles darüber gelesen. Und, ich meine, sieh sie dir an. Scheint sie die Art von Person zu sein, die einen bösen Geist wecken würde?"

Landon schien ganz in Ordnung zu sein.

Ich bemühte mich, ernst zu bleiben, als Donovan mich musterte und scheinbar abschätzte, ob ich der Typ war, der eine Armee von Dämonen auf Eastwind loslassen würde.

... Wow, er dachte ein bisschen zu viel darüber nach. Das sollte eigentlich ein Kinderspiel sein.

Schließlich sagte er: „Nein. Zumindest nicht absichtlich. Aber ich habe genug gehört, um zu wissen, dass sie sich durchaus in Schwierigkeiten bringen kann."

„Oh bitte, du glaubst, ich würde aus Versehen eine Armee von Dämonen auf die Stadt hetzen?"

Er riss seinen Kopf hoch. „Was? Ich habe nichts von einer Armee von Dämonen gesagt."

„Was? Nein. Ich auch nicht." Ich trank schnell aus meinem Krug und genoss den reichen bitteren Geschmack eines Porters, als es über meine Geschmacksknospen strömte.

„Nora", sagte Jane, als sie schließlich ihr vertrautes Gespräch mit Ansel unterbrach. „Da du auf dem Markt bist, sollten Ansel und ich dir seinen besten Freund Darius vorstellen."

„Ja", sagte Ansel, „ich glaube, ihr beiden könntet euch gut verstehen. Er lässt sich auch von niemandem Einhorn-Kacke vormachen."

Ich konnte spüren, wie sich Donovans kühler Blick in meine Wange bohrte. „Ich bin nicht wirklich auf der Suche. Aber danke."

Jane und Ansel tauschten einen zufriedenen Blick, und Ansel nickte. Ich hätte schwören können, dass ich ihn sagen hörte: „Du hast es gesagt, Zuckerpfote."

Tanner kehrte zurück und kurz bevor er sich neben mich schob, hielt ich ihn auf. „Toilette?"

Er zeigte auf einen dunklen Flur in der hinteren Ecke des Pubs.

Oh, wunderbar. „Danke." Ich ging an ihm vorbei und machte mich auf den Weg dorthin.

Die Toiletten waren ganz am Ende des Ganges, und ich fühlte mich nicht ganz sicher, aber das Porter hatte meine Angst gelindert und gerade genug Flüssigkeit in den Tank gefüllt, dass ich weiterging.

Als ich die Damentoilette verließ, erschrak ich, als ich fast mit jemandem zusammengestoßen wäre.

„Meine Güte, Tanner. Du hast mir einen Schrecken –"

Er drängte mich gegen die Wand und küsste mich. Dann ließ er von meinem Mund ab und starrte auf mich herab. „Tut mir leid. Es ist einfach zu schwer, in deiner Nähe zu sein und so tun zu müssen, als wären wir nicht zusammen. Es raubt mir den Verstand."

Ich stieß ihn sanft von mir. „Hör auf. Alles ist gut."

„Warum können wir nicht einfach ehrlich zu den Leuten sein?"

„Du weißt warum. Das haben wir doch schon durchgesprochen."

Er rümpfte die Nase, kniff die Augen zusammen und schüttelte den Kopf. „Jane wird es nicht interessieren. Und ich bezweifle, dass es Greta, Anton oder Bryant interessieren wird, solange du keine Vorzugsbehandlung bekommst. Was nicht passieren wird." Er grinste und drückte mich wieder an die Wand. „Zumindest nicht bei der Arbeit."

Ich seufzte. Er brachte gute Argumente vor. Aber trotzdem hielt mich etwas zurück. Vielleicht hatte Sebastian recht. Vielleicht genoss ich die Aufregung der Geheimhaltung.

Nein. Sebastian konnte nicht recht haben.

Um meinen Verstand zum Schweigen zu bringen, küsste ich Tanner nochmal.

Dann plötzlich: „Oh Fänge und Klauen!" Ich unterbrach den Kuss und drehte meinen Kopf herum, um zu sehen, dass Donovan uns wütend anstarrte.

„Es ist nicht –", begann Tanner.

„Du hast gesagt, zwischen euch beiden läuft nichts." Donovan machte sich nicht die Mühe, seine Verachtung zu verbergen, aber er hob kapitulierend die Hände. „Es ist okay. Mit wem du rummachst, geht allein dich was an. Ich denke nur, du könntest was viel Besseres haben."

„Was?", sagte Tanner, aber Donovan war bereits in der Herrentoilette verschwunden.

Tanner wollte ihm nachgehen, aber ich packte ihn am Arm. „Hör auf. Es ist egal. Glaubst du, er wird es jemandem erzählen?"

„Nein. Donovan ist keine Klatschtante. Was er gesagt hat, Nora. Das stimmt nicht."

„Mach dir keine Sorgen. Ich weiß, er ist nicht mein größter Fan." Ich versuchte, ein Lächeln zustandezubringen, aber ich war mir ziemlich sicher, dass es eher eine Grimasse war. „Ich gehe besser vor dir zurück, sonst … du weißt schon."

„Sicher."

Ich hatte es gerade erst aus dem dunklen Flur in die etwas weniger dunkle Bar geschafft, die im Vergleich jetzt sonnig wirkte, als sich eine starke Hand um mein Handgelenk legte.

Ich wirbelte herum und stand Lucent Lovelace Auge in Auge gegenüber. „Nora. Dachte ich doch, dass du das warst, als du vorbeigegangen bist."

Ich befreite mein Handgelenk aus seinem Griff und sagte: „Hallo, Lucent. Wie geht's?"

„Oh, du weißt schon. Die Liebe meines Lebens ist immer noch tot, und alles, was ich habe, ist ihr Geld und ein großes leeres Haus als Gesellschaft. Oh, und Whiskey." Er hob sein Glas. „Eine Menge Whiskey."

„Das rieche ich", sagte ich.

„Du hast mich nicht vorgestellt, du Idiot", sagte der Kobold gegenüber von Lucent am Tisch. „Du versuchst, sie ganz für dich zu behalten, was?"

„Nein", sagte ich schnell.

„Seamus Shaw", sagte er, „freut mich, deine Bekanntschaft zu machen, würde dich aber auch gern näher kennenlernen."

„Ewww." Nicht die Antwort, die er erwartet hatte, obwohl sie es wirklich hätte sein sollen. Er war so betrunken, dass er sabberte, was überraschend war, da er den Alkohol anscheinend schneller ausschwitzte, als irgendjemand mit einer Spur Vernunft trinken konnte. Seamus' Name fiel oft in Gesprächen in der Stadt und nie in einem positiven Zusammenhang. Jetzt verstand ich, warum.

„Das sagst du jetzt, aber bald wirst du sagen: *Oh! Ohh!* Das ist garantiert."

Bevor ich ihm sagen konnte, dass ich nicht auf kleine Männer stehe, tauchte Tanner aus dem Nichts auf. „Ich glaube, du musst nach Hause gehen, Seamus", sagte er streng und trat zwischen den Kobold und mich.

„Tanner", sagte ich, „schon gut."

„Nein, ist es nicht." Seine Augen blieben auf Seamus gerichtet. „Du hast kein Recht, so mit ihr zu reden. Du bist betrunken und benimmst dich unangemessen. Du musst gehen." Er wandte sich Lucent zu. „Bring ihn hier raus. Sofort."

„Was glaubst du, wer du bist?", fragte Seamus, aber Lucent nickte, packte seinen Saufkumpanen am Arm und zerrte ihn zum Ausgang.

Meine Aufregung über Seamus' widerliche Bemerkungen war vielleicht ein bisschen sichtbar, als ich mich Tanner zuwandte. „Ich kann auf mich selbst aufpassen", zischte ich. „Ich brauche keinen edlen Ritter in glänzender Rüstung."

Seine Verwirrung löste sofort Schuldgefühle in mir aus,

obwohl ich nicht sicher war, ob es daran lag, dass er dachte, ich würde die Geste zu schätzen wissen, oder daran, dass er nicht wusste, was ein Ritter in glänzender Rüstung war.

„Ich weiß, dass du gut allein klarkommst", sagte er ausdruckslos.

Ich biss mir auf die Lippen und beschloss, nicht zu antworten. Und dann fiel mein Blick auf Donovan am Rand des dunklen Flurs zu den Toiletten. Er beobachtete die Interaktion wie ein Falke und fragte sich zweifellos, ob er die Unterhaltung genießen würde, wenn das mit Tanner und mir schiefginge, bevor es überhaupt richtig losgegangen war.

Ich würde ihm diese Genugtuung nicht geben. „Tut mir leid, Tanner. Ich wollte dich nicht anmotzen. Danke. Seamus ist ein Widerling."

„Ja, das war er", sagte Tanner, und obwohl er weniger erschrocken schien, war die Verwirrung immer noch da. Er drehte dem Rest des Pubs den Rücken zu und fragte dann: „Ist alles okay zwischen uns?"

Ich nickte. „Natürlich. Aber mein Hühnchen wird kalt, also sollten wir ..."

„Richtig! Ich habe auch einen Teller bestellt."

Ich spielte meine Karten genau richtig, sodass Tanner neben Donovan in der Sitznische saß und ich den äußeren Platz hatte. Danach lief alles viel reibungsloser, vor allem, als Landon vorschlug, ein paar Runden *Explode a Toad* zu spielen. Keine Sorge, dabei werden keine Tiere verletzt. Das hatte ich mich auch gefragt. Es war nur ein Trinkspiel wie die, die ich auf Partys in der Highschool gespielt hatte. Nur waren die Spielkarten so verzaubert, dass sie verschwanden und in der Hand einer anderen Person wieder auftauchten, und der Verlierer musste sein Getränk mit einer winzigen heraufbeschworenen Kröte im Glas hinunterkippen, die, wie sie mir erst erklärten, als ich an der Reihe war, verschwand, sobald sie meinen Magen erreichte, und in Wirklichkeit kein echtes Tier war.

Aber erzählen Sie das mal meiner Speiseröhre!

Es war nicht mein Lieblingsspiel, aber es war gut für ein paar Lacher, und als der Alkohol immer weiter floss und Ansel drei Spiele in Folge verloren hatte, war sogar Donovan lockerer geworden und schien Spaß zu haben.

Es war nicht der Traumausflug zu Sheehan's Pub, den ich mir immer vorgestellt hatte, aber als Tanner mich schließlich nach Hause brachte und mich ein letztes Mal auf Rubys Veranda küsste, war es der beste Besuch, den ich mir hätte wünschen können.

Kapitel Drei

Als ich mich am nächsten Tag ins Medium Rare schleppte, fiel mir sofort wieder ein, warum mir ein gesellschaftliches Leben ziemlich egal war. Ich hatte nicht so viel getrunken, aber weil ich kaum noch trank, zeigte der Kater sein hässliches Gesicht gerade genug, dass die grellen, magischen Innenlichter mich die Augen verdrehen ließen, als ich die angenehme Dunkelheit der Morgendämmerung verließ.

Tanner schien auch ein bisschen angeschlagen zu sein und begrüßte mich mit einem lethargischen „Hey, Nora", während er in einer der hinteren Sitznischen Münzen zählte, den Kopf auf eine Faust gestützt, die Hälfte seines Gesichts nach oben geschoben.

Wenigstens war ich nicht allein. Denn das Einzige, was schlimmer war als ein Kater, war einen zu haben, wenn der Saufkumpan keinen hatte.

Das anhaltende trockene Summen in meinem Kopf ließ mich den Großteil des Morgens damit verbringen, darüber nachzudenken, dass ich alt wurde, aber das ließ ein paar Stunden später etwas nach, als Ted durch die Tür kam.

Verstärkte er mein Gefühl, sterblich zu sein? Natürlich. Aber wenigstens war ich nicht so alt wie Ted. Hatte er ein Alter, oder war er so alt wie die Zeit? Oder, so schätze ich, so alt wie das Leben? Denn Zeit konnte ohne Leben existieren, aber Leben nicht ohne Tod, oder?

Oh du meine Güte. Ich wurde schon wieder philosophisch. Das war eine der seltsamen Nebenwirkungen eines Katers bei mir, als würde sich mein Geist nach innen zurückziehen, um all die negativen körperlichen Empfindungen zu ignorieren.

Grim, der erst eine halbe Stunde zuvor nach seinen üblichen sechzehn Stunden Schlaf reingekommen war, wurde wach, als ich über ihn hinwegstieg, um die Kaffeekanne aus der Maschine an der Ecke der Theke zu nehmen. Ich goss mir eine dritte Tasse Kaffee ein, bevor ich Ted eine eingoss, der einen Boxenstopp an der Theke einlegte, bevor er zu seinem üblichen Platz in der Ecke ging.

„Wie fühlst du dich heute Morgen?", fragte er gut gelaunt, als ich die Tasse vor ihm abstellte.

„Fantastisch. Du bist nicht meinetwegen hier, oder? Denn mein Kopf fühlt sich so an, als könntest du es vielleicht sein."

Er setzte sich gerade hin. „Was? Nein, ich bin nur wegen des Üblichen hier. Ich bin schon lange, bevor du nach Eastwind gekommen bist, Stammgast hier gewesen."

Wow. Das meinte ich nicht. „Nein, ich meine nur, ich fühle mich, als würde ich sterben." Ich winkte ab. „Ich bin nur melodramatisch. Tut mir leid. Schlechter Scherz."

„Richtig. Nein. Hab' ich schon verstanden. Muss ich außerdem wiederholen, dass ich nicht ‚wegen der Leute' an sich komme? Ich räume nur auf. Ich bin in keiner Weise ein Todesomen."

„*Dann prahl doch damit*", stöhnte Grim zu meinen Füßen.

„Ich weiß, Ted. Keine Sorge." Ich zwang mir ein Lächeln ins

Gesicht, um ihn zu beruhigen. „Ich zieh' dich nur auf. Du weißt schon, wie Freunde das eben machen."

Seine Kapuze fiel ein Stück zurück und enthüllte die zackigen Knochen seiner Nase. „Freunde? Richtig. Freunde. Wir sind Freunde." Er nahm seinen Kaffee und prostete mir damit zu. „Ich trinke darauf, dass es dir schnell besser geht, Freundin, damit ich deine Leiche nicht wegräumen muss!"

„*Also, das ist beunruhigend*", sagte Grim, als Ted zu seiner Ecknische ging.

Ich blickte auf ihn hinunter. „*Welcher Teil?*"

„*Kannst du dir aussuchen.*"

Als die müden Frühmorgen-Gäste verschwanden oder sich mehr Koffein in die Hälse schütteten, begann der Klatsch schneller zu fließen als der Kaffee.

„Nora", sagte Hyacinth Bouquet, als ich an ihrem Tisch vorbeikam. Ich blieb wie angewurzelt stehen. „Noch einen Kaffee?"

„Hm? Oh, ja, gern. Aber ich wollte gerade sagen, dass ich von gestern Abend gehört habe. Im Sheehan's."

Meine Gedanken schossen zurück zu Donovans verächtlichem Gesichtsausdruck, als er Tanner und mich beim Küssen vor den Toiletten erwischt hatte. „Was meinst du?" Ich hielt den Atem an.

„Seamus, dieser dumme Versager. Er hat anzügliche Bemerkungen abgegeben, und dann hat Tanner eingegriffen und ihn in die Schranken gewiesen." Sie seufzte und wandte sich ihrem Mann zu, der die *Eastwind Watch* las und meiner Meinung nach ziemlich deutlich signalisierte, dass er nicht in den Klatsch hineingezogen werden wollte. „Ist Tanner nicht einfach der süßeste Junge, James?"

James grunzte, was mehr war, als ich erwartet hatte. Hyacinth drehte sich wieder zu mir um und legte eine Hand auf meinen Arm. „Oh, Nora, du hast Glück, dass er da war, um für dich einzutreten, aber wirklich, du solltest nicht an einen solchen Ort gehen. Wie ich dir schon gesagt habe, wärst du ein Hit in der Lyre Lounge. Und ich glaube, ich erinnere mich daran, dass Seamus vor einiger Zeit von da verbannt wurde, also müsstest du dir keine Sorgen seinetwegen machen. Im Lyre bist du in viel besserer Gesellschaft. Und reicherer." Sie wackelte mit den Augenbrauen. „Du müsstest nicht mehr hier arbeiten, wenn du einen Mann im Lyre finden würdest."

„Danke, aber mir geht es gut, und ich hatte Spaß im Sheehan's." Ich schenkte ihr lächelnd Kaffee nach und ging weiter, bevor ich etwas sagen konnte, was ich bereute.

Meine Wut brutzelte noch wie eine heiße Bratpfanne von der Unterhaltung, als zwei Teenager, die ich erst ein paarmal gesehen hatte, wie ein Hurrikan hereinbrausten – laut, arrogant, unerträglich. Sie kamen herein, als ob ihnen der Laden gehörte, und ich zuckte zusammen, als ich daran dachte, wie sie in fünf oder zehn Jahren sein würden, wenn sie erwachsen waren.

Aber dann erinnerte ich mich daran, dass die meisten Teenager so waren und nicht alle wie Graf Sebastian Malavic wurden.

Außerdem waren diese Jungs keine Vampire. Ich war mir nicht sicher, was sie waren, aber ich war mir sicher, dass sie lebende, atmende Jungs waren.

Ich sah mich nach Tanner um und hoffte, dass er den Tisch übernehmen würde – schließlich würde er sich wahrscheinlich gut mit den Kindern verstehen, weil er das normalerweise tat –, aber er war nirgends zu sehen. Ich überlegte, mich mit etwas anderem abzulenken und zu hoffen, dass er in der Zwischenzeit von hinten auftauchen würde, aber dann wurde mir klar, dass ich einfach nur albern und ein bisschen faul war.

Würden diese Jungs Trinkgeld geben? Sicher nicht. Aber

ich brauchte das Geld ja nicht. Und als Besitzerin des Diners sollte ich mich nicht vor meinen täglichen Pflichten drücken.

„Hallo, Gentlemen. Wie geht's euch heute?"

Die beiden Jungen sahen sich über den Tisch hinweg an und tauschten verschlagene Blicke aus. „Viel besser, jetzt, wo Sie hier sind", sagte der mit dem rotblonden Haar und einem runden, sommersprossigen Gesicht mit einer Stupsnase.

Der andere Junge, der pechschwarzes Haar hatte und bei den Teenager-Mädchen von Eastwind wahrscheinlich viel besser ankam, kicherte über die lahme Anmache seines Kumpels.

Ich beschloss, sie zu ignorieren. „Mein Name ist Nora, und ich werde euch heute bedienen. Was kann ich euch zu trinken bringen? Kaffee, Orangensaft?"

„Keinen Durst mehr", sagte der Blonde. „Ich habe schon einen großen Schluck Wasser hier." Er deutete auf mich von Kopf bis Fuß, und ich zog eine Augenbraue hoch und neigte den Kopf.

„Nett", sagte ich trocken. „Ich bin sicher, das funktioniert bei den Zwölfjährigen gut. Willst du jetzt was trinken, oder willst du einfach ewig hier sitzen und eine Sitznische besetzen, damit ich kein ordentliches Trinkgeld verdienen kann?"

Der dunkelhaarige Junge lachte, und das Gesicht des Blonden wurde rot. „Du willst ein Trinkgeld? Hier ist eins. Du bist hübscher, wenn du nicht sprichst."

Mein Mund klappte auf, aber ich schloss ihn wieder. Ich würde mich nicht von ihm provozieren lassen. Ich wandte mich seinem Freund zu. „Was ist mit dir? Kaffee? Orangensaft?"

„Kaffee bitte, Ma'am", sagte er grinsend.

Das war besser. „Großartig. Ich bin gleich wieder da."

Als ich mich jedoch umdrehte, um wegzugehen, passierte es, und ich hatte genug.

Zwei Finger und ein Daumen – ich konnte jeden deutlich spüren – packten die Rückseite meiner Hose und zwickten in meinen Po.

Ich schnappte nach Luft und wirbelte herum. Ich erwartete, dass es der Blonde war, aber der Blonde machte es trotz all seiner offensichtlichen Fehler ein wenig wieder gut, indem er seinen schwarzhaarigen Freund mit vollkommen entsetztem Gesichtsausdruck anstarrte.

„Raus!" Ich brachte es kaum heraus, ohne zu schreien.

„Sie können uns nicht rausschmeißen", sagte der Täter. Ich wollte ihm den selbstgefälligen Ausdruck aus dem Gesicht ohrfeigen, aber ich, eine Erwachsene und die Stärkere, hielt mich wie durch ein Wunder zurück.

„Und ob ich das kann", sagte ich. „Und genau das mache ich gerade."

Okay, ja, ich freute mich auf diesen Teil. Als mir das Chez Coeur in Austin gehört hatte, war es oft das Highlight meiner Woche gewesen, unverschämte Gäste rauszuwerfen. Sosehr mich das Zwicken auch aus dem Gleichgewicht gebracht hatte, hatte ich jetzt wieder festen Boden unter den Füßen. Ich wusste, wie ich diesen Teil machen musste.

Und ich *liebte* ihn.

Ich trat von der Sitznische zurück und ließ ihnen gerade genug Platz, um sich an mir vorbeizuzwängen. Ich wusste, dass sie nur Kinder waren – dumme Kinder, aber immer noch Kinder –, doch wenn sie dafür verantwortlich waren, dass ich mich unbehaglich fühlte, würden sie dafür bezahlen. Irgendwann mussten sie es lernen, und zu viele Frauen fühlten sich nicht sicher, wenn sie sich zur Wehr setzten.

Ich sage, es war meine moralische Verantwortung, diese Rotzlöffel zu demütigen.

Zumindest war das meine Argumentation, während ich

immer noch leicht verkatert war, wütend auf Hyacinth und die Stelle auf meiner linken Pobacke immer noch brannte.

Die Jungs bewegten sich nicht. Ich vermutete, dass sie vor Angst erstarrt waren. Perfekt.

„Habt ihr mich nicht gehört?", sagte ich lauter. „Ich sage es diesmal lauter, vielleicht hört ihr mich dann. Sexuelle Belästigung läuft hier nicht. Und jetzt verschwindet ihr kleinen Punks, bevor ich euch zum Gehen zwinge."

Ich werde nicht lügen. Ich zog verdammt viel Befriedigung daraus, als es im Restaurant still wurde und alle Augen auf die beiden Jungen gerichtet waren, die Minuten zuvor so laut hereingekommen waren, dass ich davon ausgehen musste, dass ihr Ziel gewesen war, alle Blicke auf sich zu ziehen. Man sollte vorsichtig sein mit dem, was man sich wünscht, dachte ich.

„Sie können uns nicht rauswerfen", sagte der Dunkelhaarige und beharrte darauf wie die dumme kleine Knalltüte, die er war. „Ich will mit Ihrem Manager sprechen."

Ich lachte „Gern." Ich drehte ihnen nur einen Moment lang den Rücken zu, bevor ich Tanner entdeckte und ihn herüberwinkte und rief: „Hast du eine Sekunde Zeit? Dieser Junge, der mich am Po begrabscht hat, will sich bei dir über mich beschweren."

Tanners Gesicht verzog sich zu einem breiten Grinsen. „Ich weiß nicht. Ich denke, sie sollten mit der Besitzerin darüber sprechen."

Ich nickte. „Ah ja, gute Idee."

„Gut", sagte der großspurige dunkelhaarige Junge. „Ich möchte mit der Besitzerin sprechen."

„Sicher", sagte ich. „Oh, Nora!", rief ich über meine Schulter, und er verzog sein Gesicht vor Verwirrung, bevor ich hinzufügte: „Oh, warte. Das bin ja ich." Dann beugte ich mich vor und sagte leise, aber entschlossen: „Raus!"

Diesmal rannten die beiden nach draußen, ohne sich auch nur einmal umzudrehen. Das Bimmeln des Glöckchens über der Eingangstür verkündete das Ende des Dramas, und ich atmete erleichtert auf.

Ich war mir nicht sicher, aber ich denke, es war James Bouquet, der zuerst zu applaudieren begann. Die übrigen Gäste folgten fast sofort seinem Beispiel.

Tanner trat neben mich. „Du hattest absolut recht, Nora, du brauchst mich nicht, um dich gegen Männer zu verteidigen.”

„Das waren kaum Männer.”

„Trotzdem”, sagte er. „Tut mir leid, dass mein Impuls gestern Abend, dir mit Seamus zu helfen, dich hat glauben lassen, dass ich an deiner Fähigkeit zweifle, auf dich selbst aufzupassen. Das tue ich nicht. Wirklich nicht. Das ist eines der Dinge, die ich an dir so mag.”

Meine Güte! Tanner war wie ein fremdes Wesen, das ich vielleicht nie verstehen würde. Einen Moment lang versuchte ich, mir vorzustellen, wie diese Worte aus dem Mund eines der anderen Männer kamen, mit denen ich ausgegangen war, und es kam mir lächerlich vor. „Keine Sorge”, sagte ich. „Ich kann auf mich selbst aufpassen, aber das heißt nicht, dass ich nicht ab und zu ein bisschen Hilfe zu schätzen weiß.”

Er nickte und klopfte mir auf die Schulter, während er sich weiter wie ein „Freund” verhielt, bevor er sich zu mir beugte und flüsterte: „Ich helfe dir, wie immer du willst, Nora”, und dann ging er mit großen Schritten weg, um einen Tisch abzuräumen.

Tanners Perfektion würde irgendwann noch mein Tod sein.

Wenigstens wusste ich, dass Ted da war, um meine Leiche wegzuräumen, falls dieser Tag irgendwann kommen sollte.

Kapitel Vier

„Das war heute definitiv nicht deine beste Performance", sagte Ruby, während sie einen Kessel Wasser auf den Herd stellte und anfing, Kräuter für den Tee hineinzuschaufeln.

„Es war ein langer Tag", antwortete ich. Der Kater von der Nacht davor war am Ende meiner Schicht verflogen, aber ich fühlte mich immer noch, als wäre ich einen Marathon gelaufen. Mein Rücken und meine Füße taten furchtbar weh, und mein Verstand war träge. Ich hatte nicht mehr viel Benzin im Tank, als es Zeit für meinen abendlichen Unterricht war.

„Das passiert, wenn man zu lange mit seinem Freund ausgeht."

Ich nahm den Stapel Runensteine, mit denen wir auf dem Wohnzimmertisch geübt hatten, und legte sie zurück in ihre Schachtel. „Er ist nicht mein Freund."

„Dann hast du irgendwo unterwegs einen krassen Fehler gemacht."

Ein hoher Schrank neben der Haustür beherbergte die meisten von Rubys magischen Werkzeugen, und ich stellte die Schachtel an ihren Platz. Die genaue Stelle auf dem Regal war nicht schwer zu finden, da es der einzige staubfreie Platz war. Ruby hatte diese Werkzeuge nicht oft benutzt, bevor ich nach meinem Tod nach Eastwind gestürzt war, so viel war klar. Doch Magie schien hier genau so zu funktionieren. Man brauchte Werkzeuge nur am Anfang. Sie waren wie Stützräder oder Schwimmflügel. Manche Leute benutzten sie für immer, weil es so einfacher war, aber die wirklich Mächtigen gaben sich irgendwann nicht mehr damit ab. Obwohl Ruby nicht der Typ war, der angab, vermutete ich, dass sie viel mächtiger war, als sie zugab. Und doch war sie die einzige Hexe in Eastwind, die ich getroffen hatte, die ihre Magie noch weniger bereitwillig einsetzte als Tanner.

„Du denkst, Vorsicht ist falsch?"

„Es gibt einen Unterschied zwischen Vorsicht und Vermeidung, Liebes. Ich bin vorsichtig, wenn ich meinen Eintopf zum ersten Mal probiere. Er könnte zu heiß sein, oder vielleicht ist zu viel Rosmarin drin. Oder vielleicht ist das Fleisch nicht richtig durch. Aber wenn ich den ersten Löffel esse und sehe, dass er fertig ist und darauf wartet, gegessen zu werden, glaubst du, ich sitze einfach nur da und starre ihn an? Nein. Du hast die Suppe mit diesem armen, liebeskranken Jungen gekostet. Er ist genau richtig. Ich kenne ihn, seit er ein Kind war, noch bevor diese Hexen seine Eltern umgebracht haben –"

„Warte, was?"

„Und ich kann dir sagen, er ist so gut, wie er nur sein kann. Ehrlich gesagt, ich glaube, du bist ein bisschen dumm. Glaubst du nicht, ein anderes Mädchen wird sich ihn schnappen, wenn sie kann?"

„Ja, ja", sagte ich, „da hast du wahrscheinlich recht. Aber komm zurück zu dem Teil über Tanners Eltern. Ich wusste, dass sie tot sind, aber ich hatte nicht gehört –"

Ein *Klopf, Klopf, Klopf* an der Haustür erregte meine

Aufmerksamkeit, aber nur halb, da meine Gedanken noch bei den neuen Informationen über Tanner waren.

Ich ergriff die Klinke und bevor Rubys Schrei „Fänge und Klauen! Mach nicht auf!" bei mir ankommen konnte, öffnete ich die Tür.

Der kalte Wind rauschte an mir vorbei und durch mich hindurch, und ich schaffte es gerade so, auf den Beinen zu bleiben. Er kreischte durch die untere Treppe, sodass Grim und Clifford von ihrem Platz am Kamin aufsprangen. Grim klemmte seinen Schwanz zwischen die Beine, um seine empfindlichen Stellen zu schützen, während seine Ohren flach an seinem Kopf anlagen.

Ich hielt mir die Ohren zu, als der Wind zu heulen begann wie ein überkochender Teekessel. Aber so laut er auch war, er schaffte es nicht, Rubys Schrei zu übertönen. „Oh nein, das tust du nicht! Nicht in meinem Haus!" Sie schloss die Augen und hielt ihre Hände eine Elle auseinander, die Handflächen einander zugewandt, während sie in einer Sprache zu singen begann, die ich noch nie gehört hatte.

Der Wind peitschte um sie herum und war gefährlich nahe daran, ihre Robe über ihren Kopf zu wehen und mir einen Blick auf „Nein, danke" zu gewähren.

Sie hörte auf zu singen und klatschte dreimal in die Hände, und der trockene, eiskalte Wind peitschte wieder an mir vorbei und warf mich fast um. Er strömte immer schneller an mir vorbei, bis er plötzlich verschwunden war und die Haustür so heftig hinter ihm zuschlug, dass ich dachte, sie würde aus den Angeln fallen. Der Inhalt des Schranks an der Wand neben der Tür klapperte auf den Regalen und war der Schlusspunkt des Abgangs dessen, was ich gerade hereingelassen hatte.

„Das ist bedauerlich", sagte Grim.

„Weißt du, was das war?"

„Nein, aber ich wette, das ist der Anfang vom Ende für uns alle. Was meinst du, Cliff? Ja, da ist was dran."

„Was hat er gesagt?"

„Er sagte, jeder Moment unseres Lebens ist der Anfang vom Ende."

Ich warf Clifford einen Blick zu, als er sich wieder fallen ließ und seinen großen roten Kopf auf die Pfoten legte.

„Musst du wirklich alles auf die harte Tour lernen?", sagte Ruby und strich sich die zerzausten Haare glatt.

„Tut mir leid", sagte ich. „Ich habe nicht darüber nachgedacht. Was war das?"

Sie fuhr mit den Händen über ihre verknoteten Roben. „Bin mir nicht ganz sicher. Wahrscheinlich ein Dämon."

„Ein Dämon?"

Sie starrte mich wütend an und konnte ihre Frustration nicht verbergen. *„Ja,* Nora. Was glaubst du, was sonst dreimal klopft? Darüber haben wir doch schon gesprochen."

„Wir haben nicht darüber gesprochen, dass es ein Dämon ist! Ich wusste nicht einmal, dass es die wirklich gibt."

„Natürlich gibt es die. Nicht der Himmel-und-Hölle-Dämon aus der Bibel, sondern ein böses Wesen, ja. Und du hast es einfach reingelassen."

„Was soll das heißen?"

Sie kicherte trocken und drehte sich zur Theke um, wo Teeblätter und Kräuter in alle Richtungen geweht worden waren. Sie grunzte. „Wir müssen abwarten und sehen. Wahrscheinlich ist es wieder ein Fall von Vorsicht, nicht von Vermeidung. Vielleicht ist es eine gute Übung. Ich hätte es vorgezogen, wenn wir die Falten deines Liebeslebens auf eine weniger bedrohliche Weise geglättet hätten, aber das Leben war noch nie nett zu mir, also weiß ich nicht, warum es jetzt damit anfangen sollte." Sie warf einen Blick in den Teekessel und fluchte. „Das Wasser ist weg. Das Ding hat das ganze

Wasser getrunken!" Sie drehte sich mit geschlossenen Augen zu mir um, atmete tief durch und sagte dann: „Okay, ich will dich nicht in Panik versetzen, aber wenn du das Chaos, das du gerade angerichtet hast, nicht aufräumst, werden wir ein echtes Problem haben, du und ich."

Ich zog mich langsam zur Treppe zurück. Ruby ohne ihren Tee schien tatsächlich eine größere Bedrohung für mein Leben zu sein als irgendein namenloses böses Wesen. „Verstanden", sagte ich. „Ich fange gleich morgen damit an. Versprochen."

Dann rannte ich die Treppe hinauf und in mein Zimmer. Ich brauchte Schlaf, wenn ich mich mit einem Rätsel mit so vielen Unbekannten auseinandersetzen wollte.

Als ich mich am nächsten Morgen vor Anbruch der Morgendämmerung auf den Weg zur Arbeit machte, hoffte ein großer Teil von mir immer noch, dass der Vorfall in der Nacht zuvor ein Traum gewesen war.

Aber ich wusste, dass dem nicht so war.

Also hoffte ich stattdessen, dass es nur ein Zufall war, eine einmalige Sache, die keiner weiteren Aufmerksamkeit bedurfte. Problem gelöst, weil es kein Problem gab. Manchmal zogen böse Wesen einfach auf ihrem Weg woanders hin vorbei, oder? Vielleicht war es im falschen Haus gewesen, hatte es bemerkt und sich fröhlich auf den Weg zurück ins Geisterreich gemacht.

Doch dann öffnete ich die Haustür und sah Rubys Garten, und jeder Gedanke an das Best-Case-Szenario verwehte wie eine Eulenfeder im Wind.

Das minimale Licht der Straßenlaterne reichte, um mir zu zeigen, dass Ruby mir die Hölle heiß machen würde, sobald sie aufwachte.

Ihr Kräutergarten gleich vor der Veranda ihres Reihenhauses, der Garten, den sie täglich mit akribischer Sorgfalt und Liebe pflegte, war vollkommen verdorrt. Ja, es war Ende Juni und nicht gerade ideales Wetter für die meisten Pflanzen, aber erst am Tag zuvor war es ihren Rosmarinbüschen noch gut gegangen. Genau wie ihrem Salbei, ihrem Wermut und all den anderen Pflanzen.

Aber jetzt? Alles braun.

War es ein Zufall? Schön wär's.

Ich überlegte, was ich tun sollte, und *Ruby aufwecken, um ihr zu sagen, dass ihr Garten tot war*, war nicht die beste Wahl. Also eilte ich die Straße hinunter zum Medium Rare, wohl wissend, dass mich dieses nette Gespräch bei meiner Rückkehr erwarten würde.

Auf meinem Weg von Rubys Haus zum Medium Rare nahm die Situation jedoch eine weitere merkwürdige Wendung. Nicht nur Rubys Garten hatte eine harte Nacht hinter sich. Das Grün auf beiden Seiten der Straße war in einem ähnlich verdorrten Zustand. Da wir so nah an der Innenstadt wohnten, gab es zwischen den Stein- und Holzhäusern an der Straße nicht besonders viele Pflanzen, nur ein paar Sträucher hier und da, ein paar Grasflecken – keine hohen Bäume und nur eine Handvoll Gärten. Aber auf meinem Weg wurde mir klar, dass nichts davongekommen war.

Dann kam ich an einer Querstraße vorbei und hielt inne, als mein Blick auf die Hängepflanzen fiel, die von einem Balkon wuchsen – alle gesund und blühend. Warum waren sie nicht wie der Rest betroffen?

Meine Neugierde führte mich, und ich näherte mich dem Garten und suchte nach Spuren für den gleichen Schaden, der den anderen Pflanzen zugefügt worden war.

Nichts.

Tatsächlich war keine der Pflanzen in dieser Straße angerührt worden.

Ich ging zurück und weiter über die Querstraße, spähte in die andere Richtung, und es schien, als wären auch diese Pflanzen verschont geblieben.

Nach ein paar weiteren Abweichungen von meinem Arbeitsweg konnte ich nur einen Schluss ziehen: Was auch immer diese Pflanzen verdorren ließ, war nur auf diesem Weg passiert.

Dem, der von Rubys Haus nach … ja, wohin führte?

Dieses kleine Rätsel löste sich jedoch bald, als ich, immer noch dem Pfad der toten Pflanzen folgend, das Medium Rare erreichte und feststellte, dass die Zerstörung dort nicht endete. Sie ging nur noch weiter … in die Deadwoods.

Oh Mann! Das erschien mir zwar logisch, war aber kein gutes Zeichen.

Und hier endete meine Untersuchung vorerst. Die Deadwoods waren kein Ort, an dem ich im hellen Tageslicht sein wollte, geschweige denn im frühesten Morgengrauen. Das einzige Mal, dass ich jemals einen Fuß dorthin gesetzt hatte, war unfreiwillig, als ich in Eastwind angekommen und von Grims feuchten Küssen auf meinem Gesicht geweckt worden war. Obwohl die Deadwoods die meiste Zeit seines Lebens Grims Zuhause gewesen und auch jetzt noch sein liebster Urlaubsort waren, suchte ich nicht gerade nach einem Grund, dorthin zu gehen.

Außerdem musste ich arbeiten. Und wenn ich das als Ausrede benutzen könnte, würde ich es tun.

Ärger hatte eine bewundernswerte Geduld, und ich war sicher, dass er auch nach meiner Schicht noch auf mich warten würde.

Kapitel Fünf

Mrs. und Mr. Flannery kamen herein, sobald sie ihre Welpen für den Tag in der Grundschule von Eastwind abgesetzt hatten. Sie waren besonders guter Stimmung, was immer schön war, denn sie konnten ein bisschen unberechenbar sein. Ich dachte nicht, dass es nur daran lag, dass sie Werwölfe waren – schließlich kannte ich viele Werwölfe, die ein ausgeglichenes Wesen hatten –, aber viele andere Eastwinder schrieben es dieser Tatsache zu. Es schien ein bisschen unfair, denn jeder sollte Tage haben dürfen, an denen er gesprächig war, und Tage, an denen er verdammt nochmal in Ruhe gelassen werden wollte.

„Ganz seltsame Sache, Nora, hast du davon gehört?", fragte Mrs. Flannery, als ich zwei blutige Steaks mit Spiegeleiern vor ihr abstellte.

„Kommt darauf an, was es ist."

„Tammy Mays Pflanzen sind gestern Nacht einfach alle eingegangen."

Ich versuchte, mir die plötzliche Anspannung in meinem Kiefer nicht anmerken zu lassen. „Tammy May?"

„Ja, die Fee, die drüben in der Obsidian Lane wohnt. Die mit dem Kirschbaum vor dem Haus."

Oh ja, ich erinnerte mich an den toten Kirschbaum auf dem Weg zur Arbeit. „Was ist passiert?", fragte ich.

Mr. Flannery lachte. „Drachenwandler. Ich würde mein Geld darauf verwetten. Der Baum sieht geröstet aus."

„Das waren sie nicht", schimpfte Mrs. Flannery. „Er war nicht versengt, er war nur verdorrt." Sie beugte sich zu mir vor. „Kensington fängt einfach gerne Drama zwischen Nachbarn an." Sie starrte ihren Mann wütend an. „Wie auch immer, ich habe heute Morgen auch mit Donovan Stringfellow gesprochen – kennst du ihn?"

„Ja."

„Und er sagte, Blanche Bridgewaters Pflanzen haben dasselbe Schicksal erlitten. Wenn du möchtest, kannst du sie dir nach deiner Schicht wahrscheinlich ansehen. Das Bridgewater-Haus ist nicht allzu weit von hier."

„Ich gaffe nicht gern", sagte ich.

„Nora, Liebes", sagte Mrs. Flannery lachend, „du solltest diese Abneigung wirklich überwinden. Gaffen ist heutzutage der einzige Spaß, den man in dieser Stadt haben darf, wo doch der Hohe Rat alles Magische so weit regelt, bis wir bald gar keine Magie mehr nutzen dürfen."

„Keine Politik vor dem Frühstück, Ginger", schalt Mr. Flannery.

„Stimmt, stimmt." Doch dann beugte sie sich verschwörerisch nach vorn. „Weißt du, wer meiner Meinung nach dafür verantwortlich ist?"

Ich schluckte schwer. „Wer?"

„Ted."

Ich lachte. „Auf keinen Fall. Warum sollte Ted anfangen, Pflanzen zu töten?"

„Braucht er einen Grund? Er ist der Sensenmann der Stadt."

„Erstens", sagte ich und versuchte, mich nicht zu sehr für Ted zu ärgern, „verursacht er niemandes Tod. Er räumt nach dem Tod auf. Er hat mich, was das angeht, mehr als einmal korrigiert. Es ist mehr eine Hausmeisterrolle als alles andere. Und warum sollte er plötzlich anfangen, die Pflanzen zu töten? Er hat kein Motiv, zumindest nicht, soweit mir bekannt wäre."

Mrs. Flannery unterdrückte ein Lächeln, setzte sich aufrecht und tauschte einen belustigten Blick mit ihrem Mann. „Sieh dich an, Nora. Immer der Detektiv. Immer auf der Suche nach einem Motiv." Sie strich mit ihrer Hand über meinen Arm. „Bist du nicht einfach bezaubernd? Wir lieben dich, nicht wahr, Kensington?"

Kensington nickte pflichtbewusst, aber sein Blick blieb auf seinem Steak, das von Sekunde zu Sekunde kälter wurde, während das Gespräch weiterging.

Also entschuldigte ich mich, damit Mr. Flannery essen konnte, und ging zurück hinter die Theke, um das Tablett abzustellen und eine frische Kanne Kaffee in einer der Kaffeemaschinen aufzusetzen.

Nur einen Moment später schlenderte Grim herein, und Ted hielt ihm die Tür auf.

Oh Mann!

Grim jeden Morgen mit der Tür kämpfen zu sehen, war eine einfache Freude für mich. Manchmal versuchte er sogar, so zu tun, als sei er beschäftigt, kratzte sich mit dem Hinterbein hinter dem Ohr oder schnupperte an den Topfpflanzen, bis jemand kam und die Tür öffnete, dann drängte er sich herein.

„Morgen, Nora!", rief Ted.

Ich schenkte ihm eine Tasse Kaffee ein. „Morgen, Ted. Wie geht's?"

„Fantastisch! Nicht viel zu tun, also hatte ich viel Zeit, meiner neuen Leidenschaft nachzugehen."

Ich gab ihm nach. „Und die ist?"

„Brandsichere Vogelhäuser bauen."

„So? Viele brennbare Vögel draußen bei dir?" Ted lebte in den Deadwoods, die sich kilometerweit erstreckten, also war es vielleicht gar kein Scherz. Woher sollte ich wissen, dass da nicht überall brennende Vögel kreischten.

„Ha-ha! Nein. Aber ich denke, ich kann sie gut verkaufen. Wusstest du, dass die Phönixpopulation in Eastwind vor etwas mehr als hundert Jahren über fünftausend Tiere groß war? Es gab ganze Schwärme von ihnen! Wunderschöne Kreaturen. Zugegeben, ab und zu haben sie aus Versehen ein Dach in Brand gesteckt, wenn einer von ihnen ins Gras gebissen hat, also verstehe ich in gewisser Weise, warum die Leute sie jagen, aber ich hoffe, dass sie vielleicht zurückkehren, wenn ich ein sicheres Habitat für sie schaffen kann."

Das war das Süßeste und Dümmste, was ich den ganzen Tag gehört hatte. Aber, was noch wichtiger war: es bestätigte, dass es richtig gewesen war, Ted zu verteidigen. Er würde nie mutwillig irgendwelche Gärten zerstören. „Wow, gut für dich, Ted. Ich hoffe, es klappt."

„Ich auch. Klopf auf Holz." Er klopfte dreimal, und bevor mein Verstand mit meinen Reflexen mithalten konnte, packte ich sein Handgelenk, spürte die beiden Knochen seines Unterarms deutlich und zwang seine Hand, noch ein viertes Mal zu klopfen. Dann ließ ich so schnell los, wie ich konnte, denn Ted zu berühren fühlte sich an wie eine Wette über den Bremsweg eines Sattelschleppers einzugehen.

„Alles in Ordnung?", fragte er.

„Was? Ja. Natürlich. Nur eine Hexensache, weißt du."

Er tat so, als ob er mir das abkaufte, nahm seine heiße Tasse Kaffee und ging zu seiner Sitznische in der Ecke.

Grim ließ sich mit einem lauten Seufzen wie aus einer Luftmatratze, aus der die Luft entweicht, vor meinen Füßen nieder. *„Willst du darüber reden, dass der Weg hierher von Tod und Zerstörung gesäumt ist, oder sollen wir es einfach eine Weile ignorieren, und du holst mir einen Teller Speck?"*

„Das ist dir aufgefallen?"

„Ja, ist mir aufgefallen. Weißt du, wem es sonst noch bald auffallen wird?"

„Ich weiß, ich weiß."

„Ich glaube nicht. Wenn die Leute erst einmal bemerken, dass der Weg von den Deadwoods direkt zu meiner Adresse führt, wird mein Leben als wandelndes Todesomen dann leichter oder schwerer, was denkst du?

Ich verdrehte die Augen. *„Machst du das wirklich zu deiner Sache?"*

„Offensichtlich. Was, ärgert dich das, weil du das zu deiner Sache machen wolltest?"

„Vielleicht. Ich bin diejenige, die dafür verantwortlich ist, es zu reparieren."

„Das sagst du, aber irgendwie weiß ich, dass ich auch da hineingezogen werde."

Ich seufzte. *„Okay, wie viele Stücke brauchst du, damit du bis zum Ende meiner Schicht den Mund hältst?"*

„So viel du da hinten hast, plus eins."

„Okay. Kein Speck für —"

„Sechs ist ein guter Anfang."

Ich schrieb die Bestellung auf meinen Block und gab sie hinten für Anton ab. Ich würde diese Schicht auf keinen Fall überstehen, ohne immer wieder an die Nacht zuvor erinnert zu werden.

Warum hatte ich die Tür aufgemacht? Es war so ein dummer Fehler gewesen. Wenn ich es nicht getan hätte, wäre das Wesen, das angeklopft hatte, vielleicht verschwunden, und niemand hätte es gemerkt.

Während Tanner sich mit Zoe Clementine und ihrem Zauberlehrer Oliver Bridgewater unterhielt, ging ich zu Ted, um seine Bestellung aufzunehmen.

Aber als ich bei ihm ankam, fragte ich ihn nicht, was er essen wollte (ich wusste schon, dass es ein gut durchgebratenes Steak und Rührei sein würde, aber er schien die Möglichkeit zu schätzen, seine Bestellung jeden Morgen ändern zu können, auch wenn er es nicht tat), sondern rutschte ihm gegenüber in die Sitznische. „Ted, ich muss dir sagen, es gibt ein Gerücht, dass du letzte Nacht einen Haufen Pflanzen getötet hast."

Sein Schock, dass ich mich hinsetzte, wurde durch meine Worte nur noch verstärkt. Er starrte mich schweigend durch die schwarzen Löcher seiner Augen an. „Äh, nein. Ich habe die ganze Nacht über feuerfeste Vogelhäuser gebaut. Wie ich dir gesagt habe. Warum sollte ich einen Haufen Pflanzen töten wollen? Ich liebe Pflanzen. Ich habe einen Garten mit Nachtschleierbüschen, Brennnesseln, Wermut und weißen Oleandern, den ich täglich pflege. Er ist wirklich hübsch. Du kannst gern dort ernten, wenn du jemals irgendwas davon für deine Magie brauchst."

„Ich glaube auch nicht, dass du es getan hast", sagte ich und ignorierte sein Angebot. „Aber kennst du irgendjemanden oder irgendwas, das das vielleicht getan haben könnte?"

„Was meinst du?"

„Einen Haufen Pflanzen töten. Wie ein Dämon oder, ich weiß nicht, irgendwas anderes aus den Deadwoods?"

Er neigte den Kopf unter der Kapuze. „Ich bin kein Experte auf diesem Gebiet, aber es gibt alle möglichen Dinge in den Deadwoods, die das tun könnten. Ehrlich gesagt weiß ich nicht einmal, wo ich anfangen sollte. Und selbst wenn ich es wüsste, würde ich wahrscheinlich nur ein Prozent des Möglichen auflisten. Als Ganzes betrachtet wurden die Deadwoods von Eastwinds Kryptozoologen, Toxikologen oder Mythobiologen nicht wirklich katalogisiert. Das Stigma, das damit einhergeht, hält sie davon ab. Ich sehe da draußen jeden Tag neue Kreaturen, für die ich keinen Namen habe, und das nur auf meinen Abendspaziergängen."

Das Bild eines Sensenmanns, der allein durch die Deadwoods spazieren ging, lieferte eine kurze Erklärung dafür, warum Eastwinds wissenschaftliche Gemeinde sich nicht in die Deadwoods wagte.

„Okay. Danke, Ted. Ich wusste, dass du es nicht warst. Ich dachte nur, du solltest wissen, dass die Leute darüber gesprochen haben und dein Name gefallen ist."

„Das weiß ich zu schätzen, aber mach dir keine Sorgen um mich, Nora. Ich bin es gewohnt, der Sündenbock für jedes unerklärliche Übel in Eastwind zu sein."

„Tut mir leid, das zu hören."

Ich stand auf, als er hinzufügte: „Hast du je Interesse daran gehabt, Vogelhäuschen zu bauen? Ich könnte eine zusätzliche Hand gebrauchen, wenn ..."

Ich zog entschuldigend die Schultern hoch. „Hier ist gerade viel los. Muss ein paar Tische bedienen. Danke, dass du dir Zeit genommen hast, mit mir zu reden."

„Nein, danke *dir*."

„Steak und Rührei, richtig?"

„Ha! Du kennst mich so gut, Nora."

Yikes.

Ich eilte davon.

„Was war das?", fragte Tanner, der mir in die Küche folgte.

„Lange Geschichte." Ich steckte Teds Bestellung für Anton ins Drehkreuz, der sie mit einem Grunzen nahm. Ich war mir nicht sicher, was dieses Grunzen bedeutete, aber solange der

Oger nicht seinen Burger-Wender aus Metall nach mir schwang, ging ich davon aus, dass alles in Ordnung war.

Tanner hatte sich mir in den Weg gestellt. „Ich habe Zeit."

„Okay, gut. Aber im Büro."

Ein teuflisches Lächeln umspielte seine Mundwinkel. „Wenn du darauf bestehst."

Als wir ins Büro kamen, stieß ich ihn von mir weg, als er näher kam. „Keine Zeit dafür. Soll ich dich aufklären oder nicht? Wir haben da draußen ein volles Haus und niemand bedient, während wir hier sind."

Seine Augenbrauen schossen in Richtung seines Haaransatzes. „Oh, du hast tatsächlich was zu besprechen? Ich dachte, es wäre nur eine Ausrede, um ... Okay. Richtig. Also, was ist los?"

Ich brachte ihn auf den neuesten Stand, und als ich fertig war, blinzelte er mich an, als ob in meinen Poren noch mehr nützliche Informationen zu finden wären. „Das kommt mir seltsam vor. Du hast gesagt nur Pflanzen, oder?"

„Ja."

„Klingt, als ob du mit einer Westwind-Hexe reden solltest."

„Du meinst, wie ich es gerade tue?" Manchmal schien es, als hätte Tanner völlig vergessen, dass er eine Hexe war.

„Eine bessere Westwind-Hexe als ich. Ich war ein grottenschlechter Schüler. Ich bin ziemlich sicher, dass sie mir nur den Abschluss gegeben haben, weil sie Mitleid mit mir hatten und mich loswerden wollten."

Aus irgendeinem Grund war mir nie in den Sinn gekommen, dass Tanner die Mancer Academy besucht hatte. Offensichtlich hatte er das – alle Hexen, die hier aufwuchsen, mussten das tun –, aber er sprach nie darüber.

„Warum siehst du mich so an?", fragte er. „Ich hatte damals viel zu tun. Ich hatte zwei Jobs, habe Kurse belegt –"

„Nein, das ist es nicht. Ich höre dich sonst nie über diesen

Teil deines Lebens reden. Aber, na ja, natürlich hattest du diese verrückten Teenager- und Anfang-Zwanziger-Phasen."

Er zuckte mit einer Schulter. „So verrückt waren die nicht. Ich war zu beschäftigt, um mich in der sozialen Szene zu vergnügen. Donovan war der einzige enge Freund, den ich in der Schule gefunden und behalten habe. Die anderen waren nicht so begeistert davon, wie viel Zeit ich mit Werwölfen und Wandlern verbracht habe. Hexen können ziemlich hochnäsig sein. Und vor zehn Jahren war das noch schlimmer."

„Mit wem sollte ich also über mein Problem sprechen?"

„Kennst du Oliver?"

„Oliver? Zoes Nachhilfelehrer?"

„Ja. Er war der Beste in meiner Klasse. Ein totaler Streber, aber ein guter Typ."

„Nicht hochnäsig?"

„Vielleicht ein bisschen. Aber er war meistens zu sehr in Bücher vertieft, um viel auszugehen. Ich bin sicher, er könnte dir helfen, den richtigen Weg einzuschlagen."

Anton fing in der Küche an, laut zu grunzen, und Tanner horchte auf. „Verdammt. Er muss Teller fertighaben."

Ich eilte ihm hinterher, und als das Essen an die Tische gebracht und Anton wieder ruhig war, befolgte ich Tanners Rat und ging zu Zoes und Olivers Tisch.

Wenn ich Oliver auf der Straße begegnet wäre, wäre das Erste, was ich ihm zugerufen hätte, nicht „Streber" gewesen. Und das nicht nur, weil ich kein Bully bin und es dämlich ist, Leuten, an denen man auf der Straße vorbeigeht, Dinge zuzurufen. Wahrscheinlicher, und vorausgesetzt, ich hätte ein paar Drinks intus, genug, um meine guten Manieren zu vergessen, wäre es, dass ich etwas in der Art von „Wohin gehst du und kann ich mitkommen?" gerufen hätte.

Ich war mir nicht sicher, ob es etwas mit dem Wasser zu tun hatte, aber die Männer von Eastwind waren im Großen und Ganzen ungewöhnlich heiß. Und scheinbar schloss das die Streber mit ein.

Bitte missverstehen Sie mich nicht, ich habe absolut vor, diese Sache mit Tanner durchzuziehen, und meiner bescheidenen Meinung nach war Tanner der umwerfendste von allen, aber täglich von so vielen schönen Männern umgeben zu sein, konnte einem Mädchen wirklich ein Lächeln ins Gesicht zaubern. Oder einem Kerl, je nachdem.

Unterm Strich, wenn Zoe nicht gerade extrem auf ihren Nachhilfelehrer stand, würden sie und ich uns mal ausführlich unterhalten müssen.

Tanner war nur ein paar Schritte hinter mir, nachdem er zwei Stücke Kuchen an den Tisch der Flannerys gebracht hatte.

„Hey, Nora!", sagte Zoe. „Ich wollte vorhin Hallo sagen, aber du warst so beschäftigt. Freut mich, dass du vorbeigekommen bist. Kennst du Oli?"

„Noch nicht, obwohl ich schon viel über ihn gehört habe." Ich streckte ihm meine Hand entgegen. „Nora Ashcroft."

„Oliver Bridgewater. Freut mich, dich kennenzulernen."

„Er hilft mir beim Lernen für meine Hexenprüfung. Ich habe sie natürlich schon in Avalon abgelegt, aber die Gesetze hier sind so anders, dass ich eine neue Prüfung bestehen muss", sagte Zoe gut gelaunt.

Tanner mischte sich ein. „Nora hat eine Frage, und ich dachte, du könntest ihr vielleicht helfen, Oliver."

„Und die wäre?"

„Das ist natürlich rein hypothetisch", sagte ich schnell. „Ich habe nur Gerüchte gehört, und du weißt, wie unzuverlässig die sind, aber dann hat es mich zum Nachdenken gebracht, und ich habe mit Ted gesprochen, und er wusste es nicht, also habe ich Tanner gefragt und er sagte, du wärst derjenige, an den ich mich wenden sollte. Weißt du, nur damit ich diese hypothetische Frage in meinem Kopf klären kann."

Oliver neigte erwartungsvoll den Kopf zur Seite. „Und diese Frage lautet?"

„Richtig. Ähm, sagen wir, du sitzt zu Hause und hörst etwas an deiner Haustür klopfen. Oder besser gesagt dreimal klopfen."

Er kniff die Augen zusammen und beugte sich nach vorn. „Mh-hm?"

„Und dann öffnest du die Tür und, na ja, Dinge fliegen irgendwie überall herum. Und das heiße Wasser, das du für Tee gekocht hast, ist weg. Und am nächsten Tag sind einige der Pflanzen in der Stadt zufällig verwelkt und gestorben. Würdest du sagen, dass diese beiden Dinge zusammenhängen oder könnte es Zufall sein? Und wenn sie zusammenhängen, was würdest du sagen, was hypothetisch die Ursache war?"

Oliver antwortete nicht sofort. Ich sah, wie sich seine Brust hob und senkte, während er ein paarmal tief durchatmete. „Das kann ich nicht spontan sagen, aber wenn diese hypothetische Situation eintreten würde, würde ich sie sofort dem Zirkel melden."

„Dem Zirkel melden?", fragte ich. „Wie?"

„Du bist neu in Eastwind wie Zoe, richtig?"

„Viel neuer als sie, aber ja."

„Dann könntest du es wahrscheinlich einfach einem deiner Rezertifizierungslehrer berichten, und dieser könnte es für dich melden."

Ich verzog das Gesicht. „Und was, wenn ich keine Lehrer habe? Hypothetisch. Wem würde ich es dann melden?"

„Warte", sagte er schnell, und sein Blick huschte von Zoe zu Tanner und dann zu mir. „Du hast keinen Lehrer? Nicht einmal einen vom Zirkel zugelassenen Tutor?"

„Die Frage ist hypothetisch", protestierte ich. Aber er glaubte es mir nicht. Er hatte es mir schon nicht geglaubt, als ich das Wort „hypothetisch" das erste Mal ausgesprochen hatte.

„Okay, gut. Hypothetisch brauchst du unbedingt einen vom Zirkel zugelassenen Lehrer, um deine Zertifizierung zu bekommen. Oder zumindest einen vom Zirkel zugelassenen Tutor."

„Ich habe Ruby True."

Er lachte trocken. „Ja, ich weiß nicht, ob sie für den Zirkel zählt."

„Das ist keine große Sache", sagte ich. „Ich renne nicht durch die Gegend und fuchtle mit meinem Zauberstab herum."

Seine Augen wurden groß. „Du hast einen Zauberstab?"

„Nein! Also, noch nicht. Er ist bestellt."

Als er die Augen schloss und sich in den Nasenrücken kniff, sagte keiner von uns ein Wort, und dann blickte er wieder auf. „Okay. Ich werde es machen."

„Du wirst was machen?", fragte Tanner.

„Ich werde den Zirkel über diese Hypothese informieren."

„Nein!", sagten Tanner und ich gleichzeitig.

„Bitte nicht", fügte ich hinzu. „Es ist keine große Sache."

„Stimmt", sagte Oliver. „Die größere Sache hier ist, dass es eine untrainierte Hexe des Fünften Windes gibt, die nur noch ein paar Wochen davon entfernt ist, einen Zauberstab zu bekommen. Ich nehme aber an, der Zirkel hat dich wegen der Anmeldung zur Ausbildung kontaktiert, oder?"

„Nicht, dass ich wüsste."

Das schien ihn zu verwirren, denn er verzog das Gesicht und zog den Kopf zurück, wodurch er plötzlich ein Doppelkinn bekam. „Das ergibt keinen Sinn."

Ich zuckte die Achseln. „Vielleicht wollen sie mich nicht im Zirkel. Schließlich bin ich nur eine Hexe des Fünften Windes. Ich habe keine nützliche Magie. Wahrscheinlich werde ich meinen Zauberstab nicht einmal benutzen können."

Er schüttelte den Kopf. „Nein, das kann nicht richtig sein. Wie wäre es damit? Ich werde in deinem Namen mit dem Zirkel sprechen und sie davon überzeugen, mich zu deinem Privatlehrer zu machen, so, wie ich es für Zoe bin."

„Ich glaube nicht, dass das nötig ist", sagte Tanner.

„Ja", fügte Zoe hinzu. „Privatunterricht scheint mir ein bisschen übertrieben."

„Ich habe keine Zeit", sagte ich. „Ich arbeite hier von morgens bis nachmittags, sechs oder sieben Tage die Woche, dann habe ich Unterricht bei Ruby."

„Wir werden Zeit finden", sagte Oliver. „Ich kann jeden Abend zu dir kommen, wenn du mit deinem Unterricht bei Ruby fertig bist."

Tanner gab einen seltsamen Würgelaut von sich und sagte dann: „Das kommt mir total unnötig vor, Oliver."

„Genau", sagte Zoe. „Außerdem fangen wir manchmal so früh mit dem Unterricht an, dass du nicht die ganze Nacht wach bleiben kannst, um Nora Einzelunterricht zu geben."

„Zoe hat recht", sagte Tanner. Sie nickten einander entschlossen zu.

Es war nicht schwer herauszufinden, warum Tanner und Zoe so gegen die Idee waren, aber ich war ihrer Meinung. Nur nicht aus demselben Grund. Ich brauchte nicht noch eine Verpflichtung, aber ich wusste, Oliver würde nicht lockerlassen, bis ich zustimmte, und das Letzte, was ich wollte, war, dass der erste Eindruck, den der Zirkel von mir hatte, irgendetwas damit zu tun hatte, dass ich ein böses Wesen ins Haus gelassen hatte, das vielleicht was damit zu tun hatte, dass die Gärten zwischen hier und meinem Haus ruiniert waren.

„Okay, Oliver", sagte ich. „Wir können ein paar Lektionen einplanen. Aber sie müssen kurz sein, weil ich einfach keine Zeit habe."

„Absolut", sagte er, und seine sanfte Stimme klang erleichtert. „Ich werde mit dem Zirkel sprechen und sehen, ob ich meine Beziehungen spielen lassen kann. Vielleicht kommen wir damit durch, dass ich dir nur die Grundlagen beibringe, und Ruby kann die zusätzlichen Lektionen basierend auf deinem Spezialgebiet durchgehen."

„Großartig. Und was ist mit meiner Hypothese?"

„Richtig." Er tippte sich mit der Fingerspitze auf die Lippen. „Du solltest mit Ansel sprechen. Lass ihn einen Blick auf die Pflanzen werfen und sehen, ob er dir nicht mehr Informationen darüber geben kann, was genau passiert ist. Das könnte dich in die richtige Richtung weisen."

„Du hast mir sehr geholfen", sagte ich und verbarg meinen Sarkasmus so gut ich konnte.

Als Tanner und ich vom Tisch weggingen, flüsterte ich so leise, dass nur er es hören konnte. „Guter Tipp. Ich habe eine Empfehlung bekommen, was zu machen, worauf ich selbst hätte kommen können, und einen Nachhilfelehrer, den ich nicht will."

„Du kannst den Unterricht ja immer noch absagen", schlug er vor. „Ich glaube nicht, dass du ihn brauchst."

Natürlich brauchte ich ihn. Aber ich verstand, warum Tanner der Gedanke nicht gefiel, dass Oliver und ich Zeit allein miteinander verbrachten. Schließlich war ich auch nur ein Mensch.

Bildlich gesprochen.

Kapitel Sechs

„Sie ist nicht tot", sagte Ansel, als er das Exemplar untersuchte, das Tanner und ich mit ins Gartencenter genommen hatten. „Oder besser gesagt, sie war nicht tot, bis du sie gepflückt hast." Er sah zu Tanner und mir auf. „Gute Arbeit. Jedenfalls brauchte sie nur viel Wasser und die richtige Pflege. Mit beidem hätte sie durchkommen können."

„Was denkst du, was die Ursache war?", fragte ich.

Er zuckte die Achseln. „Da es Ende Juni ist, würde ich normalerweise auf Dürre tippen, aber das ist eine Eremortis domestica. Sie wurde so gezüchtet, dass sie dürreresistent ist. Wir haben hier eine Menge davon, die mit dem Wetter gut zurechtkommen. Ich kann sie euch zeigen, wenn ihr wollt. Wir halten sie bei den Kakteen und Sukkulenten, weil sie sich gut zu denen pflanzen lassen."

Ich hatte einmal gesehen, wie Ansel einen Kampf mit einem entschlossenen, um sich schlagenden Kaktus verloren hatte, also wollte ich diesem Abschnitt nicht näher als fünfzehn Meter kommen, wenn es sich vermeiden ließ. „Schon gut, ich glaube dir. Irgendwelche Vermutungen, was passiert ist, wenn es nicht das Wetter war?"

Er untersuchte die Pflanze erneut und seufzte. „Das kann ich nicht sagen. Es sieht nach Dürre aus. Das ist meine beste Vermutung, auch wenn die Umstände dagegen sprechen. Es sieht wirklich so aus, als hätte jemand einfach das Wasser herausgesaugt. Hast du versucht, sie zu gießen, bevor du sie hierher gebracht hast?"

„Nein."

Er kniff die Augen zusammen. „Du weißt nicht viel übers Gärtnern, oder?"

„Ich hatte schon immer einen schwarzen Daumen." Ich zuckte die Achseln. „Das gehört dazu, wenn man eine Todeshexe ist."

Ansel wandte seine Aufmerksamkeit Tanner zu. „Und du? Was ist deine Entschuldigung dafür, dass du nicht versucht hast, eine verwelkte Pflanze zu gießen, bevor du sie für tot erklärst und sie mitsamt Wurzeln ausreißt? Du bist eine Westwindhexe, oder?"

Tanner hob abwehrend die Hände. „Ich dachte nur, dass sie unter den gegebenen Umständen wahrscheinlich hinüber war."

„Unter den gegebenen Umständen?" Ansel warf mir einen misstrauischen Blick zu. „Wollt ihr mich aufklären?"

„Nicht wirklich", sagte ich.

Er verschränkte die Arme vor seiner dunklen, nackten Brust – ich hatte ihn bei der Arbeit noch nie mit Hemd gesehen – und wartete geduldig darauf, dass ich es erklärte.

„Okay", sagte ich. „Aber du darfst es niemandem erzählen."

„Ich werde es Jane erzählen", sagte er ausdruckslos.

„Okay, Jane kannst du erzählen. Aber niemandem sonst."

Er nickte knapp, um mir zu signalisieren, dass ich endlich damit weitermachen sollte.

„Letzte Nacht hat mich irgendein dunkles Wesen in Rubys Haus besucht, und heute Morgen führte ein Pfad aus verdorrten Pflanzen von ihrer Veranda weg bis in die Deadwoods." Ich sagte es so schnell ich konnte, damit das Eingeständnis wie das Abreißen eines Pflasters war.

Ansel warf den Kopf zurück und lachte, und seine prallen Oberarme entspannten sich, als er seine Arme fallen ließ. „Du bedeutest Ärger, weißt du das?" Als Nächstes wandte er sich Tanner zu. „Ich hoffe, du weißt, worauf du dich einlässt, wenn du mit ihr ausgehst."

„Wir gehen nicht miteinander aus", sagte ich schwach.

Er verdrehte die Augen. „Richtig. Wenn das hier wirklich was mit einem dunklen Wesen zu tun hat, bin ich raus. Das geht weit über meine Gehaltsstufe hinaus. Ich gebe zu, ich weiß nicht viel über Hexen und will auch nicht viel über euch wissen, aber das hier schreit förmlich ‚Hexerei'. Am besten sucht ihr euch eine Hexe, die weiß, wovon sie spricht, und löst das auf magische Weise."

„Ansel", sagte Tanner, „glaubst du nicht, dass wir schon daran gedacht haben? Es war Oliver Bridgewater, der uns gesagt hat, wir sollen zu dir kommen."

„Oliver?", sagte Ansel. „Der Streber?"

„Ja."

„Und was für eine Art Hexe ist er?"

„Westwind", sagte Tanner. „Wie ich, nur viel schlauer."

„Ah, da ist dein Problem", sagte Ansel und wischte sich Schweißperlen von der Seite seines Halses. „Das ist kein Bodenproblem und damit auch kein Westwind-Problem. Wenn die übrigen betroffenen Pflanzen auch nur annähernd so aussehen wie diese Eremortis domestica, brauchen sie Wasser. Ich würde sagen, ihr sucht euch am besten eine Ostwindhexe und bittet sie um Hilfe." Er schielte auf etwas über meiner Schulter. „Thaddeus hat gerade seinen Kopf aus dem Laden gesteckt. Ich sollte besser so aussehen, als wäre ich beschäftigt. Ihr zwei rein platonischen Freunde habt Spaß bei eurem Abenteuer. Ich hoffe, ich war euch eine Hilfe."

Als Ansel durch das dichte Laubwerk stapfte und aus unserem Blickfeld verschwand, drehte ich mich zu Tanner um. „Sollen wir damit zum Zirkel gehen?", fragte ich. „Ich kenne keine Ostwindhexen, die uns helfen könnten."

Er starrte mich seltsam an, als zweifelte er an meinem Geisteszustand. „Doch, das tust du."

„Aber wen kenn–" Dann machte es Klick. „Oh nein. Auf keinen Fall. Er hasst mich. Ich könnte ihn anflehen, mir zu helfen, und er würde sich weigern."

Tanner nickte zustimmend. „Wahrscheinlich wahr. Aber wenn ich ihn bitten würde, würde er Ja sagen, das weiß ich."

Ich stöhnte. „Bitte zwing mich nicht, mit ihm daran zu arbeiten."

„Ich werde da sein, um den Frieden zu wahren, keine Sorge."

Ich wollte sagen: So wie du im Sheehan's den Frieden gewahrt hast? Aber es war für mich physisch unmöglich, gemein zu Tanner zu sein. Manchmal fragte ich mich, ob es etwas Magisches war, das ihn vor Gemeinheit schützte – kein Witz. Niemand war jemals gemein zu ihm. Ehrlich gesagt war es beunruhigend. Sogar als Donovan Tanner und mich beim Küssen auf der Toilette erwischt hatte, waren seine Worte, obwohl seine Reaktion vor Verachtung triefte, eigentlich ein Kompliment: *Ich denke nur, du könntest was viel Besseres haben.*

„Ok, aber tu mir einen Gefallen und mach Donovan von Anfang an klar, dass ich gegen diesen Plan bin."

„Geht klar." Tanner legte einen Arm um meine Schulter, und wir gingen den Weg entlang aus dem Gartencenter hinaus und in Richtung Rubys Haus.

Vielleicht könnte es gutgehen, solange Tanner aktiv

vermittelte. Vielleicht würde ein gemeinsames Ziel mit Donovan seinen Fokus von seinem unerklärlichen Hass auf mich auf etwas Produktiveres lenken. Und wer weiß, vielleicht könnte ich ihm dann zeigen, dass ich nicht das schreckliche Etwas war, für das er mich hielt.

Zuerst müsste ich natürlich herausfinden, was dieses Etwas war. Dann müsste ich mich versichern, dass ich es nicht war.

Ugh. Ich war so ein Idiot. Warum kümmerte es mich, ob Donovan Stringfellow mich mochte oder nicht? Mit wenigen Ausnahmen kümmerte mich sowas nie. Ich war Nora Freakin' Ashcroft, Selfmadefrau und Restaurantbesitzerin! Und nicht nur das, ich war Nora Freakin' Ashcroft, Selfmade-Hexe, Überlebende des Todes und Miteigentümerin des erfolgreichsten 24-Stunden-Diners der Stadt! Ich hatte die ganze Selfmade-Sache zweimal gemacht. Zweimal! Und ich war die Erste, die zugab, dass man eine Menge verbitterter Menschen hinter sich lassen musste, wenn man hart arbeitete und etwas aufbaute. Das hatte mich vorher nicht gestört, warum also störte es mich jetzt?

War es, weil Donovan Tanners bester Freund war und die Tatsache, dass der beste Freund mich nicht mochte, meine Beziehung zu Tanner auf lange Sicht gefährdete?

Sicher, die Erklärung funktionierte für mich. Sie war respektabel genug.

Außerdem hatte ich Angst, dass ich, wenn ich tiefer grub, etwas zutage fördern würde, womit ich mich weniger wohlfühlte.

Grim war leicht zu erkennen, als wir an der langen Folge von Reihenhäusern vorbeikamen, die zu Rubys Veranda führten. Normalerweise hätten die Rosmarinbüsche in Rubys Garten ihn an seinem Lieblingsplatz verborgen.

Aber.

Ja, im Moment kein Problem, und seine massige schwarze Gestalt hob sich vom blau gestrichenen Holz der Veranda ab.

Seine große Präsenz lenkte fast von der alten Nekromantin auf der Hollywoodschaukel ab, die mit ernstem Stirnrunzeln und einer toten Wermutpflanze auf dem Schoß vor und zurück schaukelte.

„Hallo, Miss True", sagte Tanner fröhlich, aber seine Stimme zitterte ein bisschen. Außerdem nannte er sie nie Miss True. Sie waren mittlerweile per du.

Tanner war nervös.

Und warum sollte er es auch nicht sein, wenn sie uns so wütend anstarrte? Na ja, mich.

„Sieh an, sieh an, wer da ist", sagte Ruby, als ich unten an der Treppe stehenblieb. Sie schaukelte in einem präzisen Rhythmus weiter, während sie sprach.

„Ich habe daran gearbeitet", sagte ich, ein zaghafter Versuch, ihr das Wort abzuschneiden.

„Und trotzdem" – sie nahm den Teekessel neben sich, der mir nicht aufgefallen war, da meine volle Aufmerksamkeit ihrem wütenden Gesicht galt– „immer noch kein Tee." Sie nahm den Deckel ab und kippte den Kessel, sodass ich das leere Innere sehen konnte. „Jedes Mal, wenn ich es auffülle, ist das Wasser sofort wieder weg."

Meine Güte, das war nicht gut. Rubys Tee war wie ein Sakrament für sie. Und die Tatsache, dass ich sie durch meine dummen Aktionen einen ganzen Tag lang davon abgehalten hatte, welchen zu trinken, verhieß nichts Gutes für meine Lebenssituation. „Es tut mir leid", sagte ich.

Ihre Stimme wurde süß wie Frostschutzmittel. „Das muss es nicht, Liebes." Dann verschwand ihr sanfter Gesichtsausdruck. „Bring es einfach wieder in Ordnung, Fänge und Klauen, bevor ich mich entscheide, eine Armee von Toten aufzustellen und diese langweilige Stadt voller Tratschtanten ein für alle Mal dem Erdboden gleichzumachen!"

Ich blickte vorsichtig zu Tanner, dessen große Augen auf Ruby gerichtet waren. Was war das Getränkeäquivalent von Hungerlaune? Was auch immer es war, Ruby war gerade mittendrin, so sehr, dass es ihr egal war, ob die Nachbarn sie sagen hörten, sie könnte eine Armee von Toten aufstellen.

„Ich verspreche, dass ich daran arbeite, Ruby. Und ich werde weiter daran arbeiten, sobald ich morgen von meiner Schicht komme."

Tanner stieg schnell die erste Stufe hinauf. „Ich gebe ihr heute Morgen frei", platzte er heraus.

„Was?", sagte ich und drehte meinen Kopf in seine Richtung. „Ich brauche nicht –"

„Das ist ein Anfang", antwortete Ruby, aber sie klang tatsächlich ein wenig sanfter.

„So kann Nora gleich nach dem Aufwachen loslegen. Wir haben schon entschieden, mit welcher Ostwindhexe sie sprechen soll, also wird das Problem schnell behoben sein."

„Nicht schnell genug", sagte Ruby und schüttelte ihren leeren Kessel.

„Bring morgen deinen Lieblingstee ins Medium Rare, und ich koche dir eine Tasse. Und den Speck dazu gibt's gratis. Wie wäre es damit?"

Oh, er war gut. Mehr als das. Tanner konnte Wunder vollbringen.

Rubys Mundwinkel zuckten, und ich war sicher, dass sie gleich lächeln würde. „Ja, das ist fürs Erste gut." Dann stand sie auf und ging hinein.

Ich drehte mich zu Tanner um. „Wie willst du so spät noch jemanden finden, der meine Schicht übernimmt?"

„Details", sagte er und ließ seine Hände meine Arme hinuntergleiten. „Und die Aussicht, morgen früh das Diner allein zu bedienen, ist viel weniger beängstigend, als dich mit Ruby in einem Haus schlafen zu lassen, wenn sie sich so aufregt. Sie ist dafür bekannt, auszurasten, wenn ihre Routine gestört wird."

„Wirklich?" Abgesehen von dem, was ich gerade gesehen habe, schien Ruby immer ausgeglichen zu sein. Andererseits hatte ich noch nie erlebt, dass ihre Teerituale gestört wurden. Vielleicht hatte Tanner also recht.

„Ja. Das könnte nur ein weiteres Gerücht sein, aber ich habe gehört, dass einer der Gründe, warum sie dem Zirkel nie offiziell beigetreten ist, der war, dass sie zu der Zeit Morgenunterricht angesetzt haben, wenn sie normalerweise frühstückt. Sie haben versucht, sie trotzdem zur Teilnahme zu zwingen, und sie hat sie alle für eine Woche mit Schlaflähmung verflucht, bis sie nachgaben."

„Mm-hm. Ja, ich nehme mir morgen frei."

„Großartig. Ich schicke Donovan eine Eule. Er arbeitet normalerweise abends, also sollte er morgen früh frei sein. Ich werde ihn auf den neuesten Stand bringen und ihn bitten, nett zu dir zu sein."

Als ob das helfen würde.

Ich stöhnte. „Muss ich wirklich?"

„Ja."

„Kennst du keine andere Ostwindhexe, die wir fragen können?"

Tanner zuckte mit den Schultern. „Sicher. Ich kenne viele Ostwindhexen. Aber Donovan ist der Einzige, dem ich vertraue, dass er nicht nur die Sache geheim hält, sondern auch für deine Sicherheit sorgt."

Ich bezweifelte das, beschloss aber, Tanner nicht die Laune zu verderben. Vielleicht würde Donovans Loyalität zu seinem besten Freund seine Abneigung mir gegenüber wettmachen. Immerhin hatte er über das, was er im Sheehan's gesehen hatte, geschwiegen, obwohl das genauso gut für mindestens anderthalb Tage das Stadtgespräch hätte sein können, bis irgendein neuer kleiner Skandal auftauchte.

„Also gut."

„Er ist ein guter Kerl", sagte Tanner. „Ihr beide habt nur auf dem falschen Fuß angefangen, als er dachte, du wolltest mir den Mord an Bruce anhängen."

„Ja, das könnte genug gewesen sein", sagte ich. „Ist Groll hegen eine Ostwindhexensache?"

Tanner lachte. „Nein, zugegeben, es ist eine Donovan-Sache. Die Kehrseite davon ist, dass er, wenn er loyal ist, wirklich verdammt loyal ist."

„Okay, okay. Ich gehe morgen früh zu ihm!", rief ich zur Terrasse hinauf. „Hörst du das, Grim? Du kommst morgen früh mit. Keine Ausreden."

„Nur über meine Leiche."

Ich grinste Tanner an. „Perfekt. Grim ist hundertprozentig dabei."

„Lass mich danach wissen, wie es gelaufen ist, okay?"

„Natürlich."

„Mittagessen geht auf mich. Du kannst Donovan mitbringen, wenn du willst."

„Oh, toll! Ein Mittagessen mit meiner Lieblingshexe", sagte ich sarkastisch.

Tanner warf mir sein schiefes Grinsen zu. „Pass lieber auf, Nora Ashcroft. Donovan Stringfellow ist Eastwinds begehrtester Herzensbrecher. Ich fände es schrecklich, wenn du ihm zum Opfer fallen würdest."

„Es gibt nur eine Person, der ich zum Opfer fallen würde." Und dann beugte ich mich vor und stibitzte mir einen schnellen Kuss von Tanner, bevor ich ins Haus ging, obwohl Grim von seinem Platz auf der Terrasse aus lautstark dagegen protestierte.

„Das ist ganz klar Nekromantie", sagte Ruby von ihrem gepolsterten Sessel in der Ecke des Salons aus. Sie klappte ein Buch mit dem Titel *Schichtarbeit* zu und legte es beiseite, als ich hereinkam, meinen Platz am Tisch einnahm (ich musste wirklich in einen bequemen Sessel investieren) und wartete, bis der Vortrag begann.

Ruby enttäuschte mich nicht. „Meine beste Vermutung ist, dass es sich um die schlampige Beschwörung von etwas Mächtigem handelt. Der Angriff war gezielt, aber das Herz des Wesens war nicht dabei. Ich konnte es ohne große Anstrengung verbannen, aber seine mächtige Signatur ist immer noch spürbar."

„Also, was bedeutet das für uns?"

Sie drohte mir mit dem Finger. „Oh nein, das wirst du nicht. Es gibt hier kein Uns. Nur dich."

„*Dito*", sagte Grim vom Kamin aus.

„*Netter Versuch. Als mein Vertrauter sind meine Probleme auch deine Probleme.*"

„*Funktioniert das in beide Richtungen? Weil ich da diese Trockenheit direkt unter meinem Schwanz habe, die —*"

„*Nein, definitiv nicht in beide Richtungen.*"

Ich wandte meine Aufmerksamkeit wieder Ruby zu. „Gut. Was bedeutet das für mich?"

„Ein mächtiges Wesen, das von schwacher Zauberei kontrolliert wird? Ich würde sagen, das bedeutet Ärger. Großen Ärger. Und es würde mich überraschen, wenn du die Einzige wärst, die es betrifft. Nein, was auch immer das ist, es könnte sich ohne große Anstrengung von seinem Beschwörer lösen, falls es das nicht schon getan hat."

„Wieder einmal staune ich über deine Fähigkeit, deiner

Schülerin Selbstvertrauen einzuflößen", sagte ich. „Also, was soll ich deiner Meinung nach tun?"

„Mit der Ostwindhexe zu sprechen, würde ich auch empfehlen. Ich nehme an, jemand anders ist für dich auf diese Idee gekommen."

Ich ärgerte mich über ihre Annahme, dass ich selbst nicht auf gute Ideen kommen könnte, aber sie hatte auch recht.

„Ansel hat es vorgeschlagen."

Überrascht horchte sie auf. „Ach ja? Und wie viele vom Zirkel ausgebildete Hexen hast du gefragt, bevor ein Werbär derjenige sein musste, der einen vernünftigen Vorschlag gemacht hat?" Sie seufzte entnervt. „Nein, beantworte das nicht. Das würde mich nur deprimieren."

Ich war kein Fan der Version von Ruby, die auf Tee-Entzug war.

Grim dagegen wedelte bei jedem ihrer gezielten Stiche träge mit seinem Schwanz und klopfte auf die knarrenden Dielen.

„Wie auch immer, Ansel hat recht. Du musst deine Elementarkräfte mit dem Hydromanten kombinieren. Es gibt ein Verbindungsritual, das du durchführen kannst, um eure Magie zu vereinen."

„Ein Verbindungsritual?" Mit Donovan?

Vielleicht könnte ich mit der Zeit lernen, diese neue, launische Version von Ruby zu mögen. Es wäre einfacher als das, was sie vorschlug, da war ich mir sicher.

„Das klingt nach etwas Intimerem, als es mir mit Donovan Stringfellow lieb ist."

„Donovan Stringfellow?", sagte Ruby und blinzelte schnell. „Das ist der Hydromant, den du treffen wirst?" Sie pfiff leise. „Wenn ich dreißig Jahre jünger wäre – verdammt, vielleicht nur fünf Jahre jünger – würde ich ein böses Wesen beschwören, nur um eine Ausrede zu haben, Magie mit diesem jungen Mann zu vereinen."

„Ewww. Zu viel Information. Außerdem hasst er mich, also kann ich mir nicht vorstellen, dass er etwas zustimmt, das sich fast so intim anhört wie Sex."

„Nora, Liebes, Magie zu vereinen ist viel intimer als Sex. Du wirst es wissen, wenn du es tust."

Ich warf ihr einen missmutigen Seitenblick zu. „Das ist nicht, wie man mich überzeugt, etwas zu tun."

„Die Stringfellows sind mächtige Hexen, Nora. Wenn du diese dunkle Macht in den Griff bekommen willst, ist Donovan eine gute Wahl. Ich habe einmal meine Kräfte mit seinem Großvater, Haverford Stringfellow, vereint. Das war ein Aeromant! Wir haben es geschafft, eine Belagerung untoter Elfen zu beenden, wenn ich mich recht erinnere."

„Zur Kenntnis genommen. Und ich werde die ganze Geschichte später hören müssen, aber für den Moment habe ich das Gefühl, wir sollten ein Gespräch über das Vereinen von Magie führen."

„Das ist nicht so schwer. Es passiert ganz natürlich. Wenn zwei Hexen eine mächtige Kraft kontrollieren wollen, reichen sie sich einfach die Hände, sprechen ein paar Zaubersprüche um einen Kessel herum, und ihre Magie vereint sich. Es ist wie eine Miniversion davon, Teil eines Kreises zu sein."

„Was ist ein Kreis? Ist das wie, ähm" – ich zögerte, aber mir fiel kein besserer Vergleich ein – „Gruppensex?"

„In der Regel weniger befriedigend. Aber sonst passt der Vergleich ganz gut."

„Bist du Teil eines Kreises?" Ich versuchte, nicht daran zu denken.

Sie winkte ab. „Höllenhund, nein. Der Zirkel hat mich praktisch angefleht, beizutreten, damit sie ihren ersten vollständigen Kreis seit über einem Jahrhundert machen können, aber ich würde ihnen das Vergnügen nicht gönnen."

„Was meinst du mit erstem vollständigen Kreis?"

„Der Begriff ‚Kreis' wird hier sehr frei verwendet. Genau genommen ist es ein Pentagramm. Jede Spitze repräsentiert eines der Kernelemente – Erde, Luft, Wasser, Feuer – plus das, das sie alle durchdringt: der Geist. Ein vollständiger Kreis enthält eine Hexe jeden Windes – die Aeromanten des Nordwinds, deren Kräfte im Winter am stärksten sind; die Pyromanten des Südwinds, deren Kräfte im Sommer am stärksten sind; die Terramanten des Westwinds, die im Herbst am stärksten sind; die Hydromanten des Ostwinds, die dieser Stadt ihren Namen gaben und im Frühling ihren magischen Höhepunkt erreichen. Und natürlich die Nekromanten des Fünften Winds, die das ganze Jahr über unglücklich sind.

Da du und ich in jüngster Zeit die einzigen Hexen des Fünften Winds sind, war der Zirkel gezwungen, unvollständige Kreise zu bilden. Sie funktionieren immer noch für die meisten Dinge, aber ein Kreis, der alle Winde nutzt, könnte leicht den Zirkel und damit auch den Ostwind beherrschen. Das war eine Macht, die ich keinem der derzeit zur Diskussion stehenden Kreise geben wollte, als der Zirkel mich so unermüdlich umworben hat."

„Jetzt fühle ich mich irgendwie lausig, dass der Zirkel mich nicht gebeten hat, beizutreten."

Ruby lachte trocken. „Nimm es nicht zu schwer. Ich bin sicher, sie wissen von deiner Anwesenheit in der Stadt, und die Tatsache, dass sie nicht angefangen haben, jeden Tag an unsere Tür zu klopfen, bedeutet wahrscheinlich, dass sie dich so sehr wollen, dass sie Angst haben, dich zu verscheuchen. Und es erscheint sinnvoll."

„Was erscheint sinnvoll?"

Sie hielt inne, und ihr Zögern lag schwer in der Luft. „Du

bist mächtiger, als du glaubst, Nora. Du hast gerade erst angefangen, deine Kraft zu entdecken, aber wenn ich aus deinem versehentlichen Channeln schließen sollte, stehen dir noch viele Überraschungen bevor. Wo wir gerade davon sprechen, trägst du das Amulett noch?"

Ich zog es an der Kette unter meinem T-Shirt hervor und zeigte ihr das Staurolithkreuz.

„Und du lädst es täglich auf?"

„Genau, wie du es mir gezeigt hast."

„Gut. Du solltest das so weitermachen, bis du sicher bist, dass dieses dunkle Wesen weg ist."

Ich steckte die Kette wieder in meinen U-Boot-Ausschnitt. „Oliver besteht darauf, dass ich mich beim Zirkel registriere. Was denkst du?"

„Oh sicher, warum nicht?"

Ich hielt inne. „Ähm, das frage ich dich ja. Du hast keine sonderlich hohe Meinung von ihnen."

„Wie dem auch sei, ich glaube nicht, dass sie dir etwas antun können oder würden. Du bist wertvoll für sie, auch wenn sie dich noch nicht belästigen. Registriere dich oder nicht. Es ist egal."

„Werden sie mich bitten, einem Kreis beizutreten?"

„Davon gehe ich aus."

„Und was soll ich dann sagen?"

„Fänge und Klauen, was immer du willst!", stöhnte Ruby. „Es ist, als würdest du in deiner Ausbildung Rückschritte machen. Hör auf deine Einsicht und tu, was sie dir sagt."

„Okay, okay. Meine Güte! Was für eine Laune! Oliver sagt auch, ich muss Unterricht beim Zirkel nehmen."

„Oh also, *das* ist ein Haufen Einhornäpfel. Dafür brauchst du deine Einsicht nicht."

„Er besteht darauf, mich zu unterrichten."

Ruby dachte darüber nach, während ihr Blick zu den

Kugeln an der Decke wanderte. Ab und zu begann eine, sich scheinbar grundlos zu bewegen, und ich war mir nicht sicher, ob ich mich jemals daran gewöhnen würde. Ich nahm an, das bedeutete, dass sie funktionierten und uns vor den seltsamen Wesen beschützten, die sie zum Schwanken brachten.

Oder das redete ich mir zumindest ein, um nachts schlafen zu können. Was Notlügen anging, schien es eine gute Idee zu sein.

„Oliver Bridgewater, nicht wahr?", sagte sie schließlich.

„Ja. Er ist im Moment Zoe Clementines Privatlehrer."

Sie tippte mit einem runzeligen Finger an ihre Lippen. „Es könnte nicht schaden, wenn du ein paar Stunden bei ihm nimmst. Wenn uns der Zirkel dann nicht mehr auf die Nerven geht, können wir unseren Ausbildungsplan darum herum planen. Ich hasse es sowieso, Anfängerunterricht zu geben – Schutzzauber, Levitation, Heiltränke. Alles langweilig. Er könnte das übernehmen, und ich kann mich auf die guten Sachen konzentrieren. Dann habe ich mehr Zeit zum Lesen. Schließlich bin ich im Ruhestand."

Sie nahm ihr Buch und schlug es auf.

Zumindest für sie war die Sache klar geregelt, ein Plan gemacht. Nichts weiter zu bedenken.

Für sie leicht zu glauben. Sie war ja nicht diejenige, die am nächsten Tag ihre Magie mit Donovan vereinen musste.

Kapitel Sieben

Ich klopfte an die leuchtend blaue Haustür und wartete mit pochendem Herzen. Das Haus lag zwei Blocks außerhalb der Häuserzeile, die Fulcrum Park umgab, aber da es erst halb sieben am Morgen war, war die Straße bis auf das Plätschern des Wasserspiels im Vorgarten still. Ich hätte an meinem freien Tag lieber ausgeschlafen, aber ich wusste, dass es für alle das Beste war, wenn Grim und ich schon weg waren, wenn Ruby aufwachte und sich daran erinnerte, dass sie keinen eigenen Tee kochen konnte.

Ich überlegte, nochmal zu klopfen. Was, wenn er nicht aufmachte? Das würde Donovan ähnlich sehen, einem Treffen zuzustimmen und mich vor seiner Tür warten zu lassen, wenn es so weit war.

„Vielleicht ist er tot", schlug Grim neben mir vor.

„Mach mir keine Hoffnungen."

„Ich weiß nicht, was du meinst. Du weißt genauso gut wie ich, dass der Tod nicht immer das Ende der Geschichte ist. Manche von uns haben dieses Glück nicht."

Die Tür schwang auf, und Donovan starrte mich

ausdruckslos an, bevor sein Blick zu meinen Füßen und wieder hinauf zu meinem Kopf wanderte, als suchte er nach weiteren Stellen an mir, die er verabscheuen könnte.

Äußerlich war er nicht in Bestform. Sein dunkles Haar, das normalerweise gestylt war, kurz, aber nach hinten und zur Seite gekämmt, hatte heute noch keine Aufmerksamkeit bekommen. Sein weißes T-Shirt war zerknittert und verzogen, was mich vermuten ließ, dass er darin geschlafen hatte. Seine Jeans hatte keinen Gürtel und hing an seinen Hüften, sodass der Gummizug seiner Unterhose und ein Streifen Haut direkt darüber zu sehen waren.

„Du bist ein Morgenmensch, nicht wahr?", sagte er angewidert.

„Nicht freiwillig. Aber ich bin erwachsen, also habe ich gelernt, mich zusammenzureißen und vor dem Mittag aufzustehen."

Er verdrehte die Augen. „Ich arbeite bis spät in die Nacht. Nicht jeder hat den Luxus, um fünfzehn Uhr Feierabend zu haben, um durch die Stadt zu rennen, jedermanns Probleme zu lösen und Eastwinds beliebteste Todeshexe zu werden."

„Aww", sagte ich. „Danke. Es ist schön, geliebt zu werden." Ich drängte mich an ihm vorbei in sein dunkles Haus, und Grim folgte mir.

„Ich bin nicht sicher, ob es Gustav gefallen wird, einen Hund hier drin zu haben."

„Gustav? Ist das dein Vertrauter?"

„Natürlich."

„Nun, Gustav muss sich keine Sorgen machen, denn Grim ist kein Hund. Er ist ein Grim."

Donovan schloss die Tür hinter mir. „Du warst bei der Namensgebung wirklich kreativ."

„Kreativität ist eine Gabe", sagte ich und sah mich um. Donovans Haus verriet eine tiefe Leidenschaft für Innenarchitektur. Dass er so wählerisch war, was seine Umgebung anging, überraschte mich nicht. Sein Talent jedoch schon.

Die Atmosphäre war der des Atlantis Day Spa nicht unähnlich, mit in der Luft schwebenden Kerzen und dem friedlichen Plätschern von fließendem Wasser, das irgendwo im Hintergrund zu hören war. Ein Aquarium diente als eine der Wände im Wohnzimmer, und eine Stehlampe dahinter ließ Wasserreflexionen im ganzen Raum tanzen.

„Der Typ ist unmöglich hetero", sagte Grim.

„Langsam mit den Klischees."

„Willst du damit sagen, dass ich Unrecht habe?"

„Ich behalte mir mein Urteil nur vor."

Um fair zu sein, Grim sprach einen interessanten Punkt an, und meine Gedanken kehrten zurück zu Donovans Bemerkung, als er Tanner und mich beim Küssen erwischt hatte, der darüber, dass Tanner etwas Besseres haben könnte. Hielt er sich für die bessere Option?

Wow! Das ergab tatsächlich jede Menge Sinn. Nicht, dass es irgendwie wichtig gewesen wäre, aber vielleicht war Donovan schwul. Hm.

„Tee?", fragte er. „Oder bist du der Typ, der morgens als Erstes einen starken Drink braucht?"

„Sehe ich so aus?"

Er presste die Lippen aufeinander und dachte meiner Meinung nach viel zu lange darüber nach. „Nein. Du bist zu verspannt, um jemand zu sein, der seinen Tag mit einem Kurzen anfängt. Ich gehe Tee kochen."

Als er in die Küche schlurfte, versuchte ich, mich nicht zu sehr in seine Bemerkung zu verbeißen, dass ich verspannt sei.

Das war ich nicht. Nicht einmal ein bisschen. Oder? Nein. Ich war total entspannt. Wenn jemand verspannt war, dann er.

Sein Wohnzimmer hatte keine traditionellen Möbel. Stattdessen hatte er Sitzkissen am Boden um einen niedrigen Steintisch gelegt, in dessen Mitte Wasser aus einem kleinen Krater sprudelte. Grim ließ sich in die dunkelste Ecke fallen, die er finden konnte.

Mann. Donovan nahm diese Ostwindhexensache ernst. Vielleicht war ich trotz meiner persönlichen Probleme mit ihm an der richtigen Adresse, um Hilfe zu bekommen.

Ich strich mit meinem Finger durch den Minibrunnen im Tisch, nur um zu sehen, ob er echt war. Hin und wieder stellten sich Dinge, die ich in Eastwind für selbstverständlich hielt, als magische Illusionen heraus, und ich hatte mir angewöhnt, das nach Möglichkeit zu überprüfen. Das Wasser war nicht nur echt, sondern auch warm und angenehm und schickte eine Welle der Entspannung durch meinen Arm und in meine Schulter.

Das hatte ich nur einmal zuvor erlebt. Auch im Atlantis Day Spa. Kurz bevor Frankie, die Nix versucht hatte, mich zu ertränken.

Es hätte mich nicht überraschen sollen, dass Donovans ganzes Haus für mich ein Trigger war, einige meiner schlimmsten Momente noch einmal zu durchleben. Vielleicht würde er als Nächstes Xana-Chormusik einschalten und mich bitten, nachts durch Nowhere, Texas, zu fahren.

Als er aus der Küche kam, trug er ein Bambustablett mit einer Teekanne und zwei winzigen Tassen, die mit kunstvollen handgemalten Kirschblüten verziert waren, die einen weiteren Strich in die Spalte „wahrscheinlich schwul" meiner mentalen Punktekarte setzten, die ich zu führen begonnen hatte. Eine dunkelgraue Katze mit aufgestellten, spitzen Ohren folgte ihm und machte einen Buckel, als Grim in der Ecke seinen Kopf hob, um zu schnuppern. „Ganz ruhig, Gustav", sagte Donovan und stellte das Tablett auf den niedrigen Tisch, bevor er sich auf einem Kissen gegenüber von mir niederließ.

Er füllte die zwei Tassen, ließ mich aber danach greifen,

anstatt mir eine zu reichen. Ich starrte auf meine Tasse. Das war definitiv nicht die Art von Tee, die Ruby jeden Tag kochte. Ich konnte die Farbe bei dem schwachen Licht und in der schwarzen Keramiktasse nicht erkennen, aber aus dem Duft schloss ich, dass es grüner Tee war.

„Es ist kein Gift", sagte er und nippte an seinem. „Tanner würde mich umbringen, wenn ich dich vergiften würde."

„Ich werde so tun, als wäre das nicht der einzige Grund, warum du mich nicht vergiften würdest." Ich nippte an meinem Tee, und er war tatsächlich köstlich. Leichter, als mir so früh am Tag lieb gewesen wäre, aber der Geschmack war viel weniger bitter als der des Tees, den Ruby aufgebrüht hatte ... als sie noch Wasser im Kessel halten konnte.

„Tanner hat mich ein bisschen eingeweiht", sagte er, „aber er hat ein paar wichtige Details ausgelassen. Am wichtigsten ist: Wie ist das Wesen in dein Haus gekommen?"

Sein intensiver Blick durchbohrte mich, und ich wusste, dass er wahrscheinlich eine ziemlich gute Vorstellung davon hatte, wie das Wesen reingekommen war. Also beschloss ich, die Karten auf den Tisch zu legen. Er hielt mich ohnehin schon für eine verspannte Idiotin. Ich konnte den Prozess hier genauso gut beschleunigen, damit ich das hinter mich bringen konnte. „Ich habe es reingelassen. Es hat dreimal geklopft, und ich war mit den Gedanken woanders und habe die Tür geöffnet."

„Streich Multitasking von deiner Liste potentieller Fähigkeiten."

„Ich verstehe schon. Du hältst mich für wertlos. Können wir weitermachen?"

Er blinzelte und zuckte kurz mit dem Kopf zur Seite. „Das denke ich nicht."

„Du deutest es nur an. Andauernd. Weiter."

Er seufzte und stellte seine Tasse ab. „Ich denke, der beste

Weg ist, ein Klarheitsritual durchzuführen. Wenn es funktioniert."

„Warum sollte es nicht funktionieren?"

„Hast du schonmal ein Klarheitsritual durchgeführt?"

„Nein."

„Weißt du überhaupt, was ein Klarheitsritual ist?"

„Nicht genau, aber ich –"

„Und genau darum könnte es nicht funktionieren."

Ich trank den Rest meines Tees aus und stellte die leere Tasse etwas aggressiver als nötig auf den Tisch. „Okay, du hast gewonnen."

„Ich sage nur, dass du vielleicht Magie in dir hast, aber Magie anzuwenden ist eine Fähigkeit, die man lernen muss. Und da du dir nicht die Mühe gemacht hast, eine richtige Ausbildung –"

„Ruby unterrichtet mich."

„Ja, ich sagte richtige Ausbildung. Ich habe einfach keine großen Erwartungen."

„Dann hoffen wir, dass Zuversicht nicht unbedingt nötig ist, damit das funktioniert."

Er rutschte auf das Kissen neben mir. „Ich bin hier derjenige, der das Sagen hat, okay?"

Ich riss die Augen weit auf und nickte übertrieben. „Ja, Sir." Am winzigen Zucken seiner Nasenflügel konnte ich erkennen, dass ich ihm unter die Haut ging.

„Ein Klarheitsritual, wenn es nicht von einer unerfahrenen und sturen Hexe verpfuscht wird, öffnet ein Fenster zur Zeitlosigkeit, was bedeutet, dass wir Dinge zu jeder Zeit und an jedem Ort sehen können."

„Das ist heftig."

„Das ist es. Ich sollte es auf keinen Fall mit dir machen, und wenn du irgendjemandem erzählst, dass ich es getan habe, werde ich es bis ins Grab leugnen. Davon abgesehen ist es der direkteste Weg, um herauszufinden, was wir brauchen, um dieses Wesen aus Eastwind heraus und dorthin zurückzubringen, wo es hergekommen ist, und daher ist es der schnellste Weg, dich loszuwerden, damit ich wieder ins Bett zurückkann. Und wie schon gesagt, vorausgesetzt, es funktioniert überhaupt."

„Okay, großartig. Was ist das Schlimmste, das passieren kann?"

„Frag das nie." Er schloss die Augen und ließ seine Hände durch das Wasser in der Mitte des Tisches gleiten und verteilte es, bis seine Haut nass glänzte. „Weich deine Hände ein", sagte er, und ich tat es, ohne Fragen zu stellen.

Vertraute ich Donovan?

Absolut nicht.

Aber wir hatten das gemeinsame Ziel, herauszufinden, was ich in Ruby Trues Haus eingelassen hatte, und manchmal war ein gemeinsames Ziel das Beste, was man sich von einem Verbündeten erhoffen konnte.

„Brauchst du deinen Zauberstab nicht oder so?", fragte ich.

Er starrte mich wütend an. „Nein. Nicht dafür. Hör auf, Fragen zu stellen. Und jetzt nimm meine Hände." Er streckte mir seine entgegen.

„Warte, ist das ... ein Verbindungsritual?" Ich erinnerte mich daran, was Ruby gesagt hatte, dass es intimer als Sex sei.

„Ich sagte, keine weiteren Fragen, aber ja."

Mein Herz pochte mir bis zum Hals.

Er atmete aus, ließ seine Hände sinken, bevor ich sie ergreifen konnte, und sagte: „Fänge und Klauen, Nora. Ich kann die Anspannung, die von dir ausgeht, von hier aus spüren. Es wird nicht funktionieren, wenn du dich nicht entspannst."

„Ja, tut mir leid."

Er neigte den Kopf und musterte mich. „Warte. Du hast vom Verbindungsritual gehört?"

Ich nickte.

„Ah. Du weißt also, dass es ein bisschen ... intensiv ist."

„Intim war das Wort, das Ruby benutzt hat."

Ein verschmitztes Grinsen breitete sich auf seinem Gesicht aus, bevor er es wieder unter Kontrolle bekam. „Das ist ein gutes Wort dafür."

„Wird das ... seltsam?"

„Oh ja. Tanner war nicht glücklich darüber."

„Wenn es vorbei ist, können wir dann nie wieder darüber sprechen?", fragte ich.

„Das ist der Plan." Er tauchte seine Hände noch einmal ins Wasser, und ich tat dasselbe. Und diesmal, als er seine Hände ausstreckte, ergriff ich sie, spürte die entspannende Wärme des Wassers zwischen unserer Haut und schloss die Augen.

Donovan begann, mit leiser Stimme zu murmeln. Ich kannte diese Sprache nicht, aber sie kam mir bekannt vor. Sie klang auch nicht unähnlich der, die Ruby benutzt hatte, um das dunkle Wesen aus ihrem Zuhause zu vertreiben.

Also, ja, ein bisschen Unterricht in Sachen Hexerei könnte mir guttun.

Ich ließ meinen Geist in der Gegenwart zur Ruhe kommen und benutzte die Meditationstechniken, die ich in meinem früheren Leben gelernt hatte.

Und ... nichts passierte.

„Es fühlt sich an, als ob irgendwas deine Energie blockiert", sagte er.

Ich öffnete die Augen. „Meinst du, abgesehen von meiner mangelnden Ausbildung?"

Er hielt die Augen geschlossen und nickte. „Ja, es ist wie eine Wand. Ich kann deine Energie nicht einmal finden. Ich könnte die Energie auf einer einfachen Posteule finden, wenn ich müsste." Er ließ meine Hände los und öffnete die Augen. „Trägst du irgendeine Art von Schutz bei dir?"

„Oh." Ich griff in mein Shirt und zog das Staurolith-Amulett heraus. „Meinst du sowas?"

Er stöhnte. „Ist das ein Staurolith? Machst du Witze?"

Ich zog die Kette über meinen Kopf und legte das Amulett neben mich. „Tut mir leid."

Er seufzte, kratzte all seine Geduld zusammen und sagte: „Okay, lass es uns nochmal versuchen."

Wir gingen das Händewaschen noch einmal durch, und als wir uns wieder an den Händen fasste und er zu singen begann, bemerkte ich sofort einen Unterschied. Ein Strom floss von seiner rechten Hand in meine linke, und einer floss von meiner rechten Hand in seine linke. Ein Zyklon aus Energie floss durch mich, erst träge, bis er jeden Widerstand auf seinem Weg wegwehte und zu einem Tornado wurde.

Dann trafen mich die Bilder wie eine Flutwelle ...

Die Sonne brannte auf rissige Erde, so weit das Auge reichte.

Eine schwarze Gestalt fegte durch einen üppigen Garten und ließ nichts als Sterben und Tod zurück.

Gleißendes Sonnenlicht, unter dem hölzerne Pferdekarren zwei Spuren in den Sand schnitten.

Ein natürlicher Tunnel aus dunklen Bäumen, der ins Unbekannte führte, mit Nebel, der über dem Boden hing.

Eine dunkle menschliche Gestalt erschien auf der Straße in einer kleinen texanischen Stadt.

Als ich die Augen öffnete, lag ich auf dem Rücken und starrte an die Decke von Donovans Wohnzimmer.

Ich hörte Donovans schweres Atmen ein paar Meter entfernt, als ich mich vorsichtig auf meine Ellbogen stützte, um nach ihm zu sehen. Er lag ebenfalls auf dem Rücken, schien es aber nicht eilig zu haben, sich aufzurichten. Ich verspürte den Drang, auf ihn zu klettern, ohrfeigte mich aber ein paarmal geistig, bis dieser Gedanke verflogen war. Das mussten Rückstände des Rituals sein.

„Ich glaube nicht, dass es funktioniert hat", sagte ich und brach das Schweigen.

Er setzte sich auf und starrte mich mit einem Ausdruck an, den ich noch nie bei ihm gesehen hatte. Vielleicht litt er einen kurzen Moment lang unter ähnlichen Nachwirkungen wie ich. Es sah jedenfalls so aus.

„Soll das ein Witz sein? Bei mir hat es noch nie so gut funktioniert." Er kniff die Augen zusammen. „Ich habe das aber auch noch nie mit einer Hexe des Fünften Windes gemacht."

„Es gibt für alles ein erstes Mal." Ich zwang mich zu einem Lächeln und spürte, wie Hitze meinen Hals emporkroch. Ich wünschte, er würde aufhören, mich so anzusehen.

„Weiß Tanner, dass du *so* mächtig bist?" Doch bevor ich antworten konnte, lachte er trocken. „Natürlich nicht. Es wäre ihm sowieso egal."

„Wir haben aber nichts Nützliches gefunden."

„Machst du Witze? Wir haben viel mehr gefunden, als wir brauchten. Wir wissen nur noch nicht, was es bedeutet. Aber der letzte Teil ..."

Ich erstarrte. Hatte er die Gestalt auf der Straße gesehen? Die, die dafür gesorgt hatte, dass ich von der Straße abgekommen, gestorben und in Eastwind gelandet war? Das war mein kleines Geheimnis gewesen. Ich hatte sie einmal mit ins Grab genommen und hatte vor, es wieder zu tun. Da war noch mehr, eine Bedeutung, die ich noch nicht verstand, und der Letzte, von dem ich wollte, dass er davon wusste, war er. „Welcher Teil?"

„Der Tunnel aus Bäumen."

Ich ließ langsam den Atem entweichen, den ich angehalten hatte. „Ja. Was ist damit?"

„Ich habe das Gefühl, dass wir dorthin müssen, es war, als würden wir uns darauf zubewegen. Hast du das nicht gespürt?"

Ich dachte darüber nach. „Ja, du hast recht. Es war, als hätte er uns gerufen. Und es hat sich auch nicht wie die anderen angefühlt."

„Genau. Die anderen haben sich angefühlt, als wären sie Vergangenheit oder Zukunft."

„Ja!", sagte ich aufgeregt. „Aber der Tunnel fühlte sich an, als wäre er gerade jetzt. Als würde er uns aus der Gegenwart rufen, durch den Raum."

Er nickte, während ich sprach, und ich konnte schon die Gewitterwolken über seinem Kopf aufziehen sehen, als er auf das sprudelnde Wasser auf dem Tisch starrte. „Wir haben nur die Oberfläche gestreift. Es gibt so viel mehr, das wir erschließen könnten."

„Noch eine Runde?", fragte ich, und mein Magen verknotete sich bei dieser Aussicht.

Er nickte. „Auf jeden Fall. Versuch, dich diesmal auf den Tunnel zu konzentrieren."

Wir wuschen uns zum wiederholten Male die Hände, und unsere Blicke trafen sich einen Moment, bevor wir sie ergriffen.

Diesmal erschienen die Bilder sofort. Er musste nicht einmal singen, bevor sie vor meinen Augen aufblitzten. Nur waren es weniger Avantgarde-Blitze, sondern eine fortlaufende Szene, wie in einem Film, der mit sechzehnfacher Geschwindigkeit vorgespult wird. Obwohl ich mich nicht bewegte, bekam ich ein Schleudertrauma, als die Perspektive nach vorn schoss, durch vertraute Straßen von Eastwind, vorbei am Medium Rare und hinein in die Deadwoods. Ich hatte den schleichenden Verdacht, dass ich durch die Augen des Wesens sah.

Die Bilder hörten nicht auf, als wir in die Deadwoods

flogen. Wir rasten zwischen dichten Eichen und Tannen hindurch, über langsam plätschernde Bäche, vorbei an einer wackeligen Holzhütte mit Vogelhäuschen, die an den Bäumen hingen, und immer weiter, tiefer und tiefer. Wie weit gingen die Deadwoods? Was lag dahinter?

Es fühlte sich an, als wäre mein Geist aus meinem Körper gerissen worden, als die Vision plötzlich stoppte. Und vielleicht war dem auch so, denn ich sah mich um, und neben mir stand Donovan. Keiner von uns sagte jedoch ein Wort.

Wir standen am Rand des Baumtunnels, Nebel waberte tief über dem Boden. Instinktiv näherte ich mich der Grenze, doch in dem Moment, als ich meinen Fuß unter die gewölbten Äste bewegte –

Lag ich wieder auf dem Rücken und starrte an Donovans Decke, während sich alles in meinem peripheren Sichtfeld in schnellen und ungleichmäßigen Kreisen drehte.

„Das sollte nicht passieren", stöhnte Donovan vom Boden aus.

Als ich mich diesmal auf die Ellbogen stützte, schwirrte mir der Kopf und mein Magen drehte sich. Wieder fand ich ihn flach auf dem Rücken liegend, die Beine zu beiden Seiten meiner Knie ausgebreitet, seine Arme in einem neunzig-Grad-Winkel von seinem Oberkörper ausgestreckt. Er machte sich nicht die Mühe, sich aufzurichten.

„Meine Güte. Welcher Teil?", fragte ich, kniff die Augen zusammen und zog mich am Tisch hoch, um mich aufrecht zu setzen.

„Ähm, eigentlich das meiste davon. Die bewegten Bilder, dass wir einander sehen konnten. Und ich hatte das seltsamste Gefühl, dass ich durch –"

„Die Augen von was auch immer es war geblickt habe", beendete ich den Satz für ihn. „Ja, das hatte ich auch."

Er stöhnte erneut und zog sich dann ebenfalls am Tisch auf

die Knie. „Ich habe noch nie gehört, dass das passiert." Er massierte seine Schläfen. „Vielleicht hat das mit dem Fünften Wind zu tun."

„Vielleicht", sagte ich. „Was ich weiß, ist, dass ich den Deadwoods einen Besuch abstatten muss."

Grim stellte in der Ecke seine Ohren auf. „*Ja! Wurde auch Zeit! Ich kann dir die besten Stellen zeigen. The Glen of Loss, Scavenger Hill, Sorrow Creek – die besten Stellen. Du wirst sie absolut hassen.*"

Donovan warf mir einen fast tödlichen Seitenblick zu. „Du musst in die Deadwoods? Hast du gehört, was du gerade gesagt hast?"

„Ja."

„Allein?"

„Nein. Grim wird mit mir kommen. Er wird mir alles zeigen."

„Oh nein. Das kann ich dir nicht erlauben."

Ich lachte. „Das ist nicht deine Entscheidung."

„Vielleicht nicht, aber ich werde alles in meiner Macht Stehende tun, um dich davon abzuhalten. Ich habe Tanner versprochen, dass ich nicht zulassen werde, dass du dich kopfüber in eine Selbstmordmission stürzt. Er sagte, du hast eine Neigung dazu."

„Sowas tue ich nicht!" Sagte Tanner wirklich solche Dinge hinter meinem Rücken oder übertrieb Donovan schamlos?

„Das tust du auf jeden Fall. Aber wie wäre es damit? Höchstwahrscheinlich war das, was dich besucht hat, eine einmalige Sache. Sowas passiert gelegentlich. Irgendein einsamer Loser beschwört irgendwas aus dem Jenseits herauf, es tut seine Arbeit und verschwindet dann. Bevor wir in die Deadwoods marschieren, lass uns abwarten, ob es ein einmaliger Besuch war."

Ja, das hatte ich mitbekommen. „Bevor *wir* in die Deadwoods marschieren?"

Er verdrehte die Augen. „Ja. Wir. Du und ich."

„Und ich! Du wirst mich auf keinen Fall zurücklassen, wenn du endlich mal wohin gehst, wo es gut ist."

„So wie ich das sehe", fuhr Donovan fort, „bist du so gut wie, nun ja, tot, wenn du allein in die Deadwoods gehst. Und dann bin *ich* so gut wie tot, wenn Tanner herausfindet, dass ich dich allein habe gehen lassen. Wenn du also das gefährlichste Gebiet im ganzen Reich erkunden willst—"

„Das will ich."

„Und ich dich nicht aufhalten kann —"

„Das kannst du nicht."

„Dann ist es am besten, wenn wir zusammen da reingehen."

„Klingt nach einem Plan. Wann brechen wir auf?"

Er stand auf und nahm das Tablett vom Tisch. „Oh nein. Du musst mir versprechen, dass du nicht in die Deadwoods preschst, bis wir sicher wissen, dass das Wesen immer noch da rumschleicht. Solange wir nicht irgendwas hören, gehen wir nirgendwo hin. Wenn man bedenkt, dass du jetzt mein Leben in Gefahr bringst, bist du mir das wohl schuldig."

Ich war nicht begeistert davon, dass er über mir aufragte, also stand ich auch auf. Ich war ein paar Zentimeter kleiner als er, aber so war es trotzdem besser als zuvor. „Okay, Deal. Aber sobald ich von einem weiteren Angriff höre —"

„Falls du von einem weiteren Angriff hörst. Was wahrscheinlich nicht passieren wird. Und bitte, Fänge und Klauen, denk jetzt nicht, dass jede Pflanze, die mitten im Sommer verwelkt, ein Zeichen ist, loszustürmen, okay?"

„Oh, ihr Kleingläubigen."

Er starrte mich wütend an.

„Ja, okay, gut. Das werde ich nicht tun."

Er verließ den Raum mit dem Teetablett, und als er einen Moment später zurückkam, blieb er in der Tür stehen. „Du bist noch hier."

„Du musst mir auch was versprechen", sagte ich.

„Nein. Wir sind schon quitt. Ich habe versprochen, mit dir in die Deadwoods zu gehen, wenn du versprichst abzuwarten, ob es einen zweiten Angriff gibt. Verhandlungen über Versprechen sind vorbei. Nächster Punkt auf der Tagesordnung."

„Oh, Fänge und Klauen. Hör mir einfach zu! Du musst mir versprechen, dass du Tanner nichts von unseren Plänen erzählst. Oder, ähm, von den Visionen."

Er lachte trocken. „Du glaubst, ich würde losrennen und meinem besten Freund erzählen, dass ich nicht nur einmal, sondern zweimal ein Verbindungsritual mit seiner Freundin gemacht habe? Und, ach ja, wir planen ein Date in den Deadwoods, bei dem wir uns höchstwahrscheinlich umbringen lassen werden."

„Wo du recht hast. Aber ich bin nicht seine Freundin."

Donovan zog eine Augenbraue hoch. „Weiß er das?"

„Ja. Ich meine, das sollte er. Wir haben nie darüber gesprochen, also habe ich einfach angenommen —"

Er hob eine Hand, um mich zu unterbrechen. „Bitte. Ich bin nicht Jane. Ich will nicht alles über dein Liebesleben wissen. Genau genommen will ich überhaupt nichts über dein Liebesleben wissen. Wenn es dir nichts ausmacht, werde ich jetzt gehen und versuchen, ob ich die Kopfschmerzen von unserem Gehirnkarussell, das wir gerade erlebt haben, wegschlafen kann. Du weißt, wo die Tür ist, oder?"

Wow. Okay. Einen Moment lang hatte ich gedacht, wir wären im selben Boot. Nicht, dass wir plötzlich Freunde wären, aber als herrsche ein gewisser gegenseitiger Respekt. Anscheinend doch nicht. Donovan war immer noch ein Arsch, der meinen Anblick nicht lange ertragen konnte.

Er verschwand auf demselben Weg, auf dem er gekommen war, und ich nahm mein Amulett und ging mit Grim zur Haustür.

Aber nicht, ohne vorher einen Blick in die Küche zu werfen. Sie war makellos, mit Kupfertöpfen und -pfannen, die über tiefblauen Marmorarbeitsplatten an der Wand hingen.

„Immer noch nicht sicher?", fragte Grim, als wir ins helle Morgenlicht traten.

„Ja, ich habe noch nie einen einzigen heterosexuellen Mann mit einer solchen Küche gesehen."

„Wahrscheinlich, weil er kein einziger heterosexueller Mann ist. Oder zumindest nicht, wenn man Gustav als Indikator nimmt."

„Gustav? Du meinst seinen Vertrauten?"

„Ja. Ich habe noch nie einen schwuleren Kater getroffen", sagte Grim.

„Ich wusste nicht, dass Kater schwul sein können."

„Alles kann schwul sein, Nora. Sogar Dinge, die nicht schwul sind, haben das Potential, ein bisschen schwul sein."

„Danke für die Weisheit. Ich schulde dir was."

„Ein ... Steak?"

Ich seufzte. Ich hatte den Tag frei und wollte ihn nicht wirklich an meinem Arbeitsplatz verbringen. Außerdem traute ich mich nicht, sofort in seiner Nähe zu sein, da ich jetzt etwas vor Tanner geheim zu halten hatte, solange die Vision noch so frisch in meinem Gedächtnis war.

Zu Ruby nach Hause konnte ich allerdings auch nicht. Nicht, solange das Rätsel ungelöst war und sie sich noch keinen Tee kochen konnte. Vielleicht wäre sie in ein paar Stunden besser gelaunt, wenn sie Zeit gehabt hätte, Tanners Angebot von kostenlosem Tee und Speck im Medium Rare anzunehmen, dann könnte ich sie auf den neusten Stand bringen.

Was ich brauchte, war ein Ort, an dem ich sitzen und nachdenken konnte. Ich hatte zwei verschiedene Fragen, die beantwortet werden wollten. Die Erste galt dem Ding, das in Rubys Haus gekommen war, das aus unserer Vision. Wer hatte es mir auf den Hals gehetzt? Es schien, als bräuchte man ziemlich viel Kraft, um sowas auf jemanden loszulassen, und bis ich herausgefunden hatte, wer es war, war ich vielleicht immer noch in Gefahr. Es hatte mich bei unserer Begegnung nicht verletzt, aber ich hatte auch Ruby gehabt, um es zu vertreiben, bevor es eine Gelegenheit dazu bekam.

Leider sah es so aus, als müsste ich eine Liste möglicher Verdächtiger zusammenstellen, die alle das gleiche Motiv hatten, nämlich, dass sie mich hassten. Großartig. Was für eine lustige Idee, seinen freien Vormittag verbringen.

Aber wenn die verantwortliche Person zur Rechenschaft gezogen werden sollte, hatte ich die Wahl, sie entweder selbst zu fangen oder Deputy Stu Manchester zu erzählen, was passiert war, ihm damit meine Dummheit zu gestehen (nicht ideal) und ihn davon zu überzeugen, dass es etwas kriminell und daher seine Aufgabe war, es aufzuklären (unwahrscheinlich). Deputy Manchester war im Grunde ein guter Kerl, aber manchmal bedeutete es mehr Ärger, ihn ins Spiel zu bringen, als es wert war. Das fühlte sich wie einer dieser Fälle an. Als Hexe war ich für diese Art von Situation wahrscheinlich sowieso besser gerüstet. Manchester war schließlich nur ein Werelch. Ich bezweifle, dass er gern böse Wesen jagte, und wenn doch, was würde er dann tun, es ins Ironhelm Penitentiary sperren? Ich war mir nicht sicher, wie das funktionieren würde.

„Wie wäre es stattdessen mit Fleischbällchen?", fragte ich.

„Nur, wenn wir von Fleischbällchen von Franco's Pizza sprechen. Du kochst nicht besser als das Hinterteil eines Rattenwandlers."

„Und trotzdem bettelst du immer noch um Essensreste, wenn ich es tue. Was sagt das über deine Ansprüche aus, Grim?"

„Nichts über meine Ansprüche, alles über meine Verzweiflung, meine täglichen Nährstoffbedürfnisse zu bekommen."

„Fett ist kein notwendiger Nährstoff."

„Vielleicht nichts für dich."

Die Idee, den Morgen bei Franco's Pizza zu verbringen, italienisches Essen zu essen und einen Aperol Spritz zu schlürfen, klang himmlisch. Sobald ich es mir vorstellte, wusste ich, dass es genau das Richtige für diesen Tag war. Wenn ich meine freie Zeit damit verbringen musste, darüber nachzudenken, wer mir ein möglicherweise dämonisches Wesen auf den Hals hetzen wollte, dann dort.

Kapitel Acht

Mein Zauberstab konnte gar nicht bald genug kommen.

Ich wünschte mir nicht oft einen – schließlich hatte ich mein ganzes Leben ohne gelebt –, aber während ich um sechs Uhr fünfzehn morgens die leeren Tische und Sitznischen im Medium Rare abwischte, musste ich unweigerlich daran denken, mit welcher Leichtigkeit Donovan dank seines kleinen Werkzeugs seine Arbeit in Franco's Pizza erledigte.

Seines Zauberstabs, meine ich.

Also, seines richtigen Zauberstabs. Nicht …

Wie auch immer.

Es wäre schön gewesen, alles mit einer Handbewegung erledigen zu können, anstatt sich bücken zu müssen, um an die andere Seite des Tischs am Fenster zu gelangen und in den Ritzen der Sitznische herumzupuhlen, um alle Krümel herauszuholen. Ich musste mich daran erinnern, dass ich, selbst nachdem Ezra meinen Zauberstab fertig hatte, Jahre damit üben musste, bevor ich so geschickt war wie Donovan. Und da ich das ach so besondere schwarze Schaf der Hexenfamilie war, würde ich diesen Punkt vielleicht nie erreichen. Wer wusste schon, ob ich einen Zauberstab mit irgendeiner Art von Kraft oder Präzision führen könnte. Geister channeln? Geht klar. Visionsreisen unternehmen, für die meine Versagerfreunde aus der Highschool ihre gesamten Ersparnisse ausgeben würden? Absolut. Alles andere Hexenhafte? Eher nicht.

„Wie ist es gelaufen?", fragte Tanner und trocknete sich die Hände an seiner Schürze ab, als er aus der Küche kam.

„Gut. Ich habe drei Löffel und eine Kupfermünze in der Ecke der zweiten Sitznische gefunden. Ich bin mir nicht sicher, was da –"

„Nein", sagte er. „Ich meine, wie war dein Treffen mit Donovan? Du bist nicht zum Mittagessen vorbeigekommen, also bin ich jetzt neugierig."

„Oh, richtig. Tut mir leid, ich bin noch nicht ganz da heute Morgen." Ich sah mich um. Hendrix Hardy, der schlaflose Werwolf, der mehr späte Nächte und frühe Morgen im Medium Rare verbrachte als in seinem eigenen Zuhause, war im Moment der einzige Gast. Er nippte an seinem Kaffee und starrte wie ein Zombie aus dem Fenster in Richtung Deadwoods. Die Wahrscheinlichkeit, dass er zuhörte, war gering, die Wahrscheinlichkeit, dass sein unter Schlafentzug leidendes Gehirn irgendetwas von den Informationen behalten würde, noch geringer, aber trotzdem wollte ich mit Tanner nicht zu sehr ins Detail gehen, also war Hendrix die perfekte Ausrede, um mich kurzzufassen. „Ja, es war gut."

„Hast du was Nützliches herausgefunden?"

Ich verzog das Gesicht. „Nicht wirklich." Ich nickte in Hendrix' Richtung. „Wir können später reden. Aber im Ernst, nichts sonderlich Interessantes."

Er beugte sich vor und sprach leise. „Das, ähm ... Ritual oder was auch immer ihr gemacht habt. Hat das funktioniert?"

Er lehnte sich zurück und täuschte leichtes Desinteresse vor, als die Worte ausgesprochen waren. Aber ich wusste, worauf er hinauswollte. Sollte ich ihm die Wahrheit sagen? Dass wir, ja, ein Verbindungsritual durchgeführt hatten und es so unglaublich war, dass wir es gleich noch ein zweites Mal gemacht hatten, und zwischendurch wurde ich von einem spontanen, nur Sekundenbruchteile anhaltenden Gefühl des Hingezogenseins zu seinem besten Freund überwältigt, wobei ich mich gerade noch so zurückhalten konnte?

Ihm das zu sagen, schien gemein. Versuchen Sie mal, gemein zu Tanner zu sein. Das ist unmöglich. Selbst wenn das, was man sagen will, die Wahrheit ist.

Also, ja, ich entschied mich für eine Lüge. Ich glaubte nicht, dass es schädlich wäre. „Nicht wirklich. Und ich war nicht so scharf darauf, es noch einmal mit Donovan zu versuchen, und er war nicht so scharf darauf, es mit mir zu versuchen. Offensichtlich." Ich verdrehte die Augen. „Wir gehen davon aus, dass es nur ein einmaliger Angriff war. Die ... Sache, was auch immer es war, wird wahrscheinlich nicht zurückkommen."

„Da bin ich mir nicht so sicher", sagte Tanner und warf einen verstohlenen Blick auf Hendrix, der jetzt den Kopf in seine Hände gestützt hatte. Tanner packte mich an der Schulter und beugte sich nur wenige Zentimeter vor, sodass ich mich nicht mehr für das interessierte, was er sagen würde, sondern ihn am liebsten in die Küche schleifen wollte, um ein bisschen Zeit mit ihm zu haben, bis Anton für den Frühstücksansturm auftauchte. Das war nicht mein stolzester Moment, aber die Nähe zu Tanner war berauschend. Vielleicht würde ich eines Tages ein Verbindungsritual mit ihm durchführen können. Mmm ...

„Forrest Uisce, dieser Dryade, der das Ackerland westlich von Eastwind bewirtschaftet, ich habe gehört, dass ein Teil seiner Ernte gestern Nacht von einer unerklärlichen Dürre heimgesucht wurde."

Ich eilte einen Schritt zurück. „Fänge und Klauen! Es ist Viertel nach sechs! Wie ist dieser Klatsch schon zu dir durchgedrungen?"

Tanner sah verwirrt aus. „Auf dem Weg zur Arbeit. Ich komme am Haus der Bouquets vorbei, an Janet Timberhelms Apartment, an Lance Flufferbums Hütte und an Vic Hornshearts Höhle."

„Und sie warten draußen, bis du vorbeikommst, um dir dann alles zu erzählen, was passiert ist?"

Tanner zuckte die Achseln. „Ich glaube nicht, dass sie nur auf mich warten, aber ja, sie erzählen mir alles, wenn ich vorbeikomme."

Ich versuchte, mir die organisierten Klatschkanäle dieser Stadt vorzustellen. Hatten diese Leute nichts Besseres zu tun? „Und woher wissen sie Bescheid?"

„Eulen, Nora. Viele, viele Eulen. Aber Lance' Bruder, Lot Flufferbum, ist auch der stellvertretende Chefredakteur bei der *Eastwind Watch*, also bekommt er alle Neuigkeiten sofort mit. Bei dem Dreck, den er ausgräbt, würde es mich nicht wundern, wenn er Spione in der ganzen Stadt hätte, aber das ist eine ganz andere Geschichte."

„Eine, die ich gern hören würde, *nach* der Geschichte, warum Mr. und Mrs. Flufferbum ihre Söhne Lance und Lot genannt haben. Aber okay." Ich schüttelte den Kopf, um ihn klarzubekommen. „Worüber haben wir nochmal gesprochen?"

„Forrest. Die Dürre auf seiner Farm."

„Richtig, richtig. Das ist nicht gut." Tanner wusste natürlich nicht, dass es aus mehreren Gründen nicht gut war.

Vor allem bedeutete es, dass ich Donovan nach meiner Schicht wiedersehen würde. Und dass wir in die Deadwoods gehen würden.

„Definitiv nicht gut", antwortete er. „Forrest liefert die Hälfte der Nachtschattengewächse in Eastwind. Aber es bedeutet auch, dass es weitere Angriffe geben könnte."

„Wenigstens ist es auf Pflanzen beschränkt", sagte ich und versuchte, das Positive daran zu finden, denn ja, ich fühlte mich immer noch ein bisschen dafür verantwortlich, dass das passierte, obwohl ich wusste, dass ich selbst ein Opfer war.

„Diese Stadt funktioniert um Pflanzen herum, Nora. Es ist eine Stadt, die von Hexen geführt wird. Hexen brauchen Pflanzen. Ohne Pflanzen geht die Stimmung der Hexen in den Keller."

„Das passiert auch, wenn sie mit Weltuntergangsstimmung konfrontiert werden", sagte ich und zog die Augenbrauen hoch.

„Was, ich? Das tue ich nicht."

Ich hob kapitulierend die Hände. „Wie du meinst, du hast recht. Ich habe vergessen, mit wem ich spreche. Tanner Culpepper ist nie in Weltuntergangsstimmung. Oder vielleicht hast du ein bisschen zu viel Zeit mit Grim verbracht."

„Oder du", sagte er schnell.

Ich zuckte die Achseln. „Auch möglich. Ich muss mich frischmachen, bevor der Frühstücksansturm losgeht. Kannst du den letzten Tisch für mich abwischen?"

Er riss die Augen auf. „Wollen Sie mir Befehle erteilen, Nora Ashcroft?"

„Warum nicht? Mir gehört die Hälfte des Ladens. Da du der Manager bist, bin ich genau genommen dein Boss."

Er lachte. „So funktioniert das nicht, aber klar. Geh, und tu, was du tun musst."

Ich ging in die Küche, bis ich außer Sichtweite von Tanner war, dann rannte ich ins Büro, schrieb eine Nachricht an Donovan, dass ein weiterer Angriff stattgefunden hatte, und schlich mich nach hinten hinaus, um sie per Eule zu schicken.

Um fünfzehn Uhr, eine halbe Stunde vor Ende meiner Schicht, wurde ich nervös. Ich wusste, ich musste in die Deadwoods, um herauszufinden, was dort war, und um es hoffentlich aufzuhalten, aber jedes Mal, wenn ich von hinter der Theke aufblickte, aus dem Fenster und auf den Waldrand starrte, schlug mein Magen Purzelbäume.

Ich war nur einmal in den Deadwoods gewesen – damals, als ich in Eastwind angekommen war. Ich war dort aufgewacht, desorientiert, nachdem ich hinübergegangen war, und war mir der Gefahr, in der ich schwebte, überhaupt nicht bewusst gewesen. Ich war mehr daran interessiert gewesen, erstens dem großen schwarzen Hund zu folgen, der mich aufgeweckt hatte, und zweitens ein Telefon zu finden, um ein Uber nach Austin zu rufen.

Viereinhalb Monate später hatte ich immer noch kein Telefon gefunden, aber seit diesem Tag hatte ich genug über die Deadwoods gelernt, um zu wissen, wie viel Glück ich gehabt hatte, überhaupt rausgekommen zu sein. Und jetzt wollte ich einfach wieder da rein spazieren. Mit Absicht. Auf der Suche nach Ärger.

Tanner hatte nicht Unrecht mit mir. Ich zog Ärger an wie ein Magnet. Und Ärger wirkte wie ein Magnet auf mich. Ich beschloss, es ihm nicht übelzunehmen, dass er ähnliche Bemerkungen wie sein bester Freund gemacht hatte.

Meine möglichen Verdächtigen noch einmal durchzugehen war genauso wenig hilfreich wie die ersten neununddreißig Male. Ich glaube, es war ein Fall von „den Wald vor lauter Bäumen nicht sehen", genau wie wenn ich mit dem Geist eines ermordeten Eastwinders sprach und die Liste ihrer Verdächtigen normalerweise bei Weitem nicht vollständig war. Oft waren diejenigen, die jemandem am meisten Schaden wünschten, besonders talentiert darin, diesen Wunsch vor dem beabsichtigten Opfer zu verbergen.

Meine Liste der Verdächtigen war sicherlich schwach und beruhte auf der Annahme, dass derjenige, der das Ding heraufbeschworen hatte, das an Rubys Haustür geklopft hatte, es absichtlich dorthin geschickt und es auf mich abgesehen hatte, und nicht auf Ruby oder Grim oder Clifford. Das waren allerdings einige große Annahmen. Zum einen konnte Grims Neigung, sein Territorium dort zu markieren, wo er es nicht sollte, ihm leicht ein paar Feinde einbringen. Obwohl er mein Vertrauter war, behielt ich ihn nicht ständig im Auge, und seine Routine, jeden Tag Stunden nach Beginn meiner Schicht im Medium Rare aufzutauchen, gab ihm täglich die Gelegenheit, sich jede Menge Ärger einzuhandeln.

Obwohl ich keine Feinde von Ruby kannte, war sie sicher lange genug in Eastwind, um sich welche zu machen. Soweit ich es beurteilen konnte, war sie nicht gerade mit dem Zirkel befreundet, aber würden sie ein böses Wesen auf sie hetzen? Das schien unwahrscheinlich, wenn man bedachte, wie besessen sie von Regeln und Ordnung waren.

Vielleicht nur, um es mir leichter zu machen, hatte ich Clifford als beabsichtigtes Ziel ausgeschlossen, weil er nicht viel tat, und wenn ich einen von uns streichen wollte, war er die offensichtliche Wahl.

Blieb nur ich. Wer waren meine Feinde? Tandy Erixon und Frankie Jericho natürlich, da ich die Hauptrolle bei ihrer Verhaftung wegen Mordes gespielt hatte. Aber sie waren jetzt in Ironhelm eingesperrt, und soweit ich wusste, war das Gebäude mit mehreren Schichten mächtiger Zaubersprüche verstärkt, die die Insassen daran hinderten, Magie anzuwenden. Das schloss vermutlich auch die Beschwörung eines dämonischen Wesens ein.

Konnten Tandy und Frankie draußen jemanden haben, der

für sie Rache an mir suchte? Das war durchaus möglich. Ich hatte nie mit Frankies Ehemann, Heath Jericho, gesprochen. Einerseits war es seine geliebte Schwester gewesen, die ermordet worden war. Andererseits saß seine Frau jetzt dank mir lebenslang im Gefängnis. Auf wessen Seite stand er in dieser Sache? Ich hatte keine Ahnung.

Dann gab es kleinliche Gründe, jemandem ein Wesen auf den Hals zu hetzen. Vielleicht war Seamus Shaw wütend, weil ich ihn im Sheehan's zurechtgewiesen hatte, und wollte sich rächen. Ich war mir nicht sicher, über welches Maß an Magie Kobolde verfügten, aber er könnte leicht jemanden angeheuert haben, der die Beschwörung für ihn durchgeführt hatte. Soweit ich wusste, stammte er aus einer reichen Familie. Oder vielleicht wollte Sebastian Malavic mir eine Botschaft schicken, um mich in die Schranken zu weisen. Ich war mir nicht sicher, warum ein Vampir etwas Furchterregenderes als sich selbst ins Spiel bringen sollte, aber hey, ich war mir bei vielen Dingen nicht sicher.

Meine Verdächtigenliste ging so weiter, ein unwahrscheinlicher Kandidat nach dem anderen, jeder basierte auf den beiden Hauptannahmen, dass der Angriff gezielt und ich das beabsichtigte Ziel war.

Ich musste damit aufhören, sonst würde ich eine Migräne bekommen, wenn ich mich weiter im selben fruchtlosen Kreis drehte. Stattdessen war es sinnvoll, mich auf die Lösung des Problems zu konzentrieren, und vielleicht würde ich dabei auch herausfinden, wer dahintersteckte.

Kurz gesagt, ich musste aufhören, es als Krimi zu behandeln, und anfangen, es als ein Wie-mache-ich-es-ungeschehen? zu betrachten.

„Du bist früh dran", sagte ich, als Jane von hinten kam und sich hinter die Theke stellte, als ich nach dem Ende des Mittagsansturms mit einigen meiner Nebenarbeiten anfing.

Erst als sie direkt neben mir stand, bemerkte ich die dunklen Ringe unter ihren Augen. „Anstrengende Nacht?"

Langsam wandte sie mir ihren Kopf zu, und es war klar, dass ich die falsche Frage gestellt hatte. „Ich hoffe bei der allmächtigen Göttin, dass du nie eine Nacht mit einem wütenden und verwirrten Werbären verbringen musst."

„Ähm. Ja, ich auch. Was ist passiert?"

Sie schüttelte den Kopf und drückte ihre Handflächen in die Augenhöhlen. „Sieht aus, als wäre Whirligig's Garden Center gestern spätabends von einer Dürre heimgesucht worden. Thaddeus versucht, es geheim zu halten, damit es dem Geschäft nicht schadet, aber Ansel ist außer sich vor Wut. Vor ein paar Wochen hätte er fast ein Auge verloren, als er einen streitlustigen Totempfahlkaktus eingetopft hat, und jetzt ist das Ding fünf Zentimeter von der Schwelle des Todes entfernt, und er ist sich nicht sicher, ob es sich wieder erholen wird."

Ich schluckte schwer. „Die Kakteen sind betroffen?"

Sie nahm die Hände von den Augen, lehnte sich seitlich an den Tresen und sah mich direkt an. „Ja, Nora. Seltsam, nicht wahr?" Der kontrollierte Ton ihrer Stimme verriet, dass sie es gar nicht so seltsam fand. Ansel musste getan haben, was er gesagt hatte, und ihr von meinem Besuch vor zwei Tagen erzählt haben. „Es war fast so, als wäre das Wasser direkt aus den Kakteen gesaugt worden."

„Fänge und Klauen!", fluchte ich. „Das tut mir so leid."

„Warum sollte es dir leidtun?", sagte sie und zog eine ihrer dunklen Brauen über ihren hellbraunen Augen hoch. „Du hast den Kaktus nicht getötet, oder? Genauso wie du nicht die Hälfte des Wassers im Glacier Lake getrunken hast."

„Glacier Lake?", fragte ich. „Der oben auf dem Fluke Mountain?"

Sie nickte langsam und musste gähnen. „Ja. Darius ist auch am Durchdrehen."

„Warte, wer ist nochmal Darius?"

„Darius Pine. Die Liebe von Ansels Leben. Ihre Bromance würde mich eifersüchtig machen, aber ich würde mich erdrückt fühlen, wenn Ansel mich jemals so ansehen würde wie Darius. Ich denke, das ist so eine Werbärensache. Darius ist das Oberhaupt von Ansels Clan. Ihm gehören die Hütten und das Holzlager oben auf dem Fluke Mountain. Er ist auch derjenige, mit dem ich dich verkuppeln wollte, bis mir klar wurde, dass du nicht verfügbar bist."

„Ich weiß nicht, was du –"

Ihre Hand schoss zwischen uns in die Luft. „Spar dir das. Ich habe heute Morgen keine Nerven für Lügen."

„Es tut mir leid, Jane. Wenn es dich tröstet: Ich tue, was ich kann, um das Dürreproblem zu lösen. Donovan und ich sind –"

„Donovan?" Sie kicherte. „Du hast es geschafft, Mr. Nicht-mein-Problem da reinzuziehen? Wow, Nora, ich bin beeindruckt. Besonders, wenn man bedenkt, was er von dir hält." Sie richtete sich auf und atmete durch die Nase ein. Beim Ausatmen sagte sie: „Okay", dann nickte sie. „Ich sehe, du meinst es ernst, wenn du sagst, dass du das klären willst, also werde ich dir nicht die Hölle heiß machen, wie ich es eigentlich wollte, sondern es mir für den nächsten Ärger aufsparen, den du unweigerlich anzetteln wirst."

„Du bist so gnädig", brummte ich.

„So hat mich noch nie jemand genannt." Sie klopfte mir auf die Schulter. „Viel Spaß bei deinen Nebenarbeiten. Ich werde hinten eine Kanne Kaffee trinken." Ich dachte, sie scherzte, bis sie eine volle Kanne aus der Halterung auf der Theke neben mir nahm und damit in die Küche verschwand.

Ich bestellte Essen zum Mitnehmen – zwei Sunrise-Burger

und Pommes –, damit es fertig war, wenn meine Schicht zu Ende war. Ich dachte, wenn ich Donovan mit in die Deadwoods schleppen und dabei sein Leben gefährden würde, sollte ich ihm wenigstens was zu essen mitbringen.

Und vielleicht hoffte ich, ihm Honig um den nicht vorhandenen Bart schmieren zu können. Schließlich war er die Hexe, die mir in dieser Sache Rückendeckung geben würde, und je mehr Anreiz ich ihm geben konnte, seinen Job richtig gut zu machen, desto besser.

Erst, als ich ihn reinkommen sah, mit Schweißflecken unter den Armen, die man schon von Weitem sehen konnte, fiel mir auf, dass Deputy Stu Manchester heute Morgen nicht zum Frühstück gekommen war. Ich war stolz darauf, die Stammgäste im Auge zu behalten, aber meine Gedanken waren den ganzen Morgen woanders gewesen (genauer gesagt am Rand eines dunklen Tunnels aus Bäumen), darum hatte ich wohl vergessen, meine Bestandsaufnahme zu machen. Ich beeilte mich, seinen Kaffee und Kuchen zu holen, bevor er es zur Theke schaffte.

Mann, sah er heute Nachmittag mitgenommen aus. Die Wahrscheinlichkeit war groß, dass er seit fast vierundzwanzig Stunden wach war, wenn er um diese Zeit hierherkam. Irgendetwas hatte ihn wachgehalten, und ich hatte fast Angst, danach zu fragen.

Als er sich auf den Hocker setzte, standen Kuchen und Kaffee bereit, und kurz darauf brachte ich ihm ein Eiswasser.

„Werden Sie den heutigen Tag überstehen, Deputy?", fragte ich.

„Es wäre ein Wunder, wenn ja, Miss Ashcroft." Er trank das ganze Glas Wasser aus und begann, das Eis zu kauen, bevor ich mit einem Krug zum Nachfüllen herüberkam. „Danke. Ich war nach einem Arbeitstag noch nie durstiger."

„Es ist heiß da draußen, das ist sicher."

Er winkte ab und schob sich den ersten Bissen Kirschku-
chen in den Mund. „Nein, nicht die Hitze. Die Dürre! Und das
Kämpfen. Und das ... na ja, das ganze Zeug."

Oje!

*„Das klingt verdächtig nach was, wobei du eine Rolle gespielt
haben könntest",* sagte Grim von seinem Platz unter der Theke,
auf dem er sich vor ein paar Stunden niedergelassen hatte.

„Das wissen wir nicht."

*„Ich würde Geld darauf setzen, wenn ich welches hätte. Würdest
du Geld darauf setzen?"*

„Sicher."

„Großartig. Lass uns wetten."

*„Ähm, im Moment nicht. Du hast gerade gesagt, dass du kein
Geld hast."*

*„Es ist egal, ob ich Geld habe oder nicht. Du wirst diejenige sein,
die zahlt. Das garantiere ich."*

„Passiert nicht."

„Wollen Sie darüber reden?", fragte ich Deputy
Manchester. „Sie wissen, dass ich eine gute Zuhörerin bin."

Er sah zu mir auf, den Kopf immer noch seinem Kuchen
zugeneigt, dann atmete er aus. „Wenn ich ehrlich bin, ja. Ich
könnte ein offenes Ohr gebrauchen."

Ich lächelte und nickte ihm zu, weiterzureden.

Er seufzte, setzte sich aufrechter, rückte seinen Dienst-
gürtel zurecht und starrte vage an die Decke. „Wo soll ich
anfangen? Okay, wie wäre es mit der Tatsache, dass ich diesen
Job ein für alle Mal kündigen werde, wenn ich heute noch
einen Kobold sehe, dann kann Eastwind anfangen zu lernen,
seinen eigenen Dreck wegzuräumen!"

Nach einem schnellen Blick durch das Restaurant, um
sicherzugehen, dass keine Kobolde da waren, was nicht der
Fall war, fragte ich: „Was ist mit den Kobolden passiert?"

„Fänge und Klauen, was mit den Kobolden *nicht* passiert ist, wäre leichter zu beantworten." Er nahm eine Serviette und wischte sich damit über die Stirn, wobei er Schweiß und Schmutz wegwischte. „Erin Park ist ein vollkommenes Desaster. Erst höre ich, dass der ganze Alkohol in Sheehan's Pub weg ist – natürlich bemerken sie *das* zuerst."

„Hm", sagte Grim. „*Klingt sehr nach dem, was mit Rubys Tee passiert ist.*"

Ich ignorierte ihn.

Stu ließ weiter Dampf ab. „Ich versuche schon, im Alleingang zu verhindern, dass sie in der Gegend randalieren, nachdem es sich herumgesprochen hat, was – oh – keine halbe Stunde gedauert hat, dann kommt eine Notfalleule angeflattert und informiert mich, dass Rainbow Falls nur noch ein Rinnsal ist!"

„*Oh Mann*", sagte Grim schnell.

„*Was? Warum ,oh Mann'?*"

„*Du weißt nichts von Rainbow Falls?*"

„*Nein. Sollte ich? Ich bin kein Kobold. Ich gehe fast nie rüber nach Erin Park.*"

„Nun", sagte Stu, „Sie können sich das Worst-Case-Szenario vorstellen."

„Absolut", log ich. „Und ist es passiert?"

Er sah sich schnell um, bevor er sich über den Tresen beugte. Ich beugte mich ebenfalls vor, da er offensichtlich wollte, dass das, was er als Nächstes sagen würde, unter uns blieb. „Ja." Er starrte mich mit großen Augen an, und ich vermutete, dass ich es verstehen sollte.

„*Rainbow Falls schützt die Goldreserven der Stadt*", ergänzte Grim auf ungewöhnlich hilfsbereite Art und Weise. „*Sie sind in einer Höhle dahinter gelagert. Außer dem Wächter kommt niemand an den Wasserfällen vorbei ... es sei denn, die Wasserfälle trocknen aus, dann – Oh heiliger Wandler!*"

„Das Gold ist weg?", keuchte ich. Ich zuckte zusammen und sah mich um. Nur Ted schien mir Aufmerksamkeit zu schenken, aber das war irgendwie selbstverständlich. „Tut mir leid", flüsterte ich.

„Es ist wahr." Er nickte, ließ die Schultern hängen und schob sich fast die Hälfte des Kuchens mit einem einzigen Bissen in den Mund.

„Das Gold ist weg", wiederholte ich stumm.

Mit vollem Mund antwortete er: „Na ja, nicht weg. Ich meine, es ist irgendwo. Wahrscheinlich. Vorausgesetzt, keiner von euch hat es mit einem Zauberstabschwung verschwinden lassen. Ich weiß nicht, warum jemand, der bei klarem Verstand ist, das tun würde, aber es gibt jede Menge Hexen, die nicht bei klarem Verstand sind. Ich brauche noch ein Stück Kuchen", fügte er hinzu.

Nachdem er die schlimmste Neuigkeit losgeworden war, wirkte er viel weniger gestresst, saß aufrecht da und ließ die Schultern kreisen, um sie zu lockern. „Ja", sagte er mit einem weiteren Mundvoll Kirschen und Kuchenkruste, „diese Stadt wird sich in ungefähr dreiundzwanzig Minuten und achtzehn Sekunden selbst niederbrennen, wenn sich das herumspricht." Er trank gierig den Kaffee und schob Kuchen hinterher. „Oh, und zu allem Überfluss haben Whirligig's Garden Center und Forrest Uisces Farm Verluste erlitten, die sie Magie zuschreiben. Und wissen Sie was?" Er lachte. „Ich habe nicht einmal Zeit, mir darüber Gedanken zu machen! Wegen der Kobolde! Mit ihren spitzen Schuhen und ihrer Sauferei und ihren Morddrohungen! Ha! Diese Stadt wird in wenigen Tagen in sich zusammenfallen, und dreimal dürfen Sie raten, wer dann die Budgetkürzungen genehmigen wird, um keine weiteren Hilfssheriffs einstellen zu müssen? Nicht einmal Bürgermeister Esperia wird einen Aufstand deswegen machen!" Er trank seinen Kaffee in einem Zug aus und zuckte zweifellos angesichts der Hitze zusammen, bevor er mir die Tasse entgegen-streckte. „Immer schön nachfüllen."

„Sonderlieferung", sagte Tanner hinter mir. Er trug zwei Schachteln mit einem gefalteten und versiegelten Brief darauf. „Da hat aber jemand Hunger", sagte er und reichte mir die Boxen.

Ich lächelte, antwortete aber nicht.

„Und dieser Brief ist gerade für dich gekommen."

„Danke", sagte ich. „Könntest du Deputy Manchester Nachschub bringen, während ich sehe, worum es geht?"

„Natürlich." Er wandte sich Deputy Manchester zu. „Du bist wahnsinnig spät dran, Stu."

Ich räusperte mich, bis Tanner hinsah, dann schüttelte ich schnell den Kopf und formte mit den Lippen: *Frag nicht.*

„Ich, äh, lass mich dir frischen Kaffee holen." Tanner eilte zur Seite, und ich öffnete den versiegelten Brief. Darin stand nur: *Gut. Komm rüber. Bring Essen mit. Sag T nichts.*

Ich zerknüllte ihn und steckte ihn in meine Schürze, gerade als Tanner sich von hinten an mich heranschlich. „Irgendwas Gutes?", fragte er neckend.

„Nein, nichts. Nur Ruby. Sie wollte wissen, ob ich auf dem Rückweg beim Metzger vorbeischaue."

„Ah, ist der Burger dann für sie?"

„Nein."

Er kniff fast unmerklich die Augen zusammen. „O-kay. Dir ist nicht nach Reden zumute. Wie du willst. Es war eine verrückte Schicht. Hey, ich habe mich gefragt, ob du heute Abend vorbeikommen willst und wir den Geschmacksverbes-serungstrank nochmal versuchen können. Dieses Mal, ohne dass Monster es mit einem ihrer Haarbälle vermasselt. Ich habe nicht vor, nochmal den Körper mit Grim zu tauschen."

Ich hatte es auch nicht eilig, das zu wiederholen. Grims Worte aus Tanners Mund zu hören, war ein Alptraum. Hätte mich fast für immer vom Zaubertranktraining abgebracht. „Das würde ich gern. Aber, ähm, ich habe heute Abend schon was vor." Ich verzog entschuldigend das Gesicht. „Morgen, okay?"

„Mit wem hast du was vor?", fragte er, und die Worte sprudelten kopfüber aus ihm heraus.

„Donovan." Ich verzog entschuldigend das Gesicht.

Tanners Mund öffnete sich, und er runzelte die Stirn. „Oh. Okay." Er hielt inne. „Kann ich mitkommen?"

Ugh. „Ähm, wir wollten nur das Problem besprechen" – Stu schien nicht zuzuhören, aber es war sinnlos, das zu riskieren – „weißt du, da es ja anscheinend keine einmalige Sache war." Mein Verstand suchte nach einer guten Ausrede, bis er auf eine ziemlich überzeugende stieß, wenn ich das so sagen darf. Ich trat näher an ihn heran und legte meine Hände knapp unterhalb der Theke an seine Hüften. Ich schob meine Handflächen ein bisschen weiter nach hinten und flüsterte: „Ich werde nicht lange da sein, und ich fürchte, wenn du kommst, werde ich zu abgelenkt sein, und wir kommen nicht weiter."

Als seine Wangen rot wurden und sein Blick zu den Gästen huschte, die uns am nächsten waren und am ehesten einen Blick auf das erhaschen konnten, was hinter der Theke vor sich ging, umspielte ein Lächeln einen Mundwinkel, und ich wusste, dass meine Ausrede auf fruchtbaren Boden gefallen war. „Ja, okay. Das würde ich nicht wollen. Wir können morgen daran arbeiten. Jane sieht aus, als hätte ein Drachenwandler auf ihr gesessen, also werde ich sie nach Hause schicken und heute Nacht für sie einspringen."

„Schläfst du jemals, Tanner Culpepper?"

Er lachte und trat von mir weg. „Nur, wenn ich müde bin."

Ich band meine Schürze auf, faltete sie und wickelte die Schnüre um die Mitte. „Dann musst du unendlich viel Energie haben."

Als er an mir vorbeiging, beugte er sich nah zu mir und flüsterte: „Und unendlich viel Ausdauer."

Mir blieb der Mund offen stehen, als er lässig wie immer auf einen Tisch voller Feen zuging, die sich gerade hingesetzt hatten. „Vergiss die Burger für dich und Donovan nicht!", rief er über die Schulter. „Viel Glück!"

Kapitel Neun

Donovan steckte sich die letzte lauwarme Käsefritte in den Mund. Wie ich vermutet hatte, bereute ich, dass ich Grim erlaubt hatte, auf dem Weg vom Medium Rare alle meine Fritten zu essen.

Weder Donovan noch ich sprachen, während wir an seinem niedrigen Wohnzimmertisch aßen, und ich nahm an, dass das daran lag, dass keiner von uns reden wollte. Nicht, solange ein Sunrise-Burger kalt wurde und wir uns, oh ja, eigentlich nicht wirklich mochten.

Er brachte unsere leeren Kartons in den Komposter und kam einen Moment später mit einem schweren, in rissiges schwarzes Leder gebundenen Wälzer und einem kleinen Kessel zurück. „Ich habe eine Idee", sagte er.

„Großartig, ich mag Ideen."

„Ich habe einen Zauber gefunden, der meiner Meinung nach dabei helfen wird, das Channeln zu konzentrieren, sodass wir gezielte Fragen stellen und Antworten bekommen können."

„Oh wow. Klingt perfekt. Gute Arbeit!"

Er blickte von seinem Buch auf, zweifellos, um sich zu versichern, dass ich das nicht sarkastisch gemeint hatte. Das hatte ich nicht.

Er schlug die Seite auf und zeigte auf die Überschrift.

„Ich weiß nicht, was da steht", gab ich zu. Es war in alten Runen geschrieben. Oder was ich aufgrund meiner begrenzten Beschäftigung damit in den letzten Monaten für alte Runen hielt.

Ich erwartete fast, dass er etwas wie „typisch" oder „wann lernst du endlich, wie man grundlegende Dinge macht?" sagen würde, aber er sagte nichts dergleichen. Es war, als hätte sein Enthusiasmus seine Bitterkeit ausgelöscht.

„Es lässt sich grob mit ‚Beschwörungssuche' übersetzen. Ich habe es selbst nie benutzt, weil dafür ausdrücklich eine Hexe des Fünften Windes anwesend sein muss." Er kicherte aufgeregt. „Mannomann! Wahrscheinlich hat ihn in Eastwind niemand, der heute lebt, ausprobiert. Ich kann es kaum erwarten, das Gesicht dieses Besserwissers Oliver zu sehen, wenn ich ihm erzähle, dass ich auf eine Beschwörungssuche gegangen bin."

„Ah ja, *da* ist die Bitterkeit, die ich kenne und liebe."

„Hör zu, du würdest genauso denken, wenn du jahrelang mit ihm im Unterricht hättest sitzen und zusehen müssen, wie er jede Frage genau wie es im Buch steht beantwortet."

„Du hast wahrscheinlich recht. Also, was machen wir für diese Beschwörungssuche-Sache?"

Er atmete tief ein und in einem Schwall wieder aus. „Richtig. Es ist ein komplizierter Zauberspruch, und, das muss ich fairerweise erwähnen, man braucht Blut."

Ich lehnte mich zurück und hob abwehrend die Hände. „Nein. Ich bin raus."

„Oh, komm schon. Erzähl mir nicht, dass du kopfüber und blind in die Deadwoods stürmen willst, aber Angst vor Blut hast."

Ich schüttelte den Kopf. „Das hat überhaupt nichts damit zu tun. Es ist so, dass Ruby mir ausdrücklich verboten hat, Zauber zu wirken, für die ich mein Blut benutzen muss, bis ich besser ausgebildet bin. Sie sagt, sie könnten zu mächtig sein, als dass ich damit umgehen kann."

„Sie hat absolut recht. Also, bist du dabei oder nicht?"

Ich dachte daran, wie abgekämpft Deputy Manchester ausgesehen hatte, als er an diesem Nachmittag ins Diner gekommen war. Was als einfaches Ärgernis begonnen hatte, geriet schnell außer Kontrolle und wurde zu einer stadtweiten Krise. Wer wusste, was als Nächstes passieren würde? „Also gut. Ich bin dabei."

Ein schelmisches Grinsen breitete sich auf seinen Lippen aus. „Das dachte ich mir." Er lachte. „Tanner schätzt diese Seite an dir nicht, weißt du. Nicht so, wie er sollte."

„Welche Seite?", fragte ich, verblüfft von der plötzlichen Erwähnung von Tanner.

„Die leichtsinnige Seite. Er will, dass du auf Nummer Sicher gehst. Es scheint ihm auch nichts auszumachen, dass es dich auf lange Sicht unglücklich macht."

„Jetzt redest du —"

„Aber mir gefällt sie", sagte er. „Das heißt, solange ich dabei nicht deinetwegen ins Gras beiße. Oh, wo wir gerade davon sprechen, nur, damit wir uns verstehen, wenn du mich umbringst, verspreche ich dir, dich bis ans Ende der Zeit heimzusuchen."

„Das ist vollkommen unnötig", sagte ich. „Du wirst nicht meinetwegen ins Gras beißen. Wenn, wird das ganz allein deine Schuld sein. Fänge und Klauen, übernimm ein bisschen Verantwortung für deinen eigenen Tod."

Er streckte sich von seinem Platz auf einem Kissen direkt neben mir aus und packte meine Hand fest. Mein Blick huschte von der Stelle, an der sich unsere Hände berührten, zu seinem Gesicht. Was glaubte er, was er da tat?

Dann zog er seinen Zauberstab aus dem Hosenbund. „Das wird nur ein bisschen wehtun."

„Wirst du es auch machen?"

Er verdrehte die Augen. „Natürlich. Aber zuerst du, damit ich sicher bin, dass du nicht kneifst."

„Ich werde nicht kneifen – au!"

An der Stelle, die er mit seinem Zauberstab berührt hatte, öffnete sich ein Riss entlang der Daumenkuppe. Als sich das Blut zu sammeln begann, hob er meine Hand über den kleinen Kessel und drückte auf die Daumenkuppe, bis fünf Tropfen Blut herausgesickert waren, während ich vor Schmerz zischte.

Als er meine Hand losließ, wollte ich an meinem wunden Daumen lutschen, aber seine Hand schnellte nach vorn und drückte meine wieder nach unten. „Das willst du nicht tun", sagte er, und seine intensiven blauen Augen bohrten sich unter dunklen und ernsten Augenbrauen in mich. „Hier." Er berührte meinen Daumen erneut mit seinem Zauberstab, und der Schnitt schloss sich, obwohl er immer noch schmerzte.

Als Nächstes träufelte er sein Blut in den Kessel, gefolgt von ein paar Tropfen Quellwasser aus der Mitte des Tisches.

„Ist das alles?", fragte ich.

„Fast." Er blickte an mir vorbei in die dunkle Ecke, in der Grim sich niedergelassen hatte. „Grim, kannst du kurz herkommen?"

„Auf gar keinen Fall."

„Was willst du von Grim?", fragte ich.

„Der Zauberspruch verlangt die Kralle eines toten Tiers. Wenn du also nicht ein totes Tier suchen oder selbst töten willst, ist Grim der beste Weg."

Grim knurrte leise. *„Wage es ja nicht. Ich habe mich noch nie so lebendig gefühlt."*

„Komm schon, Grim. Es ist nur eine Kralle. Deine sind in letzter Zeit sowieso wahnsinnig lang geworden. Du läufst schon ganz komisch deswegen."

„Das liegt daran, dass ich keine Zweige und scharfen Steine mehr habe, die sie abbrechen, wie als ich noch im Wald gejagt habe. Jetzt, wo ich domestiziert bin, ist es deine Verantwortung, sie zu schneiden."

„Okay, das kannst du vergessen, aber ich kann dich zu Echo's Salon bringen und sie das machen lassen."

„Wir reden über Dinge, die garantiert nicht passieren werden."

„Komm einfach her", sagte ich. *„Dann haben wir wenigstens eine erledigt und … wie viele sind dann noch übrig?"*

„Du weißt wirklich nicht, wie viele Zehen ein Hund hat?"

„Weiß er nicht, wie er heißt?", bemerkte Donovan.

„Oh, er weiß es", antwortete ich. „Grim. Wir fahren nicht in die Deadwoods, wenn du nicht herkommst."

Mit einem gequälten Grunzen erhob er sich aus der Ecke und trottete herüber, wobei er widerwillig seine Pfote vor Donovan hob. *„Dieser Typ weiß wahrscheinlich alles über sorgfältige Körperpflege."*

„Das ist sowas von Klischee! Sagst du das, weil du ihn immer noch für schwul hältst?"

„Nein, ich sage das, weil sein Haus makellos ist und er traumhaft aussieht und gut duftet."

Grim hatte in allen Punkten recht. Na ja, nicht, was den traumhaften Teil angeht. Nein. Ich meine, vielleicht, wenn er nicht so ein Arsch zu mir wäre und sich ein bisschen entspannen würde. Klar, dann könnte ich verstehen, dass ein anderes Mädchen ihn traumhaft finden könnte. Besonders mit diesen durchdringenden Augen, diesen dichten zerzausten, mokkabraunen Haaren, die danach schrien, dass man mit den Fingern hindurchfuhr …

„Okay, schon erledigt", sagte er.

„Was?"

Grim zog sich wieder in seine Ecke zurück.

„Wir sind bereit für die Beschwörungssuche. Oh, warte. Noch eine Sache." Sein Blick fiel auf meine Brust. „Du musst das ablegen."

Nein. Er konnte mir nicht sagen, dass ich mich vor ihm ausziehen sollte. Dachte er wirklich, ich würde darauf hereinfallen? Mensch oder Hexe – Männer waren letzten Endes alle gleich, und ich hatte in meinem Leben genug gesehen, um nicht naiv darauf reinzufallen. „Vergiss es."

Er seufzte genervt. „Nora, das wird auf keinen Fall funktionieren, solange du das trägst."

„Einhornäpfel!", schnaubte ich. „Letztes Mal hat es auch prima geklappt."

„Nein …", sagte er und sah mich von der Seite an, als wäre ich verrückt. „Du hast es letztes Mal abgenommen. Es soll dich davon abhalten zu channeln, Nora. Du musst es abnehmen, wenn du –"

„Ohh! Das Amulett? Du meinst das Amulett."

Seine großen Augen ließen ihn wie ein erschrockenes Pferd aussehen. „Ja. Was dachtest du, was ich meine? Hast du gedacht, ich wollte, dass du dich –"

Ich winkte ab und schüttelte den Kopf. „Vergiss es. Bin nur ein bisschen langsam von Begriff nach dem Burger." Ich griff in mein Shirt und zog das Staurolith-Amulett heraus. „Lass uns bitte nie wieder darüber reden."

„Ähm, sicher."

Nachdem ich es beiseitegelegt hatte, stellte er den Kessel zwischen uns auf den Boden, befeuchtete seine Hände und bedeutete mir, dasselbe zu tun. Wir ergriffen fest die Hände

des anderen, und er sagte: „Du musst hier die Führung übernehmen, da du der Wind bist, der für das Channeln verantwortlich ist. Stell dir drei Fragen vor, die du beantwortet haben
möchtest, und achte darauf, immer nur eine auf einmal zu
stellen."

„Soll ich sie laut aussprechen?"

„Nein, nur in Gedanken."

„Okay. Bereit."

„Jetzt müssen wir unseren Atem koordinieren. Atme ein,
wenn ich deine Hände drücke, atme aus, wenn ich loslasse.
Sobald wir synchron sind, fange ich mit der Beschwörung an."

Ich ließ meinen Geist entspannen und konzentrierte mich
nur auf Donovans Hand, die meine hielt, und das Gefühl, wie
sich meine Brust hob und senkte. Bald atmeten wir synchron,
lange, tiefe und langsame Atemzüge. Die Energie zirkulierte
zwischen uns, und ich verlor den Überblick darüber, wo mein
Körper endete und seiner begann, als der Kreis stärker wurde.
Und während er den Zauberspruch murmelte, fühlte ich die
Energie überall um mich herum. Durch mich hindurch fließen.
Dann konzentrierte ich mich auf meine erste Frage.

Was ist das Wesen, das diesen Schaden um Eastwind anrichtet?

Die Dunkelheit hinter meinen Augenlidern wurde heller,
die Landschaft wehte an mir vorbei, als ich vorwärts schoss.
Nur war ich nicht ich. Ich war wieder das Ding.

Es rauschte durch die Stadt, die Kopfsteinpflasterstraßen
hinauf, vorbei an Geschäften, die ich häufig besuchte, und
erreichte den efeubewachsenen Steinbogen zum Gartencenter.
Doch dort blieb es nicht stehen, es wehte in der Dunkelheit vor
der Morgendämmerung vorbei und schwebte über die Reihen
lethargisch-schläfriger Kakteen. Ein schrilles Quietschen kam
von den Pflanzen, und ich wusste, was darunter vor sich ging.

Und dann konnte ich es sehen. Ich war außerhalb des
Dings, Donovan stand neben mir. Das dunkle Wesen kreiste

über den Pflanzen und saugte Wasserdampf in sich auf, wie Nebel, der in einem schwarzen Loch verschwand.

Ich konnte auch fast eine Gestalt erkennen. Während die hintere Hälfte nebelhaft war und wie dichter schwarzer Rauch waberte, ähnelte die Vorderseite dem Körper einer Frau, die die Arme nach vorn ausgestreckt hatte und in die Luft griff, während sie aufstieg.

Ich konzentrierte mich wieder auf meine Frage. *Was ist das Wesen, das diesen Schaden um Eastwind anrichtet?* Dann standen wir auf einem seltsamen Feld. Das Grün schien aus Erin Park zu stammen, nur dass es ein anderer Ort war. Irgendwo ganz anders und nicht auf dieser Welt. Dessen war ich mir sicher. Am anderen Ende des Feldes ragte eine riesige Mauer aus undurchdringlichem Dschungel auf.

Und dann kamen die Soldaten.

Zwei Armeen standen einander gegenüber, nur ein 200 Meter breiter Streifen Grün trennte sie, als sie aufeinander zumarschierten. Die in blutroter Rüstung waren fast doppelt so viele wie die andere Seite, die in einem Sammelsurium aus Grau- und Brauntönen gekleidet war, doch Letztere hatten besondere Waffen.

Direkt vor der Front der zahlenmäßig unterlegenen Armee schwebten zwei riesige wabernde Gestalten, eine weiß und dünn wie eine Wolke, die andere tiefblau, mit einer sanft schwankenden Gestalt. Sie schwebten an Ort und Stelle, bis der Anführer der kleinen Armee schrie. Dann stürmte das blaue Wesen los, auf die anrückenden Soldaten zu. Der Himmel verdunkelte sich, als sich über der roten Armee Wolken bildeten, die wirbelten und dichter wurden, bis der Sturm losbrach. Die bunt zusammengewürfelte Armee blieb trocken und vom Regen unberührt.

Die blaue Gestalt tanzte am Himmel, und während ihre Bewegungen schneller wurden, schlug die Intensität des

Sturms der vorrückenden roten Armee entgegen. Er bremste sie, trübte ihre Sicht, aber er hielt sie nicht auf.

Dann nahm die dünne weiße Gestalt ihren Platz neben der blauen ein und begann ihren eigenen Tanz, und dabei musste ich mich an Donovan festhalten, um nicht von den heraufbeschworenen Böen von den Füßen gerissen zu werden. Dann drehte der Wind und traf die Rote Armee frontal, sodass ihre Schritte sie nicht vorwärtsbrachten.

Bis es einem der Männer der Roten Armee, der auf Händen und Knien kroch und dessen Uniform detaillierter und geschmückter war als die der anderen, gelang, sich von der Rückseite zu lösen. Er rammte ein Langschwert in die Erde, um nicht weggeweht zu werden, während er kniete und den Kopf senkte.

Ein Schrei zerriss den Himmel und ließ sowohl die weißen als auch die blauen Wesen in ihrem Tanz innehalten. Der Regen hörte auf. Der Wind beruhigte sich. Beide Armeen standen wie erstarrt da, genau wie Donovan und ich, und sahen sich nach der Quelle des entsetzlichen Schreis um.

Da war es, es brach aus dem Dschungel hervor und schoss wie eine Rakete durch die Luft. Das schwarze Wesen. Und darunter verkümmerten die grünen Felder, das Wasser verdampfte und verschwand in der Masse, genau wie im Gartencenter.

Es griff sofort die blauen und weißen Wesen an, und die drei kämpften in einem tosenden Wirbel in der Luft, während die Armeen unten einander angriffen. So gefangen in der Szene, die sich vor mir abspielte, hörte ich fast nicht, wie Donovan mir zurief, ich solle die nächste Frage stellen. Jetzt schon? Aber ich wollte sehen, wie dieser Kampf ausging.

Doch er hatte recht. Ich spürte es. Ich hatte hier alles gesehen, was ich sehen sollte. Also stellte ich die nächste Frage.

Wer hat dieses Wesen nach Eastwind gerufen?

Mit einer Welle von Schwindel wurde ich in den Außenbezirk transportiert, die Deadwoods nur fünfzig Meter hinter mir, während ich auf das Medium Rare starrte, die frühe Nachmittagssonne grell über mir. Welcher Tag war es?

Die Tür flog auf, und zuerst konnte ich nicht erkennen, wer das Diner verließ – das Bild war verschwommen. Ich ging meine Liste der Verdächtigen durch. War es Seamus? Oder Sebastian? Oder vielleicht jemand ganz anderes, von dem ich nicht einmal wusste, dass er einen Groll gegen mich hegte? So oder so, ich hatte das Gefühl, wer auch immer das war, er oder sie war auch die Antwort auf meine zweite Frage.

Dann kamen zwei Gestalten auf uns zu, eine größer, mit dunklem Haar, die andere klein und rundlich, mit rotblonden Locken.

„Nein", hauchte ich. „Diese Knalltüten? Wirklich? Sie können es nicht sein."

Sie kamen bis auf wenige Meter an uns heran, würdigten uns aber keines Blickes. „Dumme, eingebildete Hexe", knurrte der dunkelhaarige Junge. „Denkt, sie wäre toll, weil sie uns in aller Öffentlichkeit anschreien kann. Natürlich wird jeder auf ihrer Seite sein. Sie sind immer auf der Seite der Frau."

„Du hättest das nicht tun sollen, Duncan", sagte der Kleine. „Wenn Mancer davon erfährt, könnten wir suspendiert werden. Du weißt, was sie davon halten, ältere Hexen zu belästigen."

„Bitte, sie ist keine ältere Hexe. So wie ich es gehört habe, ist sie nicht mal eine richtige Hexe. Nur eine todesbesessene Möchtegern-Hexe." Er schlug seinen Freund. „Was ist mit dir, Tybalt? Du lässt dich von einer Frau vor allen Leuten erniedrigen und lässt es einfach passieren? Ich wusste nicht, dass du so ein Pixie bist."

„Ich bin kein Pixie!", protestierte Tybalt. „Du bist ein Pixie!" Er schlug Duncan auf den Arm.

Duncan knurrte. „Sie werden uns beide für Pixies halten, wenn wir nichts dagegen unternehmen."

Tybalt verdrehte die Augen. „Was könnten wir dagegen tun? Wir dürfen noch nicht einmal Zauberstäbe benutzen."

„Nicht dürfen und nicht in der Lage sein sind zwei verschiedene Dinge. Ich habe eine Idee. Komm mit."

Sie rannten die Straße hinunter in Richtung Fulcrum Park, und als ich ihnen nicht folgen konnte, wusste ich, dass es Zeit für meine letzte Frage war.

Wie können wir es aufhalten?

Um uns herum wurde es dunkel, bis auf ein Objekt, das etwa zwanzig Meter vor uns ein paar Meter über dem Boden schwebte. Ich trat einen Schritt vor, und Donovans Arm schoss vor mich und versperrte mir den Weg.

„Es wird mir nicht wehtun", sagte ich.

„Das weißt du nicht. Sei vorsichtig."

Er senkte den Arm, befolgte aber seinen eigenen Rat und näherte sich vorsichtig. Licht strahlte um das Objekt herum, und als ich nur noch wenige Meter davon entfernt war und erkannte, was es war, hätte ich fast gelacht. „Es ist nur ein Buch."

„Das sagst du, als ob Bücher dich nicht töten könnten."

Ich zog eine Augenbraue hoch. „Ich war mir dieser Gefahr nicht bewusst, nein."

„Nun, sie können es."

„Großartig. Füge es der Liste von Dingen in dieser Stadt hinzu, die mich töten können." Ich beugte mich über das Buch, ohne es zu berühren, und versuchte, den Einband zu lesen. Es war abgegriffen und braun, und ich konnte nur verblasste Goldbuchstaben erkennen, die mir vielleicht vor langer Zeit verraten hätten, was in aller Welt ich mir da ansah. „Ich glaube, die Antwort steht in diesem Buch."

„Da bin ich mir ziemlich sicher."

Okay, wenn also die Antwort auf meine Frage in dem Buch stand, worauf wartete ich dann noch? Ich rang meine neu entdeckte Bücherphobie nieder und griff nach dem Einband.

Sobald ich das tat, verschwand das Buch, und wir standen wieder am Eingang des Baumtunnels.

„Fänge und Klauen!", fluchte ich. „Nicht schon wieder."

Dann schlug mein Magen einen Purzelbaum. Ich fiel. Ich fiel geradewegs ins Nichts, und Donovan fiel neben mir her.

Und dann schlug ich am Boden auf. Ich war wieder in Donovans Wohnzimmer.

Und lag mit dem Gesicht nach unten auf ihm.

Ich stöhnte, konnte mich aber noch nicht bewegen, während sich die Welt um mich herum drehte. „Ich muss mich übergeben", stöhnte ich.

„Bitte geh erst von mir runter."

„Ich weiß nicht, ob ich das schaffe."

„Ugh", stöhnte er. „Ich glaube, ich muss mich auch übergeben."

Und plötzlich fand ich die Kraft, mich von ihm herunterzurollen.

Wir lagen auf dem Rücken, keuchten und bekamen unsere Mägen wieder unter Kontrolle wie die Erwachsenen, die wir waren.

Endlich brach Donovan das Schweigen. „Duncan und Tybalt. Haben sie über dich gesprochen?"

„Ich denke schon."

Mit einer stöhnenden Anstrengung rollte er sich auf die Seite, um mich anzusehen, und stützte sich auf seinen Ellbogen. „Was ist passiert?"

Ich drehte den Kopf, starrte in sein gequältes Gesicht und dachte: *Bitte kotz mich nicht voll.*

„Der Kleine, Tybalt. Er hat dumm gelabert. Ich wollte es

ignorieren, aber als ich vom Tisch weggehen wollte, hat Duncan mich in den Po gekniffen."

Donovan kniff die Augen zusammen, und seine Oberlippe verzog sich angewidert. „Ist das dein Ernst?"

„Ja, ich weiß, wer würde mir in den Po kneifen wollen, richtig?"

„Nein, das meine ich nicht. Was ist dann passiert?"

„Ich habe sie rausgeschmissen. Ich habe ihnen gesagt, dass sie gehen sollen, und als sie sich geweigert haben, habe ich, ähm, vielleicht eine Szene gemacht." Ich verzog entschuldigend das Gesicht. „Vielleicht hätten sie sich nicht gezwungen gefühlt, sich zu rächen, wenn ich keine Szene gemacht hätte, um sie zu demütigen. Das ist es, was du aus der Vision herausgelesen hast, oder?"

„Mehr oder weniger. Aber kommen wir zurück zu dem Teil, wo du dir selbst die Schuld gibst, weil du ein paar verkorksten Teenagern eine Lektion erteilt hast. Das ist *nicht* deine Schuld, Nora."

Mein Magen beruhigte sich endlich, und ich setzte mich auf. „Ich bin sicher, ich hätte besser damit umgehen können."

„Oh, warte, hast du sie so hart geohrfeigt, dass ihre Astralkörper aus ihren Ohren geflogen sind?"

Ich lachte. „Nein."

„Mm-hm", sagte er, presste die Lippen zusammen und nickte wissend. „Siehst du, das ist, was ich in deiner Situation gemacht hätte. Ich denke also, du hast es so gut gehandhabt, wie man es nur handhaben kann." Sein Gesichtsausdruck wurde weicher, als er sich aufsetzte und mich ansah. „Im Ernst, Nora, mach dir keine Vorwürfe. Ich habe diese kleinen Hexen in der Stadt gesehen. Sie machen dauernd Ärger. Ehrlich gesagt ist es ein Wunder, dass sie sich mit ihrem ganzen Unfug noch nicht umgebracht haben. Und wenn sie jetzt niemand in die Schranken weist, werden sie nur zu älteren und stärkeren Bullys. Du hast das Richtige getan."

„Danke", sagte ich und fühlte mich aus dem Gleichgewicht, obwohl ich nicht sicher war, ob das ein Überbleibsel der außerkörperlichen Erfahrung war oder weil Donovan mich unerwartet unterstützte. „Es ändert nichts an der Tatsache, dass hier ein dunkles Wesen, egal welcher Art, herumspukt, und wir nicht allzu viel darüber wissen." Ich seufzte. „Ich glaube, ich habe bei den Fragen versagt, denn ich habe nicht das Gefühl, dass wir die Antworten haben, die wir brauchen."

„Sei nicht dumm", sagte er, und seine Direktheit war beruhigend. Das war der Donovan, den ich kannte. „Wir haben jede Menge Informationen von der Vision bekommen. Wir haben eine gute Vorstellung davon, wer das Ding – lass es uns einen Dämon nennen – heraufbeschworen hat, und ich bin ziemlich sicher, dass die Antwort darauf, wie wir es loswerden, in einem Buch steht."

„Großartig. Denn in dieser Stadt gibt es noch nicht genug Bücher, um das Kolosseum zu füllen", sagte ich ungeduldig. „Sollen wir von Tür zu Tür gehen und die Leute fragen, ob wir in ihren Bücherregalen stöbern dürfen?"

„Pfff", sagte er und musterte mich eingehend. „Du weißt es nicht."

„Was weiß ich nicht?"

„Von jedem Buch, das wir nach Eastwind bringen, erscheint auf magische Weise ein identisches Exemplar im entsprechenden Bereich der Bibliothek von Eastwind. Wenn das Buch in dieser Welt existiert, können wir es dort finden."

Das war verdammt cool. Und nein, das wusste ich nicht. Jemand musste dringend einen Reiseführer für diesen Ort schreiben. „Nur ein Problem", sagte ich. „Wir wissen nicht, wie es heißt oder worum es geht. Wir wissen nur, wie es aussieht.

Und selbst ich kann drei andere Bücher nennen, die ich gesehen habe und die fast genauso aussehen wie dieses hier."

„Süßes Baby Jackalope", spuckte er. „Für jemanden, der sich gern mit dem Kopf voran in knifflige Situationen stürzt, baust du sicher eine Menge Hindernisse zwischen dir und den einfachen Sachen auf." Er stand auf und nahm das Zauberbuch und den Kessel mit.

Ich wollte ihn aber nicht einfach so eine Bombe platzen und weggehen lassen, also folgte ich ihm in seine Küche, wo er alles auf die Marmorarbeitsfläche stellte. „Was meinst du?"

Er zündete eine Kerze an und hielt den Kessel über die Flamme. „Ich meine genau das, was ich gesagt habe. Du lockst eine mordlustige Xana in dein Haus oder folgst einer ebenso mörderischen Nix in einen dunklen Lagerraum, kein Problem. Ich meine, heiliger Wandler, du warst bereit, in die Deadwoods zu stürmen, mit nichts als deinem wenig hilfreichen Vertrauten als Unterstützung. Aber wenn es darum geht, in eine Bibliothek zu gehen, um das Buch zu suchen, das du brauchst, oder, oh, ich weiß nicht, deine Beziehung öffentlich zu machen, kannst du dich nicht dazu durchringen."

„Warum kümmert dich *das*?", fragte ich.

„Das tut es nicht." Er goss den rauchenden Inhalt des Kessels in eine Schüssel mit Wasser, stellte sie dann wieder auf den Tresen, nahm das Buch und ging weg.

Ich folgte ihm in einen schmalen, mit Büchern gesäumten Flur. „Dir ist es doch wichtig, sonst hättest du es nicht erwähnt."

„Ich finde es nur merkwürdig." Er drehte sich schnell um, und ich musste abrupt stehenbleiben, um nicht mit ihm zusammenzustoßen. Er kam näher, und ich versuchte zurückzuweichen, aber mein Rücken stieß gegen ein Bücherregal. Ich war wie festgenagelt, und mein Herz raste.

„So merkwürdig ist es nicht", entgegnete ich.

Sein warmer Atem streichelte mein Gesicht, als er sprach. „Ich denke nicht. Schließlich bin ich genauso."

Er stellte das Buch zurück in das Regal direkt über meiner rechten Schulter und ging dann wieder in die Küche. „Kommst du mit mir in die große, böse Bibliothek, oder was?", rief er.

„Ja!", rief ich zurück. Ich räusperte mich, mein Rücken immer noch gegen das Regal gelehnt, während ich versuchte, meinen Herzschlag zu beruhigen. Dann wiederholte ich und achtete darauf, dass meine Stimme diesmal nicht zitterte. „Ja, ich komme."

Kapitel Zehn

„Ehrlich gesagt bin ich überrascht, dass du nicht deine ganze Freizeit hier verbringst", sagte Donovan, als wir die helle, offene Eingangshalle der Bibliothek durchquerten und den Büchern auswichen, die hierhin und dorthin schwebten. „Wenn ich eine Hexe des Fünften Windes wäre, würde ich den ganzen Tag hier verbringen und jeden Geist, der mir die Gelegenheit gibt, ausfragen."

„*Streber*", sagte Grim.

„Das sagst du nur", erwiderte ich, „weil sie dich die letzten vier Monate nicht dauernd genervt haben." Geister tummelten sich um uns herum, saßen an den langen Lesetischen und brüteten über Büchern. In der Bibliothek gab es einen Zauber, der es Geistern ermöglichte, Dinge mühelos zu bewegen, eine Fähigkeit, die normalerweise Poltergeistern vorbehalten war, so hatte ich das zumindest verstanden. Aber hier konnten sie sich das Buch ihrer Wahl aus dem Regal aussuchen, es herumtragen und sogar umblättern. Es war nicht die schlechteste Art, sich die Stunden zwischen den Astralebenen zu vertreiben. „Wenn ich eines über Geister weiß", fuhr ich fort, „dann, dass sie alle irgendwas wollen. Und sie hören nicht auf, bis sie es bekommen."

Donovan konnte mit einem schnellen Schritt zur Seite nur knapp vermeiden, ein Buch in die Leistengegend gerammt zu bekommen. „Und inwiefern ist das anders als bei dir und mir?"

Ich lachte. „Ich wünschte, ich wüsste, was ich will."

„Du weißt es nicht? Du kommst mir wie die Art Frau vor, die genau weiß, was sie will. Oder wen."

Ich warf ihm einen finsteren Blick zu. „Darüber reden wir nicht. Und was ist mit dir, Mr. Berufsbarkeeper. Willst du mir damit sagen, dass du genau weißt, was du willst?"

„Absolut."

Ich blieb wie angewurzelt stehen. „Und das wäre?"

Er zuckte die Achseln. „Hauptsächlich in Ruhe gelassen zu werden." Er ging weiter, und ich beeilte mich, mit ihm Schritt zu halten. „Und siehst du? Ich tue alles, was nötig ist, um das zu erreichen."

„Inwiefern?"

„Ich riskiere meine Haut, indem ich mit dir in die Deadwoods gehe, weil ich weiß, dass ich, wenn ich diese Sache durchziehe, auf eine von zwei Arten Frieden finden werde: Entweder wir lösen das Problem und verbannen dieses Dämonending, damit du und Tanner euer entsetzlich heiteres Leben weiterführen könnt und ich zu meiner angenehmen Routine zurückkehren kann, oder ich beiße deinetwegen ins Gras und kann für alle Ewigkeit in Frieden ruhen."

„Ich dachte, du hast gesagt, du würdest mich heimsuchen, wenn du hierbei stirbst."

„Ach ja, richtig", sagte er. „Ich meine, nachdem ich dich für den Rest deines Lebens heimgesucht habe, würde ich in Frieden ruhen. Denn verglichen mit der Ewigkeit ist der Rest deines Lebens weniger als ein Wimpernschlag."

„*Wo er recht hat ...*", sagte Grim hinter mir.

Donovan ging voran zum hohen Auskunftsschalter, stützte seine Ellbogen darauf und lächelte Helena Whetstone strahlend an, die Elfenbibliothekarin, die wahrscheinlich älter war als die meisten Geister, mit denen sie ihre Tage verbrachte. Sie wirkte wie die meisten Elfen viel, viel jünger, als sie tatsächlich war. Ich hätte sie auf Mitte vierzig geschätzt, aber wer wusste schon, was das in Elfenjahren bedeutete.

„Helena", sagte er. „Wie geht's Ihnen heute Abend?"

Sie blickte von der Stelle auf, an der sie an einer Art Zahlenrätsel arbeitete, das ich als Sudoku beschrieben hätte, wenn die Kästchen nicht ständig übereinander gesprungen wären. „Ja, Mr. Stringfellow? Was wollen Sie jetzt schon wieder?"

Kundenservice vom Feinsten.

„Wir suchen ein Buch."

Sie runzelte die Stirn. „Ah, dann kann ich Ihnen leider nicht helfen. Die Bücher sind gerade alle aus." Sie wandte sich wieder dem Rätsel zu.

Ein Muskel in Donovans Kiefer zuckte, und ich fragte mich, ob er wusste, wie viel Spaß ich daran hatte.

„Es ist ein Buch mit einem alten, braunen Einband, könnte etwas über ein uraltes, dunkles Wesen enthalten?"

Helena schürzte die Lippen und sah Donovan wieder an. „Da müssen Sie mir schon mehr Informationen geben."

„Das ist alles, was ich darüber weiß."

„Dann sollten Sie mehr darüber in Erfahrung bringen und danach nochmal vorbeikommen. Wir haben jeden Tag von sechs Uhr morgens bis Mitternacht geöffnet." Sie räusperte sich und schlug mit der Hand auf das Rätsel, um zu verhindern, dass eines der Quadrate von der Seite lief.

„Könnten Sie wenigstens ..."

Sie hielt ihre Hand einen Zentimeter von seiner Nase entfernt, und er richtete sich schnell auf. „Nein. Nicht, bis Sie einen genaueren Titel, Autor oder ein genaueres Thema haben. Tut mir leid."

Eine Ader in Donovans Stirn trat hervor, als er klugerweise etwas Abstand zwischen sich und Helena brachte.

„Vielleicht weiß es jemand anderes hier", schlug ich vor.

Er sah sich um. „Wer, Anton?" Er nickte dem Oger-Koch des Medium Rare zu, der die meiste Zeit damit verbrachte, alles zu lesen, was er in seine riesigen Hände bekam.

„Vielleicht", sagte ich. „Er lebt praktisch hier." Ich hielt inne. „Wenn ich so darüber nachdenke, *könnte* er hier leben." Ich winkte ab. „Egal. Es kann nicht schaden, ihn nach dem Buch zu fragen."

„Bist du sicher?", fragte Donovan und musterte ihn vorsichtig.

„Bitte", sagte ich und näherte mich dem Oger, „Anton würde keiner Fliege was zuleide tun."

Ich verkniff mir die Erwähnung, dass ich ihn einmal eine Fliege aus der Luft fangen und dann essen gesehen hatte. Zu seiner Verteidigung muss ich jedoch sagen, dass sie sonst auf dem Essen gelandet wäre, das er kochte, und das war unhygienisch.

Nein, sie zu essen wäre auch nicht meine erste Wahl gewesen, aber ich versuchte, nicht kleinlich darüber zu streiten, wie andere, vor allem Oger, ihr Leben lebten.

„Anton", flüsterte ich, als wir näher kamen.

Er blickte auf und schielte leicht über seiner riesigen, grobporigen Nase. „Nora?"

Er wirkte ein wenig benommen. Ich hatte fast ein schlechtes Gewissen, ihn zu stören. Er hatte heute Morgen eine verrückte Schicht hinter sich gebracht und verdiente seine Zeit allein, um sich zu entspannen. „Hey, ich habe eine Frage, bei der du mir vielleicht helfen kannst."

Anton grunzte wie üblich.

„Ich suche ein Buch, und Helena ist nicht sehr hilfreich."

Er grunzte erneut, und ich nahm an, dass das Oger für „Was gibt es sonst Neues?" war.

„Es ist ungefähr so dick" – ich zeigte mit Daumen und Zeigefinger – „braun, hat abgegriffene goldene Buchstaben und enthält Informationen über ein dunkles Wesen, das Wasser aus Pflanzen saugen kann."

Er blinzelte langsam, dann wanderte sein Blick zu Donovan. „Er ist mit mir hier", erklärte ich. „Kannst du uns helfen?"

Erneut grunzend schob sich Anton seitwärts aus dem Stuhl und stand auf. Er war gebaut wie ein ehemaliger Boxer mit anhaltender Steroidsucht, und Donovan wich einen halben Schritt zurück, als der Oger begann, seine Arme von einer Seite zur anderen zu schwingen, doch Anton entspannte nur seinen Rücken.

„Folgt mir", brummte er, also taten wir es.

Wir gingen unter einem dunklen Steinbogen hindurch in einen klaustrophobischen Gang, der in einen anderen Flügel der Bibliothek führte. Wir gingen um eine Ecke nach der anderen, an einer Gabelung nach links und an einer weiteren nach rechts, und es ging stetig bergab, bis ich nicht mehr sicher war, ob wir noch in Eastwind waren. Der Raum, den wir schließlich betraten, war nicht viel geräumiger als der Flur. Am anderen Ende einer Kammer, die eher einem Weinkeller als einer Bibliothek ähnelte, stand ein einzelner Lesetisch. Die Wände waren aus verwittertem Stein, und ich war mir sicher, dass die Temperatur seit unserem Verlassen der Hauptgalerie um mindestens fünfzehn Grad gefallen war. Auf beiden Seiten des Tisches fächerten sich Reihen von Büchern auf, Ketten baumelten lose herab und hielten verschiedene Wälzer an ihrem Regal fest.

Und am Tisch saß ein einzelner, einsamer Geist. Mit dem Körper eines Mannes und dem Kopf eines Stiers war er nicht jemand, mit dem ich ein Gespräch anfangen wollte. Dann fiel es mir ein: Anton hatte gerade direkt auf einen Geist gezeigt. „Warte, du kannst ihn sehen?"

Sein Grunzen klang verdächtig nach „Warum auch nicht?"

„Und er könnte das Buch kennen?"

Anton grunzte erneut, dann drehte er sich um und ging.

„Ich zweifle nur ungern an Antons legendärer Freundschaft", sagte Grim, *„aber hat er uns nur hierhergeführt, um uns töten zu lassen? Sind wir ein Opfer für dieses Ding?"*

„Ich wünschte, ich könnte es dir sagen. Wir werden es aber sicher bald herausfinden."

„Siehst du irgendwas?", fragte Donovan und sah sich mit ausdrucksloser Miene um. „Ich meine, abgesehen von den Büchern, die eine beunruhigende Energie ausstrahlen?"

„Ja. Da sitzt jemand am Tisch."

Als der tierische Geist eine Seite des Buches umblätterte, in das er vertieft war, nickte Donovan. „Ah. Okay." Dann murmelte er: „Das scheint genau dein Ding zu sein – supergefährlich, blindlings vorpreschen und so weiter. Bitte nach dir."

Vielleicht hatte Donovan recht, denn ich machte mir keine Sorgen, als ich mich diesem seltsamen Geist mit Hörnern näherte, die – zu Lebzeiten – wahrscheinlich jemanden, der so massiv gebaut war wie Anton hätten aufspießen können. Oder besser gesagt, die machte ich mir, aber mein Verstand konnte solche lästigen Bedenken ziemlich schnell wegsperren. Besonders, nachdem ich über meine Brust tastete und das Amulett unter meinem Shirt spürte. „Entschuldigen Sie", sagte ich.

Der Kopf des Geistes schnellte hoch, und eine Rauchwolke stieg aus seiner Nase. Seine dunklen Augen beobachteten uns aufmerksam, bevor er antwortete: „Welches Buch?"

„Es ist ungefähr so dick –"

„Nein." Seine Stimme hatte etwas Endgültiges an sich. „Erzähl mir nicht davon. Zeig es mir." Er streckte seine Hand aus, eine menschliche Hand, Gaia sei Dank, denn aus irgend-einem Grund wäre ein Geisterhuf zu viel gewesen. Ich näherte mich dem Tisch, blieb stehen, drehte mich um und sah, dass weder Grim noch Donovan mir folgten.

„Du bist eine tolle Verstärkung, Grim."

„Ich sagte, ich würde dir in die Deadwoods folgen. Bullen-schädel hier war kein Teil des Plans."

„Die Bibliothek schon."

„Du erwartest, dass ich einen kurzen Ausflug in die Bibliothek einem Plausch mit dem Geist eines Minotaurus gleichsetze?"

„Ist er das?"

„Du —" Grim schüttelte seinen flauschigen Kopf. *„Du weißt nicht einmal, was er ist, und willst ihm gleich die Hand geben? Süßes Baby Jackalope, manchen Leuten ist wirklich nicht zu helfen."*

Machte es einen Unterschied, dass er mal ein Minotaurus war? Jetzt war er ein Geist. Und ich wusste ein bisschen was über Geister. Nicht viel. Aber mehr, als ich über Minotauren wusste, so viel stand fest.

Trotz Grims Enttäuschung über mich streckte ich die Hand aus und ergriff die eiskalte Hand des Minotaurus. Sie fühlte sich solide an, nicht wie die anderen Geister, denen ich begegnet war, und mein Herz raste. War das eine andere Art von Geist, als ich es gewohnt war?

Ich bemerkte schnell, dass dies nicht einmal annähernd die Art von Geist war, die ich gewohnt war.

„Schließ die Augen", sagte er, also tat ich es. „Beschwöre das Buch in deinem Kopf herauf."

Ich atmete langsam und tief und ließ das Bild des Buches, das in der Dunkelheit schwebte, vor meinem geistigen Auge auftauchen.

Dann erschien daneben der Minotaurus in voller, leben-diger Gestalt. Er beugte sich vor, schnappte das Buch aus der Luft, drehte es in seinen Händen um und untersuchte jeden

Zentimeter. „Mehr", sagte er, und es fühlte sich an, als würde er aus meiner Erinnerung zu mir sprechen und nicht aus dem Raum, in dem wir standen.

„Mehr?", sagte ich. „Mehr was?"

„Du weißt schon", antwortete er. „Entspann dich und lass es raus."

Ich tat es, und das Schlachtfeld erschien wieder. Nur war die Schlacht vorbei. Überall lagen Körper verstreut, leblos, in der Sonne bratend. Vor Schreck musste ich mich angespannt haben, und ich fand mich in der kalten Kammer der Eastwind Library wieder. Ich ließ seine Hand sofort los und starrte ihn mit großen Augen an.

„Dieses Buch wurde seit vielen Jahren nicht mehr gelesen. Was ist deine Absicht?"

„Es zurückzuschicken", sagte ich schnell.

Er nickte. „Dann folge mir, Nora."

Obwohl ich mich nicht vorgestellt hatte, war ich nicht überrascht, dass er meinen Namen kannte. Schließlich hatte er gerade in meinen Kopf geschaut. Wer weiß, was für schmutzige Sachen er über mich in der Hand hatte. Unglaublich beunruhigend, aber gleichzeitig begegnete er wahrscheinlich pro Jahrzehnt zwei Wesen, die mit ihm kommunizieren konnten, und er kam mir nicht wie der Typ vor, der tratschte.

Allerdings schien es nicht richtig, dass er meinen Namen kannte, während ich mir nicht die Mühe gemacht hatte, seinen in Erfahrung zu bringen, also fragte ich: „Wie heißt du?", mit der festen Absicht, seinen Namen von nun an so oft wie möglich zu verwenden, um ihm ein bisschen Honig ums Maul zu schmieren. Es konnte nicht schaden, mich mit einem Minotaurus anzufreunden, oder?

„Kein Name. Nicht mehr."

O-kay. Na dann.

Das Buch, zu dem er mich führte, war durch eine schwere,

lange Eisenkette mit dem Bücherregal verbunden, die rasselte, als er den Wälzer von seinem Platz nahm und ihn mir entgegenhielt. Ich hatte fast Angst, ihn zu berühren, doch als er ihn mir entgegenschob, reagierte ich und berührte ihn, bevor ich wusste, was passiert war.

Als ich das Buch ansah, wusste ich, dass es das richtige war. Nicht nur wegen des braunen Einbands und der verblassten goldenen Schrift, sondern weil das Bild des Schlachtfelds vor dem Blutbad vor meinen Augen fast so lebendig wurde wie meine physische Umgebung.

„Das ist es", sagte Donovan, der über meine Schulter spähte. „Das ist das Buch."

„Kein Witz", sagte ich.

Als ich das Buch auf der ersten Seite aufschlug, wusste ich nicht, was mich erwarten würde. Latein? Chinesisch? Sanskrit? Als die Wörter auf Englisch waren, war ich angenehm überrascht. Auf der Titelseite stand „Ursprünge des Unnatürlichen, Band 394, Omzarka-Ostrogalia".

Obwohl das Inhaltsverzeichnis auch auf Englisch war, war es voller Worte, die ich noch nie zuvor gesehen hatte. Die Kapitel waren alphabetisch geordnet, aber mehr verstand ich nicht.

„Omzarka, Onanchant, Onasias?" Ich sah zu dem Minotaurus auf. „Soll ich wissen, was das alles bedeutet?"

„Warte", sagte Donovan hinter mir. Er beugte sich vor und zeigte auf eines der Wörter. „Oquay. Das kenne ich. Es ist eines der Reiche, die direkt mit Avalon verbunden sind."

„Eines der Reiche?"

„Ja. Avalon ist ein zentrales Reich – manche nennen es eine Achsenwelt – und es gibt eine Menge anderer Reiche, die durch verschiedene Tore davon abzweigen. Hunderte. Ich kenne sie nicht alle, aber ich weiß, dass Oquay eines davon ist."

„Eastwind ist auch eins davon, schätze ich?"

„Ja. Von Eastwind zweigen auch ein paar Reiche ab, aber nicht annähernd so viele wie von Avalon.”

Er verstummte, und ich starrte wieder auf das Inhaltsverzeichnis. Waren das dann alles Reichsnamen? Gab es in diesen Regalen einen Band, in dem Eastwind aufgeführt war? Und wie wäre es mit einem, in dem mein Heimatreich aufgeführt war? Und wenn ja, wie hieße es dann, Erde? Gab es viele Abzweigungen von diesem Reich?

Es war eine Menge, die ich verarbeiten musste, aber ich zwang mich, mich auf die derzeitige Aufgabe zu konzentrieren. „Also, ich schätze, wir müssen herausfinden, aus welchem Reich dieses Wesen gekommen ist.” Ich wandte mich hauptsächlich an den Minotaurus, der nickte. „Großartig, aber dieses Buch hat locker zweitausend Seiten. Wir könnten eine Woche hier sitzen und lesen.”

„Zumachen. Dann aufmachen”, sagte der Minotaurus.

Ich schloss die Augen und kratzte meine Geduld zusammen. „Okay, im Ernst. Ich brauche mehr Hilfe als das. Du warst bisher großartig, versteh mich bitte nicht falsch, und diese ganze Sache mit dem mysteriösen Bücherkeller war lustig und neu, aber ich brauche wirklich –”

„Zumachen. Dann aufmachen.”

Ich räusperte mich, um mich zu sammeln. Ich war nicht so begeistert davon, wenn Männer mich unterbrachen, aber wenn ein Toter mit Stierkopf, der mehr als zwei Kopf größer war als ich, das tat, hielt ich es nicht für den idealen Zeitpunkt, jemandem einen Vortrag über männliche Privilegien zu halten.

Ich schloss das Buch.

Dann schlug ich es wieder auf.

Seiten flatterten mit dem vorderen Einband, und als ich auf die Seite blickte, die sich öffnete, hätte ich das verdammte Buch vor Überraschung fast fallen gelassen.

Ein detailliertes handgezeichnetes Bild des Schlachtfelds starrte mich von den alten Seiten an.

„Whoa", sagte Donovan. „Das ist Glück."

Der Minotaurus hob selbstzufrieden seine Schnauze und verschränkte die Arme.

„Ja, ja", sagte ich und richtete dann meine Aufmerksamkeit auf die Seite, las jedes Wort, das ich über die Schlacht der beiden Armeen finden konnte, den blauen Regengott und den weißen Windgott, der von der kleineren Armee beschworen worden war, und dann sah ich endlich, wonach ich gesucht hatte. „Ba", hauchte ich. Donovans Brust war gegen meine Schulter gedrückt, während er weiterlas.

„Das muss es sein", sagte er. Er zeigte beim Lesen auf eine Passage. „Commander Feingart wusste, dass seine Männer verlieren würden, wenn sie vom Regen geblendet und vom Wind gepeitscht waren. Er tat das Einzige, was er tun konnte, um eine Chance zu haben, obwohl es ihm letztendlich den Krieg gekostet hat. Er rief Ba, die schwer zu kontrollierende und unersättliche Göttin der Dürre, herbei, um die Zwillingsgötter zu bekämpfen, die Admiral Glom heraufbeschworen hatte. Ba machte kurzen Prozess mit den anderen, aber als Feingart die Kontrolle über sie verlor, wandte sie sich gegen seine Armee und stahl ihnen all ihr Wasser und ihren Wein und machte die Erde vor ihnen unfruchtbar, weswegen die Dym-Armee hungerte und den Krieg verlor." Er sah zu mir auf. „Dürre? Schwer zu kontrollieren? Ein Wesen, das Wasser stiehlt und Ernten ruiniert? Ich glaube, das könnte unser Wesen sein."

„Leider glaube ich, dass du recht hast." Der Minotaurus ließ uns allein und kehrte zu den Angelegenheiten zurück, mit denen er beschäftigt gewesen war, als wir aufgetaucht waren. „Aber das bedeutet auch, dass unser Wesen eine Göttin ist. Das sieht nicht gut für uns aus."

„Nicht unbedingt. Da steht Göttin, weil diese Leute geglaubt haben, dass sie es war. Aber es könnte genauso gut eine andere Art von mächtigem Wesen sein – ein Dämon oder Phantom."

„Meine Güte, ich hätte nie gedacht, dass ich erleichtert sein würde, zu wissen, dass ich es vielleicht nur mit einem Dämon zu tun habe. Also, wie werden wir ihn los?"

Er bedeutete mir, ihm das Buch zu geben, was ich tat, dann blätterte er um. „Da steht, dass die Hon-Armee die Ba schließlich verbannen konnte, indem sie ein Orakel gerufen haben, das den folgenden Zauberspruch sprach ..." Er blätterte um und fluchte.

Ich verstand sofort, warum. Der Zauber war lang, erforderte einen ganzen Supermarkt voll Zutaten und überstieg wahrscheinlich Donovans Fachwissen.

„Können wir das alles im Pixie Mixie bekommen?", fragte ich.

„Vielleicht. Alles, bis auf eine Sache."

„Und die wäre?"

„Ein Orakel."

„Oh." Ja, Kayleigh hatte wahrscheinlich keins davon auf Lager. „Gibt es in Eastwind ein Orakel? Es muss eines geben. Ihr habt von allem, was mir einfällt, mindestens ein Exemplar und noch mehr. Zum Beispiel hatte ich noch nie von einem Werelch gehört, bevor ich hergekommen bin. Und doch gibt es einen, der jugendlichen Delinquenten Strafzettel schreibt und täglich im Diner Apfelkuchen isst."

„Nein, in Eastwind gibt es keine Orakel. In Avalon gibt es vielleicht ein oder zwei, aber sie brauchen normalerweise besondere Pflege, und Eastwind hat nicht die Ressourcen dazu."

Ich überflog die Beschwörung. „Steht da ausdrücklich, dass es ein Orakel sein muss, das diesen Zauber ausspricht?"

Er ging es noch einmal durch. „Hm. Nein, ich denke nicht. Ich habe es einfach angenommen, weil sie eines benutzt haben, um sie das erste Mal einzufangen."

„Großartig. Wenn du mich also fragst, ist das Orakel nicht zwingend erforderlich."

Er kniff die Augen zusammen, sah mich an und neigte den Kopf wie ein verwirrter Welpe. „Es ist fast so, als ob du mit aller Gewalt versuchst, dich umzubringen." Er legte eine Hand auf meine Schulter. „Unter uns, Nora, bist du selbstmordgefährdet?"

Ich trat schnell einen Schritt zurück. „Was? Nein! Ich habe einfach keine Zeit, ein Orakel zu finden! Außerdem hat Ba Menschen bisher keinen Schaden zugefügt."

Er schüttelte kurz den Kopf und blinzelte schnell. „Was ist ein Mensch?"

„Es ist, ähm, wie eine Hexe, aber ohne Magie. Vergiss es. Ich meine nur, du und ich sind vielleicht gar nicht in Gefahr. Klar, es könnte uns superdurstig machen, aber –"

„Dir ist schon klar, dass wir zu zwei Dritteln aus Wasser bestehen, oder?"

Ich schloss plötzlich den Mund. Das wusste ich. Und ich hatte es als mögliche Gefahr in Betracht gezogen. Aber ich hatte gehofft, dass Donovan noch nicht zu diesem Schluss kommen würde. Ich brummte: „Wer findet jetzt überall Hindernisse?"

Er grunzte fast wie Anton. Nur dass Donovans Grunzen eine einzige, klare Bedeutung hatte. Er gab nach. „Na gut, aber denk daran, was ich gesagt habe. Ich werde dich heimsuchen. Das wird kein Spaß. Verabschiede dich von deiner Privatsphäre."

„Widerling."

Er zuckte die Achseln.

„Okay, also schreiben wir den Zauberspruch wohl einfach

auf ein Stück Papier und nehmen das mit, da dieses Buch in nächster Zeit nirgendwo hingeht?" Ich zog an der Kette.

„Hast du ein Stück Papier?", fragte er.

„Nein, aber ich bin sicher, wir werden irgendwo eins finden."

Er gab mir das Buch zurück. „Nicht nötig." Er griff hinter sich, zog seinen Zauberstab aus dem Hosenbund und berührte mit der Spitze die Seite. Die Worte des Zauberspruchs leuchteten, und als er seinen Zauberstab vom Papier wegzog, folgten die leuchtenden Worte ihm durch die Luft, bis sie vor uns schwebten. Dann verschwanden sie mit einer Handbewegung. „Ich kann sie wieder hervorholen, wenn ich sie brauche."

„Wow. Du bist wirklich eine Hexe, die hexen kann."

„Welche Hexe kann das nicht?"

„Ich, schätze ich."

Er nickte. „Ja, bei diesem Vergleich schneide ich definitiv besser ab."

Ich dankte dem Minotaurus auf dem Weg nach draußen (er sah nicht einmal von seinem Buch auf) und ließ Donovan den Weg durch die Tunnel hinauf in die Hauptgalerie der Bibliothek vorausgehen. Ich war froh, dass jemand auf den Weg geachtet hatte, denn ich hatte es ganz sicher nicht getan. Sosehr ich es auch hasste, es zuzugeben, war ich tief im Inneren froh, Donovan an meiner Seite zu haben.

Kapitel Elf

„Ich versuche, nicht auszuflippen, weil die meisten Zutaten, die wir brauchen, in der Nekromantie-Abteilung sind", flüsterte ich Donovan zu, als wir im Pixie Mixie einkauften.

„Ich auch", sagte er. „Wenn wir uns hauptsächlich auf deine Magie verlassen müssen, sind wir beide tot."

„Das war unangebracht", sagte ich, nahm ein Glas Drachenblut vom Regal und untersuchte es. „Wenn ich mir das so ansehe, sollte das nicht legal sein."

„Keine Sorge", antwortete er, „Drachen werden für ihre Spenden gut bezahlt. Sieh dir das Preisschild an."

Ich drehte das Glas um und hätte es fast fallen lassen. „Süßes Baby Jackalope. Das Zeug muss pro Unze mehr wert sein als Gold."

„So ist es."

„Und wie viel davon brauchen wir?"

„Nur ein paar Tropfen."

Ich stellte das Glas wieder ins Regal, als wäre es eine Bombe, und nahm die kleine Pipettevoll daneben, die immer noch fast so viel kostete wie das Trinkgeld einer Woche im

Medium Rare. „Es gibt keine Alternative?", fragte ich. „Vielleicht was Ähnliches?"

„Willst du eine ähnliche Beschwörung oder willst du die Beschwörung?"

Ich biss die Zähne aufeinander und legte das Drachenblut in Donovans Korb. Ich hatte das Geld, das war nicht das Problem. Das Problem war, dass ich es lieber für etwas anderes gespart hätte. Wie mein eigenes Haus.

Kayleigh Lytefoot lächelte uns an und tat im Großen und Ganzen bewundernswert so, als wäre sie nicht verwirrt darüber, dass Donovan und ich zusammen in der Nekromantie-Abteilung einkauften. Doch als sie die Artikel einzeln aufschrieb, begann ihre Fassade zu bröckeln. „Ich weiß, es geht mich nichts an", sagte sie, „aber ich möchte nur sicher sein, dass ihr beide wisst, worauf ihr euch einlasst, bevor ihr mit sowas experimentiert."

„Ich weiß deine Sorge zu schätzen", sagte Donovan. „Und ich versichere dir, wir haben nicht die geringste Ahnung, worauf wir uns einlassen. Aber Nora gefällt es so am besten."

Kayleigh hielt inne, ihr Blick sprang von Donovan zu mir, dann umspielte ein verschmitztes Grinsen ihre Mundwinkel. „Ja, Stella ist genauso. Ich verstehe es selbst nicht, aber ich weiß, dass es nicht immer schlecht ist. Mit so jemandem eine Beziehung zu führen, kann allerdings schwierig sein." Sie presste die Lippen aufeinander und warf Donovan einen warnenden Blick zu.

„Oh nein", sagte ich und sprang zur Seite, um Abstand zwischen Donovan und mir zu bringen. „Wir haben keine Beziehung."

„Mm-hm", sagte sie und schenkte mir keine Beachtung mehr, während sie die letzten Posten in ihr Buch notierte. „Möchtest du heute den vollen Betrag bezahlen, oder soll ich dir eine Rechnung schicken?"

Ich schnitt eine Grimasse. „Schick mir bitte eine Rechnung. Ich bin damit einverstanden. Ich trage nicht so viel Gold mit mir herum."

Sie nickte und lächelte strahlend. „Du würdest ziemlich schnell ermordet werden, wenn du das tätest. Ich schicke die Rechnung per Eule zu Rubys Haus. Du wohnst noch dort, oder?"

„Ja ...", ich verzog das Gesicht. „Aber wenn du vielleicht einen Tag warten könntest, bevor du sie rüberschickst ...?" Ich hoffte, dass ich den Rest nicht erklären musste, den Teil, dass Ruby, wenn sie die Posten auf der Rechnung sah, bevor ich den Zauberspruch vollenden konnte, wahrscheinlich ausflippen und mich an den Haaren aus den Deadwoods schleifen würde, bevor ich das schaffen konnte, wofür ich gerade ein Vermögen ausgegeben hatte.

„Bist du *sicher*, dass du das tun musst?", fragte Kayleigh und hielt mir die Griffe der Segeltuchtasche mit meinen Einkäufen entgegen.

Ich nahm sie ihr ab und hievte sie von der Theke. „So ziemlich. Danke, Kayleigh. Grüß Stella von mir. Ich schulde ihr noch was für ihre Hilfe vor ein paar Wochen." Stella Lytefoot, Kayleighs Lebenspartnerin, war Eastwinds oberste Zaubertrankmeisterin und hatte Tanner, Grim und mir einen Gefallen getan, als ein Geschmacksverbesserertrank furchtbar schiefgegangen war.

„Mach dir darüber keine Sorgen", antwortete Kayleigh, als Donovan und ich die Tür erreichten. „Versucht einfach, lebend da rauszukommen, okay?"

Die Dämmerung brach über Eastwind herein, als Grim von seinem Platz im weichen, kühlen Gras vor der Apotheke herbei trabte.

„Ich nehme an, Kayleigh weiß nichts von dir und Tanner", sagte Donovan.

„Nein. Warum sollte ich ihr davon erzählen?", schnauzte ich.

Brrr, Nora, reiß dich zusammen.

„Tut mir leid", sagte ich. „Es ist nur, na ja, du weißt schon."

„Das weiß ich wirklich nicht." Er packte die Riemen der Segeltuchtasche, zog sie von meiner Schulter und hievte sie auf seine.

Als wir auf unserem Weg an ein paar vertrauten Gesichtern vorbeikamen, fragte ich mich, wie lange es dauern würde, bis Tanner erfuhr, dass Donovan und ich einen abendlichen Einkaufsbummel in der Stadt machten.

„Das ist einfach so ein typisches kleinliches Frauending", sagte ich. „Es überrascht dich sicher nicht, dass ich ein typisches kleinliches Frauending habe."

„Genau genommen", sagte er, „tut es das. Du kommst mir nicht kleinlich vor. Oder typisch."

„Dann lass mich dich was fragen. Wem sieht Kayleigh deiner Meinung nach ähnlich?"

Donovans Gesicht verzog sich zur Nase, als er über die Gebäude den Hügel hinunter in Richtung der Außenbezirke blickte. „Darüber habe ich noch nie nachgedacht."

„Sie sieht aus wie ich", sagte ich schnell.

Er hielt inne, drehte sich um und blinzelte auf mich herab. Unter seiner eingehenden Inspektion von Kopf bis Fuß wand ich mich und wünschte mir nichts sehnlicher, als seinem Blick zu entkommen. Aber ich achtete darauf, es nicht zu zeigen. „Ah, ja, jetzt sehe ich es auch", sagte er nickend.

„Genau." Ich wandte den Blick von ihm ab, bevor ich rot wurde, und ging weiter die Straße hinunter. „Und nicht nur das. Obwohl sie Hunderte von Jahren älter ist als ich, ist sie die hübschere, jüngere Version von mir."

„Das würde ich jetzt nicht sagen", sagte er.

„Nein, schon gut. Jede Frau entdeckt irgendwann sowas —

eine jüngere, hübschere, vielleicht sogar talentiertere Version ihrer selbst, die wahrscheinlich supernett und unmöglich zu hassen ist, was uns nur noch mehr dazu treibt, sie zu hassen. Ich wusste, dass dieser Tag kommen würde, ich hatte nur nicht erwartet, dass es eine uralte Elfe sein würde."

„Du bist unglaublich dumm", sagte er in gewohnter Manier. Aber dann fügte er hinzu: „Du bist viel heißer als sie."

Ich hätte mich fast an meiner eigenen Spucke verschluckt. Ich wollte etwas sagen, wusste aber nicht was.

Vielleicht solltest du ausnahmsweise mal nichts sagen.

Das war jetzt eine neue Idee.

„Oh toll", sagte er, „ist dir das jetzt peinlich?"

„Mir ist nichts peinlich."

„Ha! Lüge. Ich habe zugegeben, dass ich dich heiß finde, und dann schmeißt du mir zum ersten Mal, seit ich dich kenne, keine Beleidigung entgegen. Ergo, es ist dir peinlich."

„Was soll ich deiner Meinung nach sagen: ,Danke, Donovan, ich finde dich auch heiß'?"

Er lachte. „Würde nicht schaden. Ich mag Komplimente wie jede andere Hexe."

„Bitte, als ob sich dir nicht die Frauen scharenweise an den Hals werfen würden. Mr. Sexy Barkeeper mit der gequälten Seele und emotionalen Mauern, die so hoch sind, dass selbst eine Wergazelle auf einem Trampolin sie nicht überwinden könnte. Ich kenne deinen Typ."

„Ach ja? Du denkst, ich bin ein Typ?", sagte er bitter.

„Absolut. Und du wärst genau mein Typ gewesen, bevor ich nach Eastwind gekommen bin."

„Aber nicht mehr."

„Nein. Nicht mehr. Denn die neue Nora ist keine selbstzerstörerische Masochistin wie die alte Nora."

Er schüttelte seufzend den Kopf. „Wow. Du denkst, eine Frau müsste eine selbstzerstörerische Masochistin sein, um mit mir zusammen sein zu wollen? Fänge und Klauen, erinnere mich daran, dir nie wieder ein Kompliment zu machen."

„Mir war nicht klar, dass du mehr als ein Kompliment für mich hast."

„Wenn ich vorher noch eins gehabt hätte, habe ich es jetzt nicht mehr." Er rückte die Tasche auf seiner Schulter zurecht, und unser Gespräch endete abrupt.

Grim meldete sich direkt hinter mir zu *Wort. „Werdet ihr zwei jetzt endlich knutschen oder was?"*

„Igitt, Grim. Nein."

„Ich frage nur, denn wenn ihr es tun wollt, könnte ich eine Toilettenpause gebrauchen."

„Warte, bis wir in den Deadwoods sind. Wir sind fast da."

„Ich verspreche nichts."

„Wir sollten den langen Weg nehmen", sagte ich, als das Medium Rare in Sicht kam. „Als Tanner gehört hat, dass du und ich die Nacht zusammen verbringen würden" – ich schüttelte den Kopf – „den Abend. Den Abend zusammen verbringen würden. Egal. Er hat auf jeden Fall beschlossen, lange zu arbeiten."

Donovan nickte, und wir machten einen Umweg, um nicht gesehen zu werden.

Der Plan war, dem Dürrepfad zu folgen, der selbst aus zwanzig Metern Entfernung nicht schwer zu erkennen war. Während es in den Deadwoods jede Menge tote Dinge gab, waren die Pflanzen selbst dort sehr lebendig, außer da, wo Ba vorbeigekommen war. Wir würden einfach dem ausgetrockneten und verwelkten Pfad folgen und mit etwas Glück würde er uns an Teds Haus vorbeiführen. Es war nicht schwer gewesen, zu dem Schluss zu kommen, dass es sein Haus war, das wir in der Vision gesehen hatten. Nicht nur, weil der Sensenmann einer der wenigen war, die in den Deadwoods leben konnten, ohne sich um die unzähligen Gefahren sorgen zu müssen, sondern auch, weil die Wahrscheinlichkeit, dass es mehr als einen Bewohner der Deadwoods gab, der seine Freizeit damit verbrachte, Vogelhäuschen zu bauen, gegen null gehen dürfte.

Sein Haus würde als Wegpunkt dienen, um zu bestätigen, dass wir auf dem richtigen Weg waren, aber letztendlich müssten wir weiter, tiefer in den abgeschiedenen Wald vordringen, bis wir den nebligen Tunnel aus Bäumen erreichten. Und dann? Ich hatte eine Ahnung, aber ich hatte vor, es herauszufinden, sobald oder eher falls wir es dorthin schafften.

Die Deadwoods zu betreten war, als würde ich alles aus Eastwind stummschalten. Ich war noch keine zwei Schritte hinter der Baumgrenze, als all die Umgebungsgeräusche von Eastwind, die ich schon lange nicht mehr wahrgenommen hatte – die Vögel, das Geschnatter, das gelegentliche Geholper von Wagenrädern auf dem Kopfsteinpflaster – verschwunden waren. Ich blickte über meine Schulter und erspähte das Licht des Medium Rare, das durch die späte Dämmerung schien. War das Tanners Gestalt im Fenster? Aber ich konnte keines der vertrauten Geräusche hören.

Ich erinnerte mich daran, als ich genau an dieser Stelle gestanden und Eastwind zum ersten Mal gesehen hatte. Damals hatte ich allerdings angenommen, ich sei noch in Texas. Der Geruch des Diner-Essens hatte mich angezogen und mich an das Diner erinnert, das ich als Kind mit meinen Eltern besucht hatte. Vor einer gefühlten Ewigkeit.

„Alles in Ordnung, Nora?"

Ich kehrte Eastwind den Rücken zu. Donovan starrte mich erwartungsvoll an. „Hm? Ja, mir geht's gut."

„Du wirst es wiedersehen", sagte er.

„Ich weiß." Ich ging weiter in den Wald hinein, Schulter an Schulter mit ihm.

„Du hast gerade ausgesehen, als wärst du dir da nicht so sicher."

„Nein, das war es nicht. Ich habe nur nachgedacht."

„Worüber?"

Normalerweise hätte ich ihm gesagt, dass er sich um seinen eigenen Kram kümmern soll, aber die Merkwürdigkeit, Erinnerungen aus zwei verschiedenen Leben zu haben, trübte mein Urteilsvermögen. „Das erste Mal, als ich Eastwind gesehen habe. Es war genau dort."

„Warte, aber das bedeutet, dass du –"

„Durch die Deadwoods nach Eastwind gekommen bin. Das wusstest du nicht? Ja. Ich habe das Medium Rare gesehen und bin hingegangen. Es war fast so, als wäre ich dorthin geführt worden. Und das war wohl auch so, da ich in die Richtung gegangen bin, in die Grim verschwunden war, nachdem er mich aufgeweckt hatte."

„Und dann hast du Tanner getroffen", sagte er. „Ich glaube, ich kann verstehen, warum du so auf ihn stehst. Erster Kontakt und so."

„Du lässt es wie eine Art psychologisches Problem klingen."

„Was ist Liebe sonst?"

„Es ist nicht Liebe", sagte ich.

Er schnaubte. „Okay." Dann ging er schneller, und ich beeilte mich, um mitzuhalten.

„Du glaubst mir nicht?"

„Ich sage nur, ich habe gesehen, wie sich Frauen in Tanner verlieben, und es passiert immer schnell und heftig."

„Wie viele Frauen ... Nein, egal. Ich will es nicht wissen."

„Du bist die Erste, für die *er* sich interessiert, was auch immer das bedeutet, und das ist einer der Gründe, warum ich nicht verstehe, warum ihr beide es verheimlicht."

„Um ehrlich zu sein, bin ich es, die es verheimlicht. Tanner ist es egal, ob die Leute es wissen."

Er lachte. „Dachte ich mir. Also, warum willst du nicht, dass die Leute es wissen?"

„Es macht die Sache kompliziert."

„Und nimmt dich vom Markt."

Ich wandte mich ihm zu, um ihn wütend anzustarren. „Das ist mir egal."

„Du hast selbst gesagt, dass du in deinem früheren Leben eine selbstzerstörerische Masochistin gewesen bist. Vielleicht ist etwas von der alten Nora geblieben und *sie* interessiert sich für andere Leute."

„Auf keinen Fall", sagte ich. „Du projizierst nur deine eigenen Probleme auf mich."

Er zuckte die Achseln. „Sehr wahrscheinlich. Ich habe genug für alle."

„Und wie kommt das? Ich habe gehört, deine Familie ist sehr angesehen. Und wie wir zufällig festgestellt haben, bist du heiß. Warum hast du keine Freundin? Oder hast du eine? Ooh, vielleicht eine heimliche? Vielleicht stört es dich deshalb, dass Tanner auch eine hat."

„Du hast ja so recht", sagte er dramatisch. „Was habe ich mir die ganze Zeit nur gedacht? Ich bin kein Waisenkind, also sollte ich keine Probleme haben."

„Das habe ich nicht gesagt."

„Im Grunde schon. Aber das ist okay. Du willst wissen, was mein Problem ist? Tanner. Tanner ist mein Problem. Er ist mein bester Freund und das größte Problem in meinem Leben."

Ich verstand es nicht, aber dann fiel mir ein, wie hübsch Donovans Haus eingerichtet war. Ugh. Grim hatte wahrscheinlich recht. „Du bist in ihn verliebt", sagte ich.

Donovan erstarrte und drehte sich dann langsam zu mir

um. „Nein. Ich bin nicht in ihn verliebt. Moment, du denkst, ich bin schwul?"

Ich verzog das Gesicht. „Vielleicht?"

Er verdrehte die Augen. „Nein, Nora. Ich bin nicht schwul, und ich bin nicht in Tanner verliebt. Es ist komplizierter als das. Ich hätte nichts sagen sollen."

„Nein", sagte ich und joggte, um ihn einzuholen, als er weiterging. „Erklär's mir bitte. Es tut mir leid, dass ich Annahmen getroffen habe."

„Du würdest es sowieso nicht verstehen."

„Versuch's einfach."

Er rückte die schwere Segeltuchtasche auf seiner Schulter zurecht und seufzte. „Ich bin Single, weil ich niemanden dazu bringen kann, bei mir zu bleiben."

Ich biss mir auf die Zunge, um zu schweigen und ihn weiterreden zu lassen.

„Tanner war immer für mich da, und wir sind seit unserer Kindheit befreundet. Ich kannte sogar seine Eltern, bevor sie getötet wurden. Er ist der beste Typ, den ich kenne. Und das ist das Problem. In meiner Jugend konnte ich mir immer das Mädchen schnappen, das ich wollte, aber irgendwann haben sie Tanner kennengelernt und sich Hals über Kopf in ihn verliebt. Ich konnte nicht mithalten. Entweder war er sich der Gefühle der Mädchen für ihn nicht bewusst, oder er wusste es, zeigte aber kein Interesse. Weil er so nett ist, hat es immer eine Weile gedauert, bis die Mädchen es begriffen haben. Manchmal kamen sie zu mir zurückgekrochen, aber meistens sind sie einfach weitergezogen.

Ich bin einfach nicht so wie er. Ich kann nicht so leicht eine Bindung zu Menschen aufbauen. Ich kann meine Gefühle nicht so ausdrücken wie er. Ich kann nicht so Freundschaften schließen wie er. Ich werde meine Freundschaft nicht aufgeben, nur weil er ein besserer Mensch ist als ich, aber ich bin es ein bisschen leid, dass er immer der Maßstab ist, mit dem ich gemessen werde.

Wenn er also dein erster Kontakt in Eastwind war und du danach mich triffst, musst du mich natürlich hassen. Das habe ich von Anfang an erwartet."

„Ich hasse dich nicht."

„Natürlich."

„Was? Wirklich nicht. Obwohl du dich seit meinem ersten Besuch bei Franco's Pizza mir gegenüber immer wie ein vollkommener Arsch benommen hast. Du projizierst nur wieder. Wenn hier jemand jemanden hasst, dann du mich."

Er legte den Kopf in den Nacken und schloss die Augen. „Soll das ein Witz sein?" Er drehte sich zu mir um. „Ich hasse dich nicht, Nora. Warum verstehst du das nicht? Du hast dieselben Mauern." Er legte mir eine Hand auf die Schulter. „Ich spüre es. Du bist genau wie ich."

„Definitiv nicht", sagte ich scharf, schüttelte seine Hand ab und eilte Grim hinterher, der klugerweise weit genug vorn blieb, um das Gespräch hinter sich zu ignorieren.

„Nora!", rief er mir nach.

„*Psst!*", hörte ich Grims Stimme in meinem Kopf.

„Psst!", sagte ich und gab die Nachricht an Donovan weiter.

Mein Vertrauter war stehengeblieben, eine Pfote erhoben, während er in die Luft schnupperte.

„Was ist?", fragte ich.

„*Stellt euch hinter mich. Ganz nah*", verlangte er.

Ich drehte mich zu Donovan um und winkte ihn ungeduldig herüber, während ich mich beeilte, zu Grim zu kommen. Wir warteten, und ich lauschte angestrengt durch die Stille nach dem Grund für Grims aufgestellte Nackenhaare.

„Ist da irgendwas?", flüsterte Donovan.

Ich warf ihm einen grimmigen Blick zu, legte einen Finger auf meine Lippen und formte lautlos das Wort

Zauberstab. Ich nickte in Richtung seines Hosenbunds, und er gehorchte schnell, hielt ihn auf Armeslänge vor sich, während er sich langsam im Kreis drehte und den Wald hinter uns absuchte. Das war ein guter Gedanke. Versteckspieler schlichen sich meist von hinten an, und es würde mich nicht überraschen, wenn das die bevorzugte Angriffsmethode der meisten unzähligen Raubtiere in diesen Wäldern war.

„Es kommt hierher", sagte Grim. *„Ich kann es riechen."*

„Was kommt?"

„Bin mir noch nicht sicher. Wir werden es bald wissen."

Einen Moment später, der sich wie eine Ewigkeit anfühlte, raschelte etwas Riesiges in den Büschen links vor uns. Grim knurrte leise, und Donovan hielt seinen Zauberstab bereit. Ich hatte mich in meinem Leben noch nie so nutzlos gefühlt. Kein Zauberstab, keine Reißzähne, nur ein paar halbherzige Selbstverteidigungskurse, nachdem ich in die Innenstadt von Austin gezogen war. Das würde viel nützen gegen das unaussprechliche Ding, das jetzt auf uns zukam.

Dann stürzte es mit einem schnellen, unbeholfenen Sprung aus dem Schatten und blieb nur wenige Meter entfernt stehen, während es uns mit dümmlicher Erkenntnis anstarrte.

„Es ist nur ein Elch", sagte Donovan und begann, seinen Zauberstab zu senken.

Ich streckte die Hand aus und hob seine Hand wieder. „Lass dich nicht täuschen. Ich hatte einen Freund, der fast von einem Elch getötet worden wäre. Sie sind dumm und gefährlich." Obwohl ich zugegebenermaßen erleichtert war, dass es ein Tier war, das ich erkannte, und nicht eines, für das ich keinen Namen hatte. Aber dann begann ich, an mir selbst zu zweifeln. „Warte, das ist doch nur ein normaler Elch, oder? Er wird doch keine Feuerbälle aus seinem Geweih schießen oder sowas?"

Donovan starrte auf mich herab, als wäre ich verrückt. „Sowas tun Elche nicht."

„*Es ist kein normaler Elch*", sagte Grim. „*Es ist ein Werelch. Und wenn ich aus dem Kaffee-und-Kuchen-Geruch in seinem Atem schließen sollte ...*"

„Deputy Manchester?", fragte ich und trat einen Schritt vor.

„Im Ernst?", sagte Donovan und ließ seinen Zauberstab erneut sinken.

Der Elch schnaubte und nickte höflich. Dann, eine Sekunde später, galoppierte er in die Dunkelheit davon.

„Nach dem Tag, den er hinter sich hatte, kann ich es ihm nicht verdenken, dass er ein bisschen Dampf ablassen wollte", sagte Donovan. „Da Eastwind so verklemmt ist, was Tiergestalten angeht, müssen Werwölfe und andere Wandler hierherkommen, um sich auszutoben. Ich habe gehört, dass es freitagabends hier draußen ziemlich bunt zugeht."

„*Oh Hübscher, hier draußen geht es jede Nacht bunt zu*", meckerte Grim.

„Wir sind ihm wahrscheinlich eine Erklärung schuldig, warum wir hier draußen sind", sagte Donovan, „aber wenn die Begegnung mit Stu Manchester das Schlimmste ist, was uns hier draußen passiert, sollten wir uns glückli-"

Er verschwand blitzschnell, und wäre da nicht das Knurren und Schreien gewesen, hätte ich gedacht, er hätte sich in Luft aufgelöst.

Das dunkle Ding verdeckte Donovans Körper fast vollständig. War das Ba? Hatte sie auf uns gewartet?

Aber Ba hatte in der Vision eine rauchähnliche Gestalt gehabt, wie ich sie von Geistern zu sehen gewohnt war. Was auch immer auf Donovan war, der von seiner Position am Boden trat und kämpfte, war so solide wie die Bäume um uns herum.

Grim griff mit gefletschten Reißzähnen an, und wäre ich nicht so verwirrt und verängstigt gewesen, wäre ich vielleicht beeindruckt gewesen. Trotz all seines Geredes, dass er ein gefährliches Tier sei, hatte ich zuvor nur einmal einen Hinweis darauf gesehen.

Er prallte von der Seite gegen die Kreatur und ließ sie über den knirschenden Waldboden taumeln. Donovan rappelte sich auf und suchte nach etwas auf dem Boden. „Mein Zauberstab! Wo ist mein–"

Eine weitere Gestalt packte ihn von der anderen Seite, und sein Schrei wurde von einem Wust schwarzen Fells gedämpft, das ich kaum erkennen konnte.

Grim? Aber nein, Grim rang immer noch mit dem ersten Tier, das Donovan angegriffen hatte.

„Höllenhunde!", rief Grim. *„Ein Dritter dürfte noch unterwegs sein, Nora! Pass auf!"*

„Und was soll ich machen?" Wenn der dritte auftauchte, hatte ich nicht gerade die Mittel, um mich zu verteidigen.

Hinter mir hörte ich ein Heulen, bei dem mir das Blut in den Adern gefror. Die anderen beiden Höllenhunde erstarrten, kletterten von Grim und Donovan herunter, um sich aufzurichten und mit ihrem eigenen Heulen zu antworten.

„Oh Mist", sagte Grim.

„Was? Was ist los?!"

„Ich kenne diese Idioten. Warte, gib mir einen Moment."

Als er auf den Neuankömmling zu ging – der in jede Richtung mit etwa 30 Zentimeter Abstand der Größte des Rudels war –, eilte ich hinüber, um Donovan wieder auf die Beine zu helfen. „Alles in Ordnung?", flüsterte ich und packte ihn unter den Achseln, um ihn hochzuziehen.

Er starrte Grim und die Höllenhunde mit großen Augen an und sagte nichts, während die Hunde bellten und knurrten. Also untersuchte ich ihn auf Verletzungen und fand nur ein paar erhabene Kratzspuren an seinen Armen. Die würden wir auf jeden Fall abwaschen, aber wenigstens blutete er nicht. Während ich ihm die Blätter und Zweige vom Rücken wischte, flüsterte er: „Was ist los?"

„Ich glaube, Grim kennt sie", sagte ich.

„Ist das gut?"

„Keine Ahnung. Sie haben aufgehört anzugreifen, oder?"

„Stimmt. Ich beschwere mich nicht."

Als Grim wieder zu uns herüber trabte (die Tatsache, dass er ihnen den Rücken zukehrte, schien ein gutes Zeichen zu sein), sagte er: *„Sieht so aus, als wäre heute unser Glückstag."*

„Soll heißen?"

„Erstens hat Donovan die Hauptlast des Angriffs abbekommen und nicht du oder ich. Außerdem haben sie angeboten, uns den Rest des Weges zu beschützen."

„Was? Wie hast du das geschafft?"

„Was sagt er?", wollte Donovan wissen. Ich winkte ihm zu, für eine Sekunde den Mund zu halten.

„Ba hat ihnen das Leben schwer gemacht", erklärte Grim. *„Der Acher Lake ist die Hauptwasserquelle im Gebiet ihres Rudels, und dieser durstige Dämon hat ihn ausgetrunken. Ich habe ihnen gesagt, wir würden dem Einhalt gebieten, und sobald wir das getan haben, würde das Wasser wiederkommen."*

„Wir wissen nicht, ob das Wasser zurückkommen wird."

„Sicher, aber sie wissen nicht, dass wir das nicht wissen. Sie sind nur ein Haufen dummer Hunde. Sie kommunizieren nur durch Bellen und Knurren. Eine so eingeschränkte Sprache bedeutet ein sehr eingeschränktes Verständnis davon, wie alles funktioniert. Ehrlich gesagt habe ich fast vergessen, wie man so spricht."

„Was passiert, wenn wir das Wesen besiegen und das Wasser nicht zurückkommt?"

Grim schnappte nach einer Fliege, die um seine Schnauze schwirrte, und seine Zähne knirschten, als er sie verfehlte.

„Dann lügen wir und sagen ihnen, es dauert einen Tag. Bis dahin sind wir aus den Deadwoods raus und kommen nicht zurück, bis sie es vergessen haben."

„Du hast gesagt, du kennst sie. Waren sie mal dein Rudel?" Er sah auf jeden Fall fast genauso aus, nur, dass er der Kleinste seines Wurfs gewesen sein müsste.

„Pff. Auf keinen Fall. Ja, genau genommen war ich ein Höllen-hund, bevor ich ein Grim wurde, aber ich wäre nie mit diesen Idioten gelaufen. Höllenhunde reisen in Dreierrudeln, also ist dieses hier sowieso vollständig."

„Was ist mit deinem Rudel passiert, als du gestorben bist? Haben sie ein neues Mitglied aufgenommen?"

Grim sprang mit den Vorderpfoten an einen Baum und legte den Kopf in den Nacken, um auf mich herabzustarren. *„Bist du sicher, dass jetzt, mitten in den Deadwoods, der beste Moment ist, um plötzlich Interesse an meinem Leben zu zeigen?"*

„Du hast recht. Aber andererseits könnten wir bald sterben, also könnte das meine einzige Chance sein."

„Das mag ich so an dir, Nora. Immer die Optimistin."

Ich erklärte Donovan die jüngste Entwicklung, als wir uns den drei Höllenhunden vor uns auf dem Dürrepfad näherten. Wenn seine Faust, die seinen Zauberstab umklammerte, ein Hinweis war, war er sich nicht ganz sicher, ob er darauf vertrauen wollte, dass die Hunde Wort halten würden.

Grim übernahm die Führung, und als ich über meine Schulter blickte, gingen die beiden kleineren Hunde nach rechts und links, um uns zu flankieren, und verschwanden in der Dunkelheit. Der riesige Alpha blieb zurück, dort, wo er war, während wir weitergingen. Ich richtete meine Aufmerksamkeit nach vorn, um nicht gegen irgendwas zu laufen, und als ich mich das nächste Mal umsah, war der Alpha nirgends zu sehen.

Kapitel Zwölf

„Jetzt still, es sei denn, ihr wollt den Rest der Nacht damit verbringen, Bridge zu spielen und euch Nachtschleiertee aufdrängen zu lassen", sagte Grim, als wir uns der Hütte näherten, in der Ted lebte. Sie sah genauso aus wie in der Vision, mit den Vogelhäuschen (von denen ich zufällig wusste, dass sie feuerfest waren), die von den Bäumen um es herumhingen. Tatsächlich wollte ich nicht Bridge mit dem Tod spielen, also tat ich, was Grim vorgeschlagen hatte, und schlich vorsichtig an Teds Haus vorbei, und das in einem großen Bogen.

Ich hatte irgendwo mal gelesen, dass Menschen früher nachtaktiv waren, was an den Stäbchen in unseren Augen zu erkennen ist, die uns helfen, nachts zu sehen. Ich wusste nicht, ob das Gleiche für Hexen galt – oder wo überhaupt ich in der Evolution stand, um ehrlich zu sein –, aber es fühlte sich definitiv so an, als würde ich auf eine lange schlummernde Fähigkeit zugreifen, als ich es schaffte, nicht zu stolpern und auf mein Gesicht zu fallen, obwohl nur wenig Mondlicht durch die dichten Baumkronen drang.

In den Deadwoods gab es allerdings auch eine Dunkelheit,

die nicht wirklich visuell war. Nein, ich spreche hier nicht metaphorisch. Ich meine es immer noch wörtlich. Aber es war nicht wie normale Dunkelheit. Es war wie eine schwarze Wolke, die allen Raum zu füllen schien und die Möglichkeit von mehr Licht erstickte.

Die Spur der verdorrten Pflanzen führte steil in einen Graben hinab, und ich hielt inne, um abzuwägen, ob ich es schaffen würde, da runter zu steigen.

„Sie haben keine Witze gemacht", murmelte Grim neben mir vor sich hin.

„Wer hat keine Witze gemacht?"

„Die Höllenhunde. Dieser Graben war früher der Acher Lake. Aber es sieht so aus, als wäre jemand durstig gewesen." Er schlenderte ohne Probleme das steile Ufer hinunter und demonstrierte die Vielseitigkeit seiner vier Beine.

„Sind wir bald da?", fragte Donovan, als wir unten im leeren Graben waren.

„Er kann es wohl kaum erwarten, sich umbringen zu lassen", sagte Grim.

„Ich glaube, wir sind fast da", antwortete ich und ignorierte meinen Vertrauten.

Apropos sich umbringen lassen: Genau das erwartete mich, wenn ich nicht meinen Kopf klarbekam. Ich sollte mich auf die komplexe Beschwörung konzentrieren, die vor mir lag, meinen Kopf freibekommen, mich zentrieren und vielleicht ein gewisses Maß an Situationsbewusstsein bewahren sollen, damit ich nicht von einem Hidebehind oder einem Werwolf weggezerrt wurde. Sicher, die Höllenhunde hatten gesagt, sie würden den Umkreis um uns herum patrouillieren, aber ich wusste nicht, wie fähig sie waren oder ob wir darauf vertrauen konnten, dass sie ihr Wort hielten.

Stattdessen dachte ich ständig an das Gespräch mit Donovan, das ich abrupt beendet hatte, als es zu konkret geworden war.

Oh Mann, ich war ein wandelndes Klischee. *Ich bin nicht verschlossen! Du bist verschlossen! Ende der Geschichte!* Ich würde sicherlich nicht so bald einen Preis für Selbstwahrnehmung gewinnen. Zumindest nicht so. So sehr sich mein altes Ich auch den Tod gewünscht hatte, als es passiert war, wusste ich tief in meinem Inneren, dass es so nicht funktionierte. Ich war mit denselben Erinnerungen, denselben Ängsten und denselben Problemen in Eastwind aufgewacht, die ich immer gehabt hatte. Ich konnte sie nicht von heute auf morgen abstellen. Und vielleicht konnte ich es überhaupt nicht.

Was, wenn ich die Art von Mädchen sein wollte, in die sich Tanner verlieben würde, aber es einfach nicht war? Donovans Probleme hallten in mir nach, sowenig ich es auch zugeben wollte. Ich war nie herzlich gewesen. Ich hatte mir den Respekt der Leute verdient, aber selten ihre Bewunderung oder Freundschaft. Niemand hatte je so für mich gekämpft wie alle hier für Tanner. Großzügigkeit und Taktgefühl waren kein natürlicher Instinkt. Ich hatte es zwar gelernt und war froh darüber, aber es kostete mehr Anstrengung, als es meiner Meinung nach sollte.

Vielleicht hatte ich mich immer für Typen wie Donovan entschieden, weil sie so waren wie ich, weil sie all diese Dinge verstehen und nicht mehr von mir erwarten würden, als ich geben konnte, und mich nicht dazu drängen würden, etwas anderes zu sein als das, was mir von Natur aus gegeben war. Und vielleicht war das auch in Ordnung. Es war durchaus möglich, dass ich nie den richtigen Typen gefunden hatte, nicht, weil ich mich für den falschen Typ entschieden hatte, sondern wegen einer Reihe anderer Faktoren – sie arbeiteten zu unterschiedlichen Zeiten, sie wohnten zu weit weg, sie waren schon in jemand anderen verliebt. Was auch immer.

„Hey", sagte ich und brach das Schweigen. „Bist du sicher, dass es dir gut geht?"

Er nickte.

„Du bist vorhin da hinten ziemlich heftig umgerissen worden."

„Zweimal."

„Ich habe mir Sorgen um dich gemacht, ich dachte, du könntest –"

Er drehte den Kopf herum und warf mir einen eiskalten Blick zu, der mir die Worte im Hals stecken bleiben ließ. Okay, vielleicht hatte ich das verdient. Aber ich wollte auch, dass er mir zuhörte. Wir konnten unsere Mission nicht fortsetzen, wenn wir uns nicht wenigstens einigermaßen verstanden.

Und vielleicht fühlte ich mich schuldig.

Also fuhr ich fort. „Ich möchte mich für das entschuldigen, was ich vorhin gesagt habe. Ich wollte nicht, dass du dich fühlst, als ob... ich weiß nicht."

Er hielt seinen Blick jetzt geradeaus gerichtet und wich meinem absichtlich aus. „Als ob mit mir was nicht stimmt?"

„Meine Güte, habe ich dir das Gefühl gegeben?"

„So ziemlich."

„Wenn es dich beruhigt, habe ich deinen Standpunkt, dass ich mich nicht geändert habe, irgendwie bewiesen."

Er lachte und atmete tief durch, bevor er sich beruhigte. „So habe ich es noch nicht betrachtet."

„Das überrascht mich. Normalerweise siehst du meine Fehler sofort."

Er warf mir einen Seitenblick zu und stieß mich mit dem Ellenbogen an. „Du meinst, so wie in den Deadwoods über deine Gefühle reden zu wollen, anstatt dich auf die anstehende Aufgabe zu konzentrieren?"

„Ahh, da ist es. Puh, ich hatte schon Angst, dass du dein Gespür dafür verlierst." Ich sah ihm in die Augen und grinste.

Er lachte und schüttelte den Kopf. „Du bist ... anders, Nora Ashcroft."

„Wir sind da", sagte Grim.

Ich streckte meinen Arm aus, um Donovan anzuhalten. „Da ist es."

Der dunkle Tunnel aus Bäumen ragte vor uns auf und forderte uns auf, einzutreten. Aber was dahinter lag, war ein Geheimnis, das nicht einmal unsere magischen Visionen enthüllt hatten.

„Und du sagst, du weißt nicht, was auf der anderen Seite ist?", fragte ich Grim erneut.

„Nein. Es gibt einen ganzen Wald, den ich erkunden kann. Warum sollte ich also durch diesen furchterregenden und offensichtlich verfluchten Tunnel des Todes gehen?"

„Kein Grund, so unheilverkündend daherzureden."

„Hast du gerade einem wandelnden Todesomen gesagt, es solle aufhören, unheilverkündend zu sein? Das ist, als würde ich dich bitten, die Leute nicht mehr wegzustoßen."

„Fang nicht damit an."

„Stimmt. Wir sollten uns schnell wieder vertragen, da wir beide im Begriff sind zu sterben. Die Wahrscheinlichkeit ist groß, dass ich als König der Grims oder so zurückkomme, aber du wirst wahrscheinlich tot sein. Toter als tot."

„Was sagt er?", fragte Donovan. „Ich kann sehen, dass ihr beide kommuniziert. Du hast dabei immer diese Falte auf der Stirn." Er zeigte darauf, und ich schlug seine Hand weg.

„Wir haben darüber gesprochen, dass wir alle sterben werden."

Eine seiner Augenbrauen hob sich ein wenig. „Also *kannst* du sterben? Denn das habe ich mich gefragt. Ich meine, du bist einmal gestorben, und dann bist du hierhergekommen. Grim ist schon gestorben, also dachte ich, er muss sich auch keine Sorgen um den Tod machen. Damit bleibe also nur noch ich."

„Warte. Du bist mit hier rausgekommen, obwohl du vermutet hast, dass du der Einzige bist, der in echter Lebensgefahr schwebt?"

Er starrte auf den Boden, als wäre ihm seine eigene Tapferkeit peinlich. „Ja, und?"

Das klang nicht sehr nach Donovan. Vielleicht steckte mehr in ihm, als ich ihm zugetraut hatte. „Das ist so ziemlich das Dümmste, was ich je gehört habe."

Er riss den Kopf hoch und starrte mich wütend an, aber bevor er was Gemeines sagen konnte, unterbrach ich ihn mit „Keine Sorge, ich liebe dummes Zeug."

„Ihr zögert das Unvermeidliche nur hinaus!", rief Grim vom Tunneleingang. *„Können wir weitergehen?"*

Donovan kam näher, bewegte seine Hand zu meinem Gesicht und grinste verschmitzt. Er fuhr mit dem ausgestreckten Finger über die Mitte meiner Stirn. „Da ist sie. Die Falte. Was hat er jetzt gesagt?"

Ich schluckte. Mein Herz raste, und das nicht nur wegen der unmittelbaren Bedrohung durch tödliche Gefahren. Donovans blaue Augen schnitten wie ein Messer durch die Dunkelheit. „Er sagt, wir zögern nur das Unvermeidliche hinaus, und können wir weitergehen?"

Spuren der Energie, die wir während unseres Verbindungsrituals geteilt hatten, wanderten von seinen weichen, warmen Fingerspitzen zu meinem Kiefer, als er mir eine Haarsträhne aus dem Gesicht strich und sie hinter mein Ohr schob. „Was meint er mit dem Unvermeidlichen, von dem er spricht?"

Mein Mund wurde trocken, als hätte ich eine Handvoll Kreide gegessen. „Den Tod", krächzte ich, dann atmete ich ein und trat schnell einen Schritt zurück. „Ich bin ziemlich sicher, dass er vom Tod spricht. Und wahrscheinlich von einem schmerzhaften."

„Hm." Donovan räusperte sich und ließ seine Hand wieder sinken. „Dann lasst uns gehen."

Kapitel Dreizehn

„Ich gehe zuerst", sagte ich, aber Donovan packte meinen Arm, bevor ich den Tunnel betreten konnte.

„Sei kein Idiot. Du hast nicht einmal einen Zauberstab." Er drängte sich vor, streckte seinen Zauberstab vor sich aus, und nach ein paar Schritten verschluckte ihn die Dunkelheit des Tunnels.

Ich eilte hinterher, da ich ihn nicht allein lassen wollte, wenn er es auf der anderen Seite hinausschaffte. Falls er es auf die andere Seite schaffte.

Aber vorher sah ich mich um, um sicherzugehen, dass Grim nicht versuchte, uns im Stich zu lassen. Er regte sich nicht. *„Oh, bitte erzähl mir nicht, dass der zukünftige König aller Grims Angst hat, hineinzugehen."*

„Das werde ich nicht, denn dem ist nicht so. Ich denke nur über meine Optionen nach."

„Wie schwer kann das sein? Entweder kommst du mit, oder du lässt uns im Stich."

„Still, Frau. Es ist komplizierter als das. Ich würde nicht erwarten, dass du es verstehst."

„Was?"

Er grunzte und starrte intensiv auf einen der gebogenen Bäume. Dann, nachdem er gemurmelt hatte: „Ach, scheiß drauf. Lass es uns machen", hob er sein Hinterbein und begann, sich am Tunneleingang zu erleichtern.

„Wirklich? Musst du das ausgerechnet jetzt machen?"

„Siehst du? Ich wusste, dass du es nicht verstehen würdest. Das Markieren dieses Todestunnels ist wahrscheinlich der Höhepunkt meiner Karriere als Markierer, und du rümpfst die Nase darüber."

„Bitte rede nicht mit mir, während du das tust", sagte ich. *„Versprich mir einfach, dass du nachkommst, sobald du den Tank geleert hast."*

„Versprochen. Wenn ich wirklich sterbe, werde ich jetzt auf einem Höhepunkt enden. Und hoffentlich ist das Markieren meines Territoriums an einem extrem mächtigen und möglicherweise heiligen Ort nicht das, das das Zünglein an der Waage gegen uns ausschlagen lässt."

Ich hatte immer vermutet, dass Grim mein Tod sein würde. Vielleicht war es nur meine angeborene Abneigung gegen Todesomen, aber ich vermutete, dass es etwas Spezifischeres war als das.

Ich ging weiter und beeilte mich, Donovan einzuholen, obwohl ich nicht weiter als bis zu meinen Fingerspitzen sehen konnte, die ich vor mir ausstreckte, um den Weg zu ertasten.

Was, wenn Donovan es bis zum Ende schaffte und dort etwas auf uns wartete? Was, wenn er, wenn ich ankam, schon tot war, in Stücke gerissen oder –

Es hatte keinen Sinn, mir Sorgen zu machen, wenn ich etwas tun konnte, um es zu verhindern. Ich ging schneller und tastete mich in einem unbeholfenen Laufschritt weiter, um sicherzugehen, dass ich nicht über einen der toten Äste stolperte, von denen ich gefühlsmäßig wusste, dass sie da waren, wenn ich auf einen stieß. Ich versuchte, nicht daran zu denken, was sonst noch in dem Raum unterhalb meiner Knie sein könnte, das lautlos herumkrabbelte oder sich schlängelte.

Meine Arme stießen gegen etwas Festes, und meine Reaktionszeit war zu langsam. Ich rannte direkt hinein, und es zischte: „Widderhorn, Nora!"

„Oh, tut mir leid."

Er drückte sich an mich, legte eine Hand an meine Taille, um sich zu verankern, und ich konnte seinen warmen Atem auf meinem Gesicht spüren, obwohl ich ihn in der pechschwarzen Dunkelheit nicht sehen konnte. „Warum rennst du? Geht's dir gut?"

„Ja, mir geht's gut. Ich wollte nur aufholen, damit du dich nicht allein dem stellen musst, was uns erwartet."

Er sagte nichts, und seine Hand glitt von meiner Taille hinunter zu meiner Hand und nahm sie in seine. Ich hielt sie fest, damit ich ihn nicht wieder verlor, und wir schlichen weiter. „Kannst du das Ding nicht leuchten lassen?", fragte ich.

„Klar. Ich kann es auch wie eine Sirene heulen lassen, wenn du unbedingt alles in der Nähe auf uns aufmerksam machen willst."

Ich verzichtete auf eine Antwort, denn er hatte recht.

Ich hatte mein Zeitgefühl verloren, da ich meines Sehsinns beraubt war, und ich konnte nicht sagen, wie viele Minuten vergangen waren, bis ich vor uns ein schwaches Licht bemerkte.

Wir blieben am Ende des Tunnels stehen, um die neue Umgebung zu betrachten. Ich wusste nicht so recht, was ich damit anfangen sollte.

Vor uns war eine felsige Lichtung, die auf drei Seiten von riesigen Bäumen umgeben war, und auf der Seite, die am weitesten von uns entfernt war, erstreckte sich das Meer bis zum Horizont und reflektierte das Licht des Vollmonds. Das Geräusch der brechenden Wellen verklang langsam in meinem

Bewusstsein. „Ich wusste nicht, dass Eastwind eine Küstenstadt ist", flüsterte ich.

„Ist es nicht", antwortete Donovan.

„Wo sind wir dann?"

Seine Hand drückte meine fester. Ich hatte vergessen, dass ich ihn noch immer festhielt, aber angesichts der seltsamen und unsicheren Umstände, in denen wir uns jetzt befanden, war ich nicht scharf darauf, loszulassen.

„Ich glaube, wir haben gerade ein anderes Reich betreten", hauchte er.

„Bist du jemals in einem anderen Reich gewesen?"

„Nur Avalon. Allerdings als Kind."

„Sollen wir umkehren?", fragte ich.

„Noch nicht." Er streckte seine Brust heraus, ließ meine Hand los und betrat dieses Reich, von dem wir nichts wussten.

Es war fast, als wollte er sterben.

Und vielleicht wollte ich das auch, denn ich folgte ihm.

Wir kamen nur langsam voran, als wir uns dem Rand der Lichtung näherten, der Klippe, die über das Meer ragte. Vor uns lag ein Steinkreis, nicht weit vom Rand entfernt, und ich wusste, dass wir dorthin gehen mussten. Vielleicht wusste Donovan das auch, denn er ging, ohne zu zögern, direkt darauf zu.

In der Mitte war eine kleine Feuerstelle, und als wir nahe genug waren, bemerkte ich die glühenden Kohlen.

Donovan auch. Er wirbelte herum, drehte sich mit dem Rücken zum Kreis und der Klippe, betrachtete die Lichtung, die wir gerade überquert hatten, und dann den Rand des dichten Waldes.

Diese Bäume waren ganz anders als die Deadwoods. Es waren immergrüne Bäume, die gut doppelt so hoch waren wie die, die wir gerade durchquert hatten.

Und dazwischen sah ich nichts.

Dann hörte ich das Knirschen von Schritten.

Donovan nahm die Segeltuchtasche von seiner Schulter und legte sie auf einen der Steine, bevor er die Augen schloss und etwas murmelte. Dann schoss mit einer Handbewegung ein Lichtball aus seinem Zauberstab und sauste auf die Bäume zu, wo er um die Stämme herum wirbelte und kreiste, bis ich einen Schrei hörte und zwei Gestalten heraussprangen. Das Licht aus Donovans Zauberstab schwebte über ihnen und beleuchtete ihre schuldbewussten Gesichter.

„Soll das ein Witz sein?", fragte er und stapfte auf sie zu. „Könntet ihr zwei noch dümmer sein?"

Tybalt ließ die Schultern in einem angemessenen Ausdruck von Scham hängen, aber Duncan blieb trotzig und hatte dasselbe unverfrorene Gesicht, das ich im Medium Rare gesehen hatte, nachdem er mir gerade an den Hintern gefasst hatte.

„Was macht ihr hier?", sagte Duncan.

„Natürlich die Sauerei aufräumen, die ihr angerichtet habt. Was glaubt *ihr*, was ihr hier tut?"

„D-dasselbe", stammelte Tybalt. „Wir wollten nicht, dass es so aus dem Ruder läuft. Wir wollten nur –"

Donovan versetzte ihm einen Schlag auf die Seite des Kopfes und unterbrach damit seine lahme Ausrede. „Das ist dafür, dass ihr eine Dürregöttin beschworen habt!"

„Au!" Tybalt griff sich an den Kopf.

Dann wischte Donovan Duncan mit einem schnellen Schlag auf die Stirn die Selbstgefälligkeit aus dem Gesicht. „Und das ist dafür, dass du Nora belästigt hast."

„Hey", sagte ich und näherte mich, „das wollte ich selbst machen."

„Tut mir leid, Mr. Stringfellow", sagte Tybalt reumütig. „Mir war nicht klar, dass sie Ihre Freundin ist."

„Das ist sie nicht. Aber sie muss nicht meine oder irgendjemandes Freundin sein, damit es vollkommen inakzeptabel ist, sie an ihrem Arbeitsplatz sexuell zu belästigen."

„Ja", sagte ich und hechtete vor, um Tybalt einen schnellen Schlag auf die andere Seite seines Kopfes zu verpassen.

„Aber ein körperlicher Angriff ist okay?", jammerte er und hielt sich jetzt beide Seiten seines Kopfes.

„Nein, wahrscheinlich nicht", antwortete ich.

Doch Donovan widersprach: „Natürlich ist es okay, wenn du dich wie ein Vollpfosten aufführst und eine kleine schmerzhafte Erinnerung dich davor bewahrt, getötet zu werden. Hast du irgendeine Ahnung, was das Ding, das ihr heraufbeschworen habt, Eastwind angetan hat?" Seine Stimme zitterte vor Wut. So hatte ich ihn noch nie gesehen. Der bittere Sarkasmus und die bissigen Sticheleien wurden von seiner rohen Wut weggeschwemmt.

„Natürlich wissen wir es. Warum sollten wir sonst hier draußen sein, Mr. Geistesgröße?", knurrte Duncan.

Donovan hob seinen Zauberstab. „Wenn ihr wirklich gewusst hättet, womit ihr es zu tun habt, wärt ihr nicht hierhergekommen. Ihr hättet euch dem Zirkel gestellt und sie das regeln lassen. Stattdessen glaubt ihr eingebildeten kleinen Knalltüten, ihr könntet hier rauskommen und es damit aufnehmen. Ihr habt noch nicht einmal Zauberstäbe!" Seine Lippen verzogen sich zu einer wütenden Grimasse.

Tybalt zitterte, aber Duncan blieb unberührt. „Sie hat auch keinen", bemerkte er und zeigte auf mich. „Sie sind hier rausgekommen, und Ihre einzige Unterstützung ist eine Hexe, die Mancer nie von innen gesehen hat und keinen Zauberstab besitzt. Vielleicht sind Sie ja genauso dumm wie wir."

„Nora könnte dir jeden Tag der Woche in den Hintern treten, ob mit Zauberstab oder ohne. Und ich kann dir garantieren, dass sie jetzt schon eine bessere Hexe ist, als ihr beiden

Dummköpfe es je sein werdet. Was habt ihr euch dabei gedacht, einen Dürregott zu beschwören?"

„Das wollten wir nicht!", protestierte Tybalt. „Wir wollten einen einfachen Wiedergänger beschwören, irgendwas Harmloses aus dem Jenseits rufen, um ihr einen Schrecken einzujagen." Donovans Nasenflügel blähten sich, und er schlurfte einen halben Schritt auf Tybalt zu. „Es war seine Idee!", zischte der blonde Junge und verpfiff seinen Freund.

„Wen interessiert es, wessen Idee es war?", knurrte Donovan. „Du hast mitgemacht. Nekromantie! Ihr beide habt wirklich gedacht, ihr könntet Hexen des Fünften Windes sein? Dass ihr Kontrolle über die Toten haben könntet?"

„Könnte passieren", sagte Duncan und verschränkte die Arme. „Wenn sie es ohne Ausbildung kann, warum dann nicht auch wir?"

„Die Antwort ist so offensichtlich, dass ich euch beide das selbst herausfinden lassen werde." Donovan entspannte sich, zog sich einen Schritt zurück und atmete tief durch, während er seinen Zauberstab in den Hosenbund steckte. „Und übrigens, herzlichen Glückwunsch, ihr seid eindeutig Ostwindhexen." Er schüttelte den Kopf. „Es ist mir peinlich, derselben Art wie ihr anzugehören, aber so ist es nun einmal."

„Hä?" Tybalt verzog das Gesicht. „Woher wollen Sie wissen, dass wir Ostwindhexen sind? So weit sind wir noch nicht."

„Euer jämmerlicher Versuch in Nekromantie hat einen Dämon heraufbeschworen, der tötet, indem er Dingen das Wasser aussaugt. Das ist keine schwierige logische Schlussfolgerung. Wie wäre es, wenn ihr beide hier verschwindet und versucht, euch auf dem Rückweg durch die Deadwoods nicht umbringen zu lassen? Und dann geht jeder nach Hause und hofft, dass Nora und ich nicht sterben, während wir euren

Saustall beseitigen, denn ich kann euch garantieren, dass wir euch heimsuchen werden, wenn es doch passiert."

Ich versuchte, nicht darüber zu lachen, dass Donovan sich vielleicht mit all dem Gespuke, das er androhte, zu viel zumutete. Außerdem beschloss ich, nicht darauf hinzuweisen, dass es hundertprozentig meine Vorstellung von der Hölle war, ein paar Teenager heimzusuchen und auch noch so flüchtige Blicke auf sie zu erhaschen, wenn sie glaubten, sie wären allein in ihren Schlafzimmern.

„Verschwindet jetzt", sagte Donovan und griff wieder nach seinem Zauberstab.

Tybalt übernahm das Kommando und schob Duncan zum Eingang des Tunnels, der nach Eastwind führte. Sobald er in Bewegung war, hatte Duncan kein Problem damit, in vollem Tempo zu sprinten. Er war deutlich schneller als Tybalt und zögerte nicht, seinen Freund hinter sich zu lassen, ohne sich auch nur nach ihm umzusehen.

Kurz bevor die Jungs den Tunnel erreichten, tauchte eine dunkle Gestalt daraus auf. Eine dunkle, flauschige Gestalt.

Duncan blieb abrupt stehen und schrie.

„Was zum, was?!", schrie Grim, als er mit einem schreienden Jungen konfrontiert wurde, der direkt auf ihn zustürmte. Er klemmte seinen Schwanz zwischen die Beine, als er zur Seite sprang.

Trotz des Ernstes der Situation brachen Donovan und ich in Gelächter aus.

„Es ist nur ihr Vertrauter", sagte Tybalt, dessen langsameres Tempo ihm den Luxus der Distanz verschafft und ihm den gleichen Schock wie seinem Kumpel erspart hatte. „Hör auf, dich wie ein Pixie zu benehmen, und geh weiter!"

Als die Jungs verschwunden waren, trabte Grim auf uns zu und warf einen einzigen Blick über die Schulter. *„Wer war das?"*

„Das waren die, die die Ba beschworen haben."

„Du meinst die, die dir an den Po gefasst haben?"

„Genau die."

„Ach, Mist. Wenn ich gewusst hätte, dass wir ihnen begegnen könnten, hätte ich mehr für sie übrig gelassen."

„Ich weiß das zu schätzen, so seltsam es auch ist."

„Also was jetzt?"

„Wir müssen nur einen Zauberspruch ausführen, für den wir weder ausgebildet noch sachkundig genug sind, um ihn auch nur mit ansatzweiser Präzision auszuführen."

„Fantastisch. Viel Spaß, ihr zwei. Ich werde hier sein und dafür sorgen, dass sich nichts anschleicht, während ihr in diesem La-la-land seid, in das ihr zwei Racker in letzter Zeit immer wieder geschlichen seid."

Er fand einen Platz auf einem vom Wind geschliffenen Felsbrocken zwischen dem Steinkreis und dem Rest der Lichtung und machte es sich bequem.

Die Wahrscheinlichkeit, dass er wach bleiben würde, schien gering.

„Bist du bereit?", fragte ich und drehte mich zu Donovan um.

Er grinste mich an, ohne eine Spur seiner üblichen Vorsicht. „Absolut."

Ich machte Feuer mit einem Stapel Holz, das wahrscheinlich Duncan und Tybalt für einen späteren Verbannungsversuch dort zurückgelassen hatten, während Donovan die Zutaten auf dem Leinensack ausbreitete, die Kräuter aber noch in ihren Schachteln ließ, damit sie nicht von der Meeresbrise weggeweht wurden.

Als ich fertig war, hatte ich einen Moment Zeit, mich umzusehen und mich zu fragen, welche Jahreszeit es hier war. Gab es hier überhaupt Jahreszeiten? Es war locker zehn Grad kühler als in den Deadwoods, und der Wind, der mir in Richtung Meer in den Rücken wehte, jagte mir einen kalten Schauer über den Rücken.

Donovan saß neben mir, der Sack zwischen uns. „Ich glaube, wir sind bereit", sagte er, zückte seinen Zauberstab und schwenkte ihn, sodass die Worte aus dem Buch in der Luft zu schimmern schienen. Von meiner Seite aus gelesen waren sie spiegelverkehrt, aber das war in Ordnung, da er diesmal führen würde. Meine Aufgabe war es, ihm zu folgen, seine Energie zu lesen und mich mit ihr zu bewegen und ihm meine anzubieten, damit er sie nach Bedarf nutzen konnte. Mit anderen Worten, ich musste mich der Beschwörung unterwerfen.

Ja, das klang nicht nach etwas, worin ich gut wäre. Ich weiß.

Donovan begann, die Zutaten in die Flammen zu streuen, eine nach der anderen, bis das Knistern verklungen war, dann fügte er die nächste hinzu und las eine Reihe von Worten in derselben dunklen Sprache vor, die ich Ruby in ihrem Haus hatte sprechen hören, als Ba das erste Mal aufgetaucht war.

Als Donovan aufstand, erhob ich mich auch. Er positionierte sich so, dass wir uns gegenüberstanden, das kleine Feuer zwischen uns. Die Wärme war ein willkommener Kontrast zu dem salzigen Wind, den ich bis in die Knochen spürte.

Diesmal ließ er zuerst sein eigenes Blut fließen, indem er die Spitze des Zauberstabs über seine Handfläche zog. Blut spritzte heraus, und er zielte auf das Feuer.

„Das ist aber viel Blut!", sagte ich.

Er nickte und bewegte seine Finger, um mehr ins Feuer zu träufeln. Dann schloss er zu meiner Überraschung die Wunde nicht, sondern holte scharf Luft, als er eine identische in die andere Handfläche schnitt, während er das Blut weiter ins Feuer tropfen ließ.

Er bemühte sich, seinen glatten Zauberstab festzuhalten, während er ihn auf mich richtete. Ich hielt ihm meine Hände entgegen und schloss die Augen. Ich versuchte, nicht zu viel an den Schmerz und den Blutverlust zu denken. Es würde nur vorübergehend sein.

Aber, oh Mann, tat das weh! Ich atmete tief ein und aus und öffnete die Augen, um sicherzugehen, dass ich es ins Feuer tropfte. Dann steckte er seinen Zauberstab wieder weg und streckte mir die Hände entgegen. Es war Zeit.

Da fiel es mir ein, und ich griff nach meinem Amulett. Es war unmöglich, zu vermeiden, dass ich Blut auf mein Shirt bekam, als ich es herauszog.

„Nein", sagte Donovan scharf. „Lass es um. Ich glaube nicht, dass du dich so sehr öffnen willst."

„Aber was, wenn es nicht funktioniert?"

„Damit befassen wir uns damit, falls es passiert. Bitte behalte das Ding einfach um, okay?"

Ich nickte und ließ es auf den jetzt blutbefleckten Stoff meines Shirts fallen, dann streckte ich die Hand nach ihm aus. Unsere vereinten blutigen Hände reflektierten den Feuerschein und glühten wie zwei heiße Kohlen, als er mir sanft zunickte und wir die Augen schlossen.

Er musste sich den Zauberspruch eingeprägt haben, als er ihn ohne Hilfe seiner Notizen rezitierte. Er redete immer weiter, bevor mir klar wurde, dass er immer wieder dieselben paar Sätze wiederholte. Ich konzentrierte meine Aufmerksamkeit auf die Laute und konnte die Sätze langsam mit ihm wiederholen. Zuerst tat ich es nur in Gedanken, aber als ich sicher war, dass ich sie mir eingeprägt hatte, sprach ich sie laut aus.

Und das änderte alles.

Das Feuer loderte hoch, und obwohl ich die Augen geschlossen hielt, war ich sicher, dass die Spitzen der Flammen unsere Hände leckten. Das nasse Blut brodelte auf meiner Haut, und obwohl ich wusste, dass es wehtun sollte, spürte ich es nicht wirklich.

Der Wind frischte auf, aber er wehte mir nicht mehr in den Rücken. Stattdessen erhob er sich zwischen uns, drückte uns auseinander und versuchte, uns zu trennen, während wir unseren Gesang fortsetzten. Aber ich hielt mich fest, und Donovan tat es auch. Die Vorahnung dessen, was kommen würde, wurde durch die Erleichterung gelindert, dass es zu funktionieren schien. Als er die Worte zu schreien begann, tat ich es auch.

Die Wellen, die gegen die Felsen unter uns schlugen, wurden zu einem ohrenbetäubenden Brüllen und übertönten unsere Stimmen, selbst als ich aus vollem Halse schrie. Ich wollte meine Augen öffnen. Ich musste Donovans Gesicht sehen, sicher sein, dass er noch da war.

Sei nicht albern. Natürlich ist er noch da.

Ich weiß nicht, warum ich mir Sorgen machte, aber plötzlich drückte er meine Hände so fest, dass ich spürte, wie meine Knochen aneinander rieben, und ich vermutete, dass er denselben Impuls gehabt hatte.

Eine Macht stieg aus den Flammen auf. Sie wehrte sich gegen den engen Kreis unserer Arme, während sie sich ihren Weg freikrallte. Mein Verstand sagte mir, ich solle Donovan loslassen, diesen Wahnsinn beenden, aber mein Bauchgefühl, meine Einsicht, sagte mir, dass es zu spät war, dass ich diese Sache bis zum Ende durchziehen musste.

Wir drei waren nicht mehr allein. Die gleiche Präsenz, die ich in Rubys Salon gespürt hatte, war jetzt bei uns. Der Gesang blieb mir im Hals stecken, und ich überlegte nicht lange, bevor ich meine Augen öffnete. Einen Moment später tat Donovan es auch. Wir starrten einander an, zwei Leute, die aus einem gemeinsamen Traum erwachten. Zwischen uns wuchs ein Verständnis, das ich nicht in Worte fassen konnte.

Dann schoss sein Blick zur Seite. Er starrte über meine Schulter hinweg und schrie: „Grim!"

Donovan ließ eine meiner Hände los und brach den Kreis, um seinen Zauberstab zu zücken. Ich duckte mich und drehte mich um, als Donovan ihn direkt auf mich richtete, obwohl ich mir keine Sorgen machte, dass er mir wehtun könnte.

Grim ruhte nicht mehr auf dem Felsen, sondern schwebte darüber. Und über ihm Ba in ihrer furchterregenden dunklen Gestalt. Aus dieser Nähe konnte ich endlich ihre wehenden Strähnen tentakelartiger Haare sehen, die dunkle Robe, die sie umfloss und sich unterhalb ihrer Taille in einem rußigen, amorphen Nebel auflöste. Es war nicht ihre Gestalt, die mich erschreckte; es war die Tatsache, dass derselbe Nebel, den wir in unseren Visionen von den Pflanzen aufsteigen sahen, jetzt von meinem Vertrauten aufstieg und in die schwarzen Tiefen von Ba gesaugt wurde.

Eine Kugel aus silbernem Licht schoss auf sie zu, flog aber geradewegs durch sie hindurch. Sie bemerkte es nicht einmal.

Donovan rannte auf sie zu und schickte einen weiteren Strahl, diesmal orange, auf die Dürregöttin.

Dieser traf und ließ sie weit genug zur Seite schwanken, dass Grim wie ein Sack nasser Decken auf den Felsbrocken fiel. *„So durstig …"*, stöhnte er.

„Nicht jetzt. Geh aus dem Weg, bevor sie zurückkommt!"

Er rutschte vom Felsen und stolperte hinter mich. *„Das musst du mir nicht zweimal sagen."*

Ich wusste jedoch, dass das nichts nützte. Unser Kreis war gebrochen. Ich wusste nicht viel über die Beschwörung, aber Donovan hatte mir gesagt, dass unsere Verbindung die Kraft schöpfen würde, die Kreatur für immer aus Eastwind zu verbannen. Aber jetzt stand er Ba ganz allein gegenüber.

Sie schwebte in der Luft, starrte ihn an, und ich hielt den Atem an. Dann drehte sie sich um und schoss auf den Tunnel zu.

„Halt sie auf!", schrie ich, obwohl ich zugegebenermaßen keinen hilfreichen Rat hatte, wie er das tun sollte.

Er schoss einen weiteren orangefarbenen Lichtball auf sie. Dann noch einen und noch einen. Leider funktionierte sein Versuch, ihre Aufmerksamkeit zu erregen, und bevor sie den Tunnel erreichte, wirbelte sie herum und schoss direkt auf die dunkelhaarige Ostwindhexe zu, die sich als Ärgernis erwiesen hatte.

Er wehrte sich gegen ihren Sog, aber als sich seine Füße vom Boden lösten und der erste Dampf aus seinem offenen Mund aufstieg, wusste ich, dass ich keine Zeit mehr hatte. Ich hatte keinen Zauberstab, aber das hieß nicht, dass ich keine Optionen hatte.

Ich packte das Amulett, riss mir die Kette über den Kopf, drehte mich um und streifte sie Grim über, bevor er Widerstand leisten konnte.

Dann schloss ich die Augen, rief nach ihr und bot ihr meine körperliche Gestalt an.

Kapitel Vierzehn

Ba nahm meine Einladung eifrig an, und ich stand nicht mehr am Rand der Klippe mit Blick auf einen fremden Ozean.

Die tosenden Wellen waren verschwunden und durch Vogelgezwitscher ersetzt worden. Wo der Felsenkreis gewesen war, waren die dünnen Wände eines hohen Segeltuchzelts, in dessen Mitte die Überreste eines Feuers schwelten. Anstelle von Dunkelheit umgaben mich die Mittagshitze und orangefarbenes Licht, das durch den Stoff schien.

Ich sah mich um und erkannte, dass ich allein war.

Etwas brannte. Nicht im Zelt, sondern draußen. Oder zumindest roch es so. Am Spieß gebratenes Fleisch? Nein, das war nicht richtig. Dieser Geruch machte mir nicht Appetit, sondern vertrieb ihn. Ich schlich auf die schwere Segeltuchklappe zu, die träge vom Wind bewegt wurde. Ich fühlte mich beim Gehen beeinträchtigt, irgendwie aufgehalten, und als ich nach unten sah, um meine Füße anzusehen, erschrak ich.

Es waren nicht meine Füße. Die Haut, die durch die Sandalen hindurchschimmerte, hatte die Farbe der Außenseite einer Mandel, ein paar Nuancen dunkler noch als meine dunkelste Sommerbräune. Ich untersuchte meine Handflächen, und die Schnittwunden waren verschwunden. Das war nicht mein Körper. Ich hatte jedoch eine Ahnung, wem er gehörte.

Ich drängte mich durch den Zelteingang, und Schmerz, Leid, Verlust und Einsamkeit bildeten einen giftigen Cocktail aus Trauer in meinem Magen und einen faustdicken Kloß in meinem Hals, als ich auf das Feld vor mir starrte, wo viele Zelte wie meines in dichte Flammen getaucht waren, aus denen so dunkler und dichter Rauch aufstieg, dass ich dachte, er würde bald für immer die Sonne verdunkeln.

Die Leichen am Boden hatten ein ähnliches Schicksal erlitten, und ich rannte zurück ins Zelt, um dem Gestank zu entgehen.

Familie, Freunde, Nachbarn – alle tot.

Ich wusste nicht, wer es getan hatte, aber das war auch egal.

„Ist es das, was dir passiert ist?", fragte ich.

Ja, antwortete eine Stimme in meinem Kopf.

„Und was dann?"

Ich blinzelte, und plötzlich waren meine Handgelenke und Knöchel mit Ketten gefesselt, und ich eilte über den Sand, verzweifelt bemüht, mit einem Karren schrittzuhalten, während ich versuchte, keine zu großen Schritte zu machen und dabei über die Ketten zu stolpern. Wer auch immer diesen Karren fuhr, würde nicht anhalten, das wusste ich, und ich würde hinterhergeschleift werden und mich nicht wieder aufrichten können.

Ich versuchte zu sprechen, aber mein Mund war zu trocken, und das scharfe Einatmen schmerzte in meiner trockenen Kehle, was mich in einen Hustenanfall ohne absehbares Ende trieb.

„Bewegung!", schrie eine Stimme hinter mir. Ich drehte

mich um und sah einen Soldaten in einer roten Uniform hinter mir, der knurrte, als würde er nur auf eine Ausrede warten, um mich zu verprügeln.

Ich stolperte schneller voran und machte winzige schnelle Schritte, wobei bei jedem Schritt ein scharfer Schmerz von meinen Knöcheln durch meine Waden ausstrahlte. Wie lange könnte ich das noch ertragen?

Der Wind wehte mir Sand ins Gesicht, und ich begann wieder zu husten. Ich war noch nie in meinem Leben so durstig gewesen. Das Gefühl war unerträglich.

Es tut mir so leid, dachte ich. *Es tut mir so leid, dass dir das passiert ist.*

In dem Moment, als der Gedanke Gestalt annahm, fühlte ich eine Trennung in mir, etwas löste sich.

Und dann wurde ich wütend. Nein, nicht wütend, sondern rasend. Sie war schon zu Lebzeiten versklavt worden, und als ob das nicht genug wäre, hatten zwei kleine Knalltüten sie aus dem Jenseits heraufbeschworen und sie gezwungen, ihren Befehlen zu gehorchen. Das machte sie auch im Jenseits zu einer Sklavin. Kann ein Mädchen denn keine Ruhe bekommen?

Sag mir, wie ich helfen kann.

„Nora!", rief eine Stimme.

Wer war Nora? Ich versuchte, meinen Kopf zu drehen, um mich umzusehen, sah aber niemanden, der nicht hierher gehörte, nur die Karawane anderer Menschen wie mich, die angekettet hinter Karren her stolperten, dicht gefolgt von Soldaten in Rot, die die Peitschen immer bereithielten.

„Nora! Stoß sie raus!" Wieder diese Stimme.

War diese Nora in den Wehen? Warum sollte sie—

Oh. Das bin ich.

Ich schloss meine Augen – Bas Augen – und spürte warme Hände auf meinen Schultern. Ich musste mich von ihr trennen.

Obwohl ein Teil von mir sich schuldig fühlte, sie zu verlassen, wusste ich, dass es nötig war, wenn ich ihr jemals den Frieden geben wollte, den sie mehr als verdient hatte.

Als ich meine Augen wieder öffnete, war die Welt eine Mischung aus zwei übereinanderliegenden Realitäten. Ich konnte immer noch den Wüstensand, die Gefangenen, die Soldaten sehen, aber ich konnte auch den dunklen Tunnel aus Bäumen sehen.

Und Donovan.

Ich hätte nie gedacht, dass ich mich je so freuen würde, ihn zu sehen.

Er hob mich auf und führte mich zurück zum Feuer, wo er meine Hände nahm und den Kreis erneut schloss. Diesmal konnte ich ihm beim Singen nicht helfen, aber das musste ich auch nicht. Ich spürte, wie es durch mich hindurchwirkte und den hauchdünnen Riss zwischen Ba und mir auseinander-drängte, bis Feuerlicht herausströmen konnte. Ich tat, was ich konnte, um sie heraus und in die Flammen zu zwingen. Ruby hatte mich davor gewarnt, dass es eines Tages einen Geist geben könnte, den ich nicht mehr loswerden würde, wenn ich ihn in mich hineinließ, einen, der versuchen würde, mich zu übernehmen.

Ich schälte ihren Geist von meinem weg, und der Schmerz war fast unerträglich. Und es wurde nur noch schlimmer, als Grim das Staurolith-Amulett an meine Seite drückte. Der Stein fühlte sich wie ein Brandeisen auf meiner nackten Haut an.

Sie verließ mich mit einem Schrei, der aus meinem Mund kam, während ich von der Schmerzquelle wegsprang und den Kreis mit Donovan brach. Die Flammen saugten Ba an, zogen sie in sich und hinunter, Zentimeter um Zentimeter.

Die Gischt des Meeres sprühte über den Rand der Klippe, als Ba ihre schattenhaften Arme nach allem ausstreckte, was sie greifen konnte. Ein Teil von mir wollte ihre Hände fassen, sie herausziehen, aber ich wusste, dass dies der einzige Weg war, wie sie endlich Ruhe finden konnte.

Dann sah ich, wonach sie in ihrem letzten verzweifelten Versuch griff. Oder eher, nach wem.

„Donovan, zurück!" Er starrte wie hypnotisiert auf die Flammen und reagierte nicht. Ihre Fingerspitzen schlossen sich um den Saum seines Hemdes, und bald würde er im Feuer landen, wenn ich nicht eingriff.

Zwei schnelle Schritte, dann riss ich ihn von den Flammen weg, entwand ihn ihrem Griff und stieß ihn aus dem Steinkreis.

Ich landete gefährlich nahe am Rand der Klippe auf ihm. Einen Meter weiter, und wir wären vielleicht hinuntergestürzt.

Donovan stützte sich auf seine Ellbogen, während ich mich neben ihn rollte. Wir starrten beide wie gebannt auf das Feuer, das knisterte, aufloderte und dann verschwand, und mit ihm Ba.

Sie war fort, das wusste ich. Ich hoffte, sie war auf eine Ebene gegangen, auf der sie Frieden finden und nie wieder herbeigerufen werden konnte. Das hatte sie durch das unnötige Leid, das ihr widerfahren war, verdient.

Das orangefarbene Glühen war verschwunden, und als das Reich um uns herum nur noch vom Mondlicht erhellt wurde, wusste ich, dass wir endlich in Sicherheit waren.

Aber mein Herz raste noch immer. Ich ließ mich flach auf den Rücken fallen, um zu Atem zu kommen und die Sterne zu zählen. Als Donovans Zauberstab über meine Handflächen glitt und die Wunden schloss, schloss ich die Augen vor dem stechenden Schmerz, der damit einherging. Als es vorbei war, atmete ich tief durch und öffnete die Augen wieder. Aber ich konnte die Sterne nicht mehr sehen, weil Donovan sich über mich beugte und mir die Sicht versperrte.

Ich wusste, was kommen würde, und tat nichts, um es zu

verhindern. Ich begegnete seinem Blick, und ich wollte es. Ja, ich wollte es.

„Du wärst fast gestorben", hauchte er.

„Du auch, Einstein."

Seine Augen wanderten zu meinen Lippen. „Ich war mir nicht sicher, ob du es zurückschaffen würdest."

Mir stockte der Atem. „Ich auch nicht."

Als er sich vorbeugte, kam ich ihm entgegen. Donovan war das Einzige, woran ich dachte, und in diesem Moment fühlte es sich richtig an. Nein, mehr als das. Es fühlte sich unvermeidlich an.

Dringlichkeit durchströmte mich, als wir uns küssten. Seine Hand berührte nur einen Moment lang meine Wange, bevor sie emporwanderte und seine Finger sich in mein Haar gruben. Er hielt mich fest und drückte mich mit seinem Körper auf den Boden, während er mein Kinn hob, damit seine Küsse tiefer, meinen Hals hinunter, wandern konnten.

Ich konnte mich nicht erinnern, wann ich das letzte Mal solch ein Verlangen, solch eine Sehnsucht verspürt hatte. Tanners Küsse waren süß, leidenschaftlich, aber bei Weitem nicht so hungrig.

Tanner.

Süßes Baby Jackalope! Was tat ich da?

Der Gedanke, das zu beenden, bevor es überhaupt zum guten Teil kam, brachte mich zum Weinen, aber ich musste es tun. Ich hatte mich nach all dem, was passiert war, vorübergehend verloren. Wir waren nicht einmal mehr in derselben Welt wie Tanner, Fänge und Klauen!

Aber das spielte keine Rolle.

„Donovan –"

„Ich wusste, dass du das auch willst", hauchte er mir ins Ohr.

Ich zwängte meine Hände zwischen uns und drückte gegen

seine Brust, bis seine Finger aus meinem Haar glitten. „Wir müssen aufhören", sagte ich.

Er entfernte sich widerwillig und starrte auf mich herab; eine tiefe Falte bildete sich zwischen seinen Augenbrauen. „Das müssen wir nicht. Sieh dich um, Nora. Es ist niemand hier. Na ja, außer Grim, aber er ist an der Baumgrenze und markiert alles, was sich markieren lässt. Es sind nur du und ich."

Ugh. Warum machte er es mir so schwer, das Richtige zu tun? „Aber wir können nicht. Ich kann nicht."

Er hörte aufmerksam zu. „Tanner? Es ist okay. Er muss es nicht wissen."

„Donovan!", sagte ich scharf.

„Ihr seid nicht offiziell zusammen. Und genau das ist der Grund. Du hast vielleicht Mauern errichtet, Nora Ashcroft, aber du hast auch eine Tür gebaut und sie weit offen gelassen, damit jemand wie ich einfach hindurchgehen kann."

Als ich nicht antwortete, löste er sich schließlich mit einem schweren Seufzer von mir. Ich stand sofort auf und versuchte abzuschütteln, was auch immer über mich gekommen war.

Auch Donovan stand auf und versperrte mir den Weg vom Rand der Klippe weg. „Du glaubst, ich will Tanner verletzen? Er ist mein bester Freund. Aber, Gott, Nora, ich will dich so sehr, und das schon so lange, und ich weiß, dass du tief in deinem Inneren dasselbe empfunden hast. Ich weiß das, weil ich dich tatsächlich verstehe. Tanner tut das nicht. Für ihn bist du ein Rätsel, das gelöst werden muss, und wenn er es gelöst hat, weißt du, was passieren wird."

„Halt die Klappe", sagte ich und drängte mich an ihm vorbei. Ich blieb vor den Resten des Feuers stehen, um die übriggebliebenen Zutaten für den Zauber in die Segeltuchtasche zu packen. Dann warf ich sie mir über die Schulter, und als ich aufstand, stand Donovan wieder vor mir.

„Du weißt, dass ich recht habe. Aber ich habe das Rätsel schon gelöst. Ich kenne dich. Ich verstehe dich." Er ließ seine Hände meine Arme hinaufgleiten. „Und ich bin immer noch hier."

Gaia hilf mir, was er sagte, fand seinen Nachhall.

Tanner starrte mich immer an, als wäre ich ein Rätsel, das gelöst werden musste, und obwohl ich mich dadurch unglaublich fühlte, machte es mir auch Angst. Eines Tages würde Tanner feststellen, dass ich gar nicht so kompliziert war, und er würde aufhören, mich so anzusehen. Und dann was?

Während Tanners Küsse süß und neugierig waren, waren Donovans Küsse etwas ganz anderes. Er wusste, was er tat und wohin er wollte. Er hatte kein Rätsel zu lösen.

Ich konnte ihm nicht mehr in die Augen sehen. „Donovan, ich weiß, dass du recht hast."

Ich streifte seine Hände von meinen Armen und eilte zurück zum Tor nach Eastwind. *„Grim, lass uns gehen. Du kannst unmöglich mehr in dir haben. Nicht nach deiner Nummer in den Deadwoods und nachdem Ba dir alle Feuchtigkeit aus dem Körper gesaugt hat."*

Er ließ sein Hinterbein ein paar Meter vom Tunnel entfernt sinken. *„Erzähl mir nicht, was ich nicht haben kann, Nora. Dieser Baum hat gerade den denkwürdigsten Urintropfen in der Geschichte dieses Reiches abbekommen. Nichts hat ihn vor mir markiert. Nicht einer! Ha!"*

Wenigstens einer von uns war guter Dinge. Er trabte an mir vorbei und verschwand in der Dunkelheit der gebogenen Bäume, und ich folgte ihm langsam. Donovan würde kommen, wenn er bereit war. Ich hatte nicht das Recht, ihn zu drängen. Nicht jetzt.

Er war schneller bereit, als ich erwartet hatte, und meine Lungen fühlten sich an, als wären sie mit Blei gefüllt, als ich seine Schritte hinter mir in der Dunkelheit hörte.

Ich hielt in der Stille Abstand, aber nicht so weit, dass ich ihn nicht mehr hinter mir hören konnte, sein Atmen, das Knirschen der Zweige unter seinen Füßen. Erst später wurde mir klar, dass es Donovan und nur Donovan war, der meine Gedanken während des Rückwegs in die Deadwoods beschäftigte.

Als ich die Öffnung des Tunnels vor mir entdeckte, überkam mich in dieser undurchdringlichen Dunkelheit ein Nebel aus schlechtem Urteilsvermögen, und ich blieb stehen und lauschte jedem von Donovans Schritten, als sie näher kamen. Ich drehte mich um und wartete.

Er schien nicht überrascht, als meine ausgestreckte Hand seinen Arm fand, und blieb einfach stehen. Keiner von uns sagte ein Wort. Ich konnte sein Gesicht nicht sehen, brauchte es aber auch nicht. Sein Körper zog mich zu sich. Es gab keinen Widerstand zwischen uns, ob unsere Verbindungszauber ihn entfernt hatten oder ob etwas anderes im Spiel war, konnte ich nicht sagen, aber es war mir egal. Ich musste das tun.

Ein letztes Mal.

Er zog mich an sich, und ich hatte Angst, dass ich mich in diesem Tunnel verlieren könnte, dass, selbst wenn ich ginge, ein Teil von mir immer hier zurückbleiben würde.

Ich werde nicht lügen, der Gedanke, seine Hand zu nehmen und ihn den Weg zurück zu ziehen, den wir gekommen waren, auf diese mondbeschienene Lichtung, und erst wieder in Eastwind aufzutauchen, wenn keiner von uns einen geraden Schritt machen konnte, ging mir durch den Kopf.

Immer und immer wieder.

Aber ich hatte schon eine Entscheidung getroffen. Dies war das letzte Mal. Vielleicht war es ihm gegenüber nicht fair, es zu tun. Vielleicht würde es ihm eine Hoffnung geben, die sich nicht erfüllen würde.

Der alten Nora war das egal. Und schließlich war sie es, die Donovan mehr wollte als die Luft zum Atmen.

Ich löste mich aus dem Kuss, als seine wandernden Hände andeuteten, dass er gleich den nächsten Schritt gehen wollte.

„Es tut mir leid", sagte ich. Ich wich zurück und machte einen Schritt auf das Ende des Tunnels zu, bevor seine Hand mein Handgelenk packte und mich wieder herumriss.

„Wenn Tanner nicht wäre, würdest du es tun, oder?"

Ich glaube, es war die lange schwelende Wut, der Schmerz vieler Jahre, den ich in dieser einen Frage hörte, die mich lügen ließen.

Wenn ich Tanner nicht kennengelernt hätte und Single und auf der Suche wäre, würden Donovan und ich dieses Gespräch nicht führen. Unsere Münder wären auf der Klippe mit anderen Dingen beschäftigt. Und vielleicht im Wald. Und vielleicht bei ihm zu Hause.

Aber Ehrlichkeit war hier nicht die beste Strategie. Ehrlichkeit würde seine und Tanners Beziehung belasten und das Fass zum Überlaufen bringen. Ich konnte mich *und* Tanner nicht von ihm trennen. Was ich im Begriff war zu sagen, fühlte sich grausam an, aber ich wusste, dass es die beste von zwei schrecklichen Möglichkeiten war. „Nein", sagte ich. „Selbst wenn ich Tanner nie getroffen hätte, wäre die Antwort nein."

„Ich glaube dir nicht", sagte er schnell. „Ich weiß genau, was du tust, und ich glaube es dir nicht."

„Vielleicht solltest du es glauben, Donovan", antwortete ich entschlossen und befreite mich aus seinem Griff. „Um aller willen."

Als ich aus dem Tunnel kam, wartete Grim auf mich. Etwas Großes und Dunkles regte sich in den Büschen rechts von uns, und als Grim nicht sofort die Nackenhaare aufstellte, vermutete ich, dass unsere Vereinbarung mit den Höllenhunden noch immer gültig war.

„Ich war mir nicht sicher, ob du da drinnen gestorben bist", sagte Grim, „oder ob Mr. Cheerful wieder versucht hat, dich aufzufressen."

„Er hat mich nicht aufgefressen."

„Was war das dann auf der Klippe?"

„Du weißt, was passiert ist. Zwing mich nicht, es dir zu erklären. Apropos Klippen, wie viel Steak schulde ich dir, damit du Clifford nichts von dem erzählst, was passiert ist? Und Monster auch nicht. Wenn Tanner es jemals herausfindet –"

„Keines", sagte Grim. „Das Schöne an den Deadwoods ist, dass sie voller Geheimnisse sind. Du kannst so viele neue erschaffen, wie du willst, während du hier bist, und sie dann zurücklassen, wenn du gehst."

Ich starrte meinen Vertrauten zweifelnd an, der mit sanftem Schwung neben mir hertrottete, zweifellos ein paar Pfund leichter als vor Stunden, als wir den Wald betreten hatten. „Du machst Witze, oder? Du willst das nicht schamlos ausnutzen?"

„Was ausnutzen? Die Tatsache, dass die entsetzlich spürbare sexuelle Spannung zwischen dir und Donovan nach einer Nahtoderfahrung endlich übergekocht ist? Nein. Nicht heute. Zugegebenermaßen bin ich froh, dass du sie abgebaut hast, damit ich mir das nicht mehr ansehen muss. Und damit ich keine Zeit mehr mit seinem aufgeblasenen Vertrauten verbringen muss."

„Ich bin froh, dass du glücklich bist", antwortete ich.

„Außerdem glaube ich, dass wir heute beide eine wichtige Lektion gelernt haben."

„Und die wäre?"

„Donovan ist definitiv nicht schwul."

Kapitel Fünfzehn

Als ich die Deckung der Deadwoods verließ, war es keine Frage für mich, wohin ich als Nächstes gehen würde. Es war ein Leuchtfeuer vor mir, das mich mit dem beruhigenden Geruch von Fett und dem blinkenden „Geöffnet"-Schild anzog.

„Ich war noch nie in meinem Leben so durstig", nörgelte Grim.

„Stell dir vor, wie sich die Höllenhunde fühlen. Es wird eine Weile dauern, bis der Acher Lake wieder voll ist."

„Nein. Du wirst mich nicht dazu bringen, Mitleid mit diesen dummen Tölpeln zu haben. Außerdem ist immer wenigstens etwas Wasser reingeflossen, auch wenn es direkt im Boden versickert ist. Es ist schön, wenn am Ende tatsächlich alles gut wird. Ein starker Regen, und sie werden sich wieder pudelwohl fühlen."

Donovan war auf dem langen Rückweg etwa zwanzig Meter hinter mir geblieben, und ich versuchte, mich deswegen nicht von Schuldgefühlen auffressen zu lassen. Er hatte mich aber nicht wegen der Lüge gedrängt. Vielleicht würde er es auf sich beruhen lassen.

Ich hätte mich erleichterter fühlen sollen. Das wusste ich.

Wir hatten herausgefunden, wer den Dürre-Dämon beschworen hatte, ich hatte einem der Täter einen hübschen Schlag versetzen können, was sich unglaublich angefühlt hatte, und wir hatten es geschafft, Ba zu verbannen – und hoffentlich zu befreien. Alle hatten überlebt, also war kein Schaden entstanden.

Okay, *ein bisschen* Schaden schon.

Die spätabendlichen Gäste füllten fast jede Sitznische des Medium Rare, als ich die Tür öffnete und Grim vor mir eintreten ließ.

Ich schlurfte todmüde hinein, die Stelle an meiner Seite, wo Grim das Amulett hingedrückt hatte, schmerzte noch immer.

Alles wurde still.

Oh wow. Sah ich so schlimm aus?

Ich sah mich nach ihm um. Bryant arbeitete seine übliche Schicht und blickte von seinem Platz hinter der Theke auf. Aber das war nicht der Mann, den ich sehen wollte.

Endlich fand mein Blick ihn. Er stand neben einer Sitznische in der Ecke, wo Ansel Fontaine und der rothaarige Zwerg, den ich kurz bei Sheehan's getroffen hatte, zusammensaßen. Was auch immer sie für ein Gespräch geführt hatten, bevor ich hereingekommen war, es hatte abrupt geendet.

Tanners Mund war geöffnet, als er auf mich zueilte. „Nora, geht's dir gut?"

„Ja, mir geht's gut."

Er packte mich an den Schultern und hielt mich fest, während er mich von oben bis unten musterte. „Du bist blut-verschmiert."

Oh, richtig. Das. „Das ist nichts", sagte ich lahm. „Mir geht's gut."

Hinter mir hörte ich das Glöckchen über der Tür bimmeln,

und ich musste mich nicht umdrehen, um zu wissen, wer es war.

Tanners Mund öffnete sich noch weiter, als er über meine Schulter starrte. „Donovan? Was in aller Welt ist passiert? Warum seid ihr beide voller Blut und Dreck?"

Ich konnte es schon sehen, wie sich der Klatsch von einem Wichtigtuer der Stadt zum nächsten verbreiten würde: *Nora und Donovan sind mitten in der Nacht im Medium Rare aufgetaucht und sahen aus, als hätten sie gerade jemanden mit einer Axt ermordet. Ich habe gehört, sie waren in den Deadwoods. Was haben sie da draußen gemacht? Allein? Sie sind beide Single, oder? Ich habe eine Vermutung, was sie gemacht haben.*

Ich würde ihnen was anderes zum Tratschen geben. Etwas, das keine Vermutungen erforderte.

Ich nahm Tanners Gesicht in meine Hände und richtete es aus. Meine Lippen hatten kaum seine gefunden, als er sich ganz darauf einließ, seine Arme um meine Taille legte und mich näher an seinen warmen Körper zog. Das Blut auf meinem Shirt oder der Schlamm auf meinem Gesicht oder die Knoten in meinen Haaren (die leider hauptsächlich von den Fingern seines besten Freundes verursacht worden waren) störten ihn nicht. Er drückte mich einfach an sich und erwiderte den Kuss.

Es brauchte eine Menge, um die Gäste im Medium Rare zu schockieren, die spät in der Nacht kamen, aber das hier funktionierte. Um uns herum hörte ich erschrockene Reaktionen von denen, die keine Ahnung hatten, und dazwischen murmelte Ansel: „Wurde aber auch Zeit. Jane wird umkippen und sterben, wenn ich ihr sage, was sie verpasst hat."

Nach einer Nacht voller Gefahren und Ungewissheit, einer Nacht, in der ich an mir selbst gezweifelt hatte, nicht gewusst hatte, was ich wollte und beinahe die falsche Entscheidung getroffen hätte, wusste ich auf eine Art und Weise, die tief in meinen Knochen und meinem Blut verwurzelt war, dass das hier richtig war. Es war sicher. Tanner war am Ende die einzige Wahl, die ich hätte treffen können.

Sollte er doch das Rätsel lösen, dass ich für ihn darstellte. Ich war darauf vorbereitet. Wenn er dachte, er würde mich so leicht loswerden, irrte er sich. Und das gewaltig.

Als wir auftauchten, um Luft zu holen, waren seine Augen auf mich geheftet und voller Staunen. In Anbetracht dessen, was in den letzten paar Minuten passiert war, konnte ich es ihm nicht verdenken, dass er überrascht war.

Dann schoss sein Blick zu Donovan. „Hey, wohin gehst du?"

Mein Magen verknotete sich, aber ich hielt Tanner fest, als das Glöckchen über der Tür erneut bimmelte und ich wusste, dass Donovan gegangen war. Und nicht nur aus dem Medium Rare.

„Küss sie nochmal, du Idiot!", rief Hendrix Hardy aus der hinteren Sitznische.

Tanner lachte zusammen mit dem Rest des Gastraums, als er mir in die Augen sah. Er war so schön, mit seinen weichen rosa Lippen, seinem goldenen Bart und seinen haselnuss-braunen Augen, die trotz der Härten seines Lebens irgendwie ehrlich geblieben waren. Und er war mein.

„Schlechte Neuigkeiten, Nora", sagte er. „Ich glaube, unser Geheimnis ist gelüftet."

Erleichterung perlte meine Kehle empor, und ich lachte, auch wenn mir die Tränen in die Augen stiegen. „Ich hoffe, es macht dir nichts aus."

Er hielt mein Gesicht in den Händen und strich mit dem Daumen über meine Unterlippe. „Ich habe auf diesen Moment gewartet, seit du vor vier Monaten, drei Wochen und sechs Tagen durch diese Tür gekommen bist."

Und als er mich das nächste Mal küsste, fühlte sich der

Applaus und Jubel der Gäste – unserer Freunde und Nachbarn – wie ein Erdbeben an, das die Grundfesten meiner früheren Persönlichkeit erschütterte und die alten Mauern einriss.

Epilog

„Danke, dass du mitgekommen bist", sagte ich und drückte Tanners Hand, als wir im frühen Julisonnenschein den kurzen Weg von Ruby Trues Haus zur Bibliothek gingen.

Er warf mir einen Seitenblick zu. „Das ist meine Pflicht als dein Freund."

„Nicht die aufregendste deiner Pflichten, aber ich weiß es trotzdem zu schätzen."

Sechs Tage waren seit der Begegnung mit Ba im unbekannten Reich vergangen, und ich hatte Tanner noch immer nicht viel von dem erzählt, was geschehen war. Zum einen hatte ich dabei eine Menge gefährlicher und rücksichtsloser Entscheidungen getroffen, die er, wie ich wusste, hasste. Aber ein guter Teil hatte auch damit zu tun, dass ich seinen besten Freund in einem Moment der Fehleinschätzung geküsst hatte. Okay, zwei Momente der Fehleinschätzung.

Ich hatte Donovan nicht mehr gesehen, seit wir die Deadwoods verlassen hatten und er aus dem Medium Rare gestürmt war. Und das war eine riesige Erleichterung. Ich brauchte Zeit, um Tanner einfach zu genießen und all die wirren Gefühle zu vergessen, die meinem Moment der Klarheit vorausgegangen waren.

„*Ich habe gehört, es gibt in Avalon dieses neue Fortbewegungsmittel, in dem man sitzt und das einen von Punkt A nach Punkt B bringt, während es einen mit kühlem Nebel besprüht*", sagte Grim. „*Ich wette, die Grims dort müssen nicht den ganzen Tag in der Julisonne durch die Stadt stapfen.*"

„*Nach allem, was ich über Avalon gehört habe, lassen sie Grims wahrscheinlich nicht einmal in die Stadt. Du hast schon andere Sommer überlebt. Du kannst es wieder tun.*"

„*Ich sage dir, es ist völlig unnötig, dass ich heute hier draußen bin.*"

„*Ist es nicht*", sagte ich. „*Das ist offizielle Zirkel-Angelegenheit. Du wirst mit mir Mitglied des Zirkels. Ergo musst du hier sein.*"

„*Es ist keine offizielle Zirkel-Angelegenheit. Du triffst dich nur mit diesem Bridgewater-Jungen, während Tanner den Anstandswauwau spielt.*"

„*Du glaubst nicht, dass er mir vertraut, was Oliver angeht?*"

„*Nein, und das aus gutem Grund, auch wenn er die Details nicht kennt.*"

„*Ich dachte, du hättest gesagt, was in den Deadwoods passiert, bleibt in den Deadwoods.*"

„*Das habe ich. Und ich sage nichts. Ich stelle nur eine Beobachtung an.*"

„*Ich kann nicht glauben, dass du versuchst, mir ein schlechtes Gewissen einzureden, nachdem ich Monster neulich dabei gesehen habe, wie sie dich mit der Zunge geleckt hat.*"

„*Du und Mr. Nice Guy, leckt euch dauernd, wenn ich mich umdrehe. Zumindest war es bei mir der Hygiene zuliebe.*"

„Schau", sagte Tanner und riss mich aus meiner sinnlosen Unterhaltung mit Grim. „Da ist Donovan."

„*Wenn man vom gutaussehenden Teufel spricht*", sagte Grim.

Mein Herz begann zu pochen, und ich konnte kaum atmen, als ich mich umsah und ihn vor uns entdeckte.

Er kniete mit dem Rücken zu uns in frischer Erde neben niemand anderem als Duncan und Tybalt. Ich hatte von diesem Arrangement gehört, aber um Donovan aus meinem Kopf zu eliminieren, hatte ich nicht nach Einzelheiten gefragt.

„Hey, Mann!", rief Tanner, als wir näher kamen.

Donovan drehte sich um, als er aufstand, und eine Wolke unlesbarer Emotionen huschte über sein Gesicht, als sein Blick auf Tanner und dann auf mich fiel.

Ich ließ Tanners Hand schnell los, dann wurde mir klar, wie schrecklich das war, und griff wieder danach. Er und ich waren kein Geheimnis mehr, vor allem nicht für Donovan.

„Hey, Tanner. Nora."

„Ich kann nicht glauben, dass sie euch zwei Knalltüten Zauberstäbe gegeben haben", sagte Tanner zu den Teenagern.

Donovan nickte und sagte: „Besondere Umstände. Glaub mir, ich habe versucht, den Zirkel davon zu überzeugen, dass sie sie zwingen sollten, die Hälfte des Grüns in Eastwind von Hand neu zu pflanzen, wenn sie ihnen wirklich eine Lektion erteilen wollten, aber sie bestanden darauf, dass es ohne Zauberstäbe zu lange dauern würde. Und da sie offensichtlich Ostwindhexen sind, war ich die beste Wahl, um sie sanft vom Pfad der Dummheit wegzuziehen und dafür zu sorgen, dass sie nicht versuchen, andere Götter heraufzubeschwören."

„Nett von dir, dass du das machst", sagte ich.

Donovan wandte mir kurz den Kopf zu, sein Gesichtsausdruck war wie eine Mauer, bevor er seinen besten Freund wieder anlächelte. „Ich mache mich besser wieder an die Arbeit. Ich will, dass sie hier rechtzeitig fertig werden, um heute noch bei Whirligig's anzufangen ... vor allem, weil ich weiß, dass Ansel nicht so nett zu ihnen sein wird, wie ich es sein muss."

„Dann lassen wir dich weitermachen", antwortete Tanner. „Bis dann."

„Bis dann, Tanner."

Ich machte mir nicht die Mühe, mich zu verabschieden, weil klar war, dass Donovan so tun wollte, als wäre ich nicht da gewesen.

„Kaltblütig", sagte Grim.

„Wahrscheinlich habe ich es verdient."

„Nicht einmal ein bisschen. Er ist eine hübsche Hexe, und du bist nicht perfekt. Die Tatsache, dass du allein deshalb ein schlechtes Urteilsvermögen an den Tag gelegt hast, weil es sich gut angefühlt hat, macht dich meiner Meinung nach weitaus erträglicher."

„Ich weiß nicht, ob ich dankbar sein soll, dass du mich unterstützen willst, oder beleidigt, weil du mich für nur erträglich hältst."

„Nur zur Klarstellung: Ich gebe kein Jackalope-Geschmeiß darauf, wofür du dich entscheidest. Glaub, was du willst."

Oliver wartete mit den Unterlagen am Tisch, der dem Eingang der Bibliothek am nächsten war, und eilte herbei, als wir hereinkamen.

„Hey, Nora. Schön, dich lebend zu sehen." Er blieb kurz vor uns stehen und schauderte, als ein Bibliotheksgeist direkt durch ihn hindurchging. „Ich habe gehört, du warst vor Kurzem blutüberströmt und wer weiß, was noch, also, ähm, freue ich mich, dass alles wieder normal zu sein scheint."

„Ja", sagte ich. „Ich mich auch."

„Ich mich auch", fügte Tanner hinzu.

Oliver wandte sich schließlich Tanner zu. „Wie läuft's?" Die Männer schüttelten einander die Hände.

„Ziemlich gut, ich dachte nur, ich komme mit. Hoffentlich macht es dir nichts aus."

Oliver warf mir einen kurzen Blick zu, und ich zuckte entschuldigend die Achseln. „Nein, das ist vollkommen in Ordnung", sagte er. „Warum folgt ihr drei mir nicht hier rüber, und wir können uns die geänderte Vereinbarung des Zirkels ansehen?"

Als Oliver uns über die Vereinbarung informierte, stellte ich fest, dass sie so langweilig war, wie ich es erwartet hatte. „Ruby wird dir als Mentorin zugeteilt, da es in Eastwind keine anderen Hexen des Fünften Windes gibt, und ich werde deine Prüfungen abnehmen und dir zusätzlichen Unterricht in einigen der Grundlagen für die alternative Zertifizierung geben, die Ruby nicht unterrichten will. Klingt gut?"

„Ja. Und dann?"

„Nun, wenn du die verschiedenen Kurse absolvierst, die Hexen absolvieren müssen, bekommst du verschiedene Privilegien, bis –"

„Wann darf ich meinen Zauberstab benutzen?"

Er lachte, denn anscheinend hielt er das für einen Scherz. Aber ich meinte es ernst. „Oh, ähm. Das dauert noch eine Weile."

Ich zuckte zusammen. „Ooh, ja, das funktioniert für mich nicht. Ezra sagt, er wird ihn in etwa einer Woche fertig haben. Eillieferung nach der ganzen Sache mit dem Blut."

Oliver beugte sich vor und neigte den Kopf. „Wie bitte? Ezra macht dir einen maßgeschneiderten Zauberstab, bevor du überhaupt mit der offiziellen, vom Hexenzirkel genehmigten Ausbildung angefangen hast? Ezra Ares?"

Ich zuckte die Achseln. „Ja, das ist doch legal, oder?"

„Genau genommen ja. Aber es ist äußerst unklug. Er sollte das wissen. Wie hast du ihn davon überzeugt, das zu machen?" Er beugte sich näher. „Geld? Du musst ihm ein Vermögen bezahlt haben."

„Nein", sagte ich und versuchte, nicht beleidigt zu sein. „Ruby hat ihn darum gebeten, und er hat Ja gesagt."

Olivers leicht geöffnete Lippen schlossen sich, und er setzte sich aufrecht hin. „Ah. Ja, das ergibt einen Sinn."

„Mir war nicht klar, dass das eine große Sache ist."

„Nein, es ist wahrscheinlich in Ordnung." Oliver wollte offensichtlich nicht mehr darüber reden, und ich war mir nicht sicher, warum, aber ich ließ es auf sich beruhen. „Wie schon gesagt, nachdem du Credits für jeden Kurs gesammelt hast, musst du die Mancer-Prüfungen bestehen. Normalerweise ist das ungefähr zu der Zeit, wenn eine Hexe ihren Wind entdeckt, aber da du das schon weißt, sollte es kein Problem sein."

„Wie sind die Mancer-Prüfungen?"

Er runzelte die Stirn. „Ich kann nicht wirklich darüber reden."

Tanner nickte mir zu. „Ich erzähle dir später davon."

Olivers Augen weiteten sich. „Ähm, nein, das wirst du nicht. Du weißt, dass das nicht erlaubt ist."

Tanner hob ergeben die Hände und sagte: „Schon gut, schon gut. Ich werde es ihr nicht sagen." Er beugte sich zu mir und flüsterte: „Ich werde es auf jeden Fall tun."

Oliver hörte es, beruhigte sich aber mit einem tiefen Atemzug. „Jedenfalls, wenn du die Mancer-Prüfungen bestanden hast, bist du ein offizielles Mitglied des Zirkels und kannst deine Magie nach Belieben einsetzen. Natürlich im Rahmen der gesetzlichen Grenzen."

„Hört sich nach Spaß an, so wie du das sagst", bemerkte ich. Ich griff nach dem Stapel Papiere, zog ihn zu mir und drehte ihn um, damit ich ihn lesen konnte. „Was ist das alles?"

„Bedingungen, Auflagen, Verzichtserklärungen ... hauptsächlich Verzichtserklärungen. Das Deckblatt ist dein Anmeldeformular mit einem Fragebogen. Um ehrlich zu sein, ist alles für viel jüngere Bewerber gedacht."

Ich sprang zur Mitte der Seite und las eine der Fragen vor. „Hast du vor deiner Bewerbung für die Mancer-Akademie jemals absichtlich Magie angewendet?" Ich tat so, als würde ich darüber nachdenken, und blinzelte Tanner an. „Ich weiß nicht. Wahrscheinlich nicht, oder?" Dann sah ich Oliver an. „Zählt es, wenn man einen Geist channelt?"

Oliver lachte unbehaglich. „Das ist ein Scherz, oder?" Als ich unverbindlich die Achseln zuckte, überließ er Tanner die Antwort. „Das ist ein Scherz, oder?"

„Oh nein. Diese hier ist so ehrlich wie der Tod." Seine warme Hand fand mein Knie unter dem Tisch.

„Muss ich das jetzt ausfüllen?", fragte ich und starrte auf den dicken Papierstapel.

„Wenn es dir nichts ausmacht", antwortete Oliver. „Dann kann ich es gleich zum Zirkel zurückbringen, und sie können mit der Bearbeitung anfangen."

Ich sah mir die erste Zeile des Anmeldeformulars an und schrieb meinen Namen in das leere Feld.

„Oh, und bevor ich es vergesse", sagte Oliver, griff in seine Umhängetasche und zog ein einzelnes gefaltetes Blatt Papier heraus. „Ich habe mir auch eines davon geschnappt. Normalerweise füllt man das erst viel später aus, aber, na ja, besondere Umstände."

Ich nahm es, faltete es auseinander und legte es auf den Stapel. „Anmeldeformular für Vertraute."

„Auf keinen Fall. Ich gehe nicht in irgendeine Datenbank, damit sie mich verfolgen können."

„Damit wer dich verfolgen kann, Grim? Du bist paranoid."

„Vorname? Grim." Ich schrieb ihn in die Lücke.

„Nicht mein richtiger Name."

„Doch, das ist er. Du hattest keinen Namen, bis ich dir einen gegeben habe. Das bedeutet, es ist dein richtiger Name."

„Nachname –" Ich hielt inne und sah Oliver an. „Was trägt man hier normalerweise ein?"

Er zuckte die Achseln. „Deinen eigenen Nachnamen."

„Hmm ..." Ich kniff die Augen zusammen und sah Grim an. „Grim Ashcroft?"

„Eher würde ich nochmal sterben", schnaubte er.

„Ooh!" Ich setzte den Stift auf die Linie und schrieb Grims neuen Nachnamen.

Tanner beugte sich vor, um zu lesen. „Grim Goodboy? Hey, das ist perfekt!"

„Das hast du nicht gerade gemacht", sagte Grim.

„Doch."

Tanner beugte sich vor und kratzte Grim hinter dem Ohr und murmelte: „Du bist ein guter Junge. Oh ja, Mr. Goodboy, was? Wer ist ein guter Junge?"

Grim verdrehte die Augen, während er hilflos stöhnte und seinen Kopf in Tanners Hand drückte. *„Oh, süßes Baby Jackalope. Ich bin ein guter Junge. Ja! Bitte mach, dass es nicht aufhört ... Gute Gaia, ich hoffe, er hört nie auf ..."*

Ich bereute den Scherz bereits, also ignorierte ich geflissentlich die Merkwürdigkeiten, die neben mir passierten, und füllte den Fragebogen weiter aus.

Nur noch ein paar hundert Seiten, dann würde ich offiziell wieder zur Schule gehen.

Danke!

Ich bin so dankbar, dass Sie Nora eine Chance gegeben haben! Wenn Ihnen das Buch gefallen hat, nehmen Sie sich doch bitte einen Moment Zeit, und hinterlassen Sie eine Rezension auf Amazon, damit andere ihr vielleicht auch eine Chance geben.

Sogar ein einfaches: „Ich werde diese Serie auf jeden Fall weiter lesen!" hilft sehr.

Tippen Sie HIER, um eine kurze Rezension zu hinterlassen.
http://readerlinks.com/l/556018

Vielen Dank, und ich hoffe, dass Ihnen das nächste Buch gefällt!
-Nova

Ohne Titel

Sie sind eingeladen ...

Oder tippen sie hier, um an den Feierlichkeiten teilzunehmen!
https://www.eastwindwitches.com/cozy-coven

Über die Autorin

Nova Nelson ist mit einem literarischen Speiseplan aus Agatha-Christie-Romanen aufgewachsen. Sie liebt die intellektuellen Reize dieser Romane und schreibt paranormale Geschichten, seit sie das Schreiben gelernt hat. Diese beiden Lieben treffen in ihrer Eastwind-Hexen-Reihe aufeinander, und es ist an der Zeit, dass sie das selbst zugibt.

Wenn sie nicht gerade mit dem Schreiben beschäftigt ist, genießt sie lange Spaziergänge mit ihren eigensinnigen Hunden und isst Frühstück zum Abendessen.

Sagen Sie Hallo:
nova@novanelson.com

PROLOG

U PLYNULY DVA ROKY A byl první prosinec, E-Zovy patnácté narozeniny. Přestože venku mrzlo až praštělo a všude kolem nich poletovaly sněhové vločky, on i jeho rodina a přátelé byli pevně rozhodnuti uspořádat jeho oslavu venku, kde měli připravený táborák, aby se zahřáli, a gril.

Teď, když se Samantha a Sam vzali, měli Dickensovi v domácnosti ještě více práce. Když je navštívili přátelé, nikdy nebyla nuda.

Svatba Sam a Samanthy byla malý obřad, který se konal na matrice. Lia byla za družičku, E-Z byl svědek a Alfred Trubač Labutí byl prstýnkář.

Lia si z Alfreda dělala legraci, protože byl oblečený v námořnicky modrém motýlku a v ničem jiném. Alfreda tato pozornost nerozhodila, protože věděl, že je v dobré společnosti s ostatními, například s bývalými britskými premiéry.

"Když si velký Winston Churchill myslel, že motýlek je dost dobrý pro něj, tak je dost dobrý i pro mě!" Alfred řekl.

"A taky kouřil velký tlustý doutník!" E-Z řekl. "Pevně doufám, že se nechystáš začít kouřit taky."

Lia se ušklíbla.

"Steaky jsou připravené!" Sam zavolal. "Jestli je máš ráda propečené, přijď si pro ně hned."

Přihlásila se jen Samantha s připraveným talířem. "Tvůj syn má dnes chuť na rare," řekla a poplácala se po břiše.

"Co můj syn chce, to dostane," řekl Sam a zvedl steak na talíř své ženy. Šťouchla doprostřed, zatímco její manžel vedle něj přidal pečené brambory a několik pramenů chřestu.

Samantha chroupala chřest, když se vydala k piknikovému stolu. Do puntíku naplánovala E-Zovy narozeniny a strávila spoustu času zdobením samotného stolu předměty s motivem Happy Birthday. Posadila se a rozkrojila pečenou bramboru napůl, pak přidala zakysanou smetanu, pažitku, máslo a pár kousků soli.

E-Z, Lia, Alfred, PJ a Arden zůstali na místě, protože u ohniště bylo většinou tepleji. Strýček Sam neměl rád, když se kolem něj někdo motal, když obsluhoval gril, takže se mu drželi z cesty. Kromě toho měli všichni rádi dobře připravené koláče a také jim to dávalo příležitost popovídat si sami a dohnat resty.

"Co si myslíte o našich superhrdinských webových stránkách?" zeptal se. Zeptal se E-Z.

PJ a Arden se na sebe podívali a pak pokrčili rameny.

"Tak pojď," řekl E-Z. "Co si o tom doopravdy myslíte? Vím, že jste se na ty stránky podívali, protože mi strýček Sam pomohl projít data. Netušil jsem, že můžeme zjistit tolik informací, například kdo naše stránky navštěvuje, jak dlouho se na nich zdrží a co si prohlíží. A poznal jsem vaše IP adresy. Tak mi řekněte, co si o tom myslíte?"

"Celá pravda? Bez zábran?" PJ se zeptal.

"Brutální pravdu?" Arden se přidal.

"Ano," přiměl ho E-Z. Ztišil hlas do šepotu. "Strýček Sam odvedl skvělou práci. Stejně ale necílíme na správné publikum, protože nemáme skoro žádný provoz. Kromě vás dvou a jedné IP adresy umístěné ve Francii jsme neměli skoro žádné zásahy.

"Pár lidí, stejně jako vy, se na stránky párkrát vrátilo a prohlédlo si je, ale dlouho se nezdrží. Strýček Sam navrhoval, že bychom možná měli založit newsletter, přimět lidi, aby se zaregistrovali, a posílat jim aktualizace, ale já nevím. Všichni dnes dělají newslettery a zdá se mi to jako spousta práce. Strýček Sam mi ukázal, že se jich přihlásil asi padesát!

"Co se týče žádostí o pomoc - což je celý důvod, proč jsme webové stránky založili -, zatím jsme byli požádáni jen o věci, které vyřizují místní úředníci, jako je policie a hasiči. Nelíbí se mi představa, že bychom spěchali zachránit kočku na stromě a hasiči by se objevili v plné polní, aby udělali stejnou práci. Je to neefektivní pro ně i pro nás. A je trapné, když se objeví zrovna ve chvíli, kdy my končíme. Jejich čas je cenný

- každý den zachraňují životy. Je to neuctivé, jestli mi rozumíte. Zachraňují životy a jsou v pohotovosti čtyřiadvacet hodin denně.

"Myslím, že potřebujeme, aby žádosti byly mimo jejich sféru, abychom neplýtvali jejich časem a neztěžovali jim práci víc, než už je. Omlouvám se za tak dlouhý proslov, ale když si vzpomenu, co všechno udělali, po té nehodě s mými rodiči..."

PJ a Arden se k sobě naklonili a zašeptali. Nechtěli ranit Samovy city - koneckonců nebyli odborníci - ani riskovat, že by je mohl zaslechnout a spálit jim steaky na uhel.

"Hm, naprosto chápeme, o co vám jde," řekl PJ. "Kromě toho policie a hasiči jsou základní služby a dostávají zaplaceno za to, že zachraňují lidi. Kdežto vy jste dobrovolníci."

"Takže jejich webové stránky a jejich online přítomnost na sociálních sítích je jiná, než by měla být ta vaše," řekl Arden. "A mají spoustu zaměstnanců na mnoha úrovních, aby vše udržovali a aktualizovali."

"Zatímco vaše stránky, potřebují něco víc superhrdinského - pokud se to vůbec dá takhle nazvat - a méně korporátního. Jako legendy, ty, v jejichž stopách jdete. Podívejte se na některé weby, které pro ně byly zřízeny - a jsou to fiktivní postavy. Představte si, co bychom mohli udělat, kdybychom je následovali," řekl Arden.

"Jako co? Vím, že máte nějaké nápady, tak se podělte," řekl E-Z.

"No, jak jste si možná domysleli, udělali jsme si mezi sebou brainstorming. A dali jsme dohromady inscenaci webové stránky - není živá a nebude, dokud ji neschválíte -, jak by vaše stránka mohla vypadat. Mám ji v telefonu. Podívejte se a zjistěte, co máme na mysli, a přemýšlejte o možnostech, protože to bylo námi vytvořeno poměrně rychle." PJ stiskl tlačítko start. Trojice se naklonila dovnitř.

Na obrazovce se nejprve objevila slova: "Vítejte na superhrdinských stránkách Trojice." PJ se podíval na obrazovku. Pak se zvětšil E-Z v animované podobě. Seděl na vozíku, jak se dalo očekávat, na sobě měl černé tričko, modré džíny a běžecké boty.

E-Z si pohladil vlasy, když viděl, jak lahvově vypadá černý pruh uprostřed jeho světlých vlasů. Nikdy si na to nemohl zvyknout.

"Co to mám na tričku, džínách a botách? To je nějaké logo? A jak jsi ze mě udělal karikaturu?"

"Ano, je to logo. Mysleli jsme si, že andělské křídlo je cool a vhodné," řekl Arden.

"Použili jsme aplikaci, abychom z tebe udělali karikaturu," řekl PJ. "Udělali jsme nějaké úpravy, na tvých rukou. Doufám, že jsme to nepřehnali."

E-Z's si zblízka prohlédl, jak animovaná verze jeho samého zkřížila ruce. Teď jeho poněkud objemnější předloktí upoutala jeho pozornost a tváře mu zrudly. Vypadal jako ponocný, pozér. Opravdu si jeho přátelé mysleli, že takhle vypadá lépe? Zavrávoral, když se na křídlech obrazovky objevil E-Z. Vznášel se ve vzduchu a ukazoval.

Tohle bylo první představení Lii. Přiletěla také v animované podobě. Lia byla od hlavy až k patě oblečená do fialové kombinézy s tutu. Světlé vlasy měla pevně stažené do culíku a přes oči měla fialové sluneční brýle. Když se procházela po obrazovce, vypadala hopsavě, přátelsky a roztomile. Otočila se a zastavila jako modelka na molu a zapózovala.

E-Z se ušklíbl; nemohl si pomoci.

"No, aspoň nevypadám jako pózérka s umělými svaly!" řekla.

E-Z to nekomentoval.

Animovaná Lia natáhla ruce dopředu, dlaně směřovaly k zemi. Pak je voilá otočila. Levé oko v její dlani se otevřelo a po něm i pravé. Synchronně zamrkala. Lia udržela pózu a pak hvízdla skrz prsty.

"Kéž bych to opravdu uměla!" snažila se napodobit animovanou verzi sebe sama.

E-Z zapískal.

"Předveď se," řekla a strčila do něj loktem.

Nyní se na obrazovce objevila Malá Dorritka. Byla elegantní a ženská a bílá jako sníh. Jednorožec přiletěl k Lii, přistál a sklonil hlavu, aby ji holčička mohla pohladit. Lia naskočila a Malá Dorrit letěla vedle E-Z. Vznášely se a pak otočily hlavy.

To byl Alfrédův pokyn. V kreslené podobě jeho jasně oranžový zobák jako by se ve světle leskl. Byl v přímém kontrastu s jeho cukrově červeným motýlkem. Když kráčel k Lia a E-Z, jeho pavučinové nohy dřepěly jako přísavky.

"Moje nohy takový zvuk nevydávají!" Alfréd se zarazil.

"Ehm, ty taky," řekl E-Z s úsměvem, když Alfred na obrazovce roztáhl křídla a odletěl ke svým dvěma kamarádům.

Trojice zapózovala. E-Z stál uprostřed čelem k Lia vlevo, Alfred vpravo. Pak se to stalo. Trojice - tedy Lia a E-Z zvedli palce nahoru. Alfred zase udělal gesto křídly nahoru.

"To je trapné," zašeptal E-Z Alfrédovi.

"To snad ne!"

"Pššt," řekla Lia, když se na obrazovce ozval hlas. Byl to Ardenův hlas, ale jeho tón byl nižší. Zněl jako moderátor herní show.

"Pokud potřebujete superhrdinu... E-Z, Lia a Alfred - známí také jako Tři - jsou vám k dispozici čtyřiadvacet hodin denně, sedm dní v týdnu. Zavolejte na ***-***-**** nebo pošlete zprávu přes sociální sítě.

Když potřebujete, aby vám někdo pomohl... Zavolejte Třem. Budou tu pro vás... okamžitě. Můžete se na ně spolehnout... protože jsou nejlepší, jaké můžete vidět. Dvacet čtyři hodin denně, sedm dní v týdnu... spokojenost zaručena."

"A teď ten velký závěr," řekl Arden.

Trojice si založila ruce na prsou. Alfred si složil křídla.

"Hm, to není možné," řekl Alfred.

"Pššt," řekla Lia.

Každý s bradou vystrčenou dopředu jeden po druhém Tři zaujali pózu.

PJ stiskl pauzu.

"Vzhledem k tomu, co jsi říkal o jurisdikcích, budeme možná muset tenhle kousek změnit," řekl. Stiskl tlačítko start.

"Žádná práce pro nás není příliš velká ani malá!" Ozvala se počítačová verze hlasu E-Z.

Pak se kruh uprostřed obrazovky zakroužil, jako když se wi-fi snaží najít signál. Nyní obrazovku zaplnilo slovo BUM! Pak se na obrazovce objevilo slovo SOCKO!

Sledovali, jak E-Z zachraňuje kočku, která uvízla vysoko na stromě.

"Ach, bratře," řekl.

Hlas jeho animované postavičky pokračoval.

"Jsme Tři

Jsme tu pro tebe!

Kočka uvízla na stromě...

Dostaneme ho pro tebe dolů!"

E-Z byl zobrazen, jak předává zachráněnou kočku rodině.

"To se nikdy nestalo," řekl.

"Vzali jsme si trochu básnické licence," přiznal Arden.

"Můžeme opravit všechno, co se vám nelíbí," řekl PJ.

Teď se na obrazovce znovu objevil kruh, který se točil pořád dokola. Když se zastavil, na obrazovce se objevilo slovo BANG! Následovalo slovo ZIP!

Na obrazovce animovaný E-Z zachraňoval letadlo plné cestujících. Když letadlo posadil na zem, stovky čekajících pozorovatelů na ranveji zatleskaly.

"Tak tohle se mi líbí víc," řekl.

"Pššt," řekla Lia.

Na obrazovce E-Z řekl,

"Protože jsme vaši přátelé!

Naše služby jsou zdarma.

24/7

Protože jsme Tři!"

Znovu kruh, pořád dokola. Následuje BINGO! A BUM!

Nyní se záchranná akce na horské dráze odehrála v animované podobě. Bylo to velmi dobré. Tak přesné, že byla cítit cukrová vata a karamelová kukuřice.

"Aha!" E-Z řekl.

Lia zatleskala.

Alfred potřásl krkem ze strany na stranu, jako by ho nedávno postříkali velmi chladnou vodou.

"To se mi líbí!" Lia řekla. "A díky za to, že jsi tam zařadil mou oblíbenou barvu. Jak jsi to věděl?"

"Všiml jsem si, že ji nosíš často," řekl PJ. Tváře mu zčervenaly. "Jsem moc ráda, že se ti líbí."

"Co myslíš, E-Z?" Arden se zeptal.

Alfred se podíval E-Zovým směrem.

"To byla," řekl E-Z, "ehm... dobrá snaha."

"Večeře je hotová, pojď si pro ni!" Zavolal Sam.

"Nechte oslavence jít prvního," řekla Samantha.

E-Z se vydal s Alfrédem přes dvůr.

"Mluvíme o perfektním načasování," řekl.

"Jo, ti dva jsou pořád plonkoví," odpověděl Alfréd.

"Ale srdce mají na správném místě. Je to chytrý nápad, jen pro nás trochu přehnaný."

"Trochu?" Alfred vyjekl.

"Dobře, hodně, ale zkusili to. Můžeme si nechat to, co se nám líbí, a zbytku se zbavit."

Když měli všichni jídlo, posadili se k piknikovému stolu a jedli. Obloha se změnila a jasné hvězdy zaplnily nebe kolem nich. Najedli se, pak Samantha přinesla narozeninový dort, který upekla, a všichni zazpívali "Všechno nejlepší!".

"Řeč! Řeč!" Arden se zakřenil a brzy se všichni přidali.

E-Z se na pár vteřin zamyslel.

"Díky, že jste mi udělali patnácté narozeniny výjimečné. Rád bych na chvíli zavzpomínal na mámu a tátu a podělil se s vámi o narozeninovou vzpomínku. Jestli to nevadí? Slibuju, že nebudu rozplývat."

Všichni přikývli.

Samantha, která od té doby, co otěhotněla, vždycky soptila. Ať už to byly slzy štěstí, nebo sedřené, utřela jednu ještě dřív, než začal. "Jsem v pořádku," řekla, když ji Sam objal kolem ramen.

"Bylo to v den mých pátých narozenin. Nechtěla jsem oslavu a místo toho jsem si řekla, že se půjdu podívat na film. Místo abychom se podívali do novin, co dávají, rozhodli jsme se prostě přijít a rozhodnout se, na co půjdeme, až na místě. Buď mi řekli, že si můžu vybrat, protože jsem byl oslavenec."

Na chvíli zavřel oči.

Byl zase zpátky v divadle. Stála tam máma, celá navrstvená v parce. Na uších měla chrániče sluchu a třela si ruce tak, jak to dělala vždycky. Máma vždycky nosila rukavice a stěžovala si, že jí je zima na prsty.

Táta měl přes džíny modrý kabát ke kolenům. Nerad nosil do města čepici, protože by mu rozcuchala vlasy. Na rukou neměl rukavice. Strčil si je do kapsy kabátu ke klíčům.

E-Z si přičichl ke vzduchu. Uvnitř divadla cítil vůni máslového popcornu, čekal, až vejdou dovnitř a objednají si ho.

Prohlíželi si plakáty.

"A co tenhle?" zeptala se ho máma.

"Ne, E-Z má radši tenhle?" řekl táta.

Znovu otevřel oči.

Místo aby byl na dvorku s rodinou a přáteli, byl zpátky v silu - zase. Nebyl tam od té doby, co archandělé nedodrželi dohodu.

"Všechno nejlepší k narozeninám!" zvolal hlas ve stěně.

Ve stěně vedle něj se otevřel panel a vykoukl z něj dortík. Nahoře bylo napsáno: "Všechno nejlepší k narozeninám, E-Z." Uprostřed byla jedna svíčka, která už byla zapálená.

"Dobrou chuť!" řekl hlas a upustil na stůl vedle něj nůž a vidličku.

"Ehm, děkuji," řekl. "Proč jsem tady?"

"Čekací doba je čtyři minuty," řekl nepříjemný hlas. "Zůstaňte prosím sedět."

Jako by měl v této věci na výběr.

KAPITOLA 1

NAROZENINY PŘERUŠENY

E-Z se nedotkl dortíku, který ležel před ním, i když vypadal a voněl dobře. Zajímalo ho, co se děje na jeho večírku. Alespoň věděl, že dort nemohou rozkrojit, dokud nesfoukne svíčky a nepopřeje si něco dobrého. Nějaká narozeninová oslava doma, když tam ani nebyl!

"Dostaňte mě odsud!" vykřikl. "Přicházím o vlastní oslavu patnáctých narozenin a zrovna jsem byl uprostřed vyprávění."

Střecha sila zívla a Eriel se k němu vznesla jako blesk v bouři.

"Rád tě zase vidím, bývalý chráněnče," řekl.

"Ten pocit není vzájemný. Proč jsem tady? Myslel jsem, že jsem s vámi všemi skončil, a dnes mám narozeniny - musím se k tomu vrátit."

"Ano, omlouvám se za načasování - ale nemohli jsme si nechat ujít tvé narozeniny, aniž bychom ti alespoň popřáli hezké narozeniny."

"Ehm, myslím, že díky."

"A když už jsi tady, proč se nezúčastníš svého narozeninového dortíku? A nezapomeň si něco přát - budeš potřebovat veškerou pomoc!" Archanděl se ušklíbl.

Vedle E-Z se otevřelo okno a z něj vyšla mechanická ruka se zapálenou sirkou. Zapálila knot a pak se stáhla zpátky do stěny tak rychle, že se sirka sama od sebe rozhořela. e-Z se podíval na blikající svíčku. Přemýšlel, co ta poslední poznámka znamenala, ale usoudil, že si ho Eriel jen navádí. V hlavě se mu udělalo prázdno. Nedokázal si vzpomenout na jedinou věc, kterou by si mohl přát. Kromě toho, že byl zpátky v domě se svými přáteli a rodinou a slavil své narozeniny. Když sfoukl svíčku, Eriel se rozesmál. Byla to strhující interpretace písně: "Vždyť je to veselý dobrák, což mu nikdo nemůže upřít."

"Nic ve zlém," řekl E-Z, "ale máš zpívat Happy Birthday."

"Důležitá je myšlenka," řekl Eriel. "Teď, když jsme uzavřeli narozeninovou část vaší návštěvy, by nás zajímalo, jestli už jste vyřešili hádanku?"

"Hádanku? Jakou hádanku?"

"Ano, navrhli jsme ti, aby ses pokusil najít souvislosti - ve svých minulých zkouškách. Pamatuješ, jak jsme říkali, že tě nechceme krmit lžičkou? Už se ti to povedlo?"

"Ach, nezdálo se mi, že by to byla priorita nebo hádanka, kterou bych měl vyřešit, zvlášť když jsi svou nabídku přetáhl. Ale ano, psal jsem si do zápisníku, zaznamenával jsem si věci, které jsme zatím vykonali, a všiml jsem si několika souvislostí s hraním, ale byly čistě náhodné."

"Náhodné! To rozhodně ne. Ty události spolu souvisejí - to přece vidí každý!" Eriel mluvil potichu, aby neztratil nervy.

"Ehm, promiň, ale náhody se stávají pořád. Víš, kolik dětí hraje počítačové hry? Hledala jsem na internetu. V roce 2011 tam stálo, že devadesát jedna procent dětí ve věku od dvou do sedmnácti let hraje každý den. To je asi šedesát čtyři milionů dětí na celém světě."

"Aha, takže jsi to vystihl. To je dobře. Zjistil jsi o tom ještě něco? Nebo nějaké obavy? Nějaký důvod, proč bys měl dělat další výzkum - výzkum je dobrý. Iniciativa je velmi, velmi dobrá."

"Ne, jsem dost zaneprázdněná, mám jiné věci - školu a tak. Kromě toho, jestli chceš, abych se tím dál zabýval - nejdřív mě budeš muset přesvědčit, že je to něco víc než náhoda. Zjistil jsem si ještě pár statistik. Například, že je víc dívčích hráčů než kdy dřív. Mnohé z nich si na YouTube založily firmy a vydělávají si na živobytí. Samozřejmě ne děti, ale podle statistik, které jsem četl na internetu, je od roku 2019 mezi hráči čtyřicet šest procent dívek."

Eriel si poklepal dlouhým kostnatým prstem na bradu, jako by přemýšlel o tom, co mu E-Z řekl. "Ach, opět jsem ohromen. Nepřipadají ti tyhle statistiky znepokojivé?"

"Ehm, ne, nepřipadá." Zhluboka se nadechl a ztratil trpělivost s tím, že prošvihl své narozeniny. "Je důležité, abychom to udělali dnes? Nemůžeš mě sem přivést jindy? Nic z toho, o čem mluvíme, nezní kriticky."

Eriel přestal ťukat a pravé obočí mu vystřelilo vzhůru. Zadíval se na oslavence.

"Nebo snad ano?" E-Z se zeptal.

Eriel počkal, než odpověděl. Obtáčel jazyk kolem slov, jako by měl problém je ze sebe dostat. Zvýšil výšku hlasu na soprán a řekl: "An-y-thin-g el-se a-bou-t tho-se t-wo in-ci-de-nts? An-y-thin-g to ca-use a-l-a-rm? Abych si pod tebou našel ž-ž-ž-ž-ž-ž-ž-ž-ž-ž-ž-ž-ž-ž-ž-ž?"

E-Z si přál, aby to Eriel řekl jasně a přešel k věci. Nechtěl se ztrapnit tím, že by tvrdil zjevné věci, nebo tím, že by se mýlil.

"Rafael měl pravdu, jsi trochu tupý."

"Hej!" E-Z vykřikl. "Jestli potřebuješ mou pomoc, jdeš na to, abys ji získal, hodně zvláštním způsobem." Přejel prstem po polevě na dortíku a olízl si prst. Chutnala dobře, jako cukrová vata. "Zabíjení. Jeden se mě snažil zabít a druhý zabíjel lidi v obchodě. Oba říkali, že jejich motivy souvisely s hrou."

"Trefa do černého," řekl Eriel.

"A?"

"To je jedno!" Eriel zmizela ve stropě a zpívala si: "Tlustá jako cihla, tlustá jako cihla, tlustá jako cihla." Eriel se zasmála.

E-Z zvedl pěsti do vzduchu. "Vrať se sem a řekni mi to do očí!"

Ozval se Erielův smích, který se odrážel od stěn.

PFFT.

"Ehm, děkuju," řekl E-Z a pak se ocitl zpátky doma, na své oslavě. Všichni byli zaneprázdnění, hráli hry, dělali si svoje věci - jako by tam vůbec nebyl - což nebyl.

Díval se, jak se Sam střídá na žebříkovém míči. Nebyl v tom nijak zvlášť dobrý, ale E-Z k němu stejně přišel a sledoval jeho druhý pokus. Poté, co dokončil svůj hod a úplně minul cíl, šel k synovci.

"Vidím, že stále pracuješ na tom, abys tuhle hru zvládl," řekl E-Z.

"Ano, je to získaný talent. Mimochodem, kam jsi šel?"

"Eriel mi chtěl mimo jiné popřát k narozeninám."

"Hm, to od něj bylo hezké. Že jo?"

"No, znáš Eriela. Nikdy nedělá nic bez motivu. V tomhle případě chtěl, abych si na základě vzpomínky vytvořila nějaké spojení."

"Vzpomínka na co? Na tvé rodiče? Na tu nehodu?"

"Ne, chtěl, abych si spojil dva iniciátory procesu. Což jsem mimochodem udělal. Pak odešel se slovy, že jsem tlustý jako cihla."

"To je drzost!" Lia vykřikla. Poslouchala, protože ji hra s házením míčků hloupě nudila.

"A navíc v den tvých narozenin," řekl Alfred. Byl ještě beznadějnější než Sam, protože musel házet míčky zobákem.

"Chceš si to zkusit?" PJ se zeptal a podal míček E-Zovi, který si přesadil židli před terč a pak hodil míček. Ten dopadl na horní příčku, několikrát se otočil a dopadl na prémiovou pozici.

"Takhle se to dělá!" Sam řekl.

"PJ a já jsme si takhle házeli po celou dobu hry," řekl Arden.

"Aha, ale ty nejsi můj synovec," odpověděl Sam.

Večírek pokračoval, dokud se nesetmělo a nedalo se hrát další hry, a všichni se rozhodli, že si nebudou zpívat. PJ a Arden se vydali domů, zatímco E-Z a zbytek party šli spát.

KAPITOLA 2

PROBLÉM

DVA DNY PO NAROZENINOVÉ oslavě E-Z se PJ a Arden ocitli v maléru.

Byla to Lia, která měla vidinu, že něco není v pořádku. Vzpomněla si na vizi Alfreda a E-Z: "Bylo to, jako by byli v transu. A oba seděli u svých stolů a zírali na prázdné obrazovky počítačů." A pak se na ně podívala.

"Na tom není nic neobvyklého," řekl E-Z. "Vždyť spolu často hrají hry, a tak možná spali."

"S otevřenýma očima?"

"Dobře, pojďme tam," řekl E-Z.

"Je to uprostřed noci!" Alfred vykřikl.

"Přesto bychom to měli zkontrolovat."

Trojice se vyplížila z domu a rozhodla se jít nejdřív k PJovi, protože jeho dům byl nejblíž.

"Nemyslím si, že jeho rodiče ocení tak pozdní návštěvu," řekl Alfréd.

"Pochopí to," řekla Lia a zazvonila u domovních dveří.

O chvíli později otevřel dveře velmi rozespalý muž, který si protíral oči a byl oblečený v pyžamu - PJův otec.

"Kdo je to?" zavolala zevnitř jeho matka.

"To jsou PJovi kamarádi," řekl jeho otec. "Děje se něco?"

"Ehm," řekl E-Z. "Promiňte, že vás obtěžujeme, ale opravdu potřebujeme vidět PJe. Je to naléhavé."

"Tak to bys měl raději jít dál," řekl PJův táta.

KAPITOLA 3
PŘED

ŘEDTÍM VEČER PJ A Arden pracovali na webové stránce Superhrdina. Aktualizovali informace a přidali několik nových prvků.

V minulosti, když přišla žádost o pomoc, přišel do schránky e-mail. Když se někdo příště přihlásil, viděl ho a mohl podle toho reagovat. S novým systémem by E-Z, Arden a PJ dostávali textové zprávy okamžitě.

Kromě toho by osoba žádající o žádost dostala automatickou odpověď s časovým razítkem. PJ a Arden si byli jisti, že toto automatické vylepšení zvýší důvěru a přinese na stránky větší návštěvnost.

PJ a Arden také zřídili kanál YouTube s podcastem. To byla novinka, kterou vymysleli během brainstormingu. Byli nadšení, že o tom mohou E-Z říct. Byl by to vynikající způsob, jak zvýšit online přítomnost The Three. Vytvořili také komunitní nástěnku pro otevřenou diskusi.

Systém také kategorizoval příchozí zprávy. Například záchrana kočky ze stromu. Trojice obdržela několik žádostí o tuto službu. Protože místní úředníci byli na tato volání lépe vybaveni, PJ a Arden z toho udělali modrý kód.

Modrý kód znamenal, že než E-Z dorazí na místo, aby kočku zachránil, je již zachráněna. Modrý kód znamenal, že by měl počkat, zda se situace vyřeší, a teprve pak vyrazit.

Žlutý kód mohl znamenat, že si někdo zapomněl klíče nebo si je zamkl v autě. Opět platí, že než tam E-Z dorazil, situace už byla vyřešena. Opět platí rada, abyste počkali a zkontrolovali, než vyrazíte.

Díky kategorizaci modrých a žlutých kódů by se E-Z a jeho tým mohli soustředit na důležitější hovory, tj. na červené kódy.

Červený kód znamenal ohrožení života nebo končetin. Od zřízení webové stránky obdržela trojka v této kategorii nula žádostí.

Spokojeni s tím, kolik toho dokázali, se rozhodli vypustit trochu páry. Zapojili se do hry pro více hráčů.

"Tři holky," napsal PJ Ardenovi.

"Můžeme je vzít!" odpověděl.

Hra začala a zpočátku se vše odehrávalo jako vždy. Mlátili holky, stoupali level za levelem a zabíjeli všechno, co jim přišlo pod ruku. Pak se najednou všechno zastavilo.

KAPITOLA 4

DOMOV P.J.

Teď se Tři a PJovi rodiče vydali chodbou do jeho pokoje. To, co uviděli, bylo většinou takové, jak si Lia představovala. S tím rozdílem, že obrazovka počítače byla stále zapnutá. Blikala a blikala, zatímco PJ vypadal, že tvrdě spí.

"Co se s ním děje?" PJova matka se zeptala. "Měl by být v posteli a spát. Podívej se na jeho držení těla. Nejspíš je dehydrovaný. Přinesu mu sklenici vody."

PJův otec přešel přes místnost a pokrčil synovi rameny. Očekával, že se syn probudí, ale nestalo se tak. Místo toho se sesunul na židli a byl by spadl na podlahu, kdyby ho otec nezachytil. Odnesl syna a položil ho na postel.

PJova matka se vrátila, postavila vodu na stolek a pak přiložila rty na synovo čelo. "Žádná horečka," řekla.

PJův otec zvedl synovi pravé víčko a viděl, že mu je vidět jen oční bělmo. "Zavolejte záchranku," vykřikl.

"Ne, myslím, že bychom měli zavolat našeho rodinného lékaře, doktora Flannela," řekla PJova matka. "Už tady jednou byl na domácí návštěvě. Když šlo o naléhavou situaci - a tohle je rozhodně naléhavá situace."

"Paní Handlová," řekl E-Z, "bude v pořádku." "To je v pořádku," řekla.

"Samozřejmě, že bude," odpověděla, když pan Handle odešel z místnosti, aby zavolal doktora Flannela."

Když se vrátil, všichni společně mlčky čekali a sledovali PJ, jak spí. Jako by čekali, že vyskočí a začne blbnout. Bylo by mu podobné, kdyby vyváděl. Dělat si z nich legraci.

Pan Handle byl neposedný, poskakoval nohou nahoru a dolů, zatímco seděl. Vstal, přešel přes místnost a sehnul se, aby se podíval na pevný disk. Zvedl nohu, jako by do něj chtěl kopnout, ale na poslední chvíli si to rozmyslel a vytáhl kabel ze zásuvky.

Dívali se, jak se pan Handle začal třást po celém těle, až zástrčku upustil. Otočil se a šel k nim. Za ním se z pevného disku valil kouř. O několik vteřin později praskla obrazovka monitoru.

"Vezměte hasicí přístroj!" Alfred zavolal, ale E-Z už popadl sklenici s vodou a hodil ji na bednu. Zasyčela a připojila se k obrazovce oba naprosto mrtví.

PJova matka přiběhla k manželovi a pomohla mu posadit se. "Až přijde doktor, může se na tebe taky podívat," řekla. "Máš takové štěstí. Nezvládla bych, kdybyste byli zranění vy dva."

"Jsem v pořádku," řekl pan Handle.

Ale pro Trojku nevypadal v pořádku. Byl bledý, trochu zelený a trochu šedivý.

"Nedělejte si starosti," řekl pan Handle. "Díky za rychlé přemýšlení, E-Z." A pak své ženě: "Ještě že jsi přinesla tu vodu."

"PJ se bude hodně zlobit, až uvidí, že má zničený počítač."

"Ale no tak," řekl pan Handle. "On to pochopí."

Zjevně se mu plnilo lépe, protože Tři si všimli, že jeho dýchání se vrátilo k normálu, stejně jako jeho bledost.

Protože se zdálo, že je všechno v pořádku, E-Z se zmínil o Ardenovi. "Zatímco budete čekat na doktora, musíme Ardena opravdu zkontrolovat. Myslíme si, že by mohl být v podobném stavu."

"Často spolu hrají hry, ale co proboha mohlo způsobit tohle?" "Nevím," odpověděl jsem. Pan Handle se zeptal.

"To nevím, ale nevadilo by vám, kdybych šel Ardena zkontrolovat?" "Ne," řekl.

"Jen si poslužte," řekla paní Handlová.

"Lia tu zůstane s vámi," řekl E-Z. "Může nás informovat, a kdybyste nás potřebovali, hned se vrátíme."

"Děkuji, E-Z, a Alfréde," řekl pan Handle a doprovodil je ke vchodovým dveřím.

KAPITOLA 5

DOMOV ARDEN

E-Z A ALFRED SE vydali k Ardenovi. Ještě než stačili zaklepat, otevřel jim Ardenův otec pan Lester.

"Jak jste to věděli?" zeptal se.

E-Z mu nemohl říct pravdu. Místo toho tedy improvizoval lež. "Ehm, celý život jsme s Ardenem nejlepší kamarádi, takže tak nějak poznám, když se něco děje. Můžu ho vidět?"

"Jistě, pojď do jeho pokoje," řekla Ardenova matka paní Lesterová. "Nebojte se. On jenom spí. Ráno bude v pořádku."

Pan Lester vzal svou ženu za ruku a vedl ji chodbou k místu, kde Arden tvrdě spal.

"Ach," vykřikl Alfred, když ho uviděl. "Vypadá, jako by byl v šoku."

"Podívej se mu pod víčka," řekl pan Lester.

E-Z odtáhl kamarádovi víčko. PJova zornička byla vidět, ale byla větší a vypadala, že mu každou chvíli vyletí z očního důlku. Znovu přes ni víčko přivřel.

Alfréd houkl. To slyšeli Lesterovi. To, co řekl, bylo: "Co to sakra mohlo způsobit? Strach? Nebo něco vážnějšího, třeba záchvat?"

E-Z pokrčil rameny, aniž by odpověděl. Lesterovi byli už tak dost vystrašení a vystresovaní, navíc by se jenom dohadovali.

"Kde přesně jste ho našli?" E-Z se zeptal.

"Seděl u počítače," řekla paní Lesterová.

"Byla zapnutá obrazovka?" zeptal se.

"Ano, byla," řekl pan Lester. "Zavolali jsme našemu rodinnému lékaři. Ten je teď zaneprázdněný, má jiný hovor, ale ozve se nám." "Ano," řekl.

"U PJe už volali lékaři, doktoru Flanelovi. Zavolám Lii a zjistím, jestli už stanovil diagnózu." "Cože?" zeptal se.

"Jsou na tom skoro stejně," řekl.

"Jak to myslíš, skoro?"

Odkolébal se z místnosti. Nebylo třeba dělat Lesterovým větší starosti, než už dělali. Zašeptal do telefonu: "Jeho zorničky jsou stále viditelné, ale jsou obrovské. Jako vředy, co mají každou chvíli prasknout!"

"To je hnus!" Lia řekla. "Možná by měl jít do nemocnice?" "Volali jejich rodinnému lékaři, ale ten je nedostupný. Takže mi dejte vědět, jakmile se doktor Flannel vyjádří, a já to předám dál. Možná mu budeš chtít říct o Ardenově oku a uvidíš, jestli ti nedoporučí okamžitou hospitalizaci." "Dobře.

"Udělám to. Budu v kontaktu."

Vše vysvětlil Lesterovým. Hleděli před sebe s prázdnými tvářemi. Dělalo mu starosti, jak to všechno berou.

"Dal by si někdo šálek čaje?" Paní Lesterová se zeptala.

"Ne, děkuji," řekl E-Z. Paní Lesterová patřila k těm maminkám, které věřily, že čaj vyřeší většinu problémů.

Pan Lester následoval svou ženu do kuchyně.

"Ty se obvykle nepřipojuješ k jejich hrám?" "Ne," odpověděl Lester. Alfred se zeptal, když už byli s E-Z o samotě a Ardenem.

"Někdy," odpověděl E-Z. "Ale v poslední době, pokud mám nějaký volný čas, obvykle ho trávím psaním. Poslední dobou nemám moc času pro sebe."

"To je pochopitelné. Omlouvám se, jestli se tu moc poflakuju."

"Ne, to je v pořádku. Musím se víc zorganizovat. Práce ve škole je čím dál složitější, víš, že jsme na cestě ke kariéře a k maturitě. Chtějí po nás, abychom věděli, kam jdeme, a my ještě ani nevíme, kde jsme."

"Já si ty časy pamatuju, ale ty na to přijdeš. Každopádně jsem rád, že jsi s nimi tu hru nehrála - jinak bys mohla být ve stejném stavu jako oni."

"To je pravda. Neumím si představit, co by je tak vyděsilo... pokud se to stalo. Vždyť hra je hra - ne realita. Musela to být pořádná soutěž."

Lesterovi se vrátili do synova pokoje.

"Co se stalo?" Paní Lesterová vyjekla.

Ardenova víčka byla nyní otevřená a odhalovala celé bílé nitro. Stejně jako PJovi mu zmizely zorničky.

E-Z měl pocit déjà vu, když pan Lester přešel přes pokoj a sehnul se, aby ho odpojil.

"Přestaň!" E-Z zakřičel. "Nedotýkejte se toho!"

Pan Lester ztuhl na místě.

"Pan Handle málem dostal zásah elektrickým proudem, když se ho dotkl. Nejlepší bude, když to necháte na pokoji."

"Díky bohu, že jsi tu byl a varoval mě," řekl pan Lester.

"Ano, děkuji vám E-Z. Nezvládla bych to, kdyby se zranil můj syn i manžel. To bych prostě nedokázala." Přešla místnost a objala svého manžela kolem ramen.

"Potom se mu rozbil počítač, praskla obrazovka a vyšel z něj kouř," vysvětlil E-Z. "Takže PJův počítač je zasyčený, usmažený - připečený. Kdežto Ardenin počítač je stále neporušený. Když přijdeme na to, jak se do něj dostat - bezpečně -, možná se nám podaří zjistit, co se jim stalo. Nejdřív musím zavolat strýčkovi Samovi a požádat ho o pomoc. Je to technický ajťák, takže bude vědět, co dělat."

"Počkej," řekla paní Lesterová. "Chceš nám říct, že PJ i Arden jsou, to samé?"

Přikývl.

"Vždycky jsem říkala, že počítače jsou zlo!" řekla. "Můj Arden je sportovec. Měl by sportovat venku, a ne sedět u počítače a ztrácet čas." "To je pravda," řekla. Vzlykla manželovi do hrudi a on ji objal.

"Počítače jsou pro školu nezbytné," řekl pan Lester. "Náš syn neudělal nic špatného a jsem si jistý, že se každou chvíli vrátí ke svému starému já. Potřebuje trochu zavřít oči. Trochu si odpočinout, to je všechno. Bude v pořádku."

Alfréd houkl.

E-Z obdržel na mobilu zprávu. "Lia říká, že jim doktor Flannel řekl, aby nechali PJe tam, kde je. Říkal, že by se mu oči měly samy vrátit do normálu. Říká, že PJ nevypadá, že by měl nějaké bolesti. Jeho srdeční tep a puls jsou normální. Potřebuje odpočinek."

"Děkuji," řekl pan Lester.

"Děkuji, že jste se zastavil," řekla paní Lesterová. "Dáme vám vědět, pokud se něco změní."

E-Z a Alfred po dlouhé návštěvě odešli, setkali se s Liamou a všichni společně odešli domů.

"Nemůžu si pomoct, ale napadlo mě," řekl E-Z, "jestli ta věc s PJ a Ardenem nemá být zkouška. Eriel mi naznačil, že bych se měla něčeho obávat. Že bych se tím dokonce měla chtít zabývat. Pokud ano, nejsem si jistá, jak to mám napravit. Máš nějaký nápad? Kromě toho, aby nám strýček Sam pomohl dostat se do Ardenova počítače - tady jsem úplně ztracená."

"Je to zvláštní, pokud je to zkouška," řekl Alfréd. "Protože soudy jsou přece minulostí, ne?"

"To jsou, ale jestli se PJ a Ardenovi něco stalo, tak mi nezbývá než se do toho vložit. A to i přesto, že archandělé nedodrželi naši dohodu." "To je pravda.

"Oba vypadají tak, že jsou mimo. Co od tebe očekávají? Ne že bys měl léčitelské schopnosti nebo tak něco," řekl Alfréd.

"Ale ty ano!" Lia se ohradila.

"Mám, ale když jsou použitelné. Zkoušela jsem, komunikovat s jejich myslí. Ale bylo to, jako by byly prázdné. Nemohla jsem se k nim dostat. Abych je mohla vyléčit, muselo by s nimi být nějaké spojení. A já se neměl s čím spojit.

"Pořád se sama sebe ptám, jestli bych neměla zavolat o pomoc Ariela. Ona je Anděl přírody. Možná by mi mohla něco poradit nebo udělat něco, co já nemůžu." "Cože?" zeptal jsem se.

"To je slibný nápad," řekl E-Z.

WHOOPEE

Ariel dorazila.

"Co se děje?" zeptala se.

Alfréd jí vysvětlil situaci.

E-Z se zeptal, jestli to není nějaký proces, který se archandělé snaží dodatečně podstrčit.

"Tak jako tak musíš pomoci svým přátelům," řekla. "Chceš jim přece pomoct, ne?" "Ne.

"Samozřejmě, že chci, ale to, co musím udělat, jaké kroky musím podniknout při zkoušce, je obvykle zřejmější."

"Neslyšela jsem šuškandu, že nejsi schopen převzít iniciativu?" Ariel se zeptala.

"Naznačuješ," zeptal se E-Z a ztišil hlas, aby neztratil nervy. "Že archandělé uvedli mé přátele do kómatu, aby vyzkoušeli mou iniciativu?"

Ariel se usmál. "Ne, nic takového nenaznačuji. Ale kdyby to byla zkouška, co bys udělal, abys jim pomohl?" "Ano," odpověděl.

"Když přede mě postaví zkoušku, můj mozek se rozjede. Vím, co mám udělat, abych to napravil, a jdu do toho. U tohoto nemám ponětí, co mám udělat, abych to napravil. Jsou ve zdravotním nebezpečí. Nejsem lékař."

Ariel zkřížila ruce. "Co jsi zkusil, Alfréde?"

"Pokusil jsem se spojit s myslí obou. Obvykle, pokud mohu léčit lidi nebo tvory, existuje spojení - takové, které nebylo přerušeno vnější silou. V obou jejich případech to bylo, jako by se dveře zabouchly a já je nemohl prolomit."

"Tak to sis odpověděla na svou vlastní otázku," řekla Ariel. "Můžu ti ještě s něčím pomoct?"

"Ty jsi mi zrovna nepomohla," řekla Lia.

Alfred se omluvil.

WHOOPEE

A Ariel byla pryč.

"Neměl bys s ní takhle mluvit," řekl Alfred. "Kdyby nám mohla pomoct, tak by nám pomohla."

"Promiň, ale je to frustrující, když nevědí o nic víc než my. Jsou to archandělé! Měli by vědět něco, co my nevíme, jinak k čemu by byli?" "K čemu?" zeptal se. Lia se zeptala.

"Chceš říct, že Haniel vždycky dokáže vyřešit jakýkoli problém?"

Lia pokrčila rameny. "Zatím jsem jich nemusela moc řešit."

E-Z řekl: "Eriel je k ničemu. Kdykoli jsem ho požádala o pomoc, zadržel ji. Ano, poradil mi. Řekl mi, ať si na to přijdu sama.

"Třeba když si mě posledně zavolal, naznačil něco o nějakém spiknutí, nebo spojení, jak to nazval.

"Když jsem uhodl, o co jde - o hraní her -, že existuje nějaké spojení, byl pořád k ničemu. Kéž by to řekl. Ať tak či onak, pak se můžu soustředit na to, abych z téhle situace dostal své dva přátele."

"Chápeš, co tím myslím?" Lia se zarazila. "Všichni archandělé jsou úplně k ničemu."

"Haniel ti pomohl, když sis poranila oči," připomněl jí Alfred.

Lia se k němu otočila zády.

"Doufejme, že měl doktor pravdu a ráno budou oba sami sebou," řekl E-Z. "To je všechno, co můžeme udělat."

Když teď dorazili domů, vyšli na dvorek. Pozdravili se s Malou Dorritkou, pozorovali východ slunce a povídali si o dalším postupu.

E-Z prošel několik věcí, které mu vrtaly hlavou. V Bílém pokoji ho povzbuzovali, aby si spojil jednotlivé body. Nejnověji mu je Eriel pomohl zúžit.

Prošel si všechno, co mu dívka v obchodě řekla. Jak brala rukojmí jako ve hře. Jak nosila kostým, takže vypadala jako lovkyně odměn ve hře.

Dále si prošel podrobnosti o chlapci před jeho domem. Ten kluk na rovinu řekl, že ho hlasy ve hře poslaly, aby E-Z zabil, a pokud to neudělá, jeho rodina bude zabita.

Pak se zamyslel nad zapojením Eriela a ostatních archandělů do procesů. Teď do toho byli zapleteni PJ a Arden.

Zatáhli by je archandělé do toho, aby se dostali k němu? Byla to jeho chyba - že byl příliš pomalý při řešení hádanky, kterou mu dali? Archandělé řekli, že s ním skončili. Zrušili zkoušky a on byl rád, že je vidí za sebou. Proč se vrátili a snaží se s ním navázat nové spojení? To nemohla být náhoda.

Otevřel ústa, aby Alfredovi a Lii řekl, o čem přemýšlí - místo toho znovu přistál v silu. Jenže tentokrát byl kontejner místo z kovu ze skla a on byl bez svého křesla.

KAPITOLA 6

UOBRÁCENĚ DOLŮ

E-Z BYL ZAVĚŠEN HLAVOU dolů ve skleněné bublině a pozoroval zelenou, zelenou trávu země. Byl vysoko nad ní a hlava ho bolela tak, že se bál, že praskne a rozprskne se po celé nádobě. Ale naštěstí ho něco drželo nahoře. Co to bylo, nevěděl.

Na rozdíl od jiných případů, kdy byl v silu, nebyl připoután (nebo jeho židle nebyla) na místě. Další věc, která mu dělala starosti, když takhle visel hlavou dolů, bylo, že neuvidí přicházet Eriela. Ani by ho nemohl cítit.

Ve chvíli, kdy si na Eriela vzpomněl, se nádoba posunula. Bál se pádu. Chtěl se něčeho chytit, ale kromě vzduchu nebylo čeho. Objal se kolem ramen. Pak ucítil pohyb. Skleněná komora se otočila o sto osmdesát stupňů ve směru hodinových ručiček. Hlava se mu okamžitě zlepšila, byla jasnější a on se soustředil na to, aby se dostal ven. Čím dříve, tím lépe.

Příliš pozdě, věc se posunula a pak se otočila o dalších sto osmdesát stupňů. Vrátil se tam, kde začal.

"Nazdar, Doody," vyjekl Eriel a přitiskl tvář na sklo. Pak zaklepal a zazpíval: "Pusťte mě dovnitř, pusťte mě dovnitř."

"Dostaňte mě odsud!" E-Z vykřikl.

"Uklidni se," zabručel Eriel. "Jsi tu z dobroty mého srdce. Chtěla jsem ti osobně říct: tvoji přátelé jsou v nebezpečí."

"Myslíš PJ a Ardena?" Eriel přikývla. "No, to už přece vím! Ty velký šašku!"

"Klacky a kameny mi zlomí kosti, ale jména mi nikdy neublíží," zazpívala Eriel.

"Jestli mě odsud nedostaneš - hned teď - tak ti udělám víc, než dokáží klacky a kameny!"

Eriel si poklepal kostnatým prstem na bradu. Koneckonců byl stále na pravé straně, což byla výhoda oproti perspektivě, v níž se E-Z nacházel.

"Chtěl jsem, abys věděla, že i když jsou tví přátelé v nebezpečí, nemusíš se bát. Nejsou v nebezpečí jako superhrdinové." Odmlčel se. "Jeden ptáček mi řekl, že si myslíš, že se ti snažíme proklouznout s dalším procesem... no, nesnažíme. Nech je osudu."

"Jak to myslíš, že jim nehrozí superhrdinské nebezpečí?" E-Z vykřikl.

Eriel zmizel a skleněná nádoba spadla. Máchl sebou a ustrnul. Znovu spadla. Tak to šlo dál a dál, až si byl jistý, že se mu lebka brzy rozbije jako vejce na chodníku.

Pak uviděl Alfréda, jak na kraji trávníku okusuje trávu.

"Hej!" E-Z vykřikl. "HEJ!"

Alfréd přestal jíst a přiklusal k němu. Všiml si svého kamaráda, jak visí hlavou dolů ve skleněné bublině.

"Co tam děláš?" zeptala se labuť trubač.

"Eriel!" E-Z vykřikl.

"To už stačí. Půjdu vzbudit Sama. Doufám, že bude vědět, co má dělat, aby tě odtamtud dostal."

"Dobrý nápad a požádej ho, aby mi přinesl židli."

Zatímco čekal, E-Z se proklínal. Propásl příležitost vyžádat si od Eriela další informace. Choval se jako oběť. Zklamal své dva nejlepší přátele.

Zformuloval plán. Až se odsud dostanu, najdu Eriela a donutím ho, aby mi řekl, jak zachránit PJe a Ardena. Přinutím ho, aby přísahal, že už mě do téhle situace nikdy nedostane.

Počkejte chvíli. Kdyby PJ a Arden nebyli v superhrdinském nebezpečí. V jakém nebezpečí byli? Potřebovali vůbec zachránit? Nebo měl doktor Flannel pravdu, když říkal, že se z toho dostanou a brzy budou zase jako dřív?

Nelíbilo se mu prohlášení "nechte je osudu". Věřil, že osud si tvoříme sami, a jeho dva přátelé byli v kómatu. Sami si nemohli pomoci, a tak jim hodlal pomoci on. Bez ohledu na to, co říkal Eriel.

Nakonec vyšel strýček Sam a oháněl se velkým nástrojem v ruce. "Je to řezačka na sklo," řekl. "Věděl jsem, že se mi to jednou bude hodit, když jsem si to koupil v jedné z těch reklam v televizi. Říkali, že to prořízne sklo jako máslo. Uvidíme, jestli to byla falešná reklama." Řezal kolem dna. Pomalu. Opatrně.

"Hej, pospěš si, dusím se tu! Jestli vyjde slunce, tak se usmažím."

"Trpělivost, chlapče," houkl Alfréd.

"Už to skoro je," řekl Sam. Klečel na kolenou a postupoval vpřed, když nůž rozřízl dno kontejneru. Kolena jeho pyžama mezitím sršela z oroseného trávníku. "Předpokládám, že Eriel má něco společného s tím, že jsi uvnitř?"

"Potvrzuji."

Sam dokončil řezání, pustil synovce a pomohl mu do vozíku.

"Díky, strýčku Same."

"Není zač. A teď mi to vysvětli, prosím."

"Jsem příliš unavený. A jsem příliš otrávený, než abych to vysvětloval. Můžeme to prosím udělat ráno?"

Slunce krvácelo rudě, jak se prodíralo k obzoru.

Za pár hodin bude E-Z potřebovat zkontrolovat své přátele. Doufal, že budou v pořádku. Zpátky do normálu. Pak už by nad tím nemusel přemýšlet ani chvíli. Kdyby ne… kdyby nebyli. No, každopádně všechno bude lepší, až se trochu vyspí.

"Můžu mu všechno vysvětlit," nabídl se Alfred.

"Co o tom víš? Musel jsem na tebe křičet, abych si získal tvou pozornost."

"Aha, já jsem to celé viděl. Co myslíš, že jsem tady dělal? Čekal jsem, až mě požádáš o pomoc. Nechtěl jsem rušit tvůj čas strávený s Erielem."

"Vyrušit. Velmi vtipné. Dobře, zasvěť ho. Jdu si trochu zdřímnout. Jsem příliš unavená na to, abych ještě přemýšlela." Vyjel po rampě do domu a padl do postele zcela oblečený.

E-Z se zdálo, že má sedmé narozeniny. Jeho rodiče si pronajali krytý virtuální herní park. Pozval celkem dvanáct dětí, takže jich bylo třináct a jeden tým musel mít hráče navíc. Protože měl zrovna svůj den, svolali týmy a poslední vybraný šel do svého týmu. Říkali si Ball Breakers, tedy rozbíječi míčů. Druhý tým, který vedl Kyle Marshall, si říkal Bat Shitz.

"Tenhle název nemůžeš používat," pokáral E-Zův tým. "Je to prakticky nadávka."

"Aha, tak si to ještě jednou rozmysli," řekl Marshall. "Píše se to Shitz. Jmenujeme se po mém psovi. Je to Shitz-hu."

"Pojďme si hrát," řekl E-Z.

PJ a Arden byli v E-Zově týmu. Tým tornádové trojice nakopával týmu Netopýřích šikulů zadky, dokud nebyli všichni příliš unavení na to, aby se hýbali.

"Jídlo se podává," zavolala E-Zova matka. Rodiče čekali ve vedlejší restauraci. Objednali spoustu pizz, kbelíky nealkoholického pití a nakonec i dort obložený svíčkami.

Děti společně opustily herní prostor. Brzy si Arden uvědomil, že si zapomněl baseballovou čepici.

"Nemůžu ji tu nechat! Musím se vrátit!"

"Půjdeme s tebou," řekl E-Z. "Dej mi chvilku, abych to řekl mámě."

"Dám jí vědět," řekl Kyle, který byl poblíž.

E-Z, PJ a Arden se vrátili zpět. Když nemohli najít čepici, pokračovali v chůzi.

"Někde tady musí být!" Arden řekl.

"Určitě jsem si nemyslel, že je to tak daleko," řekl E-Z.

"Ti supi sežerou všechnu pizzu, než se vrátíme," řekl PJ.

"Neboj, paní Dickensová nám nějaké jídlo schová. Ví, že se tu dlouho nezdržíme."

Chodba se rozšířila do další budovy, na další místo. Před nimi stála obrovská gilotina. Nahoře nad ostřím byla Ardenova čepice. Na samotném ostří byl nápis. Stále z ní kapala červená barva nebo krev. Stálo na něm: "Hlava jde sem."

"Zdá se nám to?" Arden se zeptal. "Protože já tu baseballovou čepici vážně nepotřebuju tak nutně."

"Poslouchej. Hlasy," řekl E-Z.

Šepot, velmi tichý, ale šepot. Nejdřív to byla osamělá žena. Pak se přidala další, aby vytvořila duet. Pak se přidala další a vzniklo trio. Šepot se změnil ve zpěv.

"Nerozumím žádným slovům," řekl PJ.

"Pššt," řekl E-Z a přiložil si prst ke rtům.

Jak hlasy zpívaly,

"B-link a jsi mrtvý.

B-link a jsi mrtvý.

B-link and you're dead, B-link and you're dead," na melodii Happy Birthday to you.

"To je strašidelné!" PJ řekl.

"Pojďme zpátky," řekl Arden, když se dveře, kterými přišli, zabouchly a chodbou se ozvaly kroky.

Kroky byly stále hlasitější.

KLANK. CLANK. CLANK.

Řetězové kování. Blíží se. Okované nohy. Jeden voják. Velmi vysoká postava v kápi. Nese něco stříbrného: brousek na nože.

Když došel k patě gilotiny, postava v kápi vytáhla z kapsy pírko. Přiložil ho k ostří. Prořízlo ho jako máslo. Přesto šel dál a nabrousil ho. Zatímco ostří brousil, broukal si pod nosem, jako by ho práce bavila.

"Jako by ostří gilotiny nebylo dost ostré!" PJ zašeptal. "Dostaňte mě odsud!"

Arden se rozběhl ke dveřím a začal do nich bušit. "E-Z, musíš nás odsud dostat! Musíš nám pomoct! Prosím, pomoz nám!"

NAČÍTÁNÍ ZPRÁVY.

Na obrazovce se objevily tváře PJ a Ardena. Řekli dvě slova:

"VARUJTE JE."

E-Z se probudil a uslyšel, jak strýček Sam buší pěstmi do dveří své ložnice. "Vstávej, E-Z, nemůžeme najít Liu!"

Teď, když byl vzhůru, si uvědomil, že se s ním snažila spojit. Aby ho informovala. Zkontroloval svůj telefon. Přišla mu zpráva s aktuálními informacemi.

"To je v pořádku," řekl E-Z, "je s PJem. Řekni Samantě, že je v pořádku. Musím za ním a Ardenem brzy zajít. Kde je Alfred?"

"Je na zahradě," řekla Sam. "Dáš si snídani, než půjdeš?"

"Sendvič s grilovaným sýrem by se hodil. Díky."

Když se E-Z oblékal, přemýšlel o svém snu. Kluci si s ním povídali díky společné události, kterou prožili, když jim bylo sedm let. Musel přijít na to, o co jde. Varovat je? Varovat koho přesně? To byla určitá nápověda, ale koho přesně chtěli, aby varoval?

Ano, byl si naprosto jistý, že se mu snaží něco sdělit, ale co přesně? Opět měl podezření, že to všechno má něco společného s Eriel.

Nejprve se vydal k Ardenovi domů a ten chudák stejně jako předtím ležel v posteli jako zombie. Když E-Z s Alfrédem vešli dovnitř, stál u něj lékař.

"Jaká je diagnóza?" E-Z se zeptal.

"Nejdřív odsud odveďte tu drůbež!" vykřikl doktor.

Alfréd na protest houkl a pak se odpotácel pryč. Venku chroupal trávu a čistil si peří.

Doktor se podíval na manžele Lesterovy: "Kolik toho chceš, aby ten kluk věděl?" "Tolik," odpověděli.

"Tohle je E-Z, je to jeden z Ardenových nejlepších přátel."

"Já vím, kdo to je, viděl jsem ho v televizi, jak zachraňuje lidi." "A kdo to je?" zeptal se.

E-Z nevěděl, co má říct, tak neřekl nic, ale nelíbil se mu přístup toho doktora.

"Arden je v kómatu."

"Jo, to jsem si myslel. Aha, takže kdy se z něj probere? Doktor Flannel v Handlově domě - kde je PJ ve stejném stavu - říkal, že se brzy vrátí do normálního stavu."

"To nevím. Jeho tělo ho před něčím chrání, takže se probere, až na to bude mít dost sil. Do té doby bych doporučoval, aby s ním někdo byl čtyřiadvacet sedm hodin." Pak k Lesterovým: "Možná by bylo nejlepší, kdybyste oba pracovali na najmutí ošetřovatele. Mohu vám někoho doporučit. Pokud můžete pracovat z domova, bylo by to nejlepší. Za pár dní se vám ozvu."

"Za pár dní," zopakoval pan Lester.

Paní Lesterová vyvedla lékaře z domu.

E-Z ji následoval. "Kdybych mohl pomoct, udělat směnu po jeho boku, neváhejte se zeptat. Teď jdu k PJovi. Lia už tam je a napsala, že je na tom stejně." "Ahoj.

"Dávej nám vědět a pozdravuj PJovu rodinu."

"Udělám to," řekl E-Z, když se s Alfrédem znovu setkali. Oba se odlepili od země a letěli k PJovu domu.

Když letěli dál bok po boku, Alfred řekl: "Ten doktor se mi moc nelíbil. Když se člověk chová ke zvířatům nevlídně... nevěřím mu." A tak se na něj podíval.

"Chápu tě, ale on jen dělal svou práci."

"My labutě jsme nezpůsobili žádnou pohromu nebo... to je jedno. Zapomněl jsem na ptačí chřipku - ale ta se stala kvůli lidem." "To je pravda.

Přistáli u PJova domu, kde na ně Lia čekala s otevřenými dveřmi.

"Jak to s vámi dvěma vypadá?" zeptala se.

"Dobře," řekl Alfred.

"Aha, je trochu rozmrzelý, protože ho Ardenův doktor vyhodil z pokoje, ale já jsem v pohodě, díky. A ty?"

"Já jsem v pořádku, ale PJovi rodiče se zbláznili a nic nenasvědčuje tomu, že by se měli uzdravit."

"Zavolali doktora zpátky?" Alfred se zeptal.

"Ne, dal jim naději, ale nic jiného, hlavně že se z toho dostane. Ale já se obávám, že se mýlí." Odmlčela se a trochu se začervenala.

"Jo, ještě jedna věc, když jsem ho držela za ruku." Zadívala se na ty dva. "On, no, nejsem si jistá, jestli se mi to zdálo, nebo jestli to opravdu udělal - ale zdálo se mi, že mi ji stiskl."

"Ehm, díky, že jsi s ním zůstala. Měli bychom se u jeho rodičů střídat, aby se nikdo moc neunavil. Ty teď můžeš jít domů a strávit nějaký čas s mámou. Nejspíš se o tebe zajímá." V žádném případě se nehodlal zmínit o držení za ruku.

"Tak já odejdu, až to uděláš ty," řekla Lia, když se vydali spolu do pokoje PJe.

Alfred, Lia a E-Z teď byli s PJ o samotě.

"Včera v noci se mi zdál zvláštní sen. PJ, Arden a já jsme byli na mých sedmých narozeninách - ale věci se neděly jako tenkrát. Snažili se se mnou komunikovat prostřednictvím jedné společné události, ale nejsem si jistá, co se mi snažili říct." "Co se děje?" zeptala jsem se.

"Pověz nám ten sen," řekl Alfred. "A nic nevynechávej."

"Ano, řekni nám ho a my se podíváme, jestli ti ho můžeme pomoci vyložit."

"No, začalo to normálně. Všechno bylo tak, jak to ten den probíhalo, dokud si Arden nezapomněl baseballovou čepici a my, my tři, jsme se pro ni nevrátili."

"Takže on na té skutečné oslavě neztratil baseballovou čepici?" "Ne," odpověděla jsem.

"Ne, neztratil. Ve skutečnosti byl tou čepicí tak posedlý, že jsme si ho často dobírali, že ji má přilepenou na hlavě. Takže to byla významná část snu. A tam jsme se vraceli do herního prostoru a chodba se zdála být mnohem delší, než když jsme ji opouštěli.

Šli jsme dlouho. Povídali jsme si, jako jsme to dělávali dřív. Nejdřív jsme si to neuvědomili, šli jsme už docela dlouho. Arden zvažoval, že nechá čepici tam, kde byla, protože cesta k ní trvala tak dlouho, ale rozhodli jsme se, že si pro ni dojdeme. Říkal, že ta čepice pro něj má sentimentální hodnotu."

"Zajímavé," řekla Lia. "Víš, proč se mu ta čepice tak líbila?"

"Nosil ji pořád, protože měl rád ten tým. Nikdy jsem nevěděla, že v reálném životě existuje nějaká jiná sentimentální vazba než k týmu samotnému. A v tom snu v tu chvíli ne, dokud to neřekl. Takže pak se chodba zvětšila a my se ocitli ve velké vzdušné místnosti, něco jako hlediště. Uprostřed místnosti stála obrovská gilotina." "To je pravda.

"Cože? To je zvláštní!" Alfréd se zarazil.

"Je to trochu děsivé," řekla Lia.

"Je toho víc. Nahoře nad ostřím byla Ardenova čepice a pod ní nápis, na kterém stálo: Hlava jde sem."

Lia a Alfred zalapali po dechu.

"Arden říkal, že už o tu čepici tolik nestojí. A v tu chvíli se setmělo a my uslyšeli těžké kroky, které se k nám blížily. Boty. Cvakání řetězů nebo brnění. Pak se světla znovu rozsvítila, když dovnitř vstoupil chlap s kapucí na hlavě. Šel ke gilotině a brousil si nože, jeden po druhém." "A co?" zeptal jsem se.

"A co pak?" Alfréd se zeptal.

"Pak se objevila obrazovka počítače, na které bylo napsáno LOADING, a objevil se vizuál těch dvou. Řekli dvě slova:

"VARUJTE JE."

"A pak co?" Alfred se znovu zeptal.

"Pak mě vzbudil strýček Sam a zeptal se mě, jestli vím, kde je Lia."

"To není nic moc," řekla Lia, "miloval tu čepici? A koho by měl varovat?"

"Ardenův oblíbený tým byl a pořád je Boston Red Sox. Ta čepice pro něj byla dárek - autentický - nikdy by ji neopustil, ať se děje, co se děje. Přesto nejméně dvakrát uvažoval o tom, že ji nechá ve snu."

"Ale nebyl tak horlivý, aby kvůli ní strčil hlavu do gilotiny," řekl Alfred.

"Kdo by byl!" Lia se zeptala.

"Kéž bychom mohli použít Ardenův počítač. Vsadím se, že je tam nějaká stopa. Vsadím se, že má nějakou složku, něco skrytého, co bych mohl najít. Možná právě o tom byl ten sen. A proč mi dal tu nápovědu."

Lia si na internetu ověřila, jaký význam má sen s gilotinou v telefonu. "Píše se tam, že představuje strach nebo úzkost. Být kvůli něčemu vyčleněný nebo v rozpacích."

"Myslím, že mám nápad," řekl E-Z a procházel seznam kontaktů v telefonu.

"Počkej chvilku," řekl Alfred, "zavolej Samovi."

"Máš pravdu, možná bych to měl nejdřív probrat s ním." Rychle vytočil číslo Sama a vysvětlil mu situaci. Sam řekl, že hned přijede k Ardenovi, že se tam mají sejít.

"Je tu všechno v pořádku?" Zeptala se PJova máma. "Dáš si něco k pití nebo tak?"

"Ne, děkuji, ale strýček Sam jede k Ardenovi a my se tam s ním sejdeme. Podíváme se do Ardenova počítače a zjistíme, co naposledy dělal. Škoda, že PJův počítač je nefunkční."

"To je chytrý nápad. Slyšeli jsme, že Ardenovi rodiče taky zavolali doktora, pomohl jim?" "Ne," řekl jsem.

"Ne, nepomohl."

"Budeme vás informovat, jestli se něco dozvíme," řekla Lia a prohmatala PJovo čelo.

"Jsi hodná holka," řekla PJova matka. Pak odešla z pokoje a bojovala se slzami.

Když dorazili k Ardenovu domu, venku na ně čekal Sam. Měl s sebou notebook a tašku plnou počítačových nástrojů a dalších kousků.

Společně vešli dovnitř, kde si Sam opodál postavil svůj vlastní počítač, notebook, zapojil ho na druhé straně místnosti a pak si prohlédl Ardenovu sestavu. Byl zapojený přímo do zásuvky. Bez ochranné lišty proti netušeným přepětím. Ještě že jednu vždycky nosil v brašně.

Po zajištění ochranné napájecí lišty do ní zapojil Ardenův počítač. Čekali - a nic se nedělo. Považoval to za dobré znamení, cvakl tlačítkem a Ardenův počítač ožil. Bylo vyžadováno heslo. Heslo, které nikdo z nich neznal.

"Hádáte?" Sam se zeptal.

E-Z zadal Boston Red Sox. Zkusil Ardenovo prostřední jméno, které znělo Daniel. Nebylo to dobré.

"Zkus gilotinu," navrhl Alfred.

"Bingo!" E-Z řekl, že teď už stačí jen vyhledat historii.

"Nech mě," řekl Sam, když klikal do nastavení a hledal něco neobvyklého. Nebylo tam nic neobvyklého.

"Co udělal naposledy? Hrál nějakou hru?" Zeptal se E-Z.

Když Sam kliknul, aby to zjistil, lišta bez přepětí vzplála. Strýček Sam běžel oheň uhasit, než se vrátil, E-Z už ho dusil dekou. "Dobrý nápad," řekl.

"Doufám, že si to myslí i Ardenova máma!"

"Vezmi ten pevný disk!" Sam řekl, což udělal dřív, než se usmažil. "Teď si ho vezmeme s sebou a uvidíme, co se nám podaří zjistit."

KAPITOLA 7

DISKUSE

K dyž se vraceli domů, E-Z stále myslel na zprávu "Varuj je". Mohlo to být něco víc než jen sen?

"To by mě zajímalo," řekl.

"O čem?" Sam se zeptal.

E-Z vysvětlil o svém snu a vzkazu a pak přidal svůj nový nápad, aby zjistil, co si o tom myslí.

"PJ a Arden nastavili věci na webu tak, abychom v budoucnu mohli dělat podcasty. Přemýšlím, jestli to mám použít, až vymyslíme, koho varovat. Určitě bychom mohli oslovit spoustu lidí."

"To je skvělý nápad!" Sam řekl: "Ale neměli bychom si už teď budovat příznivce? Abychom pak, až budeme připraveni předat varování, už měli nějaké odběratele?"

"Co bych na to řekl?"

"Přemýšlejme o tom," řekla Lia. "A my ti budeme stát po boku."

"Nevadí mi, když budu mluvit já."

Když teď dorazili domů, vešli dovnitř.

KAPITOLA 8

BRANDY ŽIJE

Když ho poprvé uviděla, byla to hudba, kterou měli společnou. Hrála na klavír, lépe než průměrně, ale ne výjimečně dobře. Její učitel hudby říkal, že má přirozené schopnosti - ať už to znamenalo cokoli. Ale uměla hrát jen písničky, které pro ni něco znamenaly. Pak si je pamatovala a dokázala je zahrát hned. Ovšem nucení do hraní něčeho, co ji nebaví, způsobilo, že lekce nenáviděla.

Zůstala u toho. Nutila se, i když to nenáviděla. Doufala, že se jí podaří přetvařovat se a dostat se do školní kapely.

Její rodiče chtěli něco ukázat za všechny ty lekce, které zaplatili. Trvali na tom, aby to zkusila v kapele - aby se víc zapojila do školních aktivit.

"Bude to vypadat dobře v přihlášce na vysokou školu," řekl jí otec.

"Snaž se, jak nejlépe umíš, to je vše, co po tobě chceme. Dej do toho všechno!" řekla jí matka.

Letošní konkurzy na střední školy však byly nabité talentovanými dětmi. Když vstoupila do posluchárny, na pódiu už vystupoval nadaný bubeník.

Se zpocenými dlaněmi a bušícím srdcem se přesunula podél řady. Řada studentů a učitelů tleskala a poklepávala si na prsty. Cítila, jak podlaha pulzuje s každým úderem.

Jako robot pokračovala v chůzi podél okraje posluchárny, dokud se nedostala co nejblíže k pódiu.

Teď se vyplížila ze dveří a odešla do zákulisí. Postavila se k ostatním účinkujícím na palubě a tleskala, jako by tam byla odjakživa.

Byl to geniální plán. Všichni byli tak zaujatí jeho konkurzem, že si ani nevšimli, že se vmísila do řady.

"Kdo je to?" zašeptala dívce, která stála ve frontě před ní.

"Pššt!" odpověděli jí ostatní čekající účinkující.

Bubnoval dál, oblečený v džínách, s blonďatými vlasy, které se mu pohupovaly a poskakovaly. Pak se naklonil blíž k mikrofonu a jeho hluboký melodický hlas se přidal k rytmu.

Přitiskla se trochu blíž, a když to udělala, všimla si svědění, které tam předtím nebylo. Na dlaních, pažích, nohách. Škrábala se a nenacházela úlevu. Vlastně se to ještě zhoršilo a brzy měla pocit, že jí kůže hoří. Pak se jí zhoršilo dýchání a zpomalil se jí tep.

"Uklidni se," zašeptala nahlas i v duchu.

Bylo to poslední, co si pamatovala, než se probudila v jedoucím vozidle.

KAPITOLA 9

O BRANDY

VOZIDLO JELO PO DÁLNICI vysokou rychlostí. Seděla na zadním sedadle. V čí autě seděla? Nebylo to vozidlo, které poznávala.

Pokusila se posadit; bolela ji hlava - jako by jí projížděl vlak. Na chvíli zavřela oči a zaposlouchala se, snažila se přijít na to, jak se tam dostala. Samotné auto podivně vonělo, novotou a zároveň starobylostí.

PFFT.

Ventilační otvor vylučoval zápach, z něhož se jí zvedl žaludek a ona se pozvracela.

"Hele, pozor na interiér," ozval se mužský hlas. "Je to kůže, ta pravá." Zazvonil mu telefon a on do něj promluvil přes mikrofon v hledí. "Ano, za chvíli tam budeme," řekl. Odpojil se a pak zesílil rádio.

Ruce měla svázané, ne za zády, jak to viděla ve filmech, ale před sebou, těsně nad zapnutým bezpečnostním pásem. "Chci jet domů!"

"Brzy," odpověděl mužský hlas přes refrén Drakeovy melodie.

Po cestě, která podle ní trvala asi třicet minut, zastavil u benzinové pumpy. Zamkl ji uvnitř, pak za sebou zabouchl dveře a beze slova ji nechal na cestě.

Dívala se z okna a usilovně se snažila, aby se znovu nepozvracela. Její únosce nebo únosce, ať už to bylo cokoli, odešel dovnitř. Doufala, že to nebyl únosce, který by chtěl žádat výkupné. Její rodiče neměli peníze na to, aby zaplatili za její návrat. Soustředila se na okamžik a všimla si, že dveře nemají kliky a tlačítka na otevření okna nefungují.

Na druhé straně auta, které čerpalo benzín, uviděla nějakého muže.

"POMOC!" vykřikla a dala do toho všechno. Věděla, že to může být její jediná příležitost.

Když nereagoval, bušila svázanými pěstmi do zavřených oken. V tomhle akváriu auta bylo těžké vydávat nějaké zvuky. Ohlédla se a její únosce se vracel do auta a nesl s sebou plechovku popu a dvě čokoládové tyčinky. Když usedl za volant, hodil jí přes rameno čokoládovou tyčinku. Nemohla ji chytit, nesnášela tenhle druh, nehledě na to, že nedávno zvracela.

"Mám žízeň," řekla.

"Co chceš?" zeptal se, pak vešel dovnitř a téměř okamžitě vyšel s lahví vody.

Odepnul uzávěr a vložil jí ji do rukou. I když je měla svázané, podařilo se jí po několika pokusech dostat trochu vody do úst. Z přední strany trička jí kapala voda. Nevadilo jí to, smylo to část zápachu barffy.

"Děkuju," řekla.

O chvíli později už byli zase na dálnici. Zrychlil, přejel do rychlého pruhu a jí se rozepnul bezpečnostní pás. Zmítala se na zadním sedadle auta jako jedna kostka, která se kutálí bez směru.

"Nech toho, ty blázne!" řekl jí muž, když se se svázanýma rukama pokoušela znovu zapnout bezpečnostní pás.

Pneumatiky, jak řidič bezohledně měnil jízdní pruhy. Ostatní řidiči dupli na brzdy, aby se mu vyhnuli. Pak zamířil k odbočovacímu pruhu. Šlápl na brzdy a zastavil. Vystoupil z předního sedadla, otevřel zadní dveře.

Byla připravená s nohama nasměrovanýma k němu a vší silou ho udeřila jedním velkým kopem dvěma nohama. Padl na zem a ona už byla venku z auta a divoce utíkala, když do ní narazilo auto, pak další a pak ještě jedno.

Vrátil se do auta a ujížděl pryč.

"Pitomá holka!" vykřikl.

KAPITOLA 10

BRANDY VZPOMÍNÁ

"Zase se to stalo, že?" zeptala se matka, když pomáhala Brandy z nákupního vozíku. "Co se stalo tentokrát?"

"Promiň, mami," řekla teenagerka a sehnula se, aby si zavázala botu. Její ruce byly tak příjemné, teď když už nebyly svázané.

Její matka se sklonila a zašeptala: "Bylo to stejné jako jindy? Omdlela jsi?"

Vstala a podívala se ke dveřím.

"Řekni mi to," řekla matka a posunula dceru před sebe, aby byly blízko a nikdo jiný je neslyšel. Kromě toho v jejich uličce nikdo jiný nebyl.

"Byla jsem ve škole, na konkurzu. Jeden kluk hrál sólo na bicí a zpíval. Byl opravdu výborný."

"A taky zasněný, předpokládám?" zeptala se matka.

Cítila, jak jí horknou tváře. "Srdce se mi zrychlilo, rozbušilo, potily se mi dlaně a bylo mi divně. Pak už jen vím, že jsem byla přivázaná na zadním sedadle jedoucího auta!"

"Svázaná? V autě? V čí autě? Kdo řídil? Kam jsi jel?"

"Nepoznal jsem auto ani řidiče. S někým mluvil, používal jeden z těch mikrofonů, co jsou na ruce. Řídil dobře, dokud nevjel na dálnici. Pak jel jako šílenec a já jsem předstírala, že se mu rozepnul bezpečnostní pás. Když sjel ze silnice a zastavil, kopla jsem ho tak silně, že upadl, a dala jsem se na útěk."

"Díky bohu, že jsi utekl. Zastavil někdo, aby ti pomohl? Doufám, že máš jejich číslo, abych jim mohla zavolat a poděkovat."

Brandy nepromluvila, protože se jí vybavovala auta, jedno, druhé, třetí, jak do ní narazila, a ona zemřela. Znovu. A skončila v obchodě s potravinami se svou matkou, znovu.

"Mluv se mnou," řekla Brandyina matka.

"Umřela jsem - znovu," řekla Brandy, "a skončila tady. Znovu."

Posadila se na podlahu, nebo spíš se jí podlomila kolena a klesla na kolena. Její matka ji následovala jako domino.

Seděly vedle sebe, držely se za ruce a nemluvily.

KAPITOLA 11

BRANDY PŘED

"POSPĚŠ SI, BRANDY!" ŘEKLA jí matka naposledy. Naposledy, když její jediná dcera zemřela - a byla vzkříšena.

Když většina rodičů musela jít do obchodu s potravinami s dětmi v závěsu - nemohli se odtamtud dostat dost rychle.

Brandy mezi takové děti nepatřila. Dávala přednost obchodům před parky, sportem - většinou před každou činností. Vzít ji na nákup byl jediný způsob, jak ji dostat z domu.

Nebyla to úplně Brandyina chyba. Narodila se se vzácnou srdeční vadou. Říkali, že z toho vyroste. Takže běhání a hraní si s ostatními dětmi pro ni nepřipadalo v úvahu.

Proto si zamilovala nákupní středisko, ale ze všeho nejraději chodila do obchodu s potravinami. A v uličkách s potravinami byl vždycky docela klid. Až na jeden případ, kdy se rozdávala DVD zdarma. Brandy byla tak rozrušená, že nemohla dýchat, a museli ji odvézt do nemocnice.

Tehdy jí byly tři roky.

KAPITOLA 12

BRANDY TEĎ

T EĎ, KDYŽ BYLO JEJÍ dceři čtrnáct, se to zdálo být stále méně a méně. Přesto si říkala, co se stane, až bude příliš velká na to, aby se vešla do nákupního vozíku.

"Proč zrovna tady, co myslíš?" "Proč vždycky jen ty a já a tady?" zeptala se Brandyina matka.

"To nevím, mami, ale jedno vím jistě. Chci nakupovat. Chci si koupit jídlo a pití a, jdu. Jestli chceš, zůstaň tady, já se za chvíli vrátím. Tady, zahraj si Solitaire na mobilu. Uklidní to tvé nervy a nakupování uklidní ty moje."

Žena seděla na podlaze, zatímco vozíky přijížděly a odjížděly, a veškerou pozornost soustředila na hru Solitaire. Její dcera ji tak dobře znala. Přesto se snažila nedělat si starosti s tím, kolik - ne kolik - toho má říct manželovi. Neřekla mu to ani minule, když jí zemřela dcera, ani předminule, ani předtím. Řekla mu jen, že šli nakupovat a že to bylo stresující.

„Jsem připravená," řekla Brandy tehdy, když byla ještě malá holčička s náručí plnou cereálií a popcornů.

Zamířili tehdy k samoobslužné pokladně.

„Nech mě to udělat, mami!"

To říkala Brandy vždycky. Ráda sledovala, jak pokladní skenuje jednotlivé předměty. A bůh jim pomáhej, když se skenování nepovedlo.

Brandy a její matka nyní pro dnešek skončily a vrátily se k autu. Brandy si sedla dopředu a připoutala se. Vyjely a jen krátce se zastavily u pokladny, aby si koupily dva horké poháry.

„Dneska jsme sehnali opravdu skvělé zboží," řekla tehdy Brandy a teď to zopakovala.

„Vím, že miluješ, ale stejně bych ráda slyšela víc o té tvé dnešní, ehm, příhodě. Vzpomeneš si ještě na něco z toho, co se stalo? Musela jsi být vyděšená, když jsi byla sama v autě s cizím člověkem? Nechápu ale, jak se to může stát. Bylo tohle něco jiného než jindy? Říkala jsi, že v jednu chvíli jsi byla na konkurzu do školní kapely a pak jsi seděla v autě?" „Ano," odpověděla jsem.

„Ano, čekala jsem, až na mě přijde řada, abych mohla vystoupit, spolu s ostatními studenty. Všichni jsme poslouchali jednoho kluka na bicí. Byl neuvěřitelný, zpíval a hrál. Už jsem se blížila ke konci řady, když vtom, ZAP, jsem byla pryč."

„Ach, ten zvuk ZAP se mi nelíbí."

„Tak se to stalo, mami. Nejdřív mě svrběly ruce, pak nohy, ruce." „A co ty?

"Ty jsi mi o tom svědění neřekla dřív?"

"To se stává. Většinou se uklidním sama. Tentokrát nic nezabralo a, no, však víš, slovo na Z."

"Cože?" zeptala jsem se.

"Musím se zeptat, ale nemyslíš, že se to stalo třeba proto, že ses chtěla vyhnout konkurzu? Mám na mysli samotný konkurz. Není to něco, co bys dělala ráda." "To je pravda.

Brandy zabubnovala prsty na rameno dveří. "Neskočila bych do auta s cizím člověkem, abych se vyhnula konkurzu," řekla.

"Dobře, drahoušku," řekla její matka a rozplakala se. Řekla špatnou věc - zase. Vždycky říkala špatné věci, když se jednalo o dceřinu... jak by to měla nazvat? Cestovatelská dobrodružství její dcery.

"To je v pořádku, mami."

Chvíli jely mlčky. Bylo to příjemné ticho.

"Chci vědět, jak ti pomoct," řekla Brandyina matka. "Pro příště..."

"Já vím, že chceš, mami, ale ty u toho nejsi, když se to stane. Musím si s tím umět poradit sama."

"Je nějaká věc, která se vždycky stane - než zmizíš?"

"Rád bych si vzpomněl, mami, ale stejně jako minule si nevzpomínám." Podívala se z okna a pak zkřížila ruce.

"No, až budeme doma, můžeš trénovat trénink tréninku. Pak budeš na zítřejší konkurz ještě lépe připravená."

"Byl to jen jednodenní konkurz. Takže letos nemám šanci. Kromě toho tatínek nemá rád, když cvičím, zvlášť když pracuje z domova. Říká, že ho z toho bolí hlava."

"Táta to tak nemyslí," řekla. "Promluvím si s ním. Koneckonců, ty chceš hrát na klavír, jako zaměstnání, ano? Myslím tím jednoho dne, až dostuduješ. A já zavolám tvému učiteli - požádám ho o výjimku z pravidel."

"Ráda bych slyšela, jak ten rozhovor probíhal!" zasmála se. "Dobrý den, pane Hoppere, já jsem Brandyina máma a moje dcera, no, cestovala v čase do rozjetého auta s cizím člověkem, a pak, zemřela. Takže, mohla by se pro vás zítra zúčastnit konkurzu?"

"To je kruté," řekla její matka. "Rozmyslela sis snad, že chceš dělat hudební kariéru? Určitě se pořád dělají výjimky pro studenty?"

"Možná ano, ale mně to nevadí. Že jsem to prošvihla. Vždycky je tu další ucho. Kromě toho bych chtěla být nakupující, myslím, že proto se vždycky vracím do obchodu s potravinami nebo s oblečením. Vzpomínáš si na tenkrát?"

Její matka přikývla.

"Po nákupčí klavíristkou, pak učitelkou," řekla teenagerka, rozpažila ruce a kousala si nehty.

Matka se na ni podívala: "Nedělej to, miláčku. Kousání nehtů je tak nehygienické." Brandy si sedla na ruce. "V tomhle pořadí?" řekla její matka a zasmála se.

"Možná v opačném pořadí," vypískla Brandy, když vjely na příjezdovou cestu. "Táta ještě není doma."

Použila automatické otevírání garážových vrat, aniž by dceři odpověděla. Ano, její manžel měl zase zpoždění. Každý večer se vracel domů později a později. Říkal, že ho zdržuje práce a nutí ho, aby si přivydělával, aniž by platil přesčasy. Nesnášela, když se nikdy nevrátil domů, aby se s Brandy viděl, než půjde spát. Alespoň měli připravenou svačinu. Připravila jí večeři, aby se usadila ve svém pokoji. Tak by si s manželem mohli dát společnou večeři. Byl by to krásný večer, jen oni dva.

"Vezmi tašky," řekla.

"Dobře, mami," odpověděla Brandy, když vešly dovnitř.

KAPITOLA 13
AUSTRALSKÉ VNITROZEMÍ

CHLAPEC VE VNITROZEMÍ NA severu Austrálie žil v krabici. Když ho našli, bylo mu dvanáct let. Jeho tělo bylo deformované, protože seděl s prohnutými zády a koleny nahoře - jako v krabici. I když ji rozbili a pustili ho ven.

Nemohl mluvit, nebo nechtěl mluvit. Dokud nezačal znovu důvěřovat. Pak se protáhl a jeho tělo se uvolnilo.

Měl raději tiché hlasy, šeptající hlasy. Hlasité věci, hlasité zvuky jakéhokoli druhu ho děsily. Třásl se a uzavíral se do sebe. Hledal a křičel: "Bedna!".

Měli ji tam, v rohu. Dokud mu lidé v Sydney neřekli, že se nikdy neuzdraví, pokud ji nezničí.

Pomáhal jim to udělat kladivem, které bylo skoro tak velké jako on. Když ji rozbili na malé kousíčky, oči se mu protočily v hlavě a byl pryč. Pryč. Někde v jeho mysli. Nedosažitelný.

Nikdo nevěděl, kdo je. Nebo komu patřil. Co je to za rodiče, kteří zavřou své dítě do krabice jako zvíře?

Přesto nebyl vyhladovělý. Aspoň ne kvůli jídlu. A nebyl dehydrovaný.

Což znamenalo, že někdo byl poblíž. Čekali, rangers, policisté, až se vrátí - ale nevrátili se. Takže museli vědět, že krabička v krabičce je venku.

Tým psychologů nechal v domě nainstalovat kamery, takže mohli chlapce sledovat na dálku ze S ydney.

Další lidé z celého světa se chtěli "zapojit" do pozorování chlapce. Někteří psali disertační práce o týrání dětí, o zanedbávání. Probojovali se až na vrchol seznamu.

Chlapec se houpal sem a tam, aniž by řekl jediné slovo. "Bedna!" byla jeho jediná snaha. Ale věděl, o co jde. Slyšel, jak si šeptají. Milionáři, kteří ho chtěli adoptovat. Nikam se nechystal. Zůstával na místě. Tohle byl jeho domov.

Chlapec, který nikdy předtím nespal v posteli - a pokud ano, tak si to nepamatoval -, teď v žádné spát nechtěl. Místo toho se stočil do klubíčka a spal v rohu na podlaze. Hodil se mu polštář a deka, které mu nechali. Tyto luxusní věci zůstaly netknuté.

Zatímco se rozhodovali, co s ním udělají, byla jmenována sestra. V Austrálii se sestrám říká také ošetřovatelky. V některých případech je sestra zároveň sestrou (jeptiškou.) Také sestra, která je sestrou, může být bratrem. Pokud by zmíněná Sestra/Sestra byla muž.

Chlapcova Sestra/Sestra byla milá paní, která vždy nosila vlasy sepnuté do drdolu. Nosila bílou uniformu s odpovídajícími botami, které vrzaly při každém jejím k roku.

Když se ho poprvé pokusila přikrýt dekou, křičel, jako by ho napadl rozzuřený mrak.

"Tak, tak," řekla sestra. Zavrtěla se a pak deku zvedla. Přehodila si ji kolem ramen a chlapec zalapal p o dechu.

"Je měkká," řekla.

Zachumlala se do ní. Přivoněla si k ní.

"Je moc měkká a teplá," hlesla.

Chlapec natáhl ruku a dotkl se okraje deky. Pohladil ji, jako by byla ještě na ovci, odkud pocházela.

"Chtěl bys ji?" Sestra se zeptala.

Dva dny odmítal, pak jí dovolil, aby mu ji dala kolem ramen. Potom s ní spal, jako by to byla živá věc. Kolébal ji jako dítě a šeptal jí. Nakonec se v něm utěšoval a nedovolil sestře, aby si ho vzala nebo u myla.

Čtvrtého rána chlapcovy svobody se venku na trávníku před pozemkem začala shromažďovat zvířata. Nejdřív přišla klokaní samice. Vyskočila na spodní část schodů na verandu, pak si sedla na hrby a pozorovala dveře. Pak přišel emu a udělal totéž. Pak přišla straka, kakadu a gala. Ptáci se střídali ve zpěvu a jejich hlasy jako by chlapce volaly ven ze dveří. Předtím se mu nechtělo otevírat dveře ani z nich vycházet. Když však uviděl zvířata a ptáky, bez váhání jim vyšel vstříc.

Sestra ho pozorovala zpoza plátěných vchodových dveří. Neměla ráda psy, kočky ani ptáky - vlastně ji děsili -, ale tahle divoká zvířata ji děsila. V případě potřeby by se odvážila vyjít ven. Doufala, že jí brzy pošlou někoho na pomoc.

Chlapec se postavil na verandu a nadechl se vzduchu. Roztáhl ruce doširoka, do šířky, a pak si naplnil plíce venkovním vzduchem. Nenasytně ho vdechoval.

Sestra, která si přála, aby byl jejím vlastním synem, sledovala, jak se mu v jeho malém těle rozšiřuje hruď.

Pak se to stalo.

Chlapec se začal zvedat, jako by byl balon, který se vznáší, jenže nebyl balon a nebyl na provázku - byl to malý chlapec.

Sestra vyběhla ven. Měla ho ráda - a on jí utíkal. Za jejími zády se rozrazily dveře od plátna.

"POČKEJ!" vykřikla a natáhla k němu chápavé prsty.

Když chlapec vyklouzl pryč. Jeho malé nožky se zvedaly. Odnášely ho ven, dál. Jak ho tři ptáci nesli, dál a dál.

Chytila ho, ale byl už příliš daleko. A tak sledovala, jak klokaní matka zvedá oči.

A chlapec klesl na matčina ramena. Seděla nahoře, s rukama kolem krku klokana, a odskočila. Vedle nich držel krok emu.

Sestra nevěděla, co má dělat - běžela dovnitř pro klíčky od auta. Nastartovala motor a vydala se za chlapcem, dokud ho už neviděla.

Chlapec, který kdysi žil v krabici, byl odveden ze světa lidí. Odešel do světa, kde se zvířata starají o své vlastní. A tohle dítě bylo jedním z nich. Bylo jeho r odinou.

A chlapec zpíval písně hlasy, které znal z hloubi svého nitra. A smál se nahlas a byl šťastný, když se nechal odnést na místo ve svém srdci. Na místo, kde byl tím, čím měl vždycky být.

KAPITOLA 14

OSAMĚLÝ CHLAPEC

V ZAKÁZANÉM JAPONSKÉM LESE se ozval dětský pláč. Ptáci se shromáždili, přidali se ke zpěvu a zesílili žádost osamělého chlapce o pomoc. Přiletěla sova Scops a vyplašila ostatní ptáky. Seděla poblíž, hlídala a čekala.

Ozval se alarm auta. Jeho kvílení přehlušilo dětský pláč. Bylo v dětské autosedačce. V té, která bývala na zadním sedadle auta.

"Cvak, cvak," a autoalarm se zastavil na tak dlouho, aby řidič slyšel slabý pláč dítěte. Spolu s manželem spěchala do lesa, kde našli vyděšené a úplně osamělé dítě. Společně ho utěšovali.

Několik voskovek zůstalo stát a pozorovalo je. Vyhodnocovala situaci. Šustily peřím a cvrlikaly. Jako by o záchraně dítěte podávali živou zprávu.

Žena dítě odvázala. Přitiskla ho k sobě a kladla mu otázky, na které bylo příliš malé, aby na ně dokázalo odpovědět. Otázky jako: "Kde je tvoje Haha, Ko? Kde je tvůj Otosan?" (V překladu: "Vždyť je to můj otec: Kde je tvá matka, dítě? Kde je tvůj otec?"

Její manžel prohledal okolí. Zavolal. Když nikdo neodpovídal, hledal znamení. Stopy dospělých. Žádné nenašel.

"Žádné stopy," řekl a nevěřícně zavrtěl hlavou. Les pro něj nebyl oblíbeným místem. Dával přednost městům a hluku. Byl to on, kdo omylem spustil alarm auta. Doufal, že jeho žena bude chtít odjet. Slíbil jí oběd v její oblíbené restauraci. V tu chvíli uslyšela dítě a utekla do lesa.

Pro její bezpečí se vydal za svou ženou. Ve městě se vyhýbali místům, kde by mohli číhat predátoři. Lákat nic netušící, důvěřivé lidi - jako byla jeho žena - do nebezpečí.

Les, tento konkrétní les, byl plný zvuků. Živý, plný světla. A dítě, to dítě nemohli opustit.

"Pojďme," řekl. "Vezmeme ho do nemocnice, abychom se ujistili, že je v pořádku, a oni mohou na policii zjistit, komu patří."

Přitiskla si dítě k hrudi a přejela rukou po zádech, jako by to dělala matka s vlastním dítětem. V její mysli byl právě tím jejím dítětem. Dítě, které nikdy nemohla mít, které ji zavolalo a ona přišla do zakázaného lesa a přihlásila se o něj.

"Je můj," řekla nejdřív vzdorovitě, pak tišeji, "chci říct, náš. Naše dítě. Syn, kterého jsi vždycky chtěla."

Její manžel se na chlapce podíval. Potřeboval je. A byl příliš malý, příliš mladý na to, aby si pamatoval něco předtím. Už jim věřil. Nikdo se to nedozví, pomyslel si. A přesto, bylo to správné, vzít si tohle dítě za vlastní?

"Nikdo by se to nedozvěděl," řekla jeho žena, jako by mu četla myšlenky.

To se stávalo často, po dvanácti společných letech. Mysleli na podobné věci. Mluvili ve stejnou dobu. Dokončovali si navzájem věty.

Byli milující a stabilní pár. Společně toho měli dítěti tolik co dát. Přesto jim osud nedopřál žádné vlastní.

Předala dítě manželovi a čekala.

Ptáci nad ní viděli, jak se jí třesou ruce. Zpívali a povzbuzovali ji, aby si dítě vzala. Pomáhali mu rozhodnout, že dítě je nyní jejich.

Už si ho přivlastnila ve svém srdci a ve své duši. Stejně tak i její manžel, ale ten byl rozpolcený mezi sobectvím. Chtěl udělat správnou věc, ne sobeckou.

"Chtěla bys jít bydlet k nám?" zeptal se dítěte.

Ačkoli neodpovědělo, všichni tři se vydali zpátky na parkoviště. Posadili chlapce doprostřed zadního sedadla, dál od airbagů.

Ptáci a sova přikývli a odletěli do lesa.

KAPITOLA 15

ŽENA

Stará žena se houpe na židli, sem a tam, tam a zpět. Její vzpomínky jsou prchavé jako mraky. Často jsou mimo dosah.

Zmatek se stěhuje dovnitř. Brzy nahradí vše v její mysli nicota.

Demence si nevybírá své oběti podle přání nebo potřeb nemocného. Její účel - zmást. Odcizit se. Vymazat.

Čelí tomu, dokud se jednoho dne všechno nezvrhlo.

Tak tomu teď říkala, převrácené. Zkráceně T/T. To druhé bylo špatné a stále horší. Ale topsy-turvy znamenalo, že není blázen, a co víc, znamenalo to, že není sama - už ne.

Ve své mysli viděla všechno. Někdy se to odehrávalo zpomaleně, jako by klikla na tlačítko na dálkovém ovladači. Někdy se scény přehrávaly znovu a znovu, pozpátku, dopředu, ve smyčce. Jindy byla uprostřed dění a pozorovala ho z první ruky jako reportérka.

Když se to stalo poprvé, bála se, že ji někdo zraní nebo zabije. Byla svědkem věcí, při kterých se jí ježily vlasy. Ale když si uvědomila, že ji ti kolem nevidí ani neslyší, dokázala se pak uklidnit. Kromě archandělů věděli, že tam je, ale nedali o její přítomnosti vědět ostatním.

Stejně jako tehdy, když její mysl odletěla do Nizozemska. Usadila se a pozorovala malou holčičku. Vykřikla, když dítě ztratilo zrak. Cítila se bezmocná, protože nemohla dělat nic jiného než se dívat. I to se časem změnilo.

Pak se Lia a E-Z spřátelily a k nim se přidala labuť Alfred. Pozorovala je, naslouchala. Připadala si jako neviditelný a neslyšitelný člen jejich týmu. Sledovala, jak spolu pracují a jak se z nich stávají pevní přátelé.

Pak najednou v duchu promluvila k Lii a holčička jí odpověděla. Rosalii se otevřel zcela nový svět.

Zpočátku byla jejich konverzace poněkud omezená. Přestože mezi nimi byl velký věkový rozdíl, měly některé věci společné. Třeba lásku k baletu.

Od té doby, co archandělé změnili pravidla, Rosalie Trojici sledovala ještě víc. Přesto jí tyto výměny názorů nestačily k tomu, aby si vyvzdorovala, aby zaměstnala svou mysl.

Tehdy Rosalie objevila Jiné. Děti s jedinečnými schopnostmi v jiných částech světa - a ona s nimi mohla mluvit.

První byla Brandy, teenagerka, která žila v USA. Pak přišla komunikace s Lachiem, známým také jako

Chlapec v krabici. Třetí, ale ne poslední, byl Haruto, který žil v Japonsku. Haruto byl ze všech nejmladší. Všechny tři děti měly schopnosti. A ona byla jediným spojovacím článkem.

Prozatím ji Lia udržovala ve spojení s Alfredem a E-Z, ale brzy jim bude muset říct o všech ostatních.

Rosalie se zachvěla, když přišli ošetřovatelé s jídlem. Červené želé. Její oblíbené. Snědla ho jako první poté, co si na něj nalila trochu smetany. Smetany, která měla jít do její kávy.

V duchu poděkovala dívce, která jídlo přinesla, protože Rosalie nemohla mluvit. Nebyla schopná mluvit. Jediný způsob, jak komunikovat, byl v její mysli...

Přivolat Trojku, aby ji navštívila v Rezidenci pro seniory, se nezdálo jako správná věc. Prozatím ji nechala Lia jako tajemství a o Brandy, Lachie a Harutovi si dělala poznámky a zapisovala je do knihy.

Musela by to ale utajit, před archanděly. Vedla by si tajnou složku. Nehodlala o těch dětech ztratit přehled, ať se dělo cokoli.

"OH!" vykřikla a sáhla do horní zásuvky nočního stolku vedle postele. Vzpomněla si na dárek. Zápisník, Na přední straně stálo: "Všechno nejlepší k narozeninám!".

Načmárala do něj několik prvních stránek. Nevytvořila žádná pořádná slova, a když se dostala na třináctou stránku. Třináctka pro ni vždycky byla šťastné číslo, začala psát o Brandy, Harutovi a Lachie.

Bylo toho tolik, co napsat. Když ji zabolela ruka, přestala, chvíli ji ohýbala a pak se hned vrátila k psaní.

Rosalie přemýšlela, jestli kromě těchto tří nových dětí existují ještě další. Kdyby chvíli počkala, možná by na ni také promluvily. Bylo by lepší, kdyby své tajemství prozradila, až se všechny děti odhalí.

Rosalie si dávala pozor, aby na vnější stranu knihy nenapsala "Tajné" nebo "Soukromé". A byla ráda, že k ní nebyl přiložen klíč. Tyhle tři věci by přiměly každého, kdo by zápisník uviděl, aby si ho chtěl přečíst. Byli by zvědaví jako kočka. V jejím věku byla spousta lidí, kteří byli zvědaví. Ale nechtěli by číst, když by viděli prvních třináct ušmudlaných stránek.

Prolistovala knihu až na konec. Rosalie zaplnila posledních třináct stránek ještě chaotičtějším rukopisem. Pak knihu i s pery vrátila do zásuvky a zavřela ji.

Usmála se, opřela se o polštář a opřela si ruku a přemýšlela o večeři. Hlavně o dezertu.

KAPITOLA 16

KDE BUDETE STÁT?

Existuje jeden svět, ve kterém žijeme, svět, který je plný dobrých i špatných lidí. Svět ovládaný lidmi, kteří jsou chybující a nedokonalí. Lidé, kteří nejsou roboti... Nejsou naprogramováni k tomu, aby byli dobří nebo špatní.

Učíme se svému životu, z toho, co vidíme, čeho si všímáme, co nás učí a čím se stáváme.

Učíme se ze základů, které nám byly položeny. Jak rosteme a rozšiřujeme své obzory, musíme se rozhodovat.

Je na nás, abychom naučené znalosti uplatnili. Volit mezi špatným a správným.

V průběhu věků se velcí lidé nechali oklamat. Velcí a mocní lidé. Dokonce i dospělí.

Někdy je rozhodování snadné. Bez šedých zón. Někdy nás vedou síly, které se vymykají naší kontrole. Jiní nás tlačí k tomu, abychom se řídili jejich etickým kodexem. Někdy se objeví nečekané prvky.

Řekněme, že jsme na cestě a někdo nám postaví překážku. Můžeme ji odstranit nebo se zastavit a počkat, až ji dotyčný odstraní. Můžeme si vybrat.

Život je o volbách. Rozhodnutí, která učiníme, nás mohou nasměrovat do života. Jdeme po této cestě, na níž jsou položeny cihly z našich dobrých rozhodnutí.

Nebo se můžeme nechat svést na scestí. Oklamáni. Podvedeni, abychom šli proti tomu, co víme, že je pravda.

Když se to stane, všechno se může zhroutit - jako kostky domina.

A za naše činy - nebo nečinnost - budou následky. Nejen pro nás. To, co děláme, ovlivňuje i ostatní.

A nakonec, až zemřeme, jsme všichni chyceni a drženi v náručí našich Lovců duší.

Fúrie - tři zlé bohyně - přebírají kontrolu nad lapači duší.

Lapače duší se zmocňují.

Duše létají bez domova.

Duše bez domova.

Chaos je na obzoru.

Kde budeš stát ty?

KAPITOLA 17
ROSALIE V BÍLÉM POKOJI

ROSALIE OTEVŘELA OČI. BYL čas jídla a ona si vyžádala tác se snídaní. Její pokoj byl na cestě do jídelny. Když tam jídlo přinesli, ucítila vůni slaniny. Z toho se jí sbíhaly sliny. A káva. Čekala, až na ni přijde řada. Neměla jinou možnost než čekat, až na ni přijde řada.

Věděla, že raději krmí obyvatele v jídelně. Chápala, že je třeba dodržovat časový rozvrh. Přesto věděla, že se k ní nakonec dostanou. V domově důchodců, kde žila, se na ni vždycky dostalo.

Pozorovala kardinála na stromě za oknem a zvažovala, že vstane z postele, aby si ho prohlédla zblízka. Ale když odhrnula peřinu a sestoupila na koberec - cítila se divně. Chlupatě.

A přistála v Bílém pokoji.

Od té doby, co tam byl E-Z, se nic nezměnilo. A Rosalii netrvalo dlouho, než se zorientovala a začala prozkoumávat.

Když přejížděla prsty po policích s knihami, měla pocit déjà vu. Byla v této místnosti už někdy předtím?

Přešla do středu místnosti a otočila se. Regály s knihami pokračovaly dál a dál. Kam až oko dohlédlo. Z jejich výšky se jí zatočila hlava a zatoužila se posadit a popadnout dech.

BINGO

Objevilo se pohodlné křeslo a ona do něj padla. Opřela se a pak si uvědomila, že má kolečka a může se otáčet, a otočila ho. A otočila se. Pak zavřela oči a odpočívala. Byla ráda, že ještě nesnídala, protože se jí trochu zvedl žaludek, když se nad ní něco pohnulo.

Nebo se jí to jen zdálo.

"Ty tam!" vykřikla a ukázala na nic a nikoho. "Viděla jsem, jak se hýbeš, ty, ty malá... ať už jsi cokoli, vylez, vylez," přemlouvala ji.

Rozhodla se, že si to vymyslela; vrátila se ke zkoumání okolí. A přemýšlela, jak se na tomto místě ocitla.

"Jsem zpátky ve svém pokoji a představuju si, že jsem na tomto místě?" Nehty se zarývala do područek křesla. Sledovala, jak do koženého povrchu vyškrabávají stopy. Byly to lehké škrábance, dost lehké na to, aby se daly odstranit malým třením. Koneckonců byla hostem a hosté by se o místo, které navštívili, měli vždycky starat. Jinak je už nikdo nepozve zpátky.

Nad ní se opět něco pohnulo. Tentokrát to doprovázel zvuk mávajících křídel. Byl tam nahoře uvězněný pták, který se nemohl dostat ven?

"Už jdu, maličká," řekla, vstala a vykročila k žebříku.

Dřevěná konstrukce, jako by jí četla myšlenky, se převalila po podlaze a zastavila se u jejích nohou.

"Naskoč!" řekla.

Rosalie to udělala, a teprve když se sama pohnula, uvědomila si, že ta věc na ni promluvila.

"Ehm, děkuji," řekla, když se to zastavilo.

"Není zač," řekl žebřík. "Hledáte nějakou konkrétní knihu?"

Rosalie se zasmála. "Zdálo se mi, že slyším ptáka. Pššt."

Žebřík se zasmál. "Tady žádní ptáci nejsou, madam. Zvuk, který slyšíte, vychází z knih."

"Knihy s křídly?" "Ano," odpověděl žebřík. A pak: "Ty tam! Pojď sem!"

Rosalie sledovala, jak se tlustá černá kniha tlačí na okraj police. Pak jí zepředu a zezadu vyrostla křídla. Kdyby letěla dolů a přistála v Rosaliiných rukou.

"Ach jo!" řekla a podívala se na hřbet. "Myslím, že tohle už jsem četla."

DVOŘÁK.

Kniha se jí vytrhla z rukou a sama se vrátila na původní místo na polici.

"Je mi to líto," řekla Rosalie. Pak k žebříku: "Doufám, že jsem pana Dickense neurazila."

"Jestli už jste se mnou skončila," řekl žebřík, "mohu vám doporučit, abyste seskočila?"

"Omlouvám se, že jsem vás připravila o čas," řekla.

"To jste neudělala. Ráda jsem vám posloužila."

Rosalie sestoupila dolů a žebřík se rozjel na druhou stranu místnosti.

Rosalie si sáhla na čelo, ne, neměla horečku. Hladina cukru v její krvi musela klesnout příliš nízko. A teď by se nedostala k jídlu, ne celé hodiny. A ta zlodějka Agnes Lindsayová by jí ukradla snídani. Vplížila by se do jejího pokoje a snědla by z ní každý kousek. Až se ošetřovatelé vrátí pro tác, budou si myslet, že ho Rosalie snědla. Rosalie a Agnes byly zapřisáhlé nepřátelky.

Aby Rosalie nemyslela na kručící žaludek, soustředila se na knihy. Konkrétně na jednu knihu. Na knihu, kterou jako malá holčička ráda četla pořád dokola. Jmenovala se Anne of Green Gables by, by... Nemohla si vzpomenout na jméno autorky.

"Lucy Maud Montgomeryová," řekl žebřík, který se k ní blížil. "Naskoč si," řekl.

"Ach, děkuji za nabídku, ale mám příliš velký hlad a možná i závrať, než abych na vás vylezla."

"Posaďte se," řekl žebřík, "támhle." Pak žebřík zapískal a vysoko na policích se pohnula kniha. Na přední a zadní straně jí narostla křídla a vletěla Rosalii do rukou. Přitiskla si ji k hrudi.

"Děkuji," řekla.

"To je všechno?" zeptal se žebřík.

"Ano, pokud nemáte někde v této místnosti schované náhradní brýle na čtení."

BINGO.

Brýle se objevily a seděly jí dokonale rovně na nose.

Žebřík se vrátil na své původní místo.

Rosalii bolely kotníky.

BINGO.

Pod nohama jí vyskočil stojan.

Otevřela knihu. Uvnitř byl nákres jmenovkyně knihy Anne Shirleyové. Přejela prstem po obrysech zrzavých vlasů malé osiřelé dívky.

Anne na Rosalii mrkla. Ta zamrkala a pak se usmála na oplátku. O interaktivních knihách už slyšela, ale tahle byla úplně nejlepší!

Roztřesenýma rukama rozložila mapu Kanady a očima sledovala šipky, které vedly na Ostrov prince Edwarda. V duchu prošla celou vzdálenost - dorazila do Green Gables. Před domem stáli Cuthbertovi. Čekali na Anne.

Otočila stránku a dala se do čtení. Smála se každému maléru, do kterého se Anne dostala.

Pak Rosalii zakručelo v břiše a ona si přála něco velmi neslaného. Želatinový salát. Něco, co jí matka dělávala při zvláštních příležitostech, když byla malá. Nejraději měla šlehačku na povrchu.

BINGO.

Před sebou měla duhový želatinový salát s kopečkem šlehačky na povrchu. Myslela si, že lžička a

BINGO.

Objevila se jedna. Pak si ale vzpomněla, jak by jí maminka s tatínkem vynadali, kdyby dezert snědla jako první. Pomyslela na bramborovou kaši. Horké jako pára a s rozpuštěným máslem na povrchu. A na sekanou s kečupem. A hrášek čerstvě utržený ze zahrady.

BINGO.

Před sebou měla obrovskou mísu bramborové kaše. Po stranách se roztékalo máslo. Bylo to umělecké dílo. Vypadalo to skoro příliš dobře na to, aby se to dalo jíst.

Vedle ní ležel čtverec sekané s dobou kečupu přes celou plochu.

A v samostatné misce hrášek. S větvičkou máty nahoře.

Usmála se. Jako malá holčička neměla ráda, když se jí jídlo dotýkalo. V této místnosti kuchař věděl, co má ráda.

Ale kuchař jí zapomněl dát jídelní náčiní. Představila si nůž a vidličku.

BINGO.

I ty dorazily. Nenasytně jedla. Opatrně, aby nepoškodila Annu ze Zeleného štítu. Kniha, která vycítila potřebu ochrany, vylétla a vznášela se ve vzduchu, kde na ni Rosalie snadno dosáhla.

Rosalie snědla všechno, včetně želatinového salátu, který se na lžíci třásl.

Když dojedla

BINGO

nádobí, příbory atd. zmizely.

Po několika okamžicích vděčnosti za jídlo, které dostala, se podívala na knihu.

Pokud k ní přiletěla, pokračovala ve čtení.

Četla a čekala.

Na co nebo na koho čekala - to nevěděla.

KAPITOLA 18

CHARLES DICKENS

V ANGLICKÉM LONDÝNĚ SPADL z nebe kovový kontejner.

Samotný kontejner nebyl dlouhý, ani se nepodobal silu. Ve skutečnosti se nejvíce podobal kapsli. Rozdíl byl v tom, že tento předmět měl čtvercový tvar a neměl žádná okna. Místo oken byl ze všech stran zrcadlový. Protože byl také plochý, při nárazu do vody se smýkal obrovskou silou. Přistála na břehu Temže.

Vše sledovali dva detektoráři, kteří se jmenovali John a Paul. Oběma mužům bylo kolem třiceti let. Vydělávali si na živobytí detektorováním. Proto byli považováni za profesionální detektoráře.

Pracovní doba detektorářů byla různá. Byli samostatně výdělečně činní a zodpovídali za údržbu a správu svých nástrojů.

Detektorář potřeboval mnoho nástrojů. Nechtěl vyrazit na vykopávky nepřipravený. Většina z nich s sebou všude nosila kufřík s nářadím. Uvnitř byly základní předměty. Jmenujme alespoň některé: sluchátka, návleky proti dešti, popruhy, kopací nářadí, lopatky, opasek na nářadí, zástěru (s kapsami,) nepromokavý vak, batoh, pytel na odpadky.

Většina Johnových a Paulových vykopávek byla v Londýně na Temži. V souladu se zákonem měli u sebe povolení Standard a Mudlark. Ta jim uděloval londýnský přístavní úřad.

Povolení jim v případě potřeby umožňovalo kopat do hloubky 7,5 cm (žebřík byl nutný bez ohledu na to, zda jste měli v úmyslu kopat, nebo ne).

V případě čtvercového předmětu - který dopadl před ně - bylo třeba trochu přemýšlet. Než ho přinesli a vznesli na něj nárok.

"Nechceš se podívat zblízka?" Paul se zeptal.

John, který toho moc nenamluvil, přikývl.

S nářadím v ruce se plahočili vpřed. Jejich wellingtonky dřepěly a čvachtaly, s každým krokem vytlačovaly bláto a vodu. Břeh řeky byl po několikadenním vytrvalém dešti často velmi bahnitý.

"Claim!" Paul se ozval.

"To je fér," řekl John.

Ačkoli to oba viděli přesně ve stejnou dobu, věděl, že se to hlásí i za něj. Byli partneři, vždycky byli a nic se na tom nezmění.

Oba se plahočili dál, dokud k němu nedošli. Byla jako čtvercová zrcadlová koule, a když se ji snažili prozkoumat, viděli v ní jen své vlastní odrazy.

"Potřebuju ostříhat," řekl John.

Paul se ušklíbl, když se špičkou boty dotkl jeho boku. "Musí existovat způsob, jak ji otevřít," řekl.

"Je to moc velké, abychom se mohli převalit," řekl John, vytáhl z kapsy měřící pásmo a změřil výšku jedné strany. Ukázal Paulovi výsledek, který zněl: 60 centimetrů.

Obešli objekt. Tu a tam se zastavili, aby si poklepali, poklepali. Dávali pozor, aby na zrcadlový objekt neudělali slizké otisky prstů. Ale doufali, že se dotknou tajného tlačítka a otevřou ho.

A poslouchali. Aby se ujistili, že ne tiká.

"Možná bychom to měli odnést do muzea nebo náš objev nahlásit?" Navrhl Paul. "Poslali by tam náklaďák nebo jeřáb, který by to vyzvedl a převezl. Až se na to podívají pyrotechnici."

John zavrtěl hlavou.

"Když tam pošlou pyrotechniky, vyhodí to do vzduchu. Všude bude rozbité sklo a naše reklamace bude k ničemu."

"Pravda, pravda," řekl Paul. "Ti chlapi rádi vyhazují věci do vzduchu. To je přece výhoda, ne?"

"To si myslím. Co bychom měli dělat teď? Vždyť to ne tiká. V tomhle ohledu máme jasno."

"Ano, není potřeba, aby tu bylo komando," řekl Paul. Obešel objekt s rukama za zády. Byla to jeho myšlenková chůze. John šel za ním a odpovídal jeho krokům, ruce za zády.

Paul řekl: "Musíme zjistit, co to je a jak je to staré. Podle zákona o pokladech z roku 1996 musíme nárokovat jen určité věci. Nevypadá to jako zlato ani stříbro a rozhodně to nevypadá na víc než tři sta let staré. Tento nález by mohl být jen a jen náš, tj. nemuseli bychom ho hlásit našemu místnímu FLO (styčnému důstojníkovi pro nálezy).

"Rozhodně to není zlato ani stříbro," řekl John, zaklepal na kovový předmět a zaposlouchal se. Znělo to dutě. Poklepal na něj na několika místech a zaposlouchal se.

Nad nimi se objevila dvě světla.

Jedno bylo zelené a druhé žluté.

Přistála na vrcholu předmětu.

"Kšá!" Paul řekl.

"Zbláznili jsme se?" John se zeptal a poškrábal se na hlavě.

"To si nemyslím," odpověděl Paul.

Světla se zvedla a vznášela se kolem. Oba klesli k nohám kontejneru. Jakmile se usadily, světla je zvedla a udržela na místě. O několik vteřin později se začal otáčet, nejprve pomalu, pak zrychlil. Brzy se otáčel velkou rychlostí. Jak se otáčela, začala zpívat vysokým hlasem.

Detektoráři padli na kolena a zakryli si rukama uši. Těla se jim zmítala nevolností, ne nepodobnou mořské nemoci. A měli velký strach.

"Co se to děje?!" John vykřikl.

"Myslím, že se ta věc líhne!" Paul odpověděl.

Když nádoba klesla na zem, pulzovala. Otřásla se. Zachvěl se. Když zrcadlová schránka zívla a její část se jako padací most spustila na travnatý břeh řeky.

"Arrrgggggh!" vykřikli detektoráři.

Čekali a dívali se skrz prostor mezi prsty. Už neměli zájem se o věc přihlásit. Už se nezajímali o její hodnotu.

Vystoupil mladý chlapec.

"Je to kluk," řekl Paul a vstal.

John se také postavil a dal si ruce v bok.

"Počkej," řekl Paul. "Je oblečený jako jedno z těch děcek z Olivera Twista." John se na něj podíval.

"Jsem znovuzrozený," vykřikl chlapec, odklopil si čepici a pak si ji vrátil na hlavu. Protáhl se, zívl a pak si prohlédl okolí. "Podívej, támhle! Budovy parlamentu. Změnily se od doby, kdy jsem je viděl naposledy. A poslouchej," řekl, když hodiny jednou, dvakrát třikrát odbily. "Proč dali Velký zvon do klece?" zeptal se.

"Jak to myslíš, že do klece? A jmenuje se Big Ben," řekl Paul. "A proč jsi takhle oblečený? Jdeš snad na nějaký maškarní večírek?"

Mladík si poplácal předek vesty. Zkontroloval, zda má vestu úplně zapnutou a zda má nohavice kalhot úplně dole. Byl zvyklý nosit spíš krátké kalhoty a ty delší se mu vždycky chtěly zavazovat. Na hlavě měl klobouk, který si sundal, než znovu promluvil.

"Znáte cestu do Portsmouthu?" zeptal se. "Matka s otcem si o mě budou dělat starosti."

Detektořáři se na sebe podívali, ale ani jeden z nich nepromluvil. Pro jednou v životě byli beze slov.

"Odcházím," řekl mladík a znovu si nasadil klobouk.

POP.

POP.

Hadz a Reiki přiletěli a zablokovaní proletěli mladíkovi přímo před očima.

"Charlesi Dickensi, musíš zůstat s těmi dvěma muži. Vezmou tě tam, kam potřebuješ. Musíš být s E-Z."

"Co říkali?" John si protřel uši. "Myslím, že se zblázním."

"Říkali, že je to Charles Dickens. Charles Dickens! A my mu máme pomoct dostat se do E-Z, ať už je to kdokoli, když je doma," odpověděl Paul.

Charles Dickens. TEN Charles Dickens. Jinak známý jako E-Zův a Samův vzdálený příbuzný... Sklopil čepici směrem k oběma pohádkovým bytostem. "Kdysi jsem měl knížku s vílou na obálce od Grimmů. Znáte ho?" zeptal se.

Hadz a Reiki se zachichotali a pak zmizeli.

POP

POP.

"Odjíždím do Portsmouthu," řekl Charles Dickens a znovu si nasadil klobouk. Dal se do chůze.

"Ne, nejdeš," řekli detektořáři jednohlasně.

"Samozřejmě že jdu," řekl.

"Do Portsmouthu je to daleko," řekl John.

Za nimi se zrcadlová krychle začala třást a chrastit. Pak promluvila: "Tento cybus autem speculatam se sám zničí za 5, 4, 3, 2, 1, 0." A pak se ozvalo: "Tohle je cybus autem speculatam."

Detektoráři padli na zem a zakryli si rukama hlavy.

PUF.

A bylo to pryč.

"Fíha!" Dickens řekl. Pak ukázal směrem k Londýnskému oku. "Co to proboha je?" zeptal se.

Detektoráři běželi před Charlesem. Vedli je a uvolňovali jim cestu. Jako dva fotbaloví obránci ho chránili. Vyhýbali se cyklistům, chodcům a toulavým psům. Naváděli ho na jiné cesty, aby se vyhnul tramvajím, taxíkům a skútrům.

"Jmenuje se to Londýnské oko a nahoře je vidět na míle daleko."

"Je nějaká šance, že bychom mohli brzy něco sníst?" Charles se zeptal a třel si žaludek.

"Co kdybychom šli nejdřív k nám a dali si šálek čaje?" zeptal se Paul. "Moje máma dělá skvělý čaj a možná k němu přihodí i pár sušenek."

"To zní dobře," řekl Dickens. "Pak se budu muset vydat na cestu domů. Matka se bude divit, kde jsem. Nemám se zdržovat venku dlouho do noci a vzhledem k tomu, kde je slunce, předpokládám, že brzy zapadne."

Když se blížili ke Convent Gardens, všiml si Dickens pamětní desky. "Podívejte se sem," řekl. "Je tu napsáno moje jméno."

John a Paul se podívali na Charlese Dickense.

"Cože?" řekl.

"Budeš nejslavnějším britským spisovatelem všech dob," řekl John. "A Oliver Twist je jedna z vašich nejslavnějších postav."

"Je to tak?" Charles se zeptal.

"Je," řekl Paul. "A nechci se tě dotknout nebo tak něco, ale víš, William Shakespeare je taky dost slavný," řekl Paul.

"Shakespeare byl dramatik. Psal jsem hry?" Charles se zeptal.

"Ne, psal jsi romány. Tak to jsi měl možná pravdu."

Přijeli k Paulovi domů: "Mami, tohle je Charles Dickens," řekl.

Byla v kuchyni, na sobě měla pinny (zástěru) a než Charlesovi podala ruku, otřela si o její přední stranu ruce.

"Nějaký příbuzný s tím Charlesem Dickensem?" Zeptala se Paulova máma.

"Rád tě zase vidím," řekl John a změnil téma. "Mohl bych být tak nezdvořilý a požádat o šálek čaje s chlebem a máslem?"

"Vy tři si běžte sednout, já to hned přinesu," řekla a vyhnala je z kuchyně.

Usadili se v předním pokoji. Paul se posadil blízko okna, aby se mohl dívat ven přes síťové závěsy.

John a Paul mezitím přemýšleli podobně. O tom, jak objevili Charlese Dickense a jak by na tom mohli trochu vydělat.

Paul hledal: Kdy zemřel Charles Dickens? Odpovězte: 1870. Ukázal obrazovku Johnovi.

"Proč jsi chtěl jet do Portsmouthu?" "Ano," odpověděl. John se zeptal.

"Kdysi jsem tam žil," řekl Charles.

"Máš ještě nějaké knihy?" zeptal se Paul. "Myslím knihy, které jsi ještě nevydal?" "Ano," odpověděl Charles.

"To nevím," řekl Charles. "Napsal jsem už hodně knih?"

"Ano, to určitě, Charlesi," řekl John.

"Jsou nějaké dobré?" Charles se zeptal.

"Jako kluk jsem četl Olivera Twista a taky Velká očekávání. Výborné, ale na můj vkus trochu dlouhé," řekl Paul.

"Dobrá byla Vánoční koleda," řekl John, "nebyla moc dlouhá a výborné ponaučení." "A co Vánoční koleda?" zeptal se John.

V místnosti bylo několik minut ticho.

"Musím najít toho Ezekiela Dickense - nebo jak mu říkají přátelé E-Z," řekl Charles. "Nevím, jak to vím, ale myslím, že žije v Americe." Zívl ad sotva udržel oči otevřené.

Vešla Paulova máma a nesla tác plný dobrot. Všichni se dosyta najedli a Charles brzy usnul v křesle.

"Á, ten prcek tvrdě spinká," řekla Paulova máma a položila přes něj deku.

"Je tak malý," řekla.

"Ale je to jeden z největších spisovatelů."

"Psaní má v krvi, takže z něj možná jednou bude velký spisovatel," vložil se do toho John.

Paulova máma se zasmála a pak odešla nahoru do svého pokoje, aby se trochu podívala na televizi.

Paul a John mezitím diskutovali o tom, co by měli udělat s Charlesem Dickensem.

"Škoda, že si ho nemůžeme nechat," řekl John.

"No, myslím, že muzeum by ho nepřijalo," řekl Paul.

Oba se dohodli, že si o Charlesi Dickensovi něco vyhledají na internetu.

POP

POP.

John a Paul zírali před sebe, jako by spali. I když byli široko daleko. Hadz a Reiki jim zazpívali písničku, která zněla asi takto:

"Charles Dickens je jen chlapec.

Není to hračka pro detektoráře.

Pomozte mu najít jeho bratrance v USA.

Udělejte to ráno, nebo vás donutíme zaplatit!"

Tahle písnička se Johnovi a Paulovi točila v hlavě tak dlouho, dokud nevěděli, co mají dělat.

"Najdeme E-Z Dickense," řekl Paul.

"Ano, to je správná věc," řekl John.

POP

POP.

A byli pryč.

KAPITOLA 19

ROSALIE SE NUDÍ

Rosalii už čtení Anny ze Zeleného štítu unavovalo. Čím byla starší, tím těžší pro ni bylo soustředit se dlouho na jednu věc. Sundala si brýle a přála si levandulovou masku, která by jí zakryla oči.

BINGO.

Měkká maska s linoucí se vůní levandule blokovala světlo a uklidňovala její unavené oči.

"Jako by tu byl kouzelný džin!" řekla si, pak zavřela oči a usnula.

Když se o něco později probudila a sundala si masku, ležela opět ve své posteli v seniorské rezidenci. Byla blázen, nebo se v duchu vydala na cestu?

Rosalie se cítila trochu chladná, nejspíš kvůli chladnému sterilnímu prostředí, v němž pobývala. V určitých denních dobách teplota klesala.

V tu dobu si všimla, že obyvatelé jsou ve svých pokojích, zatímco účastníci uklízejí. Protože usilovně pracovali, zimy si nevšímali. Ne jako senioři, kteří nic nedělali.

BINGO.

Spodní zásuvka její skříně se otevřela a její měkký a huňatý červený svetr k ní přiletěl. Ustála se, zatímco do něj strkala ruce. Přitulila se k němu a cítila jeho teplo, když se zapnul.

"To je dost zvláštní událost," řekla.

Seděla tiše a snila o šálku horkého čaje se spoustou cukru a mléka.

BINGO.

Na vedlejším stole se objevila přepychová konvička s květinami. Když se čaj spařil, nalila se do odpovídajícího šálku, přidala dvě hrudky cukru a trochu mléka.

"Tři hrudky, prosím," požádala Rosalie.

Přidala třetí hrudku.

Šálek čaje na podšálku se vznesl směrem k ní.

"Co takhle jednu nebo dvě sušenky?" zeptala se.

Zastavila se ve vzduchu.

BINGO.

Na podšálku teď ležely dvě sušenky.

"Zapomněla jsi lžičku!"

BINGO.

"Děkuji," řekla a stále přemýšlela, jestli nemá halucinace a/nebo nepřišla o rozum.

Přesto byl čaj horký, ne příliš horký. Sladký, ne příliš sladký. A s chlebíčkem se skvěle hodil.

Když vypila z hrnku všechny kapky do poslední.....

BINGO

Zmizel jí přímo z ruky.

Přemýšlela, jak dlouho budou tato kouzla nebo triky její fantazie pokračovat. Dokud budou trvat, bude si je užívat plnými doušky.

"Počkejte chvíli!"

Vzpomněla si na knihu. Na tu, kterou nechtěla, aby někdo mohl číst.

"Můžeš," požádala vzduch, "opravit to tak, aby ten druhý, který může číst mou knihu." Sáhla do zásuvky a zvedla ji. "Takže jediný, kdo si ji kromě mě může přečíst, jsou Lia, Alfred a E-Zet. Nikdo jiný. Pokud ji najde někdo jiný a bude listovat stránkami, budou všechny prázdné."

Čekala na znamení. Nebo na nějaký zvuk, ale žádný nepřišel.

Vrátila knihu do zásuvky, otočila se a znovu usnula.

POP

POP

"Už spí?" Hadz se zeptal.

"Myslím, že ano. Chrápe!"

"Opatrně, ať ji nevzbudíš. Ale musíme ji vzít na palubu - myslím oficiálně."

"Archandélé jí dali schopnosti, aby hlídala Liu, E-Z a Alfréda. Vědí o ní," připomněla Reiki.

"To je pravda a ona bude těm dětem věrná. I těm ostatním. Archandělé o nich nevědí nic konkrétního - a myslím, že je to tak lepší."

"Souhlasím. Takže co musíme udělat. Aby to tak bylo?"

"Rosalie," zašeptal jí Hadz přímo do levého ucha. "Chceš pomoci Lia, E-Z a Alfrédovi, že ano?"

"Ano," hlesla Rosalie.

Reiki promluvila. "A co ostatní? Jsi ochotná je chránit? I před archanděly?"

"Ano," odpověděla Rosalie.

"Velmi dobře," řekla Reiki. "Teď jí dáme vzpruhu na paměť. Nechceme přece, aby zapomněla, k čemu se zavázala, nebo ano?"

Hadz a Reiki zazpívali píseň,

"Vzpomínky jsou krásné věci.

Které se vznášejí jako kouřové kroužky.

Zpátky a dopředu, dopředu a zpátky

Ať Rosalii vzpomínky udržují na správné cestě.

Kouzlo, kouzlo ve vzduchu a v moři.

Váže naši smlouvu s Rosalií."

POP

POP

Hadz a Reiki byli pryč, zatímco drahá stará Rosalie chrápala dál.

KAPITOLA 20

COUSINS

Ráno v Anglii, zatímco se vařila konvice, se John a Paul připravovali. Počítač byl zapnutý a vyhledávač otevřený.

"Udělám čaj," řekl John.

"Začnu psát," řekl Paul a zadal do vyhledávacího řádku Ezekiel Dickens. "Aha," řekl. "Tak to bylo nečekané."

John přišel a nesl tác s čajem, hrudkovým cukrem v misce, horkým toastem s máslem a se sklenicí marmelády po straně.

"Našel jsi něco?" zeptal se.

"Podívej se na tohle," řekl Paul, otočil obrazovku a zamíchal si hrudky cukru do čaje.

Byly to webové stránky Tří superhrdinů. Sledovali, jak se E-Z představuje, a po něm Lia a Alfred.

"Je to legální?" John se zeptal. "Vypadají jako tři postavičky z kresleného seriálu."

Pak začala rekonstrukce záchranné akce na horské dráze. Paul stiskl tlačítko PAUZA. Otevřel další okno. Zadal záchranu v zábavním parku E-Z Dickens. Vyskočily na něj noviny s článkem o tom. "Je to legální," řekl.

"Takže Charlesův příbuzný je superhrdina?"

"Myslíš, že jsme si vůbec podobní?" "Ano," odpověděl. Charles se zeptal. Ještě napůl spal v nadměrném pyžamu, které mu dali na spaní. Vzal si z talíře krajíc toastu a zakousl se do něj.

"Oba máte nosy jako Dickensovi," řekl John.

Charles se pozorněji zadíval na zastavenou část obrazovky.

"Podle toho, kdy jste se narodili," řekl Paul a vygoogloval si to, od roku 1812 do současnosti, "by E-Z byl váš sedmý nebo osmý bratranec v příbuzenském vztahu."

"Co znamená, že je bratranec vzdálený?"

"Znamená to počet generací, které vás dělí," řekl John.

"Takže můj předek je superhrdina. Co je to superhrdina? Je to něco jako ve filmu Sir Gwain a Zelený rytíř?" "Ano," odpověděl jsem.

"Aha, vzpomínám si, že jsem to četl ve škole, když jsem byl kluk, ano, rytíři a superhrdinové jsou si podobní," řekl Paul.

John sjel dolů, aby se podíval, jestli se o E-Z Dickense nezmiňuje i jinde. Na YouTube byly klipy, jak hrál baseball předtím, než byl na vozíku, a potom.

"Je to docela atlet," řekl John. "A sportuje i na vozíku."

"Ta hra vypadá podobně jako Rounders," řekl Charles.

"Počkej, tady je něco o jeho rodičích," řekl Paul.

Přečetli si nekrology E-Zových rodičů, o nehodě, která je připravila o život.

"Chudák kluk," řekl Charles. "Aspoň že má teď otcova bratra Sama, který se o něj stará."

"Proč mu prostě nezavoláme?" Paul se zeptal. Otevřel telefon a vytočil informace.

Charles se mu díval přes rameno, zatímco Paul do něj mluvil a odpověděl mu ženský hlas. "Potřebuju šálek čaje," řekl.

John mu šel do kuchyně jeden přinést.

Paul se mezitím zeptal na číslo na Ezekiela Dickense v Severní Americe. Když vytočil číslo a telefon začal vyzvánět, Paul ho dal na hlasitý odposlech.

"Haló," řekl Sam.

Charles málem upustil šálek čaje.

"Ehm, dobrý den, jmenuji se Paul a volám z Londýna v Anglii. Chtěl bych mluvit s Ezekielem Dickensem, prosím." Charles se usmál.

"Já jsem jeho strýc, můžu se zeptat, o co jde?" Sam prošel chodbou k E-Zovu pokoji.

Trojice sledovala film na nové ploché televizi. Sam zvedl ovladač a stiskl tlačítko MUTE. Pak dal telefon na hlasitý odposlech.

"Abych byl upřímný, nejsem si úplně jistý," řekl Paul. "Nejsem to já, kdo s ním chce mluvit, je to no, je to..."

"Já." V telefonu se ozval nový hlas. Hlas mladšího člověka.

"A kdo jste vy?" Sam se zeptal.

"Jmenuji se Charles Dickens."

Sam předal telefon synovci. "Říká, že se jmenuje Charles Dickens."

"Říkal jsem ti, že se dneska stane něco divného," řekl Alfred.

"To já taky," řekla Lia, "ale nevěděla jsem, že se to bude týkat Charlese Dickense!"

E-Z zaváhal, než řekl: "Tohle je E-Z Dickens, ehm, pan ehm, Charles. Jak vám mohu pomoci?"

Charles se zasmál. Byl to nervózní smích. Nevěděl, co má říct. Ještě nikdy nemluvil s někým, kdo byl na druhém konci světa.

"Vrátil jsem se," vyhrkl. "Abych tě našel. John a Paul, moji přátelé, jsou (zacloumal rukou s telefonem) - detektoráři..."

E-Z termín detektoráři ještě neslyšel.

"Používají přístroje na hledání věcí," řekl Alfred.

Paul se ho ujal. "Nějaká věc přistála v řece. Byl v ní Charles Dickens. Dvě světýlka, jedno zelené a jedno žluté, nám řekla, že se Charles musí spojit s E-Z Dickensem."

"Jaká věc?" E-Z se zeptal. "Bylo to něco jako silo?"

"Tady John," ozval se nový hlas. "Ne, byla to kostka. Zrcadlová krychle."

"To nezní jako jedno z těch sil." E-Z si přikryl telefon rukou.

"Poslali tě andělé?" Lia vyhrkla. řekl: "Mimochodem, já jsem Lia a ten druhý hlas, který jsi slyšel, byl Alfred. Jsme tady spolu s E-Z a Samem." "Cože?" zeptal se.

"Rád vás všechny poznávám," řekl Charles.

"Kolik je vám let?" E-Z se zeptal.

"Asi deset, myslím. Je pravda, že jsme bratranci a sestřenice?"

"Ano," řekl E-Z, "a strýček Sam je taky tvůj bratranec."

"Jsme propojeni prostorem a časem," řekl Charles.

"E-Z je taky spisovatel," řekl Sam.

E-Z se rozplakal a tváře mu zhořkly.

Sam loktem vrátil synovce do reality.

"Tohle je hodně na zpracování, pane Dickensi, ehm, chci říct Charlesi. Budeme muset naplánovat, jak tě sem dostat, buď to, nebo můžu přijet za tebou. Mohl bys chvíli zůstat s Johnem a Paulem a my se s tebou spojíme, až vymyslíme, co dál?"

Paul řekl: "Ano, máma říká, že s Charlesem nejsou žádné potíže. Může s námi zůstat, jak dlouho bude chtít." "To je pravda.

"Zavolám ti zpátky," řekl E-Z.

Telefon se odpojil.

"Mimochodem," řekl Sam, "na Ardenově pevném disku nebylo nic užitečného. Kromě potvrzení, že byli spolu online a hráli střílečku pro více hráčů."

"To je dobré vědět," řekl E-Z. Tolik už si zjistil sám.

KAPITOLA 21

ROSALIE A PLÁN

E-Z, Lia a Alfred se strýčkem Samem v jeho pokoji probírali rozhovor, který vedli.

"Nemůžu uvěřit, že nám volal skutečný Charles Dickens," řekl Sam.

"Jo, ale nechápu, proč je tady. A v čem se sem dostal," řekl E-Z. "Vždyť je mu deset let - myslí si. A jeho způsob cestování zní divně, zrcadlová hranatá krabice. Co to má sakra znamenat?"

"Nezní to jako vesmírná loď," řekl Alfréd, "ne že bychom věděli, jak by taková loď mohla vypadat."

"Počkejte!" Lia se ozvala.

E-Z se na ni podíval. "Myslíš na to, na co myslím já?"

Přikývla.

"CO?" Alfred se zeptal.

"Pamatuješ, jak nás archandělé svolali, aby nám řekli, že jeden z nás musí zemřít?" "Ne," odpověděla. Lia se zeptala.

Alfréd a E-Z přikývli.

"Přemýšlejte o té nádobě. Jako byste se do něj znovu vrátili a vzpomněli si na věci, které jsme našli. Na ty papíry, které jsme našli?"

"Chápu, na co narážíš. Myslíš ty informace z jiného světa. O našich životech v alternativních dimenzích?" E-Z se zeptal.

"Přesně tak," řekla Lia.

Alfréd poskakoval na posteli nahoru a dolů.

"Cože?" Sam se zeptal.

E-Z mu to vysvětlil, jak nejlépe uměl.

"Tak se podívám, jestli jsem to pochopil správně," řekl Sam. "Všichni máme své životy, někde jinde než tady. Tedy na Zemi. Existují jiné verze nás samých, které žijí jiné životy než ten náš. V jiných časech, v jiných prostorech, v jiných dimenzích."

"Přesně tak," řekl E-Z.

"Můžeme tedy své životy změnit?" Sam se zeptal. "Myslím tím změnit výsledek? Můžeme zabránit tomu, aby se děly hrozné věci?"

"To si nemyslím," řekla Lia. "Ale nevím, jak moc chtějí, abychom věděli o jiných dimenzích. Ale z toho, co nám Eriel řekl, vyplývá, že jsme středem. Všechno ostatní, co se děje, se točí kolem nás a kolem životů, které teď žijeme."

"Takže," řekl Alfréd, "to, že je Charles Dickens tady, musí mít něco společného s Eriel a ostatními."

"Jo, to si myslím taky," řekl E-Z. "Ale proč zrovna teď? Zkoušky už skončily. Byla to jejich volba. Přesto se zdá, že mě nemohou nechat na pokoji."

"Přivést zpátky Charlese Dickense. A ještě k tomu jeho desetiletou verzi! Nedává mi to žádný smysl," řekla Lia.

"Možná až se s ním setkáme," řekl Sam, "všechno bude dávat smysl."

"Ne, pokud se to týká Eriela," řekl E-Z. "S ním není vždycky nic jasné."

"Vypadá to, že výlet do Londýna je jediný způsob, jak to zjistit," řekl Sam.

"Mám pocit, že jsem tam nebyl tak dávno."

"Ano, je to pro tebe snadné. Stačí jen nasměrovat židli správným směrem a můžete vyrazit," řekl Alfred. "Kdežto u mě je s tím vším máváním spojená spousta energie a vítr taky hraje roli."

"Mohl bys naskočit do letadla, kdyby s tebou letěl strýček Sam," navrhl E-Z. "Stačilo by ti jen sedět na sedadle s ostatními cestujícími a užívat si jízdu."

Alfréd svěsil hlavu.

"Neříkám to proto, aby ses cítil špatně. Jen ti připomínám, že jsme všichni na stejné lodi."

"To chápu. A děkuji ti."

"Dobře, teď se vraťme k věci," dodal E-Z. Vypnul televizi.

Lia zírala před sebe, jako by byla v transu. "Rosalie!" vykřikla.

"Kdo?" Alfred se zeptal.

Lia dál zírala do prázdna.

"Je Lia v pořádku?" Sam se zeptal. "Sotva dýchá."

Lia vstala. "Musím ti něco říct. Někoho jsem potkala, ne osobně, ale v hlavě. Je v mé hlavě a už nějakou dobu s ní mluvím. Požádala mě, abych nic neříkala - zatím. Myslím, že by to mohlo souviset s celou tou záležitostí s reinkarnací Charlese Dickense."

"Posloucháme," řekl E-Z a naklonil se blíž.

"Jmenuje se Rosalie. Žije v domově pro seniory v Bostonu - a je dost stará. Má demenci."

"Není to ta, která způsobuje ztrátu paměti?" "Ano," odpověděl jsem. Alfred se zeptal.

Ale jakmile Rosalie uslyšela, že Lia vyslovila její jméno, přenesla se v mysli i v těle do pokoje E-Za. Vznášela se nad nimi a pozorně naslouchala každému slovu, které bylo řečeno. Odkašlala si, aby zjistila, jestli ji vidí nebo slyší - neviděli. Přála si, aby si s sebou vzala zápisník a pero.

BINGO.

Obojí se jí dostalo do rukou. Usmála se a pustila se do psaní poznámek.

"Chceš říct, že vy dva se spojujete - prostřednictvím ESP?" Alfred se zeptal. "Myslel jsem, že jsem jediný, kdo má ESP?"

"Nemyslím si, že je to zrovna ESP. Ne tak, jak ho máš ty."

"Jak to?" Alfred se zeptal.

"Rosaliiny vzpomínky jsou pryč. Tedy většina z nich. Dokonce ani nepoznává svou rodinu, když ji přijdou navštívit. Nenavštěvují ji často. Nevadí jí to, protože je nemá ráda. Ale nějak jsme se propojili. A ona o nás a našich schopnostech věděla všechno. Tak nějak na nás dávala pozor."

"Proč nám to říkáš až teď?" Zeptal se E-Z.

"Protože řekla, že je to v pořádku. A taky se zmínila o Bílém pokoji. Byla tam ne jednou, ale dvakrát. Poprvé se bezpečně vrátila do své postele - ale tentokrát ne. Říkala, že je tam teď a že ji nechtějí pustit domů." "A co?" zeptal se.

"Jak oba víte, v Bílém pokoji jsem byl," řekl. "Je to místo, kde mi archandělé poprvé slíbili a řekli, že budu zase s rodiči. V podstatě tam, kde mě pomocí zkoušek přivedli na palubu."

Sam se přidal: "Eriel mě jednou unesl do Bílého pokoje. Bylo to docela příjemné, alespoň zpočátku - dokud mě nenechal odejít."

"Ano," řekl E-Z, "Eriel je netaktní. A je to docela fajn místo. Dostaneš, o co si řekneš, když na to budeš myslet - třeba na magii. A jsou tam knihy - knihy s křídly. Ale nechci tu zacházet do přílišných podrobností - soustřeďme se na Rosalii. Co se děje teď?"

Rosalie se zasmála a pomyslela si, co kdyby Lii řekla, že je na dvou místech najednou? Ne, to by je mohlo vyděsit. V duchu si s Liamou povídala a cestou jí řekla několik bílých lží.

"Říká, že předstírá, že spí. Vzpomíná si, že jí před očima plují dvě tečky, jedna zelená a druhá žlutá." "To je pravda.

"Hadz a Reiki," řekl E-Z. "Řekni jí, ať se jich nebojí. Jsou to ti dobří."

Ach, povzdechla si Rosalie. Pak si uvědomila, že tohle by mohla být příležitost, na kterou čekala. Říct Třem o těch ostatních. Pečlivě se zamyslela a pak se rozhodla, že je čas podělit se o to, co ví.

"Počkej, ona chce, abych ti něco řekla." "Aha," řekla. Lia zírala před sebe, když jí mezi rty proplul Rosaliin hlas: "Jsou tu další jako ty, viděla jsem je. Myslím, že proto jsem tady."

"Jiní jako my?" Lia, Alfred a E-Z vykřikli.

"Nejsem si jistá, kolik jim mám říct o ostatních dětech tady v místnosti. Máte pro mě nějakou radu? Co bych jim měla říct? Neublíží mi? Když jim řeknu o ostatních dětech - ublíží jim?" "Ne," odpověděla jsem. Rosalie se ozvala prostřednictvím Lii.

"Na tebe, E-Z," řekla Lia jako ona sama.

"Nejdřív si poslechni, co ti chtějí říct," řekla E-Z. "Řeknou ti, co už vědí, a pak se můžeš rozhodnout, kolik, jestli vůbec něco, ještě potřebují vědět."

"To je dobrá rada," řekl Alfréd. "Vždycky buď dobrý posluchač. Zvlášť když tě drží proti tvé vůli na cizím místě."

Lia se nabídla: "Budu tady kluky informovat, jestli chceš, abychom zůstali na lince - abych tak řekla."

Rosalie promluvila a použila Liaina ústa jako svá vlastní: "Potřebuju si udržet všechny schopnosti... takže zatím řeknu konec a konec. Děkuji tobě a partě za pomoc. Kdybych tě potřebovala, budu v kontaktu, dokud jsem tady. Jinak tě zasvětím, až budu zase doma, což bude brzy, protože mi chybí večeře. Dnes je krocan, bramborová kaše a hrášek." Zaváhala. "A mimochodem, Lio, máš na sobě pěkný top."

BINGO.

"Děkuju," řekla Lia a podívala se na své tričko a divila se, jak Rosalie ví, co má na sobě.

"Cože?" Zeptal se E-Z.

"Ale nic," řekla Lia.

Znovu se vrátili do Bílého pokoje. Rosalie si pomyslela, že její zápisník by se lépe vyjímal v zásuvce nočního stolku.

BINGO

A byly pryč.

BINGO

Přišla večeře. Měla všechno vynikající, ale teď už myslela jen na jahodový hustý koktejl.

BINGO.

Jeden dorazil a vedle něj kousek citronového koláče s pusinkami.

V tu chvíli dorazili Eriel a Rafael.

"Ach, ach," řekla žebřík, když se k ní snášeli dolů a vypadali, jako by byli oblečeni na Halloween.

"Zdá se mi to? Nebo mrtvá?" Rosalie se zeptala.

"Ani jedno," odpověděli archandělé.

KAPITOLA 22

SETKÁNÍ A PŘIVÍTÁNÍ

"TY JDI NAPŘED A dojez," řekl Rafael.

"Ano, nemáme nic lepšího na práci," řekl Eriel.

Zatímco se dívali, jak jí, Rosalie měla problémy se žvýkáním. Problémy s chutnáním. A zdálo se jí to studenější. Podívala se na police s knihami, na žebřík. Když odložila nůž a vidličku, měla pocit, že ti dva cizinci mají něco za lubem.

"Především," začal Eriel, "tenhle rozhovor musí zůstat jen a jen mezi námi."

V duchu promluvila k Lii. "Jsi tam, dítě? Posloucháš?"

"...Vyhubení."

"Promiň," řekla Rosalie, "ale mohla bys začít znovu, myslím od začátku? Jsem stará a ztratila jsem přehled o tom, co jsi mi říkala."

Eriel si odfrkl. Jako malý kluk, kterému někdo vynadal, roztáhl křídla a odletěl. Když se přiblížil k vrcholu knihovny, zkřížil ruce a čekal. Čekal, až to Rafael zkusí.

Rafael se naklonil blíž k Rosalii.

"Ty tvoje brýle jsou vážně pěkné," řekla Rosalie. "Ale mám z nich trochu mořskou nemoc, když v nich pulzuje a plave krev."

Eriel se zasmál.

Rafael si brýle sundal a schoval je do kapes černého županu.

"Má drahá, Rosalie," zabručel Rafael, "prosím, nevšímej si hrubosti mé učené přítelkyně, ale jsme v situaci. Situaci, v níž potřebujeme nejen tvou pomoc, ale i pomoc E-Z, Lia, Alfreda a ostatních. Víš, koho mám na mysli, když se zmiňuji o ostatních, ano?"

Rosalie přikývla a nic neřekla.

"Jsme tým archandělů a naše síly jsou omezené. To, co se děje po celém světě, se děje s dušemi." "Co se děje?" zeptal se.

"Myslíš, když lidé umírají?" Rosalie se zeptala.

"Přesně tak."

"Ale není to spíš vaše doména než naše? Mluvila jsi s Bohem - on tě přece zná, ne? A když se snažíš napravit zoufalou situaci, proč se nezeptáš přímo jeho?" "Ano," odpověděl jsem.

Protože Rafael ani Eriel nepromluvili, Rosalie pokračovala.

"Pokud vím, jakmile člověk zemře, jeho tělo je pohřbeno. Nebo je zpopelněno. Jejich duše - pokud existují - žijí dál na jiném místě."

Eriel se jí během několika vteřin postavil do tváře a zavrčel. "To není pravda.

Rafael ho odstrčil stranou. "Je to složitější, než si myslíš. Příliš složité, než aby to většina lidí pochopila."

"Lidé jsou dost chytří," řekla Rosalie. "Byli jsme na Měsíci, vynalezli jsme letadlo, internet, oheň. Já nejsem žádný génius, a přesto jsi mě sem přivedl, abys mě přesvědčil."

Eriel se znovu zasmál.

Tentokrát se Rafael neudržel a také se rozesmál.

A smála se. A smála se.

Ani jeden se nedokázal zastavit.

Rosalie si jich nevšímala. Nevšímala si toho, co se dělo kolem ní. Žebřík, který sebou házel sem a tam, sem a tam. Knihy vyskakující ven a zase zpátky. Byl to takový rámus. Takový hluk. Toužila znovu po klidu svého pokoje.

Anna ze Zeleného štítu, pomyslela si.

BINGO.

Kniha byla v jejích rukou. Otevřela ji, našla záložku a četla. Jestli potřebovali její pomoc, museli se o ni snažit. Teď, když urazili ji i celé lidstvo, jim to nehodlala usnadnit.

"Dobře ti tak," zašeptala Lia v Rosaliině mysli. "Máš to na starosti. A já jsem tady s E-Z a Alfrédem a kryjeme ti záda."

Rafael a Eriel se stále smáli. Neovládali se. Ve vzduchu do sebe naráželi jako balónky připoutané k sobě.

Pak si vzpomněla, že její citronový koláč s pusinkami ještě nesnědla. Odložila knihu stranou, strčila do něj vidličku a zakousla se. Byl dokonalý. Ne příliš sladký ani příliš trpký, přesně takový, jaký dělávala její matka. Vzala si další sousto.

Nad ní Eriel a Rafael hysterčili.

"Nech toho!" Rosalie vykřikla. "Vy dva jste ti nejhrubší, nejprotivnější, jaké jsem kdy potkala. A to už jsem za svůj život potkala pěkně protivné lidi." Odložila vidličku. "Copak vás nikdo neučil slušnému chování? Vůbec nějakému chování?" Zvedla vidličku a namířila ji jejich směrem.

Eriel se svezla dolů. Ve vteřině byl u Rosalie s otevřenou pusou. Zabodla ji do citronového tvarohu a pak ji vidličkou strčila archandělovi do úst.

"Fujtajbl!" vykřikl. Vyplivl ji, jako by mu dala arzenik.

"Matka mě vždycky učila dělit se," řekla s úsměvem.

Erielova bledost se změnila z černé na zelenou. Po zvracení zmizel ve zdi.

"Hádám, že není fanouškem koláčů." Rosalie se zarazila.

Lia se v Rosaliině mysli rozesmála.

Rafaela vyndala z kapes županu brýle, očistila je a nasadila si je zpátky na obličej. Posadila se vedle Rosalie. Byla tak blízko, že jí téměř seděla na klíně.

Chudák Rosalie.

"VÍME, ŽE JSOU TU DALŠÍ, A POTŘEBUJEME VĚDĚT, KDO JSOU A KDE JSOU - HNED!"

Když promluvila, Rafaelova tvář se zkřivila, až byla k nepoznání.

Rosalii vstávaly vlasy hrůzou na hlavě. Její tělo se třáslo.

"Nevychovaní lidé nikdy nedostanou, o co žádají, a ty, má drahá, jsi velmi nevychovaná. A tvůj přítel také," zašeptala Rosalie.

Rosalie se vrátila k sobě, jakou byla předtím.

Jenže tentokrát se archandělův takt změnil. A její hlas zněl sirupovitě, když říkala,

"Projdu tou zdí a připojím se k Erielovi. Za pět minut se vrátíme a začneme znovu. Potřebujeme tvou pomoc - máš pravdu - a nežádáme o ni tak, jak bychom měli." "To je pravda," odpověděla. Pak k ženě ve zdi: "Nastav časovač na pět minut." Pak zpátky k Rosalii: "Až časovač zazní, vrátíme se a začneme znovu." Jak slíbil, Rafael se přesunul ke zdi a zmizel v ní.

Hodiny ve zdi hlasitě tikaly. Zdálo se, že to není na místě. Na knihovnu dokonce příliš hlučné.

"Je to velmi nepříjemné!" Žebřík se přiblížil.

"Omlouvám se, za ten rozruch," řekla Rosalie. "To, že jsem tady, vám způsobilo jenom chaos."

"Máme tě rádi," řekl žebřík. "Proč se trochu nepohneš? Uleví se ti."

Rosalie se postavila a očekávala, že se po tak velkém jídle bude cítit unavená. Místo toho byla plná energie. Zejména její nohy. Cítila se, jako by jí bylo zase deset let. Předvedla skok z místa. Taková zábava!

"A teď," řekla Rosalie, "její další trik. Velká babička se pokusí ne o jeden, ani o dva, ale o tři po sobě jdoucí kotrmelce," - což také udělala. "Děkuji, děkuji!" uklonila se a zamávala, jako by vyhrála zlatou medaili na olympiádě.

BRRRIIIING.

Časovač vypršel. Eriel a Rafael dorazili.

Archandělé byli oblečeni jinak. Jako by šli na dva různé večírky.

Eriel měl na sobě tmavý pruhovaný oblek, bílou košili a kravatu.

Rafael měl na sobě červené šaty připomínající Mumu, které jí celé zakrývaly tělo od krku až k patě.

"Připadám si nedostatečně oblečená," řekla Rosalie.

BINGO.

Nyní měla na sobě své nejpozoruhodnější šaty. Byly to ty, které naznačila, že chce nosit i po smrti.

Padla do křesla a očima hleděla vzhůru. A archandělé se k ní vznášeli. Jejich křídla se pohybovala jako motýlí křídla, jak se k ní s grácií a krásou přibližovali. Oči se jí zaleskly.

"Jak vám mohu pomoci, drazí?" Rosalie se zeptala.

Jako by nad ní teď měli moc, moc, kterou nechtěla překonat. Padla na zem a nyní klečela před oběma archanděly. Rafael se jí dotkl na pravém rameni a Eriel na levém.

"Řekni nám, co potřebujeme vědět," houkli na ni.

"Ostatní se rozprchli," řekla a pak klesla na zem jako loutka bez provázků.

"Na tohle je už moc stará," řekla Eriel. "Jestli zemře, nebude nám k ničemu."

"Pokračuj, funguje to."

POP.

POP.

Objevili se Hadz a Reiki, každý z nich šeptal Rosalii do uší. Pomohli jí na nohy.

"Vypadněte odsud, vy dva vetřelci!" Eriel vykřikl výbušným hlasem,

Rosalie se vytrhla z transu, do kterého ji uvedli.

"Zmizte!" Rafael vykřikl a neozvalo se žádné POP, místo toho bylo slyšet jediné

ŠPLECH.

Rosalie si založila ruce na bocích: "Doufám, že jste těm dvěma miláčkům neublížili. Vlastně jestli chceš, abych uvažovala o tom, že ti pomůžu, tak bys je sem měl přivést TEĎ, abych se mohla přesvědčit, že jsou v pořádku. Odmítám ti říct cokoli dalšího, dokud je nepřivedeš zpátky." Přešla místnost, posadila se zády k bílé stěně, zavřela oči a čekala. Měla na to celý den, celý týden, celý rok. Nikam nespěchala a nic nedělala.

POP.

POP.

"Děkuji," řekli Hadz a Reiki, když seděli Rosalii na ramenou.

"My to tady kazíme," řekl Rafael. Pak k Hadzovi a Reiki: "Víte, v jaké situaci se Země nachází, můžete nám pomoci dosáhnout pomoci tohoto člověka?"

"Ano," odpověděli.

Reiki řekl: "Víme, že je tu situace! Kdybyste nezrušili dohodu s E-Z, Lia a Alfred, už by byli na palubě. Rosalie nevěří ani jednomu z vás."

"A ty jsi k ní nebyl upřímný," řekl Hadz.

Hadz řekl: "U lidí je důvěra a upřímnost všechno."

Eriel se k nim vrhl.

Rafael ho zadržel, než řekla: "Došlo k chybě, z naší strany, a tato chyba má příčinu i následek. Snažíme se zachránit Zemi před vedlejšími škodami. Jediný způsob, jak to můžeme udělat, je povolat ty, kterým byly dány síly, nadpřirozené, superhrdinské síly. Bez nich lidstvo selže - a bude to naše vina."

Rosalie se postavila. Pohlédla na dvě malá stvoření, která jí seděla každé na rameni. "Můžu těm dvěma věřit?"

"Rafael je důvěryhodný," řekl Hadz.

"Ale my si jím nejsme jistí," řekl Reiki.

POP.

POP.

Oba zmizeli ve strachu, že je Eriel pošle zpátky do dolů.

Eriel stoupal výš a výš a pak zmizel ve stropě.

Rosalie změnila téma. "Zatímco o tom budu přemýšlet, můžeš mi vysvětlit, co je to za místo? Říkám mu Bílý pokoj, ale je to správný název - a proč se mi vždycky, když si něco přeju, objeví? Možná se to jmenuje Kouzelný pokoj?" "Ano," odpověděl jsem. V tu chvíli si Rosalie vzpomněla na E-Z, anděla/chlapce na vozíku.

ACK.

E-Z dorazil.

"Páni!" řekl, když si uvědomil, že se připojil k Rosalii v Bílém pokoji. Vzpomněl si na své sluneční brýle a

PRESTO

Měl je na obličeji. Prošel se po místnosti a znovu si osahal nohy a podlahu. Pak natáhl ruku a řekl: "Ty musíš být Rosalie." "Ahoj.

A ty musíš být E-Z, řekla: "Bez vozíku. Tohle místo je opravdu kouzelné!"

"A, ahoj, Rafaeli."

"Vítej, E-Z," řekl Rafael. Pak k Rosalii: "Tolik k diskrétnosti - tohle mělo být důvěrné."

"Ať už ti slibuje cokoli, poruší to. Je neschopná držet slovo - a Eriel je ještě horší, stejně jako Ofaniel - a to ses s ní ještě ani nesetkal. Přesto ti dávám najevo, že jsou všichni banda lhářů."

"To mi došlo," připustila Rosalie. "A odešel, Eriel se chová jako rozmazlené dítě."

"To bych chtěl vidět," řekl E-Z. "Tohle by se mi líbilo. "Zní to velmi neerielovsky, ale člověče, bylo by to úžasné vidět."

"Dost bylo těch srdečných řečí," řekl Rafael. "Myslím, že nemám jinou možnost, než vám také vysvětlit situaci." Dupla si nohou a křídla jí trucovitě klesla k bokům. Otočila se k E-Z a Rosalii. "Svět potřebuje zachránit kvůli chybě na naší straně. Chcete nám vy a ostatní pomoci situaci napravit - myslím tím zachránit Zemi, nebo ne?"

Rosalie a E-Z si vyměnili pohledy.

"Ty jdi napřed," řekla. "Souhlasím se vším, pro co se rozhodnete."

E-Z neodpověděl okamžitě.

"Když mi všechno řekneš, sdělím to ostatním a budeme hlasovat. Jsme demokratická skupina."

"Jak dlouho to bude trvat?" Rafael se ušklíbl. "A jak se ke mně vrátíš? Mám tu snad Rosalii držet jako vězně, dokud na to nepřijdeš? Bude čtyřiadvacet hodin stačit?"

Rosalie řekla: "Nevadí mi zůstat v tomto pokoji. Je tu spousta knih ke čtení a můžu si objednat, co budu chtít. Je to mnohem zajímavější a napínavější než být doma."

E-Z přikývl. Rosalii řekl: "Děkuji a máš pravdu, tenhle pokoj je dost zvláštní. Budeš tu v bezpečí." Pak se obrátil k Rafaelovi: "Rosalie nebude tvým vězněm, ve skutečnosti bude tvým hostem." Z police vylétla kniha a přistála mu v ruce. Byl to Harry Potter a Tajemná komnata.

"To bych si ráda přečetla," řekla Rosalie. Kniha opustila E-Zovu ruku a letěla k Rosalii. Ta ji chytila, otevřela a okamžitě začala číst.

"Rosalie bude naším hostem," řekl Rafael. "Takže za dvacet čtyři hodin?"

"Dvacet čtyři hodin," souhlasil E-Z.

"Počkejte!" vykřikl nějaký hlas. Hlas bez těla. Hlas, který se ozýval a ozýval. Dokud se z police nad ním nevysunula kniha. Padala k podlaze, dokud se její křídla neroztáhla dopředu a nezachránila ji před zlomením hřbetu.

Rafael vypadal, že ho ten hlas vyděsil. Pokusila se ustoupit, ale něco ji zadrželo.

Rosalie a E-Z čekali a naslouchali.

"Rafael vám neřekl všechno," řekl hromový hlas.

Bylo to, jako by vzduch vibroval s každou slabikou, ale v dobrém, laskavém a jemném smyslu, ne v děsivém smyslu konce světa.

"Řekni nám to," řekl E-Z.

"Trochu tišeji," navrhla Rosalie. "Jsem stará, ale ne hluchá, víte?" "Ano," řekla.

"Promiň," řekl hlas. Odkašlal si. Pak zašeptal: "E-Z Dickensi, pamatuješ si, jaké možnosti jsme ti dali? Ty dvě možnosti?"

E-Z si je pamatoval dost dobře. Jedna z nich byla zůstat v silu navždy. Vzpomínky na jeho rodinu ve smyčce. Druhá byla vrátit se ke svému životu se strýčkem Samem.

"Ano."

"Řekni mi, co si pamatuješ o těch volbách?" zeptal se hlas.

"Říkali, že můžu zůstat v kontejneru a prožívat vzpomínky na svou rodinu ve smyčce, nebo se vrátit ke svému životu se strýčkem Samem."

"A lovec duší? Co s ním?"

"Nic," přiznal E-Z s pokrčením ramen.

Hlas zaúpěl - jako by mu mluvení teď způsobovalo bolest. Police se otřásaly a věci náhodně POPLÝVALY ve vzduchu. Nejdřív tam byla obří okurka. Zelený předmět se roztočil po směru hodinových ručiček, pak proti směru, pak zmizel.

Pak se nad nimi objevila zrcadlová koule. Ta při otáčení měnila barvy. Když se otáčela příliš rychle, báli se, že se na ně zřítí. Přesunuli se do úkrytu, ale než se jim to podařilo, koule zmizela.

Pak se objevila hlava klauna. Vznášela se před nimi a říkala: "Co je černé a bílé a černé a bílé a černé a bílé a černé a bílé a černé a bílé." "Co je černé a bílé a černé a bílé?" ptali se.

"Dost!" zahřměl hlas.

"Je mi to líto," řekl Rafael.

"To bys měl!" První hlas se otřásl. Pak tišeji, jemněji, měkce řekl: "E-Z a jeho tým musí vědět o Lovcích duší - o všem. Jinak nepochopí složitost toho průlomu." "To je pravda.

Hlas se na několik vteřin odmlčel a pak pokračoval: "Lapač duší chytá duše, když lidské tělo zemře. Je to nekonečné místo odpočinku. Všichni lidé a všechny bytosti mají nádoby, do kterých se dostávají. To, čemu říkáš silo, je lapač duší. Místo odpočinku na věčné časy."

"Dobře," řekl E-Z. "A co to má společného s koncem světa?" "Nevím."

"Chci vidět svůj lapač duší," řekla Rosalie.

"Jestli ty a tví přátelé NĚCO neuděláte, nikdo nebude mít Lapač duší. Až vaše tělo zemře, zemřete. To je ono. Konec. Tvoje duše a duše všech ostatních nebudou mít kam jít, a když duše nemá kam jít, nemá to smysl. Už nemá důvod existovat. A bez duše jsou lidé pouhými masovými obleky."

"Počkej," řekl E-Z. "Chceš říct, že člověk, který je zodpovědný za Lovce duší. Ať už jim říkáš jakkoli - generální ředitel, prezident, rozumíš. Chceš říct, že byli kompromitováni?"

Rafaela otevřela ústa, aby odpověděla, ale E-Z ještě nedomluvil.

"Jak vlastně celá ta věc s Lapači duší funguje? Už několikrát jsem byl přivolán do toho svého, a to nejsem ani MRTVÝ. Chceš říct, že tihle, ať už jsou cokoli, mě teď můžou do Lapače duší vnutit, kdykoli se jim zachce?" Zaváhal: "A co ty víš o Charlesi Dickensovi? Přišel v zrcadlové schránce, takže ne v Lapači duší. Jak se jeho duše dostala z jednoho místa na druhé? Je jeho vzkříšení zásluhou vás archandělů?"

Rafael čekal, jestli bude mít další otázky.

Měl.

"A co moji dva nejlepší přátelé PJ a Arden. Jak do toho zapadají? Oba jsou v kómatu. Chci je přivést zpátky. Pomůže jim, když jim pomůžeš?"

Hlas ve zdi zahřměl v odpověď.

"Lovce duší nikdo nevede. Není to jako firma založená za účelem zisku. Když někdo zemře, jeho duše je zachycena a žije v přiděleném Lapači duší." "A co?" zeptal jsem se.

"Já to nechápu," řekl E-Z. Pak: "Počkej, někdo nebo něco se do Lovců duší nabouralo? A pokud je odpověď ano, pak rozhodně budu potřebovat víc informací o tom, kdo to je, než se do toho vložíme. Pokud je vy archandělé nedokážete porazit, jak to potom čekáte od nás?" "To je v pořádku," odpověděl.

Hlas ve zdi řekl Rafaelovi: "No, Eriel se mýlil, když říkal, že tenhle kluk je tlustý jako cihla. Dostal to, a to najednou. Dobrá práce, E-Z."

"Ehm, myslím, že díky," řekl. "Ale v čem přesně jsem měl pravdu?"

Hlas pokračoval. "Tři bohyně skutečně sjely lovce duší."

E-Z otevřel ústa, aby promluvil, ale než to stihl, hlas promluvil znovu.

"Charles Dickens nepřijel v lapači duší, jak jsi předpokládal. Pokrevní příbuzní mají moc nad časem a prostorem. Přivolal jsi ho. Přišel ti pomoci."

"Já ho nepřivolal!" E-Z se ohradil.

"A přesto se vrátil, znal tvé jméno a chtěl ti pomoct, je to tak?" "Ano," řekl jsem.

E-Z přikývl.

"A k tvé poslední otázce: ano, životy tvých přátel jsou v ohrožení kvůli třem bohyním." "A co se stalo?" zeptal se.

"Bohyně?" E-Z zopakoval. "Jako v řecké mytologii? Jsou skutečné? Myslel jsem, že všechny ty příběhy jsou fikce."

"Jsou založeny na historických faktech," řekl Rafael.

"Nemůžeme se postavit proti týmu mytologických bohyň!" E-Z vykřikl. "Jsme děti."

"Riziko je mnohem větší, když to neuděláte, protože nemáme nikoho jiného, koho bychom mohli požádat o pomoc. Není tu žádný Batman, žádný Spiderman, žádní skuteční superhrdinové. Jediní hrdinové jste vy, děti, můžete? Pomůžete? Víme jak, k vyřešení tohoto problému potřebujeme těla, lidi na místě. Lidé se schopnostmi mohou zvítězit. Můžete to porazit, věc. Tyhle věci. Za prvé, můžete je vidět. My ne," řekl Rafael.

"Vím, že potřebujete pomoc, ale nevím, jak bychom to mohli zachránit - ne proti mocným bohyním. Ano, máme moc, ale proti čemu přesně stojíme? Co se od nás bude očekávat? Jaké nebezpečí nám hrozí? Vždyť vy už jste mrtví - my ne. Když pomůžeme - jaká rizika nám hrozí?" "Ano," odpověděl jsem.

Zaváhal, a když nikdo nic neřekl, pokračoval.

"Když budeme souhlasit, můžete ochránit mého strýce Sama, jeho ženu Samanthu a děti? Můžete zajistit, aby PJ a Arden neskončili mrtví v Lovcích duší? A co z toho plyne pro nás? Vždyť bychom riskovali své životy. Nejsi člověk, takže nemáš co ztratit!"

Rosalie se vmísila do hovoru: "E-Za to nevidím, že bys měl na výběr. Máš pravdu, bude tu riziko a já ještě nejsem mrtvá - ale jsem stará - takže riziko pro mě není tak velké. Kromě toho se mi líbí představa, že až můj život skončí, bude na mě čekat lovec duší."

E-Z přikývl. "To chápu. Představa, že se kolem mě vznášejí moji rodiče. Sami. Bez domova. Bez lapačů duší. No, je mi z toho zle. Rozčiluje mě to tak, že se mi chce plivat. Ale stejně si musím promluvit s ostatními," zopakoval E-Z a zkřížil nohy. Byl to tak dobrý pocit, že může dělat tak jednoduché věci, jako je překřížení nohou.

Začínáš být pěkný řečník, říkala mu Lia v duchu.

"Ehm, díky," odpověděl.

"Tak jako tehdy," řekl hlas. "Dvacet čtyři hodin. Mezitím tu Rosalie zůstane s námi."

"Jako váš host," zdůraznil E-Z.

"Budu v pořádku," řekla Rosalie. "A já budu v kontaktu tím, že si popovídám s Lia. S Lia si rády povídáme."

Přikývl. S Lia, prostřednictvím Lia. E-Z si nebyl jistý, co vědí a co ne - ale nehodlal jim dávat nic, co už nemají.

"Brzy se uvidíme," řekl a zamával na rozloučenou.

Pak už zase seděl na vozíku. Stál tváří v tvář svým přátelům. Ale jak jim to mohl říct? Jak by jim to mohl vysvětlit?

Nakonec se rozhodl, že nejlepší bude všechno vyklopit. A přesně to udělal.

KAPITOLA 23

ZMĚNY

Přestože E-Zovy zprávy nebyly tím, co očekávali, Alfred i Lia měli co říct.

"Mají nervy!" Alfred vykřikl. "Po tom, co nám udělali. Mám na mysli sliby, které pak nedodrží a změní herní plán. Já osobně nikomu z nich nevěřím, ani co by se za nehet vešlo."

"Tohle je obrovská věc a týká se to našich blízkých, kteří zemřeli," řekl E-Z.

"Jak to?" Sam se zeptal.

"Neznám podrobnosti. Vím jen, že se to týká tří zlých bohyň, jejichž plánem je zmocnit se všech Lovců duší a ovládnout je."

"To je šílené!" Lia řekla. "Proč by je chtěly? Proč by si s nimi dělali takové potíže? Co z toho mají?"

"Počkej," řekl E-Z. "Řeknu ti všechno, co mi řekli. Měj na paměti, že ani oni to nevědí jistě.

"Každopádně je to takhle. Jsou to mytologické bohyně, které byly přivedeny zpět. Jejich cílem je ovládnout Lovce duší - jakýmikoliv prostředky.

"A způsob, který si vybraly, je zabíjení lidí. Lidi, kteří neměli zemřít! A pak je vloží do Lovců duší, které unesli. Od lidí, kteří je potřebují. Takže jejich duše nemají kam jít."

"Pořád to nechápu," řekla Lia.

"Ber to takhle. Lia, ty, Alfred a já jsme už v Lapačích duší byli. Málokdo tam smí vstoupit, dokud není mrtvý. Vždyť kdo by tam chtěl být?"

"Souhlasím," řekl Alfréd.

"Ditto," řekla Lia.

"Ale co kdybych ti teď řekla, že tvůj Lapač duší byl naplněn někým jiným - a tak už není tvůj?"

"Lidé o Lapačích duší ani nevědí!" Alfred vykřikl. "Většina si myslí, že jejich duše odchází do nebe (nebo pokud jsou špatné, tak na horké místo.) Kdyby to věděli, byli by z toho špatní. Ale nevědí."

"Ano, nemůžeš si nechat ujít něco, o čem nic nevíš," řekl Sam. "Stejně tak nemůžeš bojovat za něco, o čem nic nevíš."

"Řekli mi, že duše mých rodičů by se teď mohly vznášet někde kolem, jako bezdomovci. To mě silně zasáhlo."

"A právě proto ti to řekli!" Sam řekl. "Je to otevřená manipulace."

"Ne, je to citové vydírání," řekl Alfred. "Ale chápu, proč to řekli. Kdyby mi totéž řekli o mé rodině, taky bych se do toho chtěl zapojit. Chci s těmi bohyněmi bojovat. Kdybych byl horká hlava, jednal bych okamžitě na základě svých emocí. Ale tady je třeba postupovat logicky. Musíme zachovat chladnou hlavu."

"Kdo jsou vlastně ty bohyně? Co o nich víme?" Lia se zeptala.

"A jsme si jistí, že archandělé stojí na správné straně?" "Ano," odpověděla. Sam se zeptal.

"Říkali, že chyba na jejich straně způsobila, že k tomu vůbec došlo - ale neřekli mi přesně, jak se to stalo a proč. A neměli náladu na to, aby na ně někdo tlačil informace - víc, než jsem z nich už dokázal dostat. Kromě toho mají Rosalii a náš čas na rozhodnutí se krátí."

"Přesně tak," řekla Lia. "A přesto, jak se můžeme rozhodnout, když ani nevíme, proti čemu stojíme? Vědí, že jsme děti. Ano, každý z nás má jedinečné schopnosti - ale stačí to? Pokud archandělé nedokážou tuhle situaci zvládnout sami... proč vědí, že my to dokážeme?"

"To nedokážu říct. Naléhal jsem na ně, aby mi řekli víc. Nebýt toho hlasu ve zdi - neřekli by mi tolik, kolik jsem se dozvěděl."

"Jak se opovažují nám zatajovat informace!" Alfred vykřikl.

"Vysvětlil jsem jim, co vím. Jsou tři. Jsou to bohyně - mytologická stvoření, o kterých jsem si myslel, že nejsou skutečná."

"Všechno, co potřebujeme vědět, abychom se proti nim vyzbrojili, můžeme zjistit online," řekl Sam. "Ale bude to chvíli trvat." Zaváhal. "Nemyslím si však, že budeme mít při hledání informací o Lovcích duší příliš štěstí."

"Už jsem to zkoušel a nic jsem nenašel."

"Kdy jsi o nich slyšel poprvé?" Sam se zeptal.

"Hlas ve stěně naznačil, že mi o nich už někdo říkal, ale pokaždé, když se snažím vzpomenout, jako by mi informace blokovala zeď."

"Páni! Mně se stává úplně to samé," řekla Lia. "To je tak divné."

E-Z se podíval na čas na svém telefonu. "No, dal jsem vám všem spoustu námětů k přemýšlení. Na pevné rozhodnutí máme čas do rána... ale myslím, že nemáme jinou možnost než souhlasit s tím, že jim pomůžeme. Chci říct, že když ne my, tak kdo?"

"Přemýšlel jsem o tom samém," řekl Alfréd. "Ale stejně se mi nelíbí způsob, jakým na to šli."

"Mně taky," řekla Lia. "Jdu si lehnout. Dobrou noc všem. Uvidíme se ráno." Zavřela za sebou dveře.

"Potřebuješ něco?" Sam se zeptal.

"Ne, jsem v pohodě. Dobrou noc, strýčku Same."

"Dobrou, E-Z. Musím ti říct, jak jsem na tebe pyšný a jak by na tebe byli pyšní tvoji rodiče."

"Díky."

"A dobrou noc, Alfréde," řekl Sam, když otevřel dveře.

"Dobrou noc," řekl Alfred, pak se usadil s hlavou pod křídlem a usnul.

E-Z, který nemohl usnout, zíral do stropu s rukama za hlavou. Udělal několik sedů-lehů, pak se otočil na bok a doufal, že usne. Místo toho spatřil dvě světla, jedno zelené a druhé žluté, jak se k němu vznášejí.

"Jsi vzhůru?" Hadz se zeptal.

"Ne," řekl E-Z s úsměvem a posadil se.

"Nemáme s tebou mluvit," řekl Reiki, "ale musíme s tebou mluvit, takže musíš hádat, co ti nemáme říkat." "A co ti máme říkat?" zeptal se Reiki.

"Hádat? To jako vážně? Můžeš mi napovědět... víš, zúžit mi to pole, aspoň trochu?"

Chtěli být andělé si šeptali. Zdálo se, že se neshodnou, protože Hadz odletěl na jednu stranu místnosti a Reiki na druhou.

"K, já jdu spát. Až na to přijdeš, můžeš mi to ráno říct."

Přikývl a pak se probudil. Seděl v křesle a vznášel se po obloze. Zapnul si bezpečnostní pás. "Co to?"

"Rozhodli jsme se, protože jsme ti nemohli zúžit pole. Ani ti říct, co potřebuješ vědět. Abyste se mohli informovaně rozhodnout... Že vám to místo toho UKAŽEME. Takže nás následujte."

Když se mraky prohnaly kolem a čistý, ale chladný noční vzduch mu naplnil plíce, E-Z se cítil živější než už dlouho předtím. Svým způsobem mu chybělo, že byl povolán ke zkouškám, aby pomáhal a zachraňoval lidi, kteří se ocitli v nesnázích.

Od té doby, co přestal spolupracovat s Erielem, si jako superhrdina moc nepřipadal. Pravda, zachránil kočku, která uvízla na stromě. A zabránil baseballovému míčku, aby rozbil cenné vitrážové okno kostela.

Ale většinu svého každodenního života myslel na budoucnost. Plánoval, jak dokončit střední školu v nejlepší pozici, aby dosáhl na stipendium. Na nejlepší vysokou školu nebo univerzitu, na kterou se mohl dostat.

Strýc Sam a Samantha plánovali příchod nového dítěte. To, jestli to bude kluk, nebo holka, drželi v tajnosti a do nového dětského pokoje nikdo nesměl. E-Z si myslel, že je divné, že je mu patnáct a brzy bude strýcem, ale těšil se na to.

A Lia, ta si ve škole vedla dobře, zapadla, i když se během poměrně krátké doby dostala ze sedmi let na dvanáct skokem. Ať už ji stárlo cokoli, zdálo se, že se to zastavilo, a teď se zdálo, že se zamilovala do PJ. Rozhodně dospívala a on se usmál při pomyšlení na to, jak se stala panovačnou. To mu připomnělo malou Dorritku Jednorožce. Od zkoušek ji neviděli. Možná ji archandělé poslali na pomoc Lii, když byli všichni propojeni. Pak přišel jeho bratranec Charles Dickens. A PJ a Arden uvízli v kómatu - a nikdo nevěděl, jak je z něj dostat. Alfréd měl pořád co dělat, kolem domu. Od jeho příjezdu nemusel strýček Sam tak často sekat trávu.

Znovu si vzpomněl na dva procesy, v nichž našel podobnost. Na tu s dívkou převlečenou za postavu z několika her. Druhý s chlapcem, kterému bylo řečeno, že má zabít E-Z, aby zachránil život své rodiny. Byly propojené. Eriel měl pravdu. Jen musel zjistit, co přesně to znamená.

"Už tam skoro jsme?" zeptal se a všiml si, jak se ochladilo. Pohybovali se rychle, blížili se k národnímu parku Údolí smrti v Mohavské poušti. Byl prosinec, v noci jeden z nejchladnějších měsíců v roce pro poušť, a on si přál, aby si vzal mikinu s kapucí. Byla taková tma, že hvězdy vypadaly milionkrát jasněji. Jako oči na obloze, mezi nimiž byla sotva prstová mezera, nebo tak nějak to vypadalo.

Andělé ve výcviku neodpovídali. Sestoupili o pár metrů níž a pak plnou rychlostí pokračovali v letu vpřed.

"Skvělé!" řekl. "Dejte mi vědět, až budeme přistávat. Určitě bych si přál, abych měl cestovní kancelář, která by mi řekla, co to vidím."

"Použij svůj telefon," zašeptali Lia a Alfred. Pak se odmlčeli.

Letěli dál, nad Badwater Basin, nejníže položené místo v Severní Americe. Jmenovalo se tak, protože voda v něm je špatná - tedy nepitelná kvůli nadbytku solí. Ale některým volně žijícím živočichům a rostlinám se v ní daří, například okurkám, hmyzu a plžům.

Vydali se hlouběji do Údolí smrti, zatímco E-Z si prohlížel terén a snažil se nemyslet na to, jakou má žízeň.

"Už jsme tam?" zeptal se znovu, když mu nad hlavou proletěl černý pták a upustil spoustu bobků, než pokračoval v cestě. "Vítejte v Údolí smrti," řekl a otřel si ho hřbetem rukávu. Spěchal dál, aby dohnal Hadze a Reikiho.

KAPITOLA 24

ÚDOLÍ SMRTI, U.S.A.

"POSPĚŠTE SI!" HADZ A Reiki řekli. "Už jsme skoro u Rhyolitu."

Tlačil se dopředu a doháněl je. "A co přesně je v Rhyolitu?"

"Něco málo o pozadí," řekl Hadz. "Pokud jste o něm už neslyšeli?"

E-Z zavrtěl hlavou. O Velkém kaňonu se učil ve škole, hlavně o tom, jak vznikl.

Hadz pokračoval: "Rhyolite byl kdysi kvetoucím městem v době zlaté horečky v roce 1904. Netrvalo to ale dlouho, v roce 1924 zemřel jeho poslední obyvatel a změnilo se v město duchů."

"Co znamená slovo Rhyolite?"

Reiki odpověděl: "Je to kyselá vulkanická hornina - lávová forma žuly. Pojmenoval ji geolog Ferdinand von Richthofen v roce 1860. Jeho původ je řecký, od slova rhyax, což znamená proud lávy." "Co je to rhyolit?" z eptal se.

"Takže město zažilo velkou zlatou horečku a pojmenovali ho po sopečné hornině?" "Ano," odpověděl jsem. Zaváhal. "Myslím, že si pamatuju něco z hodin o sopečné činnosti."

"To je pravda," řekl Hadz. "Datuje se do doby před dvěma miliony let."

"Takže tahle lekce je zajímavá a vůbec - ale pořád nevím, proč míříme do Rhyolitu."

"Protože je to sídlo odpadlíků," vyhrkl Reiki.

"Těch, co bojují o kontrolu nad Lovci duší."

"Kdo přesně jsou a jak je můžeme zastavit? Tím my - myslím nás, Tři. Protože Eriel a Rafael drží Rosalii a mimochodem, čas se krátí. Dali nám jen čtyřiadvacet hodin na to, abychom se k nim vrátili."

"Pššt," řekl Hadz. "Mají výjimečný sluch a vítr k nim může naše hlasy donést šeptem. Od této chvíle budeme mluvit jen myslí."

E-Z se pomocí mysli zeptal: "Co se stane, když se dozvědí, že jsme tady? Chci říct, nebudou nás moci vidět?" "Ne," odpověděl.

"Hadz a já nejsme lidé, takže jsme mimo jejich radar. Ty však ne, a proto jsme tě chránili štítem."

"Skvělé! Kolem mě je neviditelný ochranný štít - to je pro mě užitečná informace."

V dálce viděl Černé hory. "Vsadím se, že když do těch hor slunce peče žár, dalo by se na nich usmažit vajíčko." Zaváhal: "A co ten pták, co mě pokadil? Mohli ho tam poslat ti zlí, aby nás hledal?"

Hadz a Reiki zavrtěli hlavou. "Viděli jsme toho ptáka. Byl to havran - známý jako posel zpráv z nebes."

"Dobře, to je fér. Mně se nezdálo, že by to vypadalo jako havran. Řekni mi, co to je, že se zmocnilo lovců duší, a co budeme muset udělat, abychom je porazili." "A co to má společného s reinkarnací Charlese Dickense jako malého chlapce?" zaváhal. Znovu zaváhal. "A taky, jestli se Lia dostane do transportu? Vrátí se jednorožec Malá Dorritka, pokud/pokud budeme souhlasit s tím, že vám pomůžeme?" To bylo hodně řečí. Měl žízeň a přál si, a by si vzal láhev vody.

POP.

Jedna se objevila. Vypil ji zpátky poté, co nikomu nepoděkoval.

"Slyšel jsi někdy o Erinyes?" zeptal se Reiki.

E-Z zavrtěl hlavou.

"Taky známé jako Fúrie," řekl Hadz.

"Nemám ponětí, co jsou obě... ale matně si vzpomínám na něco z nějaké hry, možná?"

"Jsou známé pod souhrnným názvem Bohyně pomsty." "Jaké bohyně?" zeptal se.

"Pověz mi víc. Na kom se mstí?"

"No přece na celé lidské rase!" Hadz si odfrkl.

"Už jsme o tom s přáteli mluvili. Většina lidí o Lovcích duší neví. Většina věří, že máme duše. Duše, které jdou buď do nebe, nebo do pekla - podle toho, jak se v životě rozhodneme."

"Ano, jsme si toho vědomi," řekl Hadz.

"Tak mi to řekněte," požádal E-Z. "Kde je v tom všem bůh? Bůh nebo Ježíš, Alláh, Buddha... ať už ho znáte pod jakýmkoli jménem. Kde je?"

Hadz a Reiki zírali před sebe, aniž by odpověděli.

"Dobře, chápu, že na tuhle otázku nedokážete odpovědět. Odpovězte mi místo toho na tuhle. Proč bohyně trestají lidi pomocí něčeho, co si ani neuvědomují? Chápu, že jsou zlé, ale přesto to zní směšně." "Cože?" zeptal se.

"Děti," řekl Hadz.

"Trestají beztrestné. Ale..."

"Ach, čekal jsem na nějaké ale... Pokračuj."

"Fúrie zneužívají své moci. Posouvají hranice. Zaměřují se na nevinné. Nevinné děti, které si hrají na n ěco."

"Počkej, chceš říct, že děti, které hrají hry, jsou trestány za věci, které dělají v rámci hry? Ale hra přece není skutečná! Jak mohou být ve skutečném životě trestány za něco, co není skutečné?" "Ne.

"Já to vím a ty to víš, ale pro Furii je to všechno jedno. Když ve hře někoho zabiješ, projdeš stejným myšlenkovým procesem jako vrah. Zahrnuje plánování, záměr zabít a pak to dotáhnout do konce. V některých případech jde o masové vraždy. A ano, je to nevinné a žádá se po nich, aby tyto věci udělali, aby se dostali dál ve hře. Pro Fúrie jsou děti beztrestné a jsou férovou hrou, když jsou v rámci hry."

"Počkejte!" E-Z vykřikl. "Co přesně tady říkáš? Myslím, že jsem pochopil podstatu, jak do toho Lovci duší zapadají, ale ta myšlenka je tak zlá... že se mi na ni nechce ani pomyslet, natož ji vyslovit."

"Fúrie se mstí hráčům hry. Těm, kteří zhřešili ve svých srdcích," řekla Reiki. "Nejsou určeny k tomu, aby zemřely! Jejich Lapači duší nejsou připraveni přijmout jejich duše, a tak..."

"Nemají kam jít," řekl Hadz.

"A Fúrie je shromažďují tady, tím, že vytvářejí svůj vlastní kmen Duší. Ukládají duše dětí do ukradených Lapačů duší."

"To vytváří chaos," řekl Hadz.

"Takže vy, děti, musíte pomoct."

"Počkejte!" E-Z se ozval. "Počkejte, sakra!"

KAPITOLA 25
ČTYŘI OČI

"**A**ch, ach," vykřikl Hadz, protože po obloze se rychle pohyboval temný mrak a mířil jejich směrem.

"Nemohli proniknout ochranným štítem!" Reiki vykřikl.

E-Z se ohlédl přes rameno. To, co uviděl, bylo něco černého, co nebyl mrak. Bylo to totiž podobné hadovi. S rozeklaným jazykem olizujícím vzduch. Místo dvou očí to mělo mnoho očí. Příliš mnoho na to, aby se daly spočítat. Z každého kapala krev. Krev a žlutý hnis.

Jazyk té věci se pohyboval zprava doleva. Vydával šlehavý zvuk, zatímco čelisti se otevíraly a zavíraly. A z jejího hrdla se ozýval chrčivý zvuk, který se střídal s vřískotem a bzučením.

S větrem v zádech naplnil vzduch nanejvýš odporný zápach, který brzy dorazil k nosním dírkám E-Z, Hadze a Reikiho.

Zápach byl nanejvýš odporný. Horší než síra. Nebo zkažená vejce. Odpornější než septik a hnijící mrtvoly dohromady.

Trojice se přesunula výš, aby viděla za hřeben, kterého si předtím nevšimla. Za ním stály stříbrné nádoby. Lapače duší. Kam až oko dohlédlo.

"Tolik jich je! Jsou všechny naplněné dětmi? Ale ne!" E-Z řekl nosovým tónem, protože si stále ucpával nos. I když stále cítil zápach.

PTOOEY.

Vyhnuli se stříkajícímu žlutému hnisu.

"Co to sakra je?" E-Z vykřikl.

Dole byla vidět obří oční bulva. Bylo zavřené. Zamaskovaná.

PTOOEY. PTOOEY. PTOOEY.

"Ale ne!" E-Z vykřikl. "Oční bubáci!"

Vystřelil na ně a vypustil svou horkou, lepkavou tekutinu.

"Počkejte!" Hadz a Reiki vykřikli.

Každý z nich chytil E-Z za jedno ucho.

"Ahhhhh!" vykřikl.

PTOOEY.

E-Z se tomu bubákovi vyhnul, ale málem se mu spojil s vozíkem.

FIZZLE.

POP.

POP.

E-Z byl zase zpátky ve své posteli. Po čele mu stékaly krůpěje potu.

Alfréd mezitím dál chrápal na konci postele.

"To bylo trochu moc blízko!" E-Z řekl. "Pronikli ochranným štítem? Viděli nás? Vědí, kdo jsem a kde bydlím?"

"Ne, dostali jsme se odtamtud dřív, než pronikli," řekla Reiki.

"Možná je to hloupá otázka, ale proč jsi nás prostě nepronásledoval dovnitř a ven hned. Místo toho, abychom si udělali čas a letěli až tam - a ohrozili tak naše životy?"

"Museli jsme vám to UKAZAT."

"Před bitvou... Jak tomu říkáte..."

"Myslíš průzkum?" Zeptal se E-Z.

"Ano, to je pravda. Museli jsme vám to ukázat. Musel jsi to vidět, na vlastní oči. Všechno. To, proti čemu stojíte," řekl Hadz.

"Říkali jsme si, že to, co se dozvíš, bude stát za to riziko."

"To asi ukáže čas," řekl E-Z.

"Omlouvám se, jestli jsme zašli příliš daleko," řekl Hadz.

"Opravdu jsme měli na srdci tvůj nejlepší zájem."

"Já vím, že ano. A jsem rád, že jsem viděl Lovce duší. Kolik jich bylo - to mě opravdu šokovalo."

"Ano, nás to také šokovalo. A můžeš si být jistá, že to šokovalo i archanděly. Když to viděli poprvé."

"To jsi neměl říkat," řekla Reiki.

POP.

Hadz zmizel.

"Ale, teď už je to v pořádku," řekl E-Z.

"To je jedno."

"Pořád nemůžu přijít na to, co z toho Fúrie mají? Jaký je jejich cíl? Už na to někdo přišel?"

"Každý den přidávají další. Další děti, které hrají hry a nechávají se vtáhnout do jejich sítě."

"Ale proč se veřejnost neozývá? Neměli bychom to říct světovým vůdcům, prezidentům, premiérům? Nemohli by s tím něco udělat?"

"Přemýšlej o tom, co by udělali jako první? Poslali by tam armádu. Zemřelo by víc lidí. Víc Lovců duší, kteří jsou potřeba dřív, než přijde jejich čas.

"Hraní podle toho, co jsme vypozorovali, je celosvětový fenomén. Zlé sestry berou duše nic netušícím dětem." "To je pravda.

"Ale většina vůdců má své vlastní děti," řekl E-Z. "Jistě, kdyby to věděli, chtěli by své děti chránit a chtěli by chránit i ostatní děti."

"Spíš by se Fúrie zaměřily na jejich děti. Bylo by to, jako by jim házely klacky pod nohy," řekl Reiki.

POP.

Hadz byl zpátky.

"Líbilo by se jim, kdyby mohly zničit velké a mocné děti. Právě teď se zdá, že to, co dělají, je náhodné - vybrané v rámci hry," řekl Reiki.

"Řekni mi víc o tom, co o nich víš." E-Z se zeptal.

Hadz zašeptal: "Jmenují se Allie, Meg a Tisi. Allie se mstí za hněv, Meg za žárlivost a Tisi je známá jako mstitelka." "To je pravda," odpověděla.

"Dobře, tak proč tak smrdí? A jak se dají všechny tři porazit?" "Ano," odpověděla jsem. E-Z se zeptal a podíval se na hodinky. Právě se blížila osmá hodina ranní. potřeboval si promluvit se zbytkem party, aby dostal Rosalii zpátky. Jak jim měl říct o té strašlivé trojici a o všech dětech v těch Lapačích duší?

"Legenda říká, že byli potrestáni za to, že dělali svou práci, v minulosti. Teď našli tuhle skulinku s Virtuální realitou, novým lidským vynálezem." "A co?" zeptal se. Hadz zaváhal. "Proč lidé nikdy nechtějí žít svůj život v přítomnosti? Proč musí utíkat a hrát hloupé hry, které ohrožují jejich životy?" "Ne," řekl. Rádoby anděl zrudl a nesmírně se zlobil."

Reiki se snažil svého přítele utěšit slovy: "Nevědí, co dělají."

"Nevědomost není omluva," řekl E-Z. "Musíme je poslat zpátky tam, kde byli před vynálezem VR. A musíme jim vrátit duše dětí, které unesli pod falešnou záminkou. Jediná věc je, JAK je máme přesvědčit, že dělají špatně? Že kradou životy a trestají lidi za myšlenky, ne za činy?

"Teď, když jsem měl možnost nahlédnout do Furií - vím, že vám musíme pomoci víc než kdy jindy. Ale ještě musím přesvědčit ostatní. I kdyby souhlasili, pořád bojujeme proti přesile. Chci být pozitivní. Říct, že na ten úkol máme. Ale jistotu nebudeme mít, dokud nenastane čas boje."

Praštil pěstí do polštáře a podržel si ho na klíně. "Počkej, oni zemřeli? Chci říct, utekli Fúrie před svými vlastními Lovci duší? A pokud ano, jak? Kdo jim pomohl dostat se ven?"

Hadz se podíval na Reikiho a Reiki se podíval a Hadze.

POP.

POP.

Byli pryč.

"Skvělé!" E-Z řekl. "Prostě fantastické!"

KAPITOLA 26

BALANCE

Ačkoli se E-Z snažil usnout, nemohl. Neustále přemýšlel a kladl si otázky. Otázky, na které nedokázal odpovědět.

Vstal tedy z postele, kliknul na počítač a začal pátrat.

Zanedlouho narazil na zlato. Když našel odkaz Fúrie a tři grácie. Zdálo se, že jsou jako jin a jang jeden druhého. Jedna dobrá, druhá zlá. Napadlo ho, že by tuto informaci mohli využít ve svůj prospěch. Když mohly být zlé bohyně přivedeny na zem, mohly by být povolány zpět i dobré bohyně?

Nejdříve, než navrhl archandělům, aby je přivedli zpět - za předpokladu, že to dokážou. Chtěl vědět, co přesně by Grácie přinesly.

Ano, byly to bohyně. Dcery Dia, který byl bohem nebes. Jejich síla směřovala k okouzlení, kráse a tvořivosti. Četl dál, ale nedokázal si představit, jak by mohly proti Furiím pomoci.

Přesto měl trochu času, a tak pokračoval ve čtení Přečetl si nějaký text akreditovaný u Nietzscheho. O jeho teoriích o dobru a zlu se stále diskutovalo a diskutovalo na fórech.

Pak mu v hlavě vytanula vzpomínka. Stávalo se to méně, vracely se mu vzpomínky na rodiče. Doufal, že nikdy nepřestanou.

Tahle se týkala rozhovoru s jeho otcem. O Newtonově třetím zákonu. Vyjeli si na loď a chytali ryby.

"Je to způsob, jakým se ryba pohání ve vodě," vysvětloval mu otec.

Od té doby se o něm dozvěděl víc ze školy. Myslel si, že Newton a Nietzsche by spolu vedli docela zajímavé rozhovory. Ale jejich životy dělily tisíce let.

Pak mu to došlo. On, Lia a Alfred byli protipólem Furií.

Věděli to už archandělé? Proto se zdálo, že tolik trvají na tom, aby Fúrie porazil jen on a jeho tým?

Otázka, která se mu stále honila hlavou, však stále zněla - mohli by vyhrát?

Bylo vůbec možné Fúrie zastavit?

Musel si o tom promluvit s ostatními.

Vypnul počítač a vrátil se, aby si trochu zdříml, než se ostatní probudí.

Všichni očekávali, že bude mít všechny odpovědi. On je neměl, ale dělal, co mohl. Od té doby, co se stal vůdcem, byl život takový.

KAPITOLA 27
ČERVENÝ POKOJ

E-Z BYL V ČERVENÉ místnosti. V místnosti, která byla cítit krví. Ze silného železitého zápachu ho bolel nos, zakryl si ho dlaní a pak popošel několik kroků vpřed. Jeho kroky zanechávaly na zakrvácené podlaze stopy. Kde to byl? V pekle? Tady měl alespoň možnost utéct, ale kam? Nebyly tu žádné dveře. Žádná okna. Žádné světlo, a přesto viděl, že je všechno červené. A mokré.

Vytáhl telefon a kliknul na aplikaci svítilny. Pomocí paprsku baterky sledoval stěny kolem sebe. Všechny byly stejné. Zakrvácené a kapající. A páchnoucí. Čekal. Volat o pomoc mu nepřipadalo chytré. Možná by bylo lepší, kdyby mu to, co ho sem přivedlo, nepřišlo naproti. Raději by se s nimi nesetkal. Paprsek baterky zhasl a jeho telefon se vybil. Bál se pohnout, stál na místě a poslouchal.

Něco se plazilo, něco. Plíživé, po podlaze. Jeden sestupoval po stěně vpravo a druhý vlevo. Tři. Hadi.

Pak se vzduch v místnosti změnil a objevil se známý pach. Hniloba. Vajíčkovitý. Sirný. Hnijící mršiny.

Zakryl si nos. Stejně jako předtím to nezakrylo odporný zápach.

Čekal.

Chtěli ho tedy nechat o samotě. Měli ho. Postaral by se, aby toho litovali, kdyby to byla poslední věc, kterou kdy udělal.

"Mohli bychom si tě dát k snídani," křičela Tisi.

"Nebo k obědu," řekla Alli. "Přece jen mám trochu hlad."

"Nebo odpolední čaj, toho moc není. Ne pro nás tři, abychom se dělily," řekla Meg.

E-Z se soustředil každým vláknem své bytosti na svá křídla. Byla jeho jedinou nadějí na útěk a byla mu k ničemu.

"Podívej!" Meg vykřikla. "Snaží se použít svá malá křídla."

Tisi a Alli se zvedly. Meg se k nim přidala, když se vznášely těsně mimo jeho dosah.

Pod nohama se mu třásla a duněla podlaha. Jako by se měla otevřít a pohltit ho. Couvl, aby se opřel o zeď. Když se jí však dotkl, cítil, že má mokrou košili. A když na ni položil ruku, vrátila se mu celá od krve.

"Já se nebojím, vás tří mrch!" vykřikl.

"Možná se nás nebojíš - zatím -" Meg vyjekla.

"Ale už brzy se budeš bát," zasyčela Tisi.

"Zatím se můžeš vypořádat s těmi třemi," zašeptala Meg a z jejího odporného dechu se mu skoro chtělo zvracet.

Tři hadi využívající páku výšky se k němu vrhli. Jejich rozeklané jazyky syčely a prskaly. Pak se kolem sebe začali ovíjet. Spojovali se, proplétali. Až se z nich stal jeden obrovský had se třemi hlavami a třemi biči. Bičíky, které práskaly směrem k E-Zovi, aby ho udržely na místě.

Odstrčil se ještě víc dozadu. Když za sebou slyšel čvachtání krve, nějak ho to uklidnilo. Jeho tělo se uvolnilo, když se zády zabořil do rohu ke krvavé kapající zdi.

"Podívej se na něj," řekla Tisi. "Je to jen kluk a nikomu neublížil. Vlastně je to takový dobrák, že je škoda, že ho musíme zničit."

"Ano, jeho srdce je čisté," řekla Meg. "Ale má na srdci černou skvrnu. Skvrnu pomsty, kterou by rád vykonal na těch, kdo jsou zodpovědní za smrt jeho rodičů."

"Nemluv o mých rodičích!" E-Z vykřikl a zatlačil se hlouběji do krvavé zdi. Měl strach. Bál se, že to, co říkají, je pravda. Zavřel oči. Kdyby je neviděl, možná by odešli. Pak něco za ním povolilo. A on začal padat volným pádem dozadu. Padal. Padal.

THUMP

Přistál na vozíku a odletěli.

Zpátky v Červeném pokoji Fúrie zuřily!

"Jděte za ním!" Tisi vykřikla.

"Chyťte ho!" Meg vykřikla.

"Je pozdě!" Alli řekla. "Jako by se vypařil!"

"Vrátíme se do Údolí smrti," řekla Meg. Odešli a nechali Červený pokoj prázdný. Jejich zápach však stále přetrvával.

THUMP.

"Krvácíš," řekl Sam. "Vezmeme ho do koupelny. Můžeme se podívat, jak moc je zraněný." Sam postrčil vozík ke dveřím.

"Ne, stůj!" E-Z řekl. "Jsem v pořádku. Ta krev není moje. Ale musím se umýt. Smýt ze sebe ten zápach. Pak vysvětlím, co se stalo. Slibuju."

"Dokud si budeš jistá, že jsi v pořádku," řekl Sam.

Když odešel, Sam, Lia a Alfred si nedokázali říct nic, co by si řekli. Mlčky čekali, až se vrátí.

V koupelně E-Z umístil svůj invalidní vozík na rampu. Když přestavovali dům, strýček Sam pro něj vymyslel novou sprchu. Dávala mu větší nezávislost. A byla to zábava! Podobně jako při mytí auta.

Natáhl se nahoru a protáhl ruce a krk popruhy. Stiskl tlačítko, aby se pohnul dopředu, a židle ho následovala. Okamžitě začala téct voda. Očistila jeho tělo i oblečení zároveň. Každou chvíli vystříkl sprchový gel nebo šampon a po něm voda, která je smyla.

Teď, když byl čistý, pokračoval v pohybu vpřed a spustil sušící mechanismus. Ten během několika minut vysušil jeho i oblečení a zbavil je vrásek.

Když došel na konec, odpojil se od popruhů a klesl do křesla. Zkontroloval se v zrcadle. Jeho vlasy už vypadaly tak dobře, že je ani nemusel česat. Vydal se zpátky do svého pokoje. Když uviděl své přátele, zvedl se mu žaludek a pozvracel se.

"Omlouvám se," řekl. "Moc se omlouvám."

Lia a Alfred ho objali kolem ramen. Se zvracením si nedělali starosti. Oddaní přátelé si s takovými věcmi nedělají starosti.

Sam šel pro misku a vodu, aby synovce umyl.

E-Z byl za pomoc vděčný a dal mu čas přemýšlet o tom, co a jak řekne.

"Díky, strýčku Same. Uh, co ti musím říct. Není to hezké."

"Pokračuj," řekl Alfred.

"Jsme tu pro tebe," řekla Lia.

"Posaďte se, strýčku Same."

Vyjmenovali ke všemu beze slova.

"Jdu do toho," řekl Alfred.

"Já taky," řekla Lia.

"Já tři," řekl Sam.

"Souhlasím," řekl E-Z. A o vteřinu později už byl na cestě zpátky do bílého pokoje. Nebo alespoň doufal, že tam míří.

Kdekoli bylo lepší než v červeném pokoji. Vůbec kdekoli.

KAPITOLA 28

BÍLÝ POKOJ

BÍLÁ MÍSTNOST VYPADALA NĚJAK jinak, když se jeho nohy dotkly země.

E-Z se cítil tak šťastný, že je zpátky v pohodlí bílé místnosti. Kde se mohl procházet. Dotýkat se knih. Cítit vůni knih. Ale něco mu bylo divné. Mimo.

Zklidnil se. Všiml si, že se mu třesou ruce. Třásla se mu kolena. Teď mu drkotaly zuby.

Objal se kolem ramen a přál si, aby si vzal bundu. Čekal a očekával, že nějaká přijde. Nedočkal se.

"Co je to za místo?" zeptal se.

Žádná odpověď.

"Cheeseburger s hranolky," řekl.

Nic.

"Chop suey, s vaječnou rolkou," řekl autoritativněji.

"Žádám, abych věděl, kde jsem!" vykřikl.

Nic.

Nadda.

"Rosalie?" zavolal. "Jsi tam? Eriel? Rafael? Někdo? Hadz? Reiki?"

Opět nic.

Ani zdvořilé PFFT, aby se uklidnil.

Známost knih byla jedinou kotvou, která ho na tomto místě držela. Zamířil k žebříku, posunul ho pod Ds. V očekávání, že najde Charlese Dickense, začal šplhat. Místo toho zjistil, že každá kniha, které se dotkl, se týká herního světa.

Co to bylo?

A žádná z knih neměla křídla. Všechny byly úplně nové. Jako by je nikdo předtím neotevřel.

Málem spadl ze žebříku, když se ozval hlas,

"E-Z Dickens - tohle není ta bílá místnost, kterou znáte. Je to replika. Byl jsi sem poslán na výzkum. Každou knihu, kterou potřebujete, máte na dosah ruky. Každou knihu je třeba přečíst a prozkoumat celou."

"Nemůžu všechny ty knihy přečíst rychle, trvalo by mi roky, než bych se všemi těmi knihami prokousal!" "To je pravda!" zeptal jsem se.

"Proto ti bude dána další moc. Moc, která se projeví pouze ve zdech této místnosti. Čtěte nyní. Rychle. Zuřivě. Zapamatuj si to všechno."

Když ten hlas skončil, začal jiný,

"Deset, devět, osm, sedm, šest, pět, čtyři, tři, dva, jedna. A teď si přečtěte E-Z Dickense. Dejte se do toho."

E-Z se rychle prokousal každou knihou.

Když jednu dočetl, okamžitě mu do rukou padla další. Pak další a další.

Přečetl je všechny, dokud už nemohl číst dál.

Doufal, že mu nepraskne hlava!

Pak padl ke zdi, zacouval do kouta a rozplakal se, když se mu v hlavě zformuloval plán.

Ten nápad ho napadl, když si vzpomněl na PJ a Ardena. Proč je Fúrie uvedly do kómatu místo Lovců duší? Byli ve hře - hráli hry pořád, proč je nezabít?

Plán vypadal následovně: On a jeho tým vymyslí vlastní hru pro více hráčů. Sam by znal lidi, kteří by mu v tomto odvětví mohli pomoci. Až by se Fúrie vrhly na jejich duše - sejmuli by je.

Přál si, aby tam Arden a PJ byli a hráli s ním - protože by mu kryli záda. To bylo v pořádku, kryl jim záda. Chystal se je zachránit a osvobodit.

Přecházel sem a tam a všechno si promýšlel. Jeden aspekt by nefungoval. Kdyby se s ním pustil do hry a odmítl zabíjet - šli by po něm. A to by mohlo ohrozit i ostatní.

Nemohl přece říct všem hráčům hry na světě, aby přestali hrát. Kdyby jim řekl pravdu, o třech bohyních, které se jim snaží ukrást duši, zavřeli by ho.

Přesto to byl jediný nápad. Jediná jasná cesta, kterou viděl, jak porazit Fúrie v jejich vlastní hře.

Rezignoval, že by ho napadlo něco lepšího, a řekl: "Dostaňte mě odtamtud."

A právě tak zůstal sám ve skutečné bílé místnosti s Rosalií a Rafaelem. Přemýšlel, kde je Eriel, ne že by ho postrádal.

"Dobře, mám nápad. Něco jako plán," řekl. "Ale nejsem si jistý, jestli to bude fungovat. Potřebuju odpovědi na dvě otázky. A na třetí mám požadavek - ten požadavek je neoddiskutovatelný." "Cože?" zeptal se.

"Tak se ptej," řekl Rafael.

"Za prvé, budu schopen zachránit své nejlepší přátele PJ a Ardena, pokud se postavíme Furiím?" "Ano," odpověděl.

Rafael zaváhal, než promluvil. "Pokud se ti to podaří, není důvod, proč by tví přátelé nemohli být zachráněni."

"Křížem krážem?" zeptal se.

Udělala to.

"Jak jsem předpokládala, za jejich stav mohou Fúrie. Je to tak?"

"Ano, věříme, že je to pravda. Vaši přátelé mají svým způsobem štěstí, protože jejich duše zůstaly nedotčeny. Na co ale nemůžeme přijít, je proč, tedy pokud se stali terčem Furií. Ve všech ostatních případech, o kterých víme, si vzaly duše dětí. Nevíme o žádných dalších, jako jsou vaši přátelé, kteří by zůstali naživu v komatózním stavu."

"O tom mám také představu, ale potřebuji vědět, co se stane s PJ a Ardenem, pokud budou Fúrie poraženy? Co se stane se všemi dětmi, jejichž duše už jsou v lapači duší? Neměly zemřít. A co se stane s dušemi bezdomovců?"

"Právě teď Fúrie využívají sílu internetu. Umožňuje jim přístup do srdcí a domovů všech lidí na planetě. Je to, jako byste všichni nechali otevřené dveře a okna - takže se dovnitř může dostat kdokoli. Je pravda, že Fúrie jsou jen tři - ale jejich moc je obrovská. Jsou to mýtické bytosti, bohyně, jejichž původ sahá až k Diovi. Slyšeli jste o Diovi, že?"

"Četl jsem, že to byl bůh nebe a otec Tří grácií. Dokázaly by nám pomoci, kdybys je přivedl zpět?"

"Ano," odpověděl jsem.

"Zeus v tom nejede. Ani jeho dcery. My archandělé si s časem nehrajeme. A vždycky jsme věřili, že Lovci duší jsou posvátní. Nedotknutelní. Až do teď."

"Skvělé, takže si myslíš, že se moji přátelé stali terčem Furií, ale nejsi si tím jistý. Ne víc než já, že?"

"Správně. To proto, že nemůžu říct stoprocentně ano ani ne. Kdyby tví přátelé hráli hry. Myslím tím zabíjení v rámci her... Pak by splňovali kritéria Furií.

"Ale kdyby je chtěly zabít - už by byly mrtvé. Ledaže... ne, to by nedávalo smysl. Znamenalo by to, že o tobě a tvém týmu vědí. Není možné, aby to věděli. Drželi jsme to pod pokličkou. Kdyby to věděli, pak by drželi tvé přátele naživu pro případ, že by potřebovali páku."

"Myslíš jako vyjednávací trumf?"

"Možná, abych byl upřímný, nevím. Jak jsem řekl, všechno o tobě a tvém týmu jsme drželi pod pokličkou. My, včetně mě a ostatních archandělů, bychom udělali cokoli, abychom tě ochránili.

"Fúrie v průběhu staletí získaly moc. Ale nikdy se nezaměřovaly na nevinné děti. Nikdy nepřekrucovaly své plány tak, aby vyhovovaly jejich vlastním záměrům."

"Jaké jsou jejich cíle?" E-Z se zeptal.

"To nevíme."

E-Z řekl: "Proto potřebujeme mít co největší šanci, abychom proti nim vyhráli."

"Přesně tak, ale každým dnem kradou další dětské duše a tento proces urychlují."

"A o kolik?" Zeptal se E-Z.

"O tisíce, myslíme si, ale brzy to budou miliony. Brzy už bude pozdě je zastavit."

"Dobře, chápu, co tu hrozí, ale jsme jenom děti a nechceme do toho jít naslepo. Jsme smrtelní a oni taky. Musíme přemýšlet, zvážit všechny možnosti, než začneme riskovat své životy."

"Chápeme to a jak jsem řekl, budeme vám krýt záda."

"A teď k mé další otázce, chci vědět, co mám dělat s desetiletým Charlesem Dickensem?" "Ano," odpověděl jsem.

"Aha, tohle," řekl Rafael. "Tak zaprvé, s jeho reinkarnací nemáme nic společného. Máme teorii, kromě té, kterou jsme ti řekli, tedy že jsi ho přivolal ty. Zajímalo by nás, jestli jeho návrat, byla chyba na jejich straně. Možná se vesmír otevřel a poslal vám ho na pomoc, jako rovnováhu. Koneckonců je to pokrevní příbuzný. A je to vypravěč a mistr zápletek. Možná má nástroje a poznatky, o kterých zatím nevíš, které ti pomohou porazit Furii."

E-Z pečlivě volil slova. "Ale je to ještě dítě. Ještě nenapsal ani jednu věc. Bude rozptylovat pozornost, navíc je z jiné doby a mohl by ohrozit nás i naši misi."

"To záleží na tom," řekl Rafael. "Mohl by být tajnou zbraní. Je tady kvůli tobě. Pokud mu věříš. Že se narodil, aby se stal spisovatelem. Pak už bude mít v deseti letech všechny potřebné dovednosti. Pokud se tak rozhodnete, využijte ho ve svůj prospěch."

E-Z zaťal pěsti. "Chceš říct, že bychom měli použít mého bratrance jako návnadu?"

Rafael se zasmál a zatřepal sebou, čímž způsobil zbytečný závan větru.

"Pomohlo by, kdybys přestal tolik mávat," řekla Rosalie. "Jsem navrstvená svetry, ale stejně se tu nemůžu zahřát. Mimochodem, už bych ráda šla domů. E-Z a ostatní souhlasili, takže jsem udělala, co jsem mohla. A teď sbohem, na shledanou. Nech mě jít domů."

BINGO.

Rosalie zmizela a přistála zpátky ve svém pokoji. V duchu si povídala s Lia a řekla jí, že se vrátila nezraněná a teď si jde zdřímnout.

E-Z si vzpomněla na další neoddiskutovatelný požadavek.

"Chci, aby se mnou byli Hadz a Reiki, aby byli v našem týmu."

Rafael se usmál. "Hadz a Reiki jsou s Eriel svázáni naším vůdcem Michaelem."

"Dovol mi tedy s ním promluvit. Ti dva nám pomohli. Přijdou, když je zavolám. Pokud máme bojovat proti prastarému zlu, potřebujeme ty dva na své straně, aby nám pomohli."

"Michael s tebou nemůže mluvit. Nicméně přednesu tvou žádost. Pokud to bude považovat za nutné, dá mi vědět a já zase dám vědět tobě. Ještě něco?"

"Ano. Potřebuji vědět, jak se zbavit Furií. Máme je zabít? Poslat je zpátky tam, odkud přišly? Co přesně po nás žádáš, abychom s těmi bohyněmi udělali?"

"Svažte je, držte je - a my uděláme zbytek. Pokud tvůj plán vyjde, měli bychom být schopni převzít kontrolu nad Lovci duší. Všechno vrátíme do původního stavu."

"A co ti, kteří zemřeli předčasně?"

"Všichni budou vyrovnáni... jakmile budou nepřátelé neutralizováni." "Jakmile budou nepřátelé neutralizováni," řekl jsem.

"Než mě pošleš zpátky," řekl E-Z, "potřebuju něco, nějakou pojistku, že nám znovu nezkřížíš cestu. Tou pojistkou mělo být to, že nám dáte Hadž a Reiki, ale protože mi to dát nemůžete, potřebuji něco jiného. Něco, co bych mohl odnést ostatním a říct jim, že tohle je důkaz, že nás nezradí, jako to udělali v minulosti."

"Jako co?"

"Tvoje brýle by měly stačit," řekl.

Rafaela klesla na kolena, její křídla přestala mávat a stáhla se. "Tohle ne, cokoli, jen ne tohle," vykřikla. "Bez brýlí ti nepomůžu a nepomůžu ani nikomu jinému."

"Archandělé tu Rosalii drželi proti její vůli. Využili ji, aby se dostali ke mně. Změnili jste názor na dané sliby, zrušili jste mé zkoušky..." "Cože?" zeptala se.

Dotkla se obrouček brýlí a pak si je sundala. V jejích rukou se brýle proměnily v hada, červeného hada, který se plazil po E-Zově paži a plazil se nahoru, nahoru, nahoru.

"Co to je!" E-Z vykřikl, když had pokračoval dál po jeho krku. Přes okraj brady. Sklouzl po jeho pevně sevřených rtech. Nahoru a přes nos. Pak se rozpůlil a obtočil se kolem každého ucha. Pak se vrátil do původního stavu pulzujících brýlí.

"Moje brýle jsou teď tvoje, ať uděláš cokoli - ať ti je Fúrie nesebere. Kdyby se to stalo, byli bychom všichni zničeni."

"Počkej!" ozval se hlas ze zdi. "Co když selžeš? Jste přece jenom děti."

"Nemůžu slíbit úspěch - ale dáme do toho všechno. Ale bylo by dobré vědět, že pokud budeme potřebovat vaši pomoc, použijete své schopnosti, abyste nám pomohli."

"Platí," zaburácel hlas.

E-Z byl zpátky na kolečkovém křesle ve svém pokoji a na tváři mu pulzovaly červené brýle.

"Musíš s tím přestat," řekl strýček Sam, který právě stlal synovci postel. "Abych nezapomněl, dneska jsme se Samem navštívili PJe a Ardena, když jsme byli na kontrole v nemocnici. Narazili jsme na PJova tátu; podal nám aktuální informace. Teď spolu sdílejí nemocniční pokoj, ale stav ani jednoho z nich se nezměnil."

"Díky, chtěl jsem jim zavolat. Dobře, všichni se shromážděte."

KAPITOLA 29

CO TEĎ?

"**P**OTŘEBUJEŠ, ABYCH ZŮSTAL?" SAM se odmlčel. "Protože moje žena čeká, až jí namasíruju nohy. Dítě se má narodit každým dnem, takže nechat ji čekat nepřipadá v úvahu."

"Tak se o ni klidně postarej," řekl E-Z. "Detaily ti řeknu později."

Lia Sam objala.

"Díky," řekl Sam a zavřel za sebou dveře.

Ozval se zvonek u vchodových dveří.

"Mám to!" Zavolal Sam a rozběhl se ke vchodovým dveřím.

"Má toho hodně," řekl E-Z.

"Až se narodí dítě, bude to jednodušší," řekla Lia.

"Bude to chaotičtější," řekl Alfred. "Ale teď si s tím nedělejme starosti."

"Takže, co je nejnovějšího?" Lia se zeptala.

"Začni s pozitivními, pokud nějaké jsou. Pevně doufám, že nějaká jsou," řekl Alfred.

"Dobrá zpráva je, že mám nápad. Smutná zpráva je, že netuším, jestli bude fungovat proti našim nepřátelům. Říká se jim Fúrie. Slyšel o nich někdo z vás? To jméno jsem znal z mytologie a vystupují v některých hrách."

Lia zavrtěla hlavou, že ne.

Alfred řekl: "Slyšel jsem o nich, ale je to už dávno. Myslím, že jsme o nich četli na střední škole, ještě za starých časů. Vzpomínám si, že byli zlí - možná tři? A nejsou to náhodou bohyně? V hlavě mám představu Medúzy. Byly příbuzné?"

"Jsou ještě horší. Mnohem horší, protože jsou tři," řekl E-Z. "Když jsem zvracel, no, to bylo hned po druhém setkání s nimi. Při prvním setkání to bylo na výletě s Hadzem a Reiki. Něco, čemu říkali malý průzkum. A nebojte se, byli jsme zamaskovaní, ale hodně jsem se toho naučil. Zřídili si velitelství v Údolí smrti.

"Jak jsme tušili, zaměřují se na děti. Ve světě her. Lio, ptala ses, co je jejich cílem... Jde o to, aby se děti dostaly za hranu. Děti v našem věku, a dokonce i mladší.

"Jakmile je získají, ukradnou jim duši. A vkládají je do Lapačů duší určených pro jiné lidi. Takže když zemřou, nemají jejich duše kam jít."

"To je tak zlé!" Lia řekla.

"Takže když skuteční majitelé Lapačů duší zemřou, co se stane s jejich dušemi? Chci říct, že když jejich duše nemají kam jít - žádný domov, žádné nebe -, co se s nimi potom stane?" Alfred se zeptal.

"To je právě ono. Nemají žádné místo věčného odpočinku - takže když zemřou, prostě se vznášejí kolem. To je zkrácená verze. A my musíme Fúrie zastavit a musíme je zastavit co nejdřív."

"Jak berou dětem duše? Tomu nerozumím," zeptala se Lia.

"Já taky ne," řekl Alfred. "Děti, zvlášť ty, co hrají hry, jsou hodně počítačově zdatné. Jak se vystavují nebezpečí? Jak k nim Fúrie získávají přístup v jejich vlastních domovech, přímo pod nosem jejich rodičů?" "Jsou snad zodpovědné za to, že PJ a Arden jsou v kómatu?" na chvíli se zamyslel.

"Dobře, nejdřív Liaina otázka. Fúrie trestají ty, kteří jsou beztrestní - to byl historicky jejich účel. Jejich hlavní zbraní byly vždycky výčitky svědomí. Vyvolávají v lidech pocit viny. Aby litovali, že udělali něco špatného. A když se jim to podaří, převezmou kontrolu. Přivedou je k šílenství, donutí je, aby se zničili.

"Říkal jsem ti o tom klukovi, co přišel ke mně domů a chtěl mě zastřelit? Říkal, že mu někdo ve hře řekl, že mu zabijí rodinu, když mě nezabije. Přiměli ho, aby po mně šel, kvůli akcím, které ve hře prováděl. Trvalo mi, než mi Eriel napověděl, abych si to spojil. V tu chvíli mi to přišlo divné, ale nezaregistroval jsem to hned.

"Takhle to dělají. Kluk hraje hru, a aby ve hře postoupil, musí někoho zabít, nebo dokonce spáchat masovou vraždu, nebo, no, chápete to. V reálném světě jsou tyhle věci hříchy a jsou protizákonné, v rámci hry jsou součástí hry. U většiny her je to jediný účel."

"Počkejte," řekl Alfréd. "Chceš mi říct, že ve hře trestají děti tak, jako by ve skutečném životě spáchaly vraždu?" "Ne," řekl Alfréd.

"Přesně tak," řekl E-Z. "Přesně to dělají. Jak využívají herní průmysl k ospravedlnění - ne, myslím, že to není to správné slovo. Chci říct, aby ospravedlnili své činy, kterými berou dětem duše."

Lia sevřela ruce a zatnula je v pěst. Pak si jimi zakryla uši, jako by už nechtěla slyšet. "Máš naprostou pravdu, E-Z. Nemáme na vybranou - rozhodně musíme ty čarodějnice zastavit. Čím dřív, tím líp."

"Já vím," řekl E-Z, "ale nebude to snadné. Jsou to bohyně, známé také jako Dcery temnoty a Erinyes. Jejich účelem číslo jedna je trestat hříšné a v rámci hry - každý je hříšný. Je to jediný způsob, jak ve hře postoupit."

"Říkal jsi, že máš plán, jaký?" "Ano," odpověděl jsem. Alfréd se zeptal.

"Nejdřív odpovím na tvou otázku ohledně PJ a Ardena. Můj pocit je, že odpověď zní ano. Ale zeptal jsem se Rafaely, jestli mi to může potvrdit. Řekla, že to nemůže stoprocentně říct tak či onak. Protože Fúrie nikdy - pokud ví - neodešly od krádeže duše. Nemluvě o dvou duších.

"Jo, ještě jednu věc ti musím říct, v Údolí smrti jsou tisíce Lovců duší. Možná víc než tisíce a v počtu, který každým dnem roste. Jsou tak daleko, kam až oko dohlédne." Zastavil se, jako by měl srdce až v krku, a otřel si slzu.

"Bylo těžké být toho svědkem. To, co dělají, je tak promyšlené, záměrné. Co ale nedokážu pochopit, je, co z toho mají. Vždyť Hadz a Reiki měli pravdu, když mě tam vzali, abych to viděl. Kdyby mi to řekli, aniž by mi to ukázali... nezasáhlo by mě to tak silně. Jo, a Rafael říkal, že denně zvyšují příjem. Takže nemáme moc času sedět a přemýšlet. Potřebujeme plán a musíme začít jednat."

"Jsou smrtelní?" Alfred se zeptal.

"Ano, jsme na tom stejně," řekl E-Z. "Takže plán, který mě napadl, je udělat si vlastní hru. Strýček Sam by nám mohl pomoct. Když budu hrát, abych se chlubil zabitím, tak si pro mě přijdou Fúrie. Až to udělají, chytíme je do pasti a zabijeme je ve hře.

"Myslel jsem, že jejich síly by se ve hře mohly zmenšit. Ale pak mě napadlo - co když se změní i ty moje?" "Ano," řekl jsem.

"To bychom se nedozvěděli, dokud by nebylo pozdě," řekl Alfréd.

"To je pravda. Čím víc jsem o tom přemýšlel, tím méně efektivní se mi ten nápad zdál. Nemluvě o tom, že pokud opravdu mají PJ a Ardena, uvízli by v limbu, dokud by je neovládli... No, mohli by jim vzít duše. A my bychom o ně přišli."

"Chceš říct, že by to mohla být past?" Lia se zeptala.

"Přesně tak."

"Dala jsi nám hodně námětů k přemýšlení," řekl Alfred. "Myslím, že bychom se na to měli vyspat, promyslet to a zítra si o tom znovu promluvíme."

"Nejsem si jistá, jestli budu moct spát," řekla Lia, "ale souhlasím, dáme si pauzu. Potřebuju čas, abych si promyslela, do jakého nebezpečí se dostaneme. Musíme se ujistit, že si navzájem kryjeme záda."

"Jasná věc," řekl E-Z. "Mezitím se podívám, jestli mě napadne nějaký plán B."

Lia vyšla z místnosti a zavřela za sebou dveře.

"Zajímalo by mě, kdo byl u vchodových dveří?" E-Z se zeptal.

"Můžeme se ráno zeptat Sama, nejspíš má ještě spoustu práce s ošetřováním nohou své ženy."

"To zní jako plán," zasmál se E-Z. "Dobrou noc, Alfréde."

"Dobrou, E-Z."

KAPITOLA 30

OOOH, BABY BABY

"Dítě je na cestě!" Sam vykřikl o několik hodin později.

Cestou po chodbě držel Samanthu v jedné ruce. Přes rameno měl přehozenou noční tašku. Popadl klíčky od auta.

"Nebudeš řídit, lásko," řekla Samantha a položila klíčky zpátky na pult.

E-Z vyšel na chodbu. "Chceš, abychom jeli s tebou?"

"Jsem v pohodě," řekla Samantha. "Lia ještě tvrdě spí."

"Vzbudím ji a sejdeme se v nemocnici, ano?"

Lia se ohlédla přes rameno: "Už jsem zavolala taxi. Neřídí."

"Ona je šéfová," usmál se Sam.

"Brzy se uvidíme," řekl E-Z. "Mimochodem, kdo to byl včera večer u dveří?"

"Byla to Rosalie. Byla vyčerpaná, tak jsme ji uložili do pokoje pro hosty." "Ahoj.

"Dobře, díky," řekl E-Z.

Když se valil chodbou k Liainu pokoji a přemýšlel, co tam Rosalie dělá, zaklepal na dveře.

"To jsem já, Lia," řekl. "Tvoje máma a strýček Sam jedou do nemocnice. Dítě je na cestě!"

Nejdřív se ozvalo bouchnutí, pak Lia otevřela dveře. Lampa na jejím nočním stolku ležela na zemi vedle postele. "Za chvilku jsem připravená," řekla. Zavřela dveře.

Přesunul se podél ní do pokoje pro hosty. Nahlédl dovnitř a Sam měl pravdu, Rosalie tvrdě spala. Vrátil se do svého pokoje, oblékl se a snažil se Alfreda nevzbudit. Labutě do nemocnice nesměly, takže vzbudit ho by bylo podlé - cítil by se odstrčený. Napsal vzkaz, že Rosalie spí v pokoji pro hosty a aby na ni dohlédl, než se vrátí. Řekni jí, ať se chová jako doma, napsal. Nechal vzkaz tak, aby ho Alfred nepřehlédl, až se probudí.

E-Z za sebou zavřel dveře a zamknul je, pak s Lia nastoupili do čekajícího taxíku a zamířili do nemocnice.

Šli podle značek a brzy našli dětské oddělení. Byl tam Sam a chodil sem a tam, jako to dělají nastávající otcové v televizi.

"Jak se držíš?" Zeptal se E-Z.

"Jak se daří mámě?" Lia se zeptala.

"Děkuju vám oběma, že jste přišli," řekl Sam. Třásla se mu ruka, když se pokoušel napít vody z láhve. "Samantě se daří opravdu moc dobře. Chci říct, že už si tím s tebou Lia prošla, takže ví, co má čekat, a já jsem. No, nevím, jestli to zvládnu. Kurz, který jsme absolvovaly, aby nám pomohl připravit se na dnešek, byl dobrý - ale realita je úplně jiná. Nesnáším nemocnice."

"Všichni nesnášejí nemocnice," řekl E-Z. "Ale když projdou těmi křídlovými dveřmi. A řeknou, že tě potřebují... Pak se musíš sebrat a jít tam a pomoci své ženě. Nezapomeň, že jste tým, že jste v tom společně. Zvládnete to!" Poplácal strýce po zádech.

"Já vím."

Lia položila hlavu Samovi na rameno. "Budeš skvělý."

Přišla sestra. "Vaše žena vás potřebuje. Už to nebude trvat dlouho. Vezmu tě na převazy a pak můžeš být se svou ženou, až ji sundáme."

Sam přikývl a odešel.

Poslední výraz v jeho tváři připomínal E-Z někoho, kdo stojí před popravčí četou.

"Bude v pořádku," řekla Lia a pohladila E-Z po ruce.

O několik hodin později se k nim Sam vrátil s širokým úsměvem na tváři. "Mám další dceru," řekl, "a syna!"

"Dvě děti?" Lia a E-Z řekli jednohlasně.

"Ano, dvě. Na skenu jsme viděli jen jedno."

"Jak je na tom máma?"

"Je skvělá! Úžasná!"

"Můžeme ji vidět? A děti?"

"Dej jim pár minut, ať si připraví věci. Pak se můžeš seznámit se svým bratrem a sestrou Lia a E-Z se můžeš seznámit se svými bratranci a sestřenicemi."

"Už víš, jak je pojmenuješ?" E-Z se zeptal.

"Ano, ale řekneme ti to společně."

"To je fér," řekl E-Z.

"Dvě děti, v tomhle domě - se všemi ostatními," řekla Lia.

"Přemýšlela jsem o tom samém. Už teď máme plný dům... ale zvládneme to. Vždycky to zvládneme."

Seděli spolu a čekali.

EPILOG

O NĚKOLIK TÝDNŮ POZDĚJI bylo 17. ledna. Vánoce přišly a odešly se vší obvyklou pompou a nádherou, stejně jako příchod nového roku. E-Z byl o další rok starší, bylo mu sladkých šestnáct a celá parta byla pohromadě v jeho pokoji. Charles Dickens se k nim připojil přes Facetime.

Dole na chodbě dělala rozruch dvojčata - Jack a Jill. Sam a Samantha si stále zvykaly na rutinu nově příchozích. Nikdo v domě se moc nevyspal, dokud si nerozbalili vánoční dárky. E-Z, Lia a dokonce i Alfred dostali sluchátka blokující zvuk.

E-Z přemýšlel o dalších způsobech, jak by mohli porazit Furii. Kromě jeho nápadu jít po nich ve hře. Několik dalších možností se nabízelo.

Zatímco ostatní spali, vedl několik online rozhovorů s Charlesem. Charles si myslel, že porazit je v jejich vlastní hře by bylo "naprosto drsné". '

E-Z se trochu obával, jaké další fráze ti detektoráři Charlese učí. Společně se rozhodli, že skupinu zasvětí do svých diskusí o tom, jak s nápadem na hraní pokročit.

"Je to jednoduché," řekl Charles Dickens. "S E-Z jsme si tuhle telefonovali a vymysleli jsme, co by mohlo fungovat. Jestli mají nějaké informace o Třech - myslím tím, že jste všude na internetu -, budou o vás vědět. Ale o mně vědět nebudou.

"Ne že by se mě báli. I když Edward Bulwer-Lytton kdysi napsal, že 'pero je mocnější než meč'. V tomto případě by to snad byla pravda.

"Takže jsem trénoval se svými přáteli detektoráři. Došli jsme k závěru, že nejlepší hra, do které je můžeme zapojit, je hra již existující. A myslíme si, že známe dokonalou hru.

"Jmenuje se PK Crew. Hra má rating 13+ nebo někde 12+ a je zdarma. Motivem hry je zabít všechny včetně své rodiny a přátel. Za každé zabití jste odměněni, ale když zabijete blízké lidi, dostanete dokonce více bodů. Více peněz. Dokonce i proslulost v rámci hry. Váš obrázek v televizi PK TV. Na titulní straně novin The Peachy Keen Times. Hra se odehrává ve fiktivním městě Peachy Keen. Je to dokonalá past - a je to hra, kterou sami spustíme. Já budu hrát za dvanáctiletého kluka, oni přijdou do hry a vy už tam budete." "A co se děje?" zeptal jsem se.

"Bude to dost bezpečné," řekl E-Z. "Chci říct, že už jsi mrtvý - myslím ve svém minulém životě - takže tě nemůžou zabít."

Ozvalo se zaklepání na dveře: "Je otevřeno," řekl E-Z.

Lia vyskočila a vrhla se Rosalii kolem krku. "Ráda vidím, že jsi vzhůru," řekla a zachumlala se do kamarádčina tlustého svetru.

Rosalie se stala důležitou součástí jejich týmu. Mohla s nimi však zůstat už jen jeden den. Poté se musela vrátit domů.

Když se vydala přes pokoj, aby se posadila, pohladila labutě Alfréda po hlavě. Všichni se rychle spřátelili, protože přijela dřív než děti.

"Musím vám něco říct. Zaprvé, děkuji, že jste mě tak rádi přivítali. Bylo úžasné vás vidět a děkuji, že jsem se cítila jako součást vašeho týmu." "Ahoj," řekla.

"Ach jo," řekla Lia.

"Musím ti říct, že jsem psala do knihy o dalších dětech se zvláštními schopnostmi, jako máš ty. Mám ji v zásuvce nočního stolku. Až mě příště přijdeš navštívit, dám ti ji, abys mohla jít a sehnat ostatní, kteří ti pomohou porazit Furii."

"Budeme potřebovat veškerou pomoc," řekla Lia.

"Rafael a Eriel si myslí, že ti můžou pomoct, proto chtěli, abych jim dala podrobnosti. Proto jsem si to zapsala - abych na nic důležitého nezapomněla."

"Proto tě Rafael a Eriel zatáhli do bílé místnosti?" "Ne," odpověděla jsem. Zeptal se E-Z.

"Ano i ne. Tedy ano. Vědí o těch ostatních dětech. Ale ne, nechtěli po mně přímo, abych jim o nich předal informace. Vím, že tyhle děti jsou pro tebe důležité a bez nich nemůžeš Furii porazit." "To je pravda," řekl jsem.

"Co víš o Furiích?" Alfred se zeptal.

Rosalie se zavrtěla a zkřížila ruce. "Vím o nich pár věcí. Třeba to, že jsou to tři děsivé sestry, které se vrátily na zem, aby nepáchaly dobro."

E-Z řekl: "Neděláš si legraci. Na vlastní oči jsem viděla, jaké škody zatím napáchaly. Pracujeme na plánu. Ale řekni nám, kde jsou ty ostatní děti? Myslíš, že nám pomůžou? Tedy pokud přijdeme na způsob, jak je sem dostat." "To je pravda.

"Jsou to hodné děti, ale museli byste je požádat a jejich rodiče o svolení. Jedno je na druhém konci světa v Austrálii, jedno v Japonsku a druhé ve Spojených státech ve Phoenixu v Arizoně. Možná jsou i další, ale tihle tři jsou jediní, se kterými jsem zatím byla v kontaktu," řekla Rosalie.

"Na druhou stranu, když přivedeme nové děti, zkomplikujeme si to," řekl E-Z. "Kromě toho, pokud selžeme, nebude nikdo, kdo by to po nás převzal. Možná by pro nás bylo nejlepší, kdybychom to zvládli sami a co nejméně se na to upozorňovalo. Když to zvládneme my, tedy vyřadit Furii - proč do toho zatahovat ostatní? Cizí lidi? Proč riskovat životy jiných dětí?"

"Není to tak dávno, co jsme byli všichni cizí," řekl Alfred.

"Já jsem pořád cizí - i když jsme příbuzní," zvážněl Charles Dickens. "Ale já nejsem jeden ze Tří. E-Z je ve vedení a já rád udělám, co uzná za vhodné. Detektoráři říkají, že jsem nováček. A je to pravda."

Rosalie se podívala na chlapce v Obrazovce. "Ještě jsme se pořádně nepředstavili," řekla. "Já jsem Rosalie a jsem si docela jistá, že jsem větší nováček než ty."

Charles se zasmál. "Já jsem Charles Dickens."

"Nějaký příbuzný, víte, toho Charlese Dickense?" Rosalie se zeptala.

"Ehm, ano, já jsem on - reinkarnovaný."

Rosalie se zasmála. "Myslela jsem, že už jsem slyšela všechno. Tak to jsem ráda, že tě poznávám, Charlesi."

Ozvalo se hlasité zaklepání na vstupní dveře.

O několik vteřin později se přes Samovy protesty po chodbě prodraly obuté nohy.

"Rosalie," ozval se přes zavřené dveře nejmohutnější z mužů. "Je čas vrátit se domů. Potřebuješ své léky, tak pojď ven, nebo si pro tebe budeme muset přijít."

Rosalie vstala: "Vypadá to, že jsem ti řekla všechno, co jsi potřebovala vědět, a navíc v pravý čas." Došla ke dveřím, otevřela je a odešla s ošetřovateli.

V zadní části sanitky, minutu, pak v bílém pokoji. Police a knihy byly stejné, ale vůně ne. Předtím tu žádný zápach nebyl, ale teď byl nepříjemný. Smradlavý. Odporný. Jako bělidlo a zkažená vejce.

Přes zeď vstoupily tři ženy od hlavy až k patě oblečené v černém. Místo vlasů měly hady. A další hadi se jim plazili po pažích. Létali na ni. Jejich netopýří křídla kontrastovala s čistotou a bělostí místnosti. Z očí jim vytryskla pěna krve, když švihli bičem jejím směrem.

A jejich zápach byl nesnesitelný.

"Řekni nám, co chceme vědět," zakřičely Fúrie jednohlasně.

"Nevím, na co se mě ptáte," řekla Rosalie a držela se za nos.

BÍLÁ.

Prásknutí biče škráblo stařeně kůži na tváři. Když si sáhla na tvář a podívala se na ruku, byla celá od krve.

"Víš," řekla Allie, zatímco ona a její sestry znovu švihly bičem v blízkosti starší ženy.

"Nevím, co tím myslíš."

Převrátila se police s knihami. Nebýt rychle se pohybujícího žebříku, Rosalie by pod ním byla rozdrcena.

BÍLÁ.

To se mi snad zdá, pomyslela si Rosalie. Musím se probudit. Musím se vzbudit TEĎ a dostat se pryč od těch příšerných smradlavých stvoření.

Spadla další police s knihami.

Pak další. A další.

Zanedlouho dopadl na podlahu i žebřík a odrazil se. Jednou, dvakrát, třikrát. Pak se roztříštil na kusy.

"Ale ne!" Rosalie vykřikla.

"Řekneš nám to, lásko," dožadovala se Tisi a zvedla starší ženu ze země, když se kolem ní ovinuly její hadí paže.

Rosaliiny nohy nejistě visely. Zatímco hadi utahovali své sevření kolem její horní části těla.

"Dávej pozor, sestro, přivodíš jí infarkt," zavřískla Meg a přiblížila se k Rosalii. "Dej nám, co chceme, lásko."

"Neřeknu ti nic, nic. Bez ohledu na to, co mi uděláš," řekla Rosalie.

Chovala se tak statečně. Věděla totiž, že není sama. Lia tam byla a poslouchala.

"Tohle je naprostá ztráta času," řekla Allie, když vyslala do vzduchu bič a srazila celou stěnu s knihami. Několik okřídlených knih se snažilo dostat zpod polic. Jedna se pokusila vzlétnout svým jediným zbývajícím křídlem.

Tisi se otočila ke vzdálené stěně a zapálila knihy. Padaly jako domino na nebohou Rosalii, která byla pohřbena pod hořícími knihami.

Fúrie se hlasitě a hrdě rozesmály.

Rosalie v duchu zavolala Liaino jméno. Kde jsi, Lio? zeptala se. Kde jsi, maličká?

V domě E-Z otevřel svůj notebook. "Dobře, měli jsme možnost se na to vyspat. Shodneme se všichni na tom, že nemáme jinou možnost než bojovat s Fúrií?" "Ano," odpověděl.

Lia a Alfréd přikývli.

"A musíme sehnat ty ostatní děti a přivést je sem. Jsme tři a tři z nich. Lia, ty jeď do Phoenixu - Malá Dorrit tě tam může vzít nebo můžeš letět letadlem."

"Dávám přednost Malé Dorrit."

"Dobře, první dítě je vyřešené. I když nevíme, jak se jmenuje a kde přesně ve Phoenixu v Arizoně je.

A budeš si to muset vyjasnit s jejími rodiči. Nebude to snadné, protože jim budeš muset sdělit, do jakého nebezpečí se jejich dítě dostane."

"Jo, budu si muset od Rosalie zjistit víc podrobností."

"Alfréde, můžeš jet do Japonska. Navrhuji, abys letěl - budeme muset vyřešit logistiku. Budeš muset letět zpátky s dítětem, které předpokládá, že ti rodiče dají svolení. Opět potřebujeme od Rosalie upřesnit, kde to dítě je. A bude tam jazyková bariéra, pokud neumíš japonsky?" "Ano," řekl jsem.

Alfred zavrtěl hlavou.

"Seženu překladatele."

"Seženeme ti telefon a můžeš si do něj dát aplikaci, která by překládala za tebe. Bude to chvilka učení," řekl E-Z. "Zvlášť když nemáš prsty."

"To mi zní dobře," řekl Alfréd. "Budu muset s telefonem začít pracovat co nejdřív. Nemělo by trvat dlouho, než se v tom zorientuju. Mezitím může Rosalie říct dítěti, že jsem labuť - aby nepadlo a neomdlelo, až mě poprvé uvidí."

"To je dobrý nápad," řekla Lia. "Ale jak to chceš napsat?"

"Můžu používat svůj zobák."

"Nebo hlasem aktivovaný program," řekl E-Z.

"Super," řekli Lia a Alfréd jednohlasně.

"A já poletím do Austrálie. S klukem chytím letadlo zpátky, ale bude rychlejší, když poletím přímo tam. Jo, a ještě jedna věc, musíme si vymyslet nějaký poklop pro sebe. Nějaký způsob, jak se dostat ven - v případě, že jednoho nebo více z nás chytí, zabijí nebo zraní. Musíme být připraveni na všechno. Pokud zemřeme dřív, než tuhle věc dokončíme, nezůstane nikdo, kdo by to po nás posbíral."

"Archandělé," vykoktala Lia a pak se zarazila. Zachvěla se a pak nemohla popadnout dech. Objala se kolem ramen.

"Jsi v pořádku?" Zeptal se E-Z.

"Pššt," řekla. V místnosti ani v její mysli se neozývaly žádné zvuky, panovalo absolutní a naprosté ticho. Tep se jí vrátil do normálu, stejně jako dech.

"Falešný poplach," řekla. "Myslela jsem, že se něco děje, jako bych dostala SOS, ale teď už se zdá být všechno v pořádku."

"Stává se to často?" Alfred se zeptal.

"Ne," řekla Lia.

"Dobře, začneme s brainstormingem," řekl E-Z. A zbytek dne strávili sepisováním seznamu a nulováním toho, co by se mohlo pokazit a co by se mohlo podařit.

Šli do svých pokojů a spali.

Pro všechny kromě Rosalie to byla klidná noc.

Rosalie, jejíž hlas nebylo slyšet.

Její hlas nebyl vyslyšen.

Nepřišla žádná pomoc.

Bílý pokoj byl zničen.

Nikdo nepřišel Rosalii zachránit.

Před zlými fúriemi.

Poděkování

Vážení čtenáři,

Děkuji vám, že jste si přečetli třetí knihu ze série E-Z Dickens... Omlouvám se za smutný konec, ale takové věci se někdy stávají.

Závěrečná kniha bude k dispozici již brzy!

Ještě jednou děkuji všem lidem, kteří mi pomohli, aby tato série byla taková, jaká může být, například mým beta čtenářům, korektorům a redaktorům. Kudos!

Svým přátelům a rodině děkuji za povzbuzení a podporu.

A jako vždy, šťastné čtení!

Cathy

O autorovi

Cathy McGough žije a píše ve městě
v kanadském Ontariu se svým manželem, synem,
dvěma kočkami a jedním psem.

Také by:

FIKCE

MLADÍ DOSPĚLÍ

E-Z DICKENS SUPERHRDINA KNIHA ČTYŘI: NA LEDĚ